TONGYONG GUIFAN HANZI YI CHA YI YONG SHOUCE

通用规范汉字
易查易用手册

语文出版社辞书研究中心　编

语文出版社

·北京·

图书在版编目（ＣＩＰ）数据

通用规范汉字易查易用手册 / 语文出版社辞书研究
中心编. -- 北京 ： 语文出版社，2023.8
ISBN 978-7-5187-1649-4

Ⅰ. ①通… Ⅱ. ①语… Ⅲ. ①汉字－书写规则－手册
Ⅳ. ①H124.7-62

中国版本图书馆CIP数据核字(2022)第241981号

责任编辑	金春梅	
装帧设计	徐晓森	
出　　版	语文出版社	
地　　址	北京市东城区朝阳门内南小街51号　　100010	
电子信箱	ywcbsywp@163.com	
排　　版	华艺世纪缘科技发展有限公司	
印刷装订	北京市科星印刷有限责任公司	
发　　行	语文出版社　新华书店经销	
规　　格	890mm×1240mm	
开　　本	A5	
印　　张	18.375	
字　　数	409千字	
版　　次	2023年8月第1版	
印　　次	2023年8月第1次印刷	
定　　价	36.00元	

📞 010-65253954(咨询) 010-65251033(购书) 010-65250075(印装质量)

目 录

出版说明

《通用规范汉字表》自2013年6月由国务院公布实施以来，推动了《中华人民共和国国家通用语言文字法》的贯彻落实，提高了社会各领域汉字应用的规范化、标准化水平。为帮助广大读者便捷查检和规范使用汉字，促进《通用规范汉字表》的有效实施，在教育部语言文字信息管理司的指导下，我们编制了《通用规范汉字易查易用手册》。

本手册将《通用规范汉字表》主表和附表《规范字与繁体字、异体字对照表》融为一体，给出汉字的字级、编码和读音，双向呈现规范字与繁体字、异体字，读者根据汉字笔画数可快速查到两表所收汉字的信息。

本手册由王翠叶、王永强、金春梅、冀丽萍等编制，《通用规范汉字表》研制组专家王宁、王立军、王晓明审订。

语文出版社

2023年8月

凡　例

一、本手册将《通用规范汉字表》主表和附表《规范字与繁体字、异体字对照表》融入一个表内，设字头、编码、读音、规范字、繁体字、异体字等六栏。

二、表内收11702个字头，包括《通用规范汉字表》主表和附表所收字。其中，通用规范汉字8105个、繁体字2574个、异体字1023个。

三、字头按笔画序排列，给出汉字的国际标准 ISO/IEC 10646编码、国家标准 GB 18030编码和常用读音。编码有特殊情况的，加注予以说明。

四、字头为规范字的，在右下方标示其字级：㊀为一级字，㊁为二级字，㊂为三级字。有对应繁体字、异体字的，给出繁体字、异体字。对原作为异体字，《通用规范汉字表》确认为规范字的"皙、眞、噘、蹚、溧、勠"等字，加注予以说明。

五、字头为繁体字的，加圆括号标示，给出对应的规范字。对在部分义项和用法上不简化的"瞭、乾、藉、麼"等字，加注予以说明。

六、字头为异体字的，加方括号标示，给出对应的规范字。

对在部分义项和用法上可作规范字使用的"仝、甦、堃、脩"等异体字，加注予以说明。

　　七、表后给出两个附录：国务院关于公布《通用规范汉字表》的通知、教育部等十二部门关于贯彻实施《通用规范汉字表》的通知。

字头	编码		读音	规范字	繁体字	异体字
	ISO 10646	GB 18030				
一画						
一 ⊖	04E00	D2BB	yī			
乙 ⊖	04E59	D2D2	yǐ			
二画						
二 ⊖	04E8C	B6FE	èr			
十 ⊖	05341	CAAE	shí			
丁 ⊖	04E01	B6A1	dīng			
厂 ⊖	05382	B3A7	chǎng		廠	
七 ⊖	04E03	C6DF	qī			
卜 ⊖	0535C	B2B7	bǔ		卜	
			bo		蔔	
八 ⊖	0516B	B0CB	bā			
人 ⊖	04EBA	C8CB	rén			
入 ⊖	05165	C8EB	rù			
乂 ⊖	04E42	8156	yì			
儿 ⊖	0513F	B6F9	ér		兒	
匕 ⊖	05315	D8B0	bǐ			
几 ⊖	051E0	BCB8	jī		几	
			jǐ/jì		幾	
九 ⊖	04E5D	BEC5	jiǔ			
刁 ⊖	05201	B5F3	diāo			

字头	编码		读音	规范字	繁体字	异体字
	ISO 10646	GB 18030				
了 ⊖	04E86	C1CB	le		了	
			liǎo		了瞭	
刀 ⊖	05200	B5B6	dāo			
力 ⊖	0529B	C1A6	lì			
乃 ⊖	04E43	C4CB	nǎi			廼迺
又 ⊖	053C8	D3D6	yòu			
乜 ⊖	04E5C	D8BF	miē/niè			
三画						
三 ⊖	04E09	C8FD	sān			
干 ⊖	05E72	B8C9	gān		干	
					乾	乹乾
			gàn		幹	榦
亍 ⊜	04E8D	D8A1	chù			
于 ⊖	04E8E	D3DA	yú			
亏 ⊖	04E8F	BFF7	kuī			虧
工 ⊖	05DE5	B9A4	gōng			
土 ⊖	0571F	CDC1	tǔ			
士 ⊖	058EB	CABF	shì			
才 ⊖	0624D	B2C5	cái		才纔	
下 ⊖	04E0B	CFC2	xià			
寸 ⊖	05BF8	B4E7	cùn			

字头	编码		读音	规范字	繁体字	异体字
	ISO 10646	GB 18030				
大 ⊖	05927	B4F3	dà/dài			
丈 ⊖	04E08	D5C9	zhàng			
兀 ⊖	05140	D8A3	wù			
尢 ⊜	05C22	DECC	wāng			
与 ⊖	04E0E	D3EB	yǔ/yù		與	
万 ⊖	04E07	CDF2	mò		万	
			wàn		萬	
弋 ⊜	05F0B	DFAE	yì			
上 ⊖	04E0A	C9CF	shǎng/shàng			
小 ⊖	05C0F	D0A1	xiǎo			
口 ⊖	053E3	BFDA	kǒu			
山 ⊖	05C71	C9BD	shān			
巾 ⊖	05DFE	BDED	jīn			
千 ⊖	05343	C7A7	qiān		千韆	
乞 ⊖	04E5E	C6F2	qǐ			
川 ⊖	05DDD	B4A8	chuān			
亿 ⊖	04EBF	D2DA	yì		億	
彳 ⊜	05F73	E1DC	chì			
[凢]	051E2	8446	fán	凡		
个 ⊖	04E2A	B8F6	gě		個	
			gè			箇

字头	编码		读音	规范字	繁体字	异体字
	ISO 10646	GB 18030				
[亾]	04EBE	8193	wáng	亡		
夕 ⊖	05915	CFA6	xī			
久 ⊖	04E45	BEC3	jiǔ			
么 ⊖	04E48	C3B4	me		麼	
勺 ⊖	052FA	C9D7	sháo			
凡 ⊖	051E1	B7B2	fán			凢
丸 ⊖	04E38	CDE8	wán			
及 ⊖	053CA	BCB0	jí			
广 ⊖	05E7F	B9E3	guǎng		廣	
亡 ⊖	04EA1	CDF6	wáng			亾
门 ⊖	095E8	C3C5	mén		門	
丫 ⊖	04E2B	D1BE	yā			枒椏
义 ⊖	04E49	D2E5	yì		義	
之 ⊖	04E4B	D6AE	zhī			
尸 ⊖	05C38	CAAC	shī			屍
己 ⊖	05DF1	BCBA	jǐ			
已 ⊖	05DF2	D2D1	yǐ			
巳 ⊖	05DF3	CBC8	sì			
弓 ⊖	05F13	B9AD	gōng			
子 ⊖	05B50	D7D3	zǐ			
孑 ⊖	05B51	E6DD	jié			

字头	编码		读音	规范字	繁体字	异体字
	ISO 10646	GB 18030				
卫 ⊖	0536B	CEC0	wèi		衛	
孑 ⊖	05B53	E6DE	jué			
也 ⊖	04E5F	D2B2	yě			
女 ⊖	05973	C5AE	nǚ			
刃 ⊖	05203	C8D0	rèn			
飞 ⊖	098DE	B7C9	fēi		飛	
习 ⊖	04E60	CFB0	xí		習	
叉 ⊖	053C9	B2E6	chā			
马 ⊖	09A6C	C2ED	mǎ		馬	
乡 ⊖	04E61	CFE7	xiāng		鄉	
幺 ⊖	05E7A	E7DB	yāo			
四画						
丰 ⊖	04E30	B7E1	fēng		丰豐	
王 ⊖	0738B	CDF5	wáng			
亓 ⊖	04E93	D8C1	qí			
开 ⊖	05F00	BFAA	kāi		開	
井 ⊖	04E95	BEAE	jǐng			
天 ⊖	05929	CCEC	tiān			
夫 ⊖	0592B	B7F2	fū			
元 ⊖	05143	D4AA	yuán			
无 ⊖	065E0	CEDE	wú		無	

字头	编码		读音	规范字	繁体字	异体字
	ISO 10646	GB 18030				
韦 ⊖	097E6	CEA4	wéi		韋	
云 ⊖	04E91	D4C6	yún		云雲	
专 ⊖	04E13	D7A8	zhuān		專	耑
丐 ⊖	04E10	D8A4	gài			匃匄
扎 ⊖	0624E	D4FA	zhā			紥紮
廿 ⊖	05EFF	D8A5	niàn			
艺 ⊖	0827A	D2D5	yì		藝	
木 ⊖	06728	C4BE	mù			
五 ⊖	04E94	CEE5	wǔ			
[币] ⊖	05E00	8E89	zā	匝		
支 ⊖	0652F	D6A7	zhī			
丏 ⊖	04E0F	8144	miǎn			
厅 ⊖	05385	CCFC	tīng		廳	
卅 ⊖	05345	D8A6	sà			
不 ⊖	04E0D	B2BB	bù			
仄 ⊖	04EC4	D8C6	zè			
犬 ⊖	072AC	C8AE	quǎn			
太 ⊖	0592A	CCAB	tài			
区 ⊖	0533A	C7F8	ōu/qū		區	
历 ⊖	05386	C0FA	lì		歷 曆	歴厤 厤

字头	编码		读音	规范字	繁体字	异体字
	ISO 10646	GB 18030				
歹 ⊖	06B79	B4F5	dǎi			
友 ⊖	053CB	D3D1	yǒu			
尤 ⊖	05C24	D3C8	yóu			
厄 ⊖	05384	B6F2	è			戹阨
匹 ⊖	05339	C6A5	pǐ			疋
车 ⊖	08F66	B3B5	chē/jū		車	
巨 ⊖	05DE8	BEDE	jù			鉅
牙 ⊖	07259	D1C0	yá			
屯 ⊖	05C6F	CDCD	tún			
戈 ⊖	06208	B8EA	gē			
比 ⊖	06BD4	B1C8	bǐ			
互 ⊖	04E92	BBA5	hù			
切 ⊖	05207	C7D0	qiē/qiè			
瓦 ⊖	074E6	CDDF	wǎ/wà			
止 ⊖	06B62	D6B9	zhǐ			
少 ⊖	05C11	C9D9	shǎo/shào			
曰 ⊖	066F0	D4BB	yuē			
日 ⊖	065E5	C8D5	rì			
[冄]	05184	83D1	rǎn	冉		
中 ⊖	04E2D	D6D0	zhōng/zhòng			

字头	编码		读音	规范字	繁体字	异体字
	ISO 10646	GB 18030				
贝 ⊖	08D1D	B1B4	bèi		貝	
冈 ⊖	05188	B8D4	gāng		岡	
内 ⊖	05185	C4DA	nèi			
水 ⊖	06C34	CBAE	shuǐ			
见 ⊖	089C1	BCFB	jiàn/xiàn		見	
午 ⊖	05348	CEE7	wǔ			
牛 ⊖	0725B	C5A3	niú			
手 ⊖	0624B	CAD6	shǒu			
气 ⊖	06C14	C6F8	qì		氣	
毛 ⊖	06BDB	C3AB	máo			
壬 ⊖	058EC	C8C9	rén			
升 ⊖	05347	C9FD	shēng			昇陞
夭 ⊖	0592D	D8B2	yāo			殀
长 ⊖	0957F	B3A4	cháng/zhǎng		長	
仁 ⊖	04EC1	C8CA	rén			
什 ⊖	04EC0	CAB2	shén/shí			
仃 ⊖	04EC3	D8EA	dīng			
片 ⊖	07247	C6AC	piān/piàn			
仆 ⊖	04EC6	C6CD	pū			仆
			pú			僕
化 ⊖	05316	BBAF	huà			

字头	编码		读音	规范字	繁体字	异体字
	ISO 10646	GB 18030				
仉 ⊖	04EC9	D8EB	zhǎng			
仇 ⊖	04EC7	B3F0	chóu qiú			讐雠
币 ⊖	05E01	B1D2	bì		幣	
仂 ⊖	04EC2	D8EC	lè			
仍 ⊖	04ECD	C8D4	réng			
仅 ⊖	04EC5	BDF6	jǐn		僅	
斤 ⊖	065A4	BDEF	jīn			觔
爪 ⊖	0722A	D7A6	zhǎo/ zhuǎ			
反 ⊖	053CD	B7B4	fǎn			
兮 ⊖	0516E	D9E2	xī			
刈 ⊖	05208	D8D7	yì			
介 ⊖	04ECB	BDE9	jiè			
父 ⊖	07236	B8B8	fù			
从 ⊖	04ECE	B4D3	cóng		從	
爻 ⊖	0723B	D8B3	yáo			
仑 ⊖	04ED1	C2D8	lún		侖	崘崙
今 ⊖	04ECA	BDF1	jīn			
凶 ⊖	051F6	D0D7	xiōng			兇
分 ⊖	05206	B7D6	fēn/fèn			
乏 ⊖	04E4F	B7A6	fá			

字头	编码		读音	规范字	繁体字	异体字
	ISO 10646	GB 18030				
公 ⊖	0516C	B9AB	gōng			
仓 ⊖	04ED3	B2D6	cāng		倉	
月 ⊖	06708	D4C2	yuè			
氏 ⊖	06C0F	CACF	shì/zhī			
勿 ⊖	052FF	CEF0	wù			
欠 ⊖	06B20	C7B7	qiàn			
风 ⊖	098CE	B7E7	fēng		風	
丹 ⊖	04E39	B5A4	dān			
匀 ⊖	05300	D4C8	yún			
乌 ⊖	04E4C	CEDA	wū		烏	
卬 ⊜	0536C	856E	áng			
殳 ⊜	06BB3	ECAF	shū			
勾 ⊖	052FE	B9B4	gōu/gòu			
凤 ⊖	051E4	B7EF	fèng		鳳	
卞 ⊖	0535E	B1E5	biàn			
六 ⊖	0516D	C1F9	liù/lù			
文 ⊖	06587	CEC4	wén			
亢 ⊖	04EA2	BFBA	kàng			
方 ⊖	065B9	B7BD	fāng			
闩 ⊖	095E9	E3C5	shuān		閂	
火 ⊖	0706B	BBF0	huǒ			

字头	编码		读音	规范字	繁体字	异体字
	ISO 10646	GB 18030				
为 ⊖	04E3A	CEAA	wéi/wèi		爲	
斗 ⊖	06597	B6B7	dǒu		斗	
			dòu		鬥	鬦鬪鬬
忆 ⊖	05FC6	D2E4	yì		憶	
计 ⊖	08BA1	BCC6	jì		計	
订 ⊖	08BA2	B6A9	dìng		訂	
户 ⊖	06237	BBA7	hù			
讣 ⊖	08BA3	B8BC	fù		訃	
认 ⊖	08BA4	C8CF	rèn		認	
冗 ⊖	05197	C8DF	rǒng			宂
讥 ⊖	08BA5	BCA5	jī		譏	
心 ⊖	05FC3	D0C4	xīn			
尹 ⊖	05C39	D2FC	yǐn			
尺 ⊖	05C3A	B3DF	chě/chǐ			
夬 ⊖	0592C	89F8	guài			
引 ⊖	05F15	D2FD	yǐn			
[弔]	05F14	8F74	diào	吊		
丑 ⊖	04E11	B3F3	chǒu		丑醜	
爿 ⊖	0723F	E3DD	pán			
巴 ⊖	05DF4	B0CD	bā			

字头	编码		读音	规范字	繁体字	异体字
	ISO 10646	GB 18030				
孔 ⊖	05B54	BFD7	kǒng			
队 ⊖	0961F	B6D3	duì		隊	
讴 ⊜	20676	9533AA30	ǒu			
办 ⊖	0529E	B0EC	bàn		辦	
以 ⊖	04EE5	D2D4	yǐ			㠯
允 ⊖	05141	D4CA	yǔn			
予 ⊖	04E88	D3E8	yú/yǔ			
邓 ⊖	09093	B5CB	dèng		鄧	
劝 ⊖	0529D	C8B0	quàn		勸	
双 ⊖	053CC	CBAB	shuāng		雙	
毌 ⊜	06BCC	9AAF	guàn			
书 ⊖	04E66	CAE9	shū		書	
毋 ⊖	06BCB	CEE3	wú			
幻 ⊖	05E7B	BBC3	huàn			
五画						
玉 ⊖	07389	D3F1	yù			
刊 ⊖	0520A	BFAF	kān			栞
未 ⊖	0672A	CEB4	wèi			
末 ⊖	0672B	C4A9	mò			
示 ⊖	0793A	CABE	shì			
击 ⊖	051FB	BBF7	jī		擊	

字头	编码		读音	规范字	繁体字	异体字
	ISO 10646	GB 18030				
邗 ㊁	09097	DAF5	hán			
邘 ㊂	09098	DF8E	yú			
戋 ㊁	0620B	EAA7	jiān		戔	
圢 ㊂	05722	884E	tǐng			
打 ㊀	06253	B4F2	dá/dǎ			
巧 ㊀	05DE7	C7C9	qiǎo			
正 ㊀	06B63	D5FD	zhēng/zhèng			
扑 ㊀	06251	C6CB	pū		撲	
卉 ㊀	05349	BBDC	huì			
扒 ㊀	06252	B0C7	bā/pá			
邛 ㊀	0909B	DAF6	qióng			
功 ㊀	0529F	B9A6	gōng			
扔 ㊀	06254	C8D3	rēng			
去 ㊀	053BB	C8A5	qù			
甘 ㊀	07518	B8CA	gān			
世 ㊀	04E16	CAC0	shì			
艾 ㊀	0827E	B0AC	ài/yì			
艻 ㊀	0827D	DCB4	jiāo			
古 ㊀	053E4	B9C5	gǔ			
节 ㊀	08282	BDDA	jiē/jié		節	
艿 ㊀	0827F	DCB5	nǎi			

字头	编码		读音	规范字	繁体字	异体字
	ISO 10646	GB 18030				
本 ⊖	0672C	B1BE	běn			
术 ⊖	0672F	CAF5	zhú		术	
			shù		術	
札 ⊖	0672D	D4FD	zhá			剳剳
[冄]	20542	95338B32	zài	再		
[冄]	20545	95338B35	zài	再		
可 ⊖	053EF	BFC9	kě/kè			
叵 ⊖	053F5	D8CF	pǒ			
匝 ⊖	0531D	D4D1	zā			帀
丙 ⊖	04E19	B1FB	bǐng			
左 ⊖	05DE6	D7F3	zuǒ			
厉 ⊖	05389	C0F7	lì		厲	
丕 ⊖	04E15	D8A7	pī			
石 ⊖	077F3	CAAF	dàn/shí			
右 ⊖	053F3	D3D2	yòu			
布 ⊖	05E03	B2BC	bù			佈
夯 ⊖	0592F	BABB	hāng			
戊 ⊖	0620A	CEEC	wù			
龙 ⊖	09F99	C1FA	lóng		龍	
平 ⊖	05E73	C6BD	píng			
灭 ⊖	0706D	C3F0	miè		滅	

字头	编码		读音	规范字	繁体字	异体字
	ISO 10646	GB 18030				
轧 ⊖	08F67	D4FE	yà/zhá		軋	
东 ⊖	04E1C	B6AB	dōng		東	
匜 ⊖	0531C	8546	yí			
劢 ⊖	052A2	DBBD	mài		勱	
卡 ⊖	05361	BFA8	kǎ/qiǎ			
北 ⊖	05317	B1B1	běi			
占 ⊖	05360	D5BC	zhān			
			zhàn			佔
凸 ⊖	051F8	CDB9	tū			
卢 ⊖	05362	C2AC	lú		盧	
业 ⊖	04E1A	D2B5	yè		業	
旧 ⊖	065E7	BEC9	jiù		舊	
帅 ⊖	05E05	CBA7	shuài		帥	
归 ⊖	05F52	B9E9	guī		歸	
旦 ⊖	065E6	B5A9	dàn			
目 ⊖	076EE	C4BF	mù			
且 ⊖	04E14	C7D2	qiě			
叶 ⊖	053F6	D2B6	xié			叶
			yè		葉	
甲 ⊖	07532	BCD7	jiǎ			
申 ⊖	07533	C9EA	shēn			

字头	编码		读音	规范字	繁体字	异体字
	ISO 10646	GB 18030				
叮 ⊖	053EE	B6A3	dīng			
电 ⊖	07535	B5E7	diàn		電	
号 ⊖	053F7	BAC5	háo/hào		號	
田 ⊖	07530	CCEF	tián			
由 ⊖	07531	D3C9	yóu			
卟 ⊖	0535F	DFB2	bǔ			
只 ⊖	053EA	D6BB	zhǐ		祇	衹秖
			zhī		隻	
叭 ⊖	053ED	B0C8	bā			
[叺]	03565	82309434	yǐ	以		
史 ⊖	053F2	CAB7	shǐ			
央 ⊖	0592E	D1EB	yāng			
叱 ⊖	053F1	DFB3	chì			
兄 ⊖	05144	D0D6	xiōng			
叽 ⊖	053FD	DFB4	jī		嘰	
[㠯]	0382F	8230DB35	yǐ	以		
叼 ⊖	053FC	B5F0	diāo			
叫 ⊖	053EB	BDD0	jiào			呌
叩 ⊖	053E9	DFB5	kòu			敂
叨 ⊖	053E8	DFB6	dāo			

字头	编码		读音	规范字	繁体字	异体字
	ISO 10646	GB 18030				
叻 ⊖	053FB	DFB7	lè			
另 ⊖	053E6	C1ED	lìng			
叹 ⊖	053F9	CCBE	tàn		嘆	歎
冉 ⊖	05189	C8BD	rǎn			冄
皿 ⊖	076BF	C3F3	mǐn			
[冊]	0518A	83D4	cè	册		
凹 ⊖	051F9	B0BC	āo			
囚 ⊖	056DA	C7F4	qiú			
四 ⊖	056DB	CBC4	sì			
[囙]	056D9	87E0	yīn	因		
生 ⊖	0751F	C9FA	shēng			
矢 ⊖	077E2	CAB8	shǐ			
失 ⊖	05931	CAA7	shī			
氕 ⊜	06C15	EBAD	piē			
乍 ⊖	04E4D	D5A7	zhà			
禾 ⊖	079BE	BACC	hé			
仨 ⊖	04EE8	D8ED	sā			
丘 ⊖	04E18	C7F0	qiū			坵
仕 ⊖	04ED5	CACB	shì			
付 ⊖	04ED8	B8B6	fù			
仗 ⊖	04ED7	D5CC	zhàng			

字头	编码		读音	规范字	繁体字	异体字
	ISO 10646	GB 18030				
代 ⊖	04EE3	B4FA	dài			
仙 ⊖	04ED9	CFC9	xiān			僊
仟 ⊖	04EDF	C7AA	qiān			
仡 ⊖	04EE1	D8EE	gē			
仫 ⊖	04EEB	D8EF	mù			
伋 ⊜	04F0B	81B3	jí			
们 ⊖	04EEC	C3C7	mén/ men		們	
仪 ⊖	04EEA	D2C7	yí		儀	
白 ⊖	0767D	B0D7	bái			
仔 ⊖	04ED4	D7D0	zǎi/zǐ			
他 ⊖	04ED6	CBFB	tā			
仞 ⊖	04EDE	D8F0	rèn			
斥 ⊖	065A5	B3E2	chì			
厄 ⊖	0536E	D8B4	zhī			厊
瓜 ⊖	074DC	B9CF	guā			
仝 ⊜	04EDD	D9DA	tóng			
[仝①]	04EDD	D9DA	tóng		同	
[尒]	05C12	8CA9	ěr		尔	
乎 ⊖	04E4E	BAF5	hū			
丛 ⊖	04E1B	B4D4	cóng		叢	

①仝：可用于姓氏人名。

18

字头	编码		读音	规范字	繁体字	异体字
	ISO 10646	GB 18030				
令 ⊖	04EE4	C1EE	lìng			
用 ⊖	07528	D3C3	yòng			
甩 ⊖	07529	CBA6	shuǎi			
印 ⊖	05370	D3A1	yìn			
氐 ⊖	06C10	D8B5	dī/dǐ			
尔 ⊖	05C14	B6FB	ěr		爾	尒
乐 ⊖	04E50	C0D6	lè/yuè		樂	
句 ⊖	053E5	BEE4	gōu/jù			
匆 ⊖	05306	B4D2	cōng			怱悤
犰 ⊖	072B0	E1EC	qiú			
[勾]	05303	84F7	gài	丐		
册 ⊖	0518C	B2E1	cè			冊
卯 ⊖	0536F	C3AE	mǎo			夘戼
犯 ⊖	072AF	B7B8	fàn			
[句]	05304	84F8	gài	丐		
外 ⊖	05916	CDE2	wài			
处 ⊖	05904	B4A6	chǔ/chù		處	
冬 ⊖	051AC	B6AC	dōng		冬鼕	
鸟 ⊖	09E1F	C4F1	niǎo		鳥	
[夘]	05918	89EE	mǎo	卯		
务 ⊖	052A1	CEF1	wù		務	

19

字头	编码		读音	规范字	繁体字	异体字
	ISO 10646	GB 18030				
刍 ㊀	0520D	DBBB	chú		芻	
包 ㊀	05305	B0FC	bāo			
饥 ㊀	09965	BCA2	jī		飢饑	
主 ㊀	04E3B	D6F7	zhǔ			
江 ㊂	051AE	83E9	gāng			
市 ㊀	05E02	CAD0	shì			
邝 ㊀	0909D	DAF7	kuàng		鄺	
立 ㊀	07ACB	C1A2	lì			
冯 ㊀	051AF	B7EB	féng		馮	
邙 ㊀	09099	DAF8	máng			
玄 ㊀	07384	D0FE	xuán			
闪 ㊀	095EA	C9C1	shǎn		閃	
[冰]	06C37	9AEA	bīng	冰		
兰 ㊀	05170	C0BC	lán		蘭	
半 ㊀	0534A	B0EB	bàn			
汁 ㊀	06C41	D6AD	zhī			
汀 ㊀	06C40	CDA1	tīng			
汇 ㊀	06C47	BBE3	huì		匯 彙	滙
头 ㊀	05934	CDB7	tóu		頭	
氿 ㊁	06C3F	9AF0	jiǔ			

字头	编码		读音	规范字	繁体字	异体字
	ISO 10646	GB 18030				
汈 ⊜	06C48	9AF4	diāo			
汉 ⊖	06C49	BABA	hàn		漢	
氾 ⊜	06C3E	9AEF	fán			
[氾①]	06C3E	9AEF	fàn	泛		
忉 ⊜	05FC9	E2E1	dāo			
宁 ⊖	05B81	C4FE	níng/nìng		寧	寍甯
穴 ⊖	07A74	D1A8	xué			
它 ⊖	05B83	CBFC	tā			牠
[宂]	05B82	8C5D	rǒng	冗		
宄 ⊜	05B84	E5B3	guǐ			
讦 ⊖	08BA6	DAA6	jié		訐	
讴 ⊜	2C8D9	9932E833	xū		訏	
讧 ⊖	08BA7	DAA7	hòng		訌	
讨 ⊖	08BA8	CCD6	tǎo		討	
[厄]	06239	91F6	è	厄		
写 ⊖	05199	D0B4	xiě		寫	
让 ⊖	08BA9	C8C3	ràng		讓	
礼 ⊖	0793C	C0F1	lǐ		禮	
讪 ⊖	08BAA	DAA8	shàn		訕	
讫 ⊖	08BAB	C6FD	qì		訖	

①氾：可用于姓氏人名，读fán。读fàn时用"泛"。

字头	编码		读音	规范字	繁体字	异体字
	ISO 10646	GB 18030				
训 ⊖	08BAD	D1B5	xùn		訓	
议 ⊖	08BAE	D2E9	yì		議	
必 ⊖	05FC5	B1D8	bì			
讯 ⊖	08BAF	D1B6	xùn		訊	
记 ⊖	08BB0	BCC7	jì		記	
永 ⊖	06C38	D3C0	yǒng			
讱 ⊜	08BB1	D79A	rèn		訒	
司 ⊖	053F8	CBBE	sī			
尼 ⊖	05C3C	C4E1	ní			
尻 ⊖	05C3B	E5EA	kāo			
民 ⊖	06C11	C3F1	mín			
弗 ⊖	05F17	B8A5	fú			
弘 ⊖	05F18	BAEB	hóng			
[疋]	0758B	F1E2	pǐ	匹		
出 ⊖	051FA	B3F6	chū		齣	
阡 ⊖	09621	DAE4	qiān			
辽 ⊖	08FBD	C1C9	liáo		遼	
奶 ⊖	05976	C4CC	nǎi			妳嬭
奴 ⊖	05974	C5AB	nú			
㞎 ⊖	05C15	E6D8	gǎ			
召 ⊖	053EC	D5D9	shào/ zhào			

字头	编码		读音	规范字	繁体字	异体字
	ISO 10646	GB 18030				
加 ⊖	052A0	BCD3	jiā			
皮 ⊖	076AE	C6A4	pí			
边 ⊖	08FB9	B1DF	biān		邊	
孕 ⊖	05B55	D4D0	yùn			
发 ⊖	053D1	B7A2	fā		發	
			fà		髮	
圣 ⊖	05723	CAA5	shèng		聖	
对 ⊖	05BF9	B6D4	duì		對	
弁 ⊖	05F01	DBCD	biàn			
台 ⊖	053F0	CCA8	tāi/ tái		台	
			tái		臺颱檯	
矛 ⊖	077DB	C3AC	máo			
纠 ⊖	07EA0	BEC0	jiū		糾	紏
驭 ⊖	09A6D	D4A6	yù		馭	
母 ⊖	06BCD	C4B8	mǔ			
幼 ⊖	05E7C	D3D7	yòu			
丝 ⊖	04E1D	CBBF	sī		絲	
[巡]	05EF5	8F65	xún	巡		
六画						
匡 ⊖	05321	BFEF	kuāng			
耒 ⊖	08012	F1E7	lěi			

字头	编码		读音	规范字	繁体字	异体字
	ISO 10646	GB 18030				
邦 ⊖	090A6	B0EE	bāng			
玎 ⊖	0738E	E7E0	dīng			
玑 ⊖	07391	E7E1	jī		璣	
式 ⊖	05F0F	CABD	shì			
迂 ⊖	08FC2	D3D8	yū			
刑 ⊖	05211	D0CC	xíng			
邢 ⊖	090A2	D0CF	xíng			
戎 ⊖	0620E	C8D6	róng			
动 ⊖	052A8	B6AF	dòng		動	働
圩 ⊖	05729	DBD7	wéi/xū			
扞 ⊖	0625E	9249	hàn			
[扞①]	0625E	9249	hàn	捍		
圬 ⊖	0572C	DBD8	wū			
圭 ⊖	0572D	B9E7	guī			
扛 ⊖	0625B	BFB8	gāng			摃
			káng			
寺 ⊖	05BFA	CBC2	sì			
吉 ⊖	05409	BCAA	jí			
扣 ⊖	06263	BFDB	kòu			釦
圲 ⊜	05732	8855	qiān			

①扞：用于表示相互抵触，如"扞格"。其他意义用"捍"。

字头	编码		读音	规范字	繁体字	异体字
	ISO 10646	GB 18030				
扦 ⊖	06266	C7A4	qiān			
考 ⊖	08003	BFBC	kǎo			攷
圮 ⊖	0572B	8853	tuō			
圪 ⊖	0572A	DBD9	gē			
托 ⊖	06258	CDD0	tuō			託
圳 ⊖	05733	DBDA	zhèn			
老 ⊖	08001	C0CF	lǎo			
巩 ⊖	05DE9	B9AE	gǒng		鞏	
圾 ⊖	0573E	BBF8	jī			
执 ⊖	06267	D6B4	zhí		執	
圹 ⊖	05739	DBDB	kuàng		壙	
扩 ⊖	06269	C0A9	kuò		擴	
扪 ⊖	0626A	DED1	mén		捫	
扫 ⊖	0626B	C9A8	sǎo/sào		掃	
圮 ⊖	0572E	DBDC	pǐ			
圯 ⊖	0572F	DBDD	yí			
地 ⊖	05730	B5D8	de/dì			
场 ⊖	0573A	B3A1	cháng/cháng		場	塲
扬 ⊖	0626C	D1EF	yáng		揚	敭颺
耳 ⊖	08033	B6FA	ěr			

25

字头	编码		读音	规范字	繁体字	异体字
	ISO 10646	GB 18030				
芋 ⊖	0828B	D3F3	yù			
芏 ⊜	0828F	DCB6	dù			
共 ⊖	05171	B9B2	gòng			
芊 ⊖	0828A	DCB7	qiān			
芍 ⊖	0828D	C9D6	sháo			
芃 ⊜	08283	C64D	péng			
芄 ⊖	08284	DCB9	wán			
芨 ⊖	082A8	DCB8	jī			
芒 ⊖	08292	C3A2	máng			
亚 ⊖	04E9A	D1C7	yà		亞	
芝 ⊖	0829D	D6A5	zhī			
芑 ⊖	08291	DCBB	qǐ			
芎 ⊖	0828E	DCBA	xiōng			
芗 ⊖	08297	DCBC	xiāng		薌	
朽 ⊖	0673D	D0E0	xiǔ			
朴 ⊖	06734	C6D3	piáo/pǔ		朴樸	
朳 ⊜	06733	965B	bā			
机 ⊖	0673A	BBFA	jī		機	
朸 ⊜	06738	965E	lì			
权 ⊖	06743	C8A8	quán		權	
过 ⊖	08FC7	B9FD	guō/guò		過	

字头	编码		读音	规范字	繁体字	异体字
	ISO 10646	GB 18030				
亘 ⊖	04E98	D8A8	gèn			亙
臣 ⊖	081E3	B3BC	chén			
吏 ⊖	0540F	C0F4	lì			
再 ⊖	0518D	D4D9	zài			𠕲𠕲
协 ⊖	0534F	D0AD	xié		協	
西 ⊖	0897F	CEF7	xī			
[亙]	04E99	8183	gèn	亘		
郕 ⊜	28678	9739AB30	qí			
压 ⊖	0538B	D1B9	yā/yà		壓	
厌 ⊖	0538C	D1E1	yàn		厭	
厍 ⊖	0538D	D8C7	shè		厙	
戌 ⊖	0620C	D0E7	qu/xū			
在 ⊖	05728	D4DA	zài			
百 ⊖	0767E	B0D9	bǎi			
有 ⊖	06709	D3D0	yǒu			
存 ⊖	05B58	B4E6	cún			
而 ⊖	0800C	B6F8	ér			
页 ⊖	09875	D2B3	yè		頁	
匠 ⊖	05320	BDB3	jiàng			
夸 ⊖	05938	BFE4	kuā		夸誇	
夺 ⊖	0593A	B6E1	duó		奪	

字头	编码		读音	规范字	繁体字	异体字
	ISO 10646	GB 18030				
夼 ⊖	0593C	DEC5	kuǎng			
灰 ⊖	07070	BBD2	huī			
达 ⊖	08FBE	B4EF	dá		達	
戍 ⊖	0620D	CAF9	shù			
尥 ⊖	05C25	DECD	liào			
列 ⊖	05217	C1D0	liè			
死 ⊖	06B7B	CBC0	sǐ			
成 ⊖	06210	B3C9	chéng			
[匟]	0531F	8548	kàng	炕		
夹 ⊖	05939	BCD0	jiā		夾	
			jiá			袷袼
夷 ⊖	05937	D2C4	yí			
轨 ⊖	08F68	B9EC	guǐ		軌	
邪 ⊖	090AA	D0B0	xié			衺
邨 ⊜	090A8	DF97	cūn			
[邨①]	090A8	DF97	cūn	村		
[攷]	06537	948E	kǎo	考		
尧 ⊖	05C27	D2A2	yáo		堯	
划 ⊖	05212	BBAE	huá		划	
			huá/huà			劃

①邨：可用于姓氏人名。

字头	编码		读音	规范字	繁体字	异体字
	ISO 10646	GB 18030				
迈 ⊖	08FC8	C2F5	mài		邁	
毕 ⊖	06BD5	B1CF	bì		畢	
至 ⊖	081F3	D6C1	zhì			
此 ⊖	06B64	B4CB	cǐ			
乩 ⊖	04E69	D8C0	jī			
贞 ⊖	08D1E	D5EA	zhēn		貞	
师 ⊖	05E08	CAA6	shī		師	
尘 ⊖	05C18	B3BE	chén		塵	
尖 ⊖	05C16	BCE2	jiān			
劣 ⊖	052A3	C1D3	liè			
光 ⊖	05149	B9E2	guāng			
当 ⊖	05F53	B5B1	dāng/dàng		當	
			dāng		噹	
早 ⊖	065E9	D4E7	zǎo			
吁 ⊖	05401	D3F5	xū/yū			吘
			yù			籲
吐 ⊖	05410	CDC2	tǔ/tù			
吓 ⊖	05413	CFC5	hè/xià		嚇	
晃 ⊖	065EF	EAB9	lá			
曳 ⊖	066F3	D2B7	yè			

字头	编码		读音	规范字	繁体字	异体字
	ISO 10646	GB 18030				
虫 ⊖	0866B	B3E6	chóng		蟲	
曲 ⊖	066F2	C7FA	qū/qǔ		曲	
			qū		麯	麴
团 ⊖	056E2	CDC5	tuán		團糰	
吕 ⊖	05415	C2C0	lǚ			
同 ⊖	0540C	CDAC	tóng			仝
			tòng			衕
吊 ⊖	0540A	B5F5	diào			弔
吒 ⊜	05412	DFB8	zhā			
[吒①]	05412	DFB8	zhà	咤		
吃 ⊖	05403	B3D4	chī			喫
因 ⊖	056E0	D2F2	yīn			囙
吸 ⊖	05438	CEFC	xī			
吖 ⊜	05416	DFB9	ā			
吗 ⊖	05417	C2F0	ma		嗎	
吆 ⊖	05406	DFBA	yāo			
屼 ⊜	05C7C	8CE4	wù			
屿 ⊖	05C7F	D3EC	yǔ		嶼	
屾 ⊜	05C7E	8CE6	shēn			
屹 ⊖	05C79	D2D9	yì			

①吒：可用于姓氏人名，读zhā，如"哪吒"。读zhà时用"咤"。

字头	编码		读音	规范字	繁体字	异体字
	ISO 10646	GB 18030				
[帆]	03836	8230DC32	fān	帆		
岁 ⊖	05C81	CBEA	suì		歲	崴
岌 ⊖	05C8C	E1A7	jí			
帆 ⊖	05E06	B7AB	fān			帆飄
辿 ⊜	08FBF	DE7B	chān			
回 ⊖	056DE	BBD8	huí		回	
					迴	廻廻
屺 ⊖	05C7A	E1A8	qǐ			
岂 ⊖	05C82	C6F1	qǐ		豈	
则 ⊖	05219	D4F2	zé		則	
刚 ⊖	0521A	B8D5	gāng		剛	
网 ⊖	07F51	CDF8	wǎng		網	
肉 ⊖	08089	C8E2	ròu			
凼 ⊖	051FC	DBCA	dàng			
囝 ⊜	056E1	E0EF	nān			
钆 ⊜	09486	EEC5	gá		釓	
钇 ⊜	09487	EEC6	yǐ		釔	
年 ⊖	05E74	C4EA	nián			秊
朱 ⊖	06731	D6EC	zhū		朱硃	
缶 ⊖	07F36	F3BE	fǒu			
氘 ⊖	06C18	EBAE	dāo			

字头	编码		读音	规范字	繁体字	异体字
	ISO 10646	GB 18030				
氖 ⊖	06C16	C4CA	nǎi			
先 ⊖	05148	CFC8	xiān			
牝 ⊖	0725D	EAF2	pìn			
丢 ⊖	04E22	B6AA	diū			
廷 ⊖	05EF7	CDA2	tíng			
舌 ⊖	0820C	C9E0	shé			
竹 ⊖	07AF9	D6F1	zhú			
迁 ⊖	08FC1	C7A8	qiān		遷	
乔 ⊖	04E54	C7C7	qiáo		喬	
迄 ⊖	08FC4	C6F9	qì			
伟 ⊖	04F1F	CEB0	wěi		偉	
传 ⊖	04F20	B4AB	chuán/zhuàn		傳	
乒 ⊖	04E52	C6B9	pīng			
乓 ⊖	04E53	C5D2	pāng			
休 ⊖	04F11	D0DD	xiū			
伍 ⊖	04F0D	CEE9	wǔ			
伎 ⊖	04F0E	BCBF	jì			
伏 ⊖	04F0F	B7FC	fú			
伛 ⊖	04F1B	D8F1	yǔ		傴	
优 ⊖	04F18	D3C5	yōu		優	

字头	编码		读音	规范字	繁体字	异体字
	ISO 10646	GB 18030				
臼 ⊖	081FC	BECA	jiù			
伢 ⊖	04F22	D8F3	yá			
伐 ⊖	04F10	B7A5	fá			
仳 ⊜	04EF3	D8F2	pǐ			
延 ⊖	05EF6	D1D3	yán			
佤 ⊖	04F64	D8F4	wǎ			
仲 ⊖	04EF2	D6D9	zhòng			
伣 ⊜	04F23	81BD	qiàn		俔	
仵 ⊖	04EF5	D8F5	wǔ			
件 ⊖	04EF6	BCFE	jiàn			
任 ⊖	04EFB	C8CE	rén/rèn			
伤 ⊖	04F24	C9CB	shāng		傷	
伥 ⊖	04F25	D8F6	chāng		倀	
价 ⊖	04EF7	BCDB	jià		價	
伦 ⊖	04F26	C2D7	lún		倫	
份 ⊖	04EFD	B7DD	fèn			
伧 ⊖	04F27	D8F7	cāng		傖	
华 ⊖	0534E	BBAA	huá/huà		華	
仰 ⊖	04EF0	D1F6	yǎng			
伉 ⊖	04F09	D8F8	kàng			
仿 ⊖	04EFF	B7C2	fǎng			倣髣

字头	编码		读音	规范字	繁体字	异体字
	ISO 10646	GB 18030				
伙 ⊖	04F19	BBEF	huǒ		伙夥	
伪 ⊖	04F2A	CEB1	wěi		偽	
伫 ⊖	04F2B	D8F9	zhù			佇竚
伈 ⊜	04F08	81B2	xǐn			
自 ⊖	081EA	D7D4	zì			
伊 ⊖	04F0A	D2C1	yī			
乩 ⊜	0767F	B06D	bié			
血 ⊖	08840	D1AA	xiě/xuè			
向 ⊖	05411	CFF2	xiàng		向	
					嚮	曏
囟 ⊜	056DF	D8B6	xìn			
似 ⊖	04F3C	CBC6	sì			佀
后 ⊖	0540E	BAF3	hòu		后後	
行 ⊖	0884C	D0D0	háng/xíng			
甪 ⊜	0752A	AE66	lù			
舟 ⊖	0821F	D6DB	zhōu			
全 ⊖	05168	C8AB	quán			
会 ⊖	04F1A	BBE1	huì/kuài		會	
杀 ⊖	06740	C9B1	shā		殺	
合 ⊖	05408	BACF	gě/hé		合	
			hé		閤	

字头	编码		读音	规范字	繁体字	异体字
	ISO 10646	GB 18030				
兆 ⊖	05146	D5D7	zhào			
企 ⊖	04F01	C6F3	qǐ			
汆 ⊖	06C46	D9E0	cuān			
众 ⊖	04F17	D6DA	zhòng		衆	眾
爷 ⊖	07237	D2AF	yé		爺	
伞 ⊖	04F1E	C9A1	sǎn		傘	傘繖
[兇]	05147	83B4	xiōng	凶		
邠 ⊜	090A0	DF93	bīn			
创 ⊖	0521B	B4B4	chuāng		創	
			chuàng			剏剙
刖 ⊖	05216	EBBE	yuè			
肌 ⊖	0808C	BCA1	jī			
肋 ⊖	0808B	C0DF	lèi			
朵 ⊖	06735	B6E4	duǒ			朶
杂 ⊖	06742	D4D3	zá		雜	襍
夙 ⊜	05919	D9ED	sù			
危 ⊜	05371	CEA3	wēi			
旬 ⊜	065EC	D1AE	xún			
旨 ⊜	065E8	D6BC	zhǐ			
旮 ⊜	065EE	EAB8	gā			
旭 ⊜	065ED	D0F1	xù			

字头	编码		读音	规范字	繁体字	异体字
	ISO 10646	GB 18030				
负 ⊖	08D1F	B8BA	fù		負	
犴 ⊖	072B4	E1ED	àn/hān			
刎 ⊖	0520E	D8D8	wěn			
犷 ⊖	072B7	E1EE	guǎng		獷	
匈 ⊖	05308	D0D9	xiōng			
犸 ⊖	072B8	E1EF	mǎ		獁	
舛 ⊖	0821B	E2B6	chuǎn			
名 ⊖	0540D	C3FB	míng			
各 ⊖	05404	B8F7	gè			
多 ⊖	0591A	B6E0	duō			
凫 ⊖	051EB	D9EC	fú		鳧	
争 ⊖	04E89	D5F9	zhēng			
邬 ⊖	090AC	DAF9	wū		鄔	
色 ⊖	08272	C9AB	sè/shǎi			
饧 ⊖	09967	E2BC	xíng		餳	
冱 ⊜	051B1	D9FC	hù			
壮 ⊖	058EE	D7B3	zhuàng		壯	
冲 ⊖	051B2	B3E5	chōng		冲	
			chōng/chòng		衝	
妆 ⊖	05986	D7B1	zhuāng		妝	粧

字头	编码		读音	规范字	繁体字	异体字
	ISO 10646	GB 18030				
冰 ⊖	051B0	B1F9	bīng			氷
庄 ⊖	05E84	D7AF	zhuāng		莊	
庆 ⊖	05E86	C7EC	qìng		慶	
亦 ⊖	04EA6	D2E0	yì			
刘 ⊖	05218	C1F5	liú		劉	
齐 ⊖	09F50	C6EB	qí		齊	
交 ⊖	04EA4	BDBB	jiāo			
衣 ⊖	08863	D2C2	yī			
次 ⊖	06B21	B4CE	cì			
产 ⊖	04EA7	B2FA	chǎn		產	
决 ⊖	051B3	BEF6	jué			決
亥 ⊖	04EA5	BAA5	hài			
邡 ⊜	090A1	DAFA	fāng			
充 ⊖	05145	B3E4	chōng			
妄 ⊖	05984	CDFD	wàng			
闫 ⊜	095EB	E3C6	yán		閆	
闭 ⊖	095ED	B1D5	bì		閉	
问 ⊖	095EE	CECA	wèn		問	
闯 ⊖	095EF	B4B3	chuǎng		闖	
羊 ⊖	07F8A	D1F2	yáng			
并 ⊖	05E76	B2A2	bīng			
			bìng			併並竝

字头	编码		读音	规范字	繁体字	异体字
	ISO 10646	GB 18030				
关 ⊖	05173	B9D8	guān		關	
米 ⊖	07C73	C3D7	mǐ			
灯 ⊖	0706F	B5C6	dēng		燈	
州 ⊖	05DDE	D6DD	zhōu			
汗 ⊖	06C57	BAB9	hán/hàn			
[汙]	06C59	9B40	wū	污		
污 ⊖	06C61	CEDB	wū			汙汚
[汚]	06C5A	9B41	wū	污		
江 ⊖	06C5F	BDAD	jiāng			
沴 ⊜	2C1D5	9931B237	wàn		澫	
汕 ⊖	06C55	C9C7	shàn			
汔 ⊖	06C54	E3E0	qì			
汐 ⊖	06C50	CFAB	xī			
汋 ⊜	06C4B	9AF5	zhuó			
[汎]	06C4E	9AF8	fàn	泛		
汲 ⊖	06C72	BCB3	jí			
汛 ⊖	06C5B	D1B4	xùn			
汜 ⊖	06C5C	E3E1	sì			
池 ⊖	06C60	B3D8	chí			
汝 ⊖	06C5D	C8EA	rǔ			
汤 ⊖	06C64	CCC0	tāng		湯	

字头	编码		读音	规范字	繁体字	异体字
	ISO 10646	GB 18030				
汊 ⊖	06C4A	E3E2	chà			
忖 ⊖	05FD6	E2E2	cǔn			
忏 ⊖	05FCF	E2E3	chàn		懺	
忙 ⊖	05FD9	C3A6	máng			
兴 ⊖	05174	D0CB	xīng/xìng		興	
宇 ⊖	05B87	D3EE	yǔ			
守 ⊖	05B88	CAD8	shǒu			
宅 ⊖	05B85	D5AC	zhái			
字 ⊖	05B57	D7D6	zì			
安 ⊖	05B89	B0B2	ān			
讲 ⊖	08BB2	BDB2	jiǎng		講	
讳 ⊖	08BB3	BBE4	huì		諱	
讴 ⊖	08BB4	DAA9	ōu		謳	
军 ⊖	0519B	BEFC	jūn		軍	
讵 ⊖	08BB5	DAAA	jù		詎	
讶 ⊖	08BB6	D1C8	yà		訝	
祁 ⊖	07941	C6EE	qí			
[肎] ⊖	0808E	C347	kěn	肯		
讷 ⊖	08BB7	DAAB	nè		訥	
许 ⊖	08BB8	D0ED	xǔ		許	
讹 ⊖	08BB9	B6EF	é		訛	譌

字头	编码		读音	规范字	繁体字	异体字
	ISO 10646	GB 18030				
䜣 ㊂	04723	FE80	xīn		訢	
论 ㊀	08BBA	C2DB	lún/lùn		論	
讻 ㊂	08BBB	D79B	xiōng		訩	
讼 ㊀	08BBC	CBCF	sòng		訟	
农 ㊀	0519C	C5A9	nóng		農	䢉
讽 ㊀	08BBD	B7ED	fěng		諷	
设 ㊀	08BBE	C9E8	shè		設	
访 ㊀	08BBF	B7C3	fǎng		訪	
𬣞 ㊂	2C8DE	9932E838	zhǔ		詝	
诀 ㊀	08BC0	BEF7	jué		訣	
聿 ㊀	0807F	EDB2	yù			
寻 ㊀	05BFB	D1B0	xún		尋	㝷
那 ㊀	090A3	C4C7	nà			
艮 ㊀	0826E	F4DE	gèn			
厾 ㊀	053BE	85A0	dū			
迅 ㊀	08FC5	D1B8	xùn			
尽 ㊀	05C3D	BEA1	jǐn		儘	
			jìn		盡	
导 ㊀	05BFC	B5BC	dǎo		導	
异 ㊀	05F02	D2EC	yì			異
弛 ㊀	05F1B	B3DA	chí			

字头	编码		读音	规范字	繁体字	异体字
	ISO 10646	GB 18030				
阱 ⊖	09631	DAE5	jǐng			穽
阮 ⊖	0962E	C8EE	ruǎn			
孙 ⊖	05B59	CBEF	sūn		孫	
[阨]	09628	EA69	è	厄		
阵 ⊖	09635	D5F3	zhèn		陣	
孖 ⊜	05B56	8C49	zī			
[阯]	0962F	EA6E	zhǐ	址		
阳 ⊖	09633	D1F4	yáng		陽	
收 ⊖	06536	CAD5	shōu			
阪 ⊖	0962A	DAE6	bǎn			
[阪①]	0962A	DAE6	bǎn	坂		
阶 ⊖	09636	BDD7	jiē		階	堦
阴 ⊖	09634	D2F5	yīn		陰	隂
[艸]	08278	C648	cǎo	草		
[阬]	0962C	EA6C	kēng	坑		
防 ⊖	09632	B7C0	fáng			
丞 ⊖	04E1E	D8A9	chéng			
奸 ⊖	05978	BCE9	jiān			姦
[朵]	06736	965C	duǒ	朵		
如 ⊖	05982	C8E7	rú			

①阪：可用于地名，如"大阪"。

字头	编码		读音	规范字	繁体字	异体字
	ISO 10646	GB 18030				
妁 ⊖	05981	E5F9	shuò			
妇 ⊖	05987	B8BE	fù		婦	媍
妃 ⊖	05983	E5FA	fēi			
好 ⊖	0597D	BAC3	hǎo/hào			
她 ⊖	05979	CBFD	tā			
妈 ⊖	05988	C2E8	mā		媽	
戏 ⊖	0620F	CFB7	xì		戲	戯
羽 ⊖	07FBD	D3F0	yǔ			
观 ⊖	089C2	B9DB	guān/guàn		觀	
牟 ⊖	0725F	C4B2	móu/mù			
欢 ⊖	06B22	BBB6	huān		歡	懽讙驩
买 ⊖	04E70	C2F2	mǎi		買	
纡 ⊖	07EA1	E6FA	yū		紆	
红 ⊖	07EA2	BAEC	hóng		紅	
纣 ⊖	07EA3	E6FB	zhòu		紂	
驮 ⊖	09A6E	CDD4	duò/tuó		馱	駄
纤 ⊖	07EA4	CFCB	qiàn		縴	
			xiān		纖	
纥 ⊖	07EA5	E6FC	hé		紇	
驯 ⊖	09A6F	D1B1	xùn		馴	

字头	编码		读音	规范字	繁体字	异体字
	ISO 10646	GB 18030				
𬘓 ⊜	2C613	9932A133	xún		紃	
约 ⊖	07EA6	D4BC	yuē		約	
纨 ⊜	07EA8	E6FD	wán		紈	
级 ⊖	07EA7	BCB6	jí		級	
纩 ⊜	07EA9	E6FE	kuàng		纊	
纪 ⊖	07EAA	BCCD	jǐ/jì		紀	
驰 ⊖	09A70	B3DB	chí		馳	
纫 ⊖	07EAB	C8D2	rèn		紉	
巡 ⊖	05DE1	D1B2	xún			廵
七画						
寿 ⊖	05BFF	CAD9	shòu		壽	
玕 ⊜	07395	AB5C	gān			
玒 ⊜	07392	AB59	hóng			
弄 ⊖	05F04	C5AA	lòng			衖
			nòng			挵
玙 ⊜	07399	AB5F	yú		璵	
麦 ⊖	09EA6	C2F3	mài		麥	
玖 ⊖	07396	BEC1	jiǔ			
玓 ⊜	07393	AB5A	dì			
玘 ⊜	07398	AB5E	qǐ			
玚 ⊜	0739A	AB60	yáng/chàng		瑒	

字头	编码		读音	规范字	繁体字	异体字
	ISO 10646	GB 18030				
玛 ⊖	0739B	C2EA	mǎ		瑪	
形 ⊖	05F62	D0CE	xíng			
进 ⊖	08FDB	BDF8	jìn		進	
戒 ⊖	06212	BDE4	jiè			
吞 ⊖	0541E	CDCC	tūn			
远 ⊖	08FDC	D4B6	yuǎn		遠	
违 ⊖	08FDD	CEA5	wéi		違	
韧 ⊖	097E7	C8CD	rèn		韌	靭靱靭
刬 ⊜	0522C	8469	chàn		剗	
运 ⊖	08FD0	D4CB	yùn		運	
扶 ⊖	06276	B7F6	fú			
抚 ⊖	0629A	B8A7	fǔ		撫	
坛 ⊖	0575B	CCB3	tán		壇	
					罎	罈墰
抟 ⊜	0629F	DED2	tuán		摶	
技 ⊖	06280	BCBC	jì			
坏 ⊖	0574F	BBB5	huài		壞	
抔 ⊖	06294	9267	póu			
坞 ⊜	2BB5F	99308B33	ōu/qū		塸	
抠 ⊖	062A0	BFD9	kōu		摳	
坜 ⊜	0575C	DBDE	lì		壢	

字头	编码		读音	规范字	繁体字	异体字
	ISO 10646	GB 18030				
扰 ⊖	06270	C8C5	rǎo		擾	
扼 ⊖	0627C	B6F3	è			搤
拒 ⊖	062D2	BEDC	jù			
坉 ⊜	05749	8864	tún			
扽 ⊜	0627D	9259	dèn			
找 ⊖	0627E	D5D2	zhǎo			
批 ⊖	06279	C5FA	pī			
址 ⊖	05740	D6B7	zhǐ			阯
扯 ⊖	0626F	B3B6	chě			撦
走 ⊖	08D70	D7DF	zǒu			
抄 ⊖	06284	B3AD	chāo			
贡 ⊖	08D21	B9B1	gòng		貢	
汞 ⊖	06C5E	B9AF	gǒng			
坝 ⊖	0575D	B0D3	bà		坝壩	
攻 ⊖	0653B	B9A5	gōng			
赤 ⊖	08D64	B3E0	chì			
圻 ⊖	0573B	DBDF	qí			
折 ⊖	06298	D5DB	zhé		折摺	
抓 ⊖	06293	D7A5	zhuā			
坂 ⊜	05742	DBE0	bǎn			阪岅
扳 ⊖	06273	B0E2	bān			

字头	编码		读音	规范字	繁体字	异体字
	ISO 10646	GB 18030				
坽 ㊂	2BB62	99308B36	lǔn		埨	
抡 ㊀	062A1	C2D5	lūn		掄	
坋 ㊂	0574B	8865	fèn			
扮 ㊁	0626E	B0E7	bàn			
抢 ㊀	062A2	C7C0	qiǎng		搶	
抵 ㊂	0627A	9257	zhǐ			
孝 ㊀	05B5D	D0A2	xiào			
坎 ㊀	0574E	BFB2	kǎn			埳
坍 ㊀	0574D	CCAE	tān			
均 ㊀	05747	BEF9	jūn			
坞 ㊀	0575E	CEEB	wù		塢	隖
抑 ㊀	06291	D2D6	yì			
抛 ㊀	0629B	C5D7	pāo			
投 ㊀	06295	CDB6	tóu			
抃 ㊀	06283	925C	biàn			
坟 ㊀	0575F	B7D8	fén		墳	
坑 ㊀	05751	BFD3	kēng			阬
抗 ㊀	06297	BFB9	kàng			
坊 ㊀	0574A	B7BB	fāng/ fáng			
㧑 ㊂	039D1	82318639	huī		撝	

字头	编码		读音	规范字	繁体字	异体字
	ISO 10646	GB 18030				
抖 ⊖	06296	B6B6	dǒu			
护 ⊖	062A4	BBA4	hù		護	
壳 ⊖	058F3	BFC7	ké/qiào		殼	
志 ⊖	05FD7	D6BE	zhì			誌
块 ⊖	05757	BFE9	kuài		塊	
抉 ⊖	06289	BEF1	jué			
扭 ⊖	0626D	C5A4	niǔ			
声 ⊖	058F0	C9F9	shēng		聲	
把 ⊖	0628A	B0D1	bǎ/bà			
报 ⊖	062A5	B1A8	bào		報	
[刧]	05226	8466	jié	劫		
拟 ⊖	062DF	C4E2	nǐ		擬	儗
却 ⊖	05374	C8B4	què			卻郤
抒 ⊖	06292	CAE3	shū			
[刦]	05227	8467	jié	劫		
劫 ⊖	052AB	BDD9	jié			刧刦刼
扨 ⊜	039D0	FE65	sǒng		搜	
毐 ⊜	06BD0	9AB1	ǎi			
[坳]	0362D	8230A831	ào	坳		
[扷]	0629D	926A	ào/niù	拗		
芙 ⊖	08299	DCBD	fú			

47

字头	编码		读音	规范字	繁体字	异体字
	ISO 10646	GB 18030				
芫 ⊖	082AB	DCBE	yán/yuán			
芜 ⊖	0829C	CEDF	wú		蕪	
苇 ⊖	082C7	CEAD	wěi		葦	
邯 ⊖	090AF	BAAA	hán			
芸 ⊖	082B8	DCBF	yún		芸蕓	
芾 ⊖	082BE	DCC0	fèi/fú			
芰 ⊖	082B0	DCC1	jì			
苶 ⊖	082A3	C65D	fú			
苈 ⊖	082C8	DCC2	lì		藶	
苊 ⊖	082CA	DCC3	è			
苉 ⊖	082C9	C66B	pǐ			
苣 ⊖	082E3	DCC4	jù/qǔ			
芽 ⊖	082BD	D1BF	yá			
芘 ⊖	08298	DCC5	bǐ			
芷 ⊖	082B7	DCC6	zhǐ			
芮 ⊖	082AE	DCC7	ruì			
苋 ⊖	082CB	DCC8	xiàn		莧	
芼 ⊖	082BC	C664	mào			
苌 ⊖	082CC	DCC9	cháng		萇	
花 ⊖	082B1	BBA8	huā			苍蘤
芹 ⊖	082B9	C7DB	qín			

字头	编码		读音	规范字	繁体字	异体字
	ISO 10646	GB 18030				
芥 ⊖	082A5	BDE6	gài/jiè			
苁 ⊖	082C1	DCCA	cōng		蓯	
[苍] ⊖	082B2	C65F	huā	花		
芩 ⊖	082A9	DCCB	qín			
芬 ⊖	082AC	B7D2	fēn			
苍 ⊖	082CD	B2D4	cāng		蒼	
芪 ⊖	082AA	DCCE	qí			
芴 ⊜	082B4	DCCC	wù			
芡 ⊖	082A1	DCCD	qiàn			
芟 ⊖	0829F	DCCF	shān			
苄 ⊖	082C4	DCD0	biàn			
芠 ⊜	082A0	C65B	wén			
芳 ⊖	082B3	B7BC	fāng			
严 ⊖	04E25	D1CF	yán		嚴	
苪 ⊜	2B1ED	98389535	wěi		蒍	
苎 ⊖	082CE	DCD1	zhù		苧	
芦 ⊖	082A6	C2AB	lú		蘆	
芯 ⊖	082AF	D0BE	xīn/xìn			
劳 ⊖	052B3	C0CD	láo		勞	
克 ⊖	0514B	BFCB	kè	克		
					剋	尅

字头	编码		读音	规范字	繁体字	异体字
	ISO 10646	GB 18030				
芭 ⊖	082AD	B0C5	bā			
芤 ⊜	082A4	DCD2	kōu			
苏 ⊖	082CF	CBD5	sū		蘇	甦蘇
					囌	
苡 ⊜	082E1	DCD3	yǐ			
杆 ⊖	06746	B8CB	gān			
			gǎn			桿
杠 ⊖	06760	B8DC	gàng			槓
杜 ⊖	0675C	B6C5	dù			
材 ⊖	06750	B2C4	cái			
村 ⊖	06751	B4E5	cūn			邨
杕 ⊜	06755	966D	dì			
杖 ⊖	06756	D5C8	zhàng			
杌 ⊖	0674C	E8BB	wù			
杙 ⊜	06759	9670	yì			
杏 ⊖	0674F	D0D3	xìng			
杄 ⊜	06744	9665	qiān			
杉 ⊖	06749	C9BC	shān			
巫 ⊖	05DEB	CED7	wū			
杓 ⊖	06753	E8BC	biāo			
极 ⊖	06781	BCAB	jí		極	

字头	编码		读音	规范字	繁体字	异体字
	ISO 10646	GB 18030				
杧 ⊜	06767	9678	máng			
杞 ⊖	0675E	E8BD	qǐ			
李 ⊖	0674E	C0EE	lǐ			
杨 ⊖	06768	D1EE	yáng		楊	
杈 ⊖	06748	E8BE	chā/chà			
杩 ⊜	06769	E8BF	mà		榪	
求 ⊖	06C42	C7F3	qiú			
忑 ⊖	05FD1	ECFD	tè			
孛 ⊖	05B5B	D8C3	bèi			
(車)	08ECA	DC87	chē/jū	车		
甫 ⊖	0752B	B8A6	fǔ			
匣 ⊖	05323	CFBB	xiá			
更 ⊖	066F4	B8FC	gēng/gèng			
束 ⊖	0675F	CAF8	shù			
吾 ⊖	0543E	CEE1	wú			
豆 ⊖	08C46	B6B9	dòu			荳
两 ⊖	04E24	C1BD	liǎng		兩	
邴 ⊖	090B4	DAFB	bǐng			
酉 ⊖	09149	D3CF	yǒu			
丽 ⊖	04E3D	C0F6	lí/lì		麗	

字头	编码		读音	规范字	繁体字	异体字
	ISO 10646	GB 18030				
医 ⊖	0533B	D2BD	yī		醫	
辰 ⊖	08FB0	B3BD	chén			
励 ⊖	052B1	C0F8	lì		勵	
邳 ⊖	090B3	DAFC	pī			
否 ⊖	05426	B7F1	fǒu/pǐ			
还 ⊖	08FD8	BBB9	hái/huán		還	
[矴]	077F4	B347	dìng	碇		
矶 ⊖	077F6	EDB6	jī		磯	
奁 ⊖	05941	DEC6	lián		奩	匲匳籨
(夾)	0593E	8A41	jiā/jiá	夹		
尪 ⊖	05C2A	8CB6	wāng			
豕 ⊖	08C55	F5B9	shǐ			
尨 ⊖	05C28	8CB4	máng			
尬 ⊖	05C2C	DECE	gà			
歼 ⊖	06B7C	BCDF	jiān		殲	
来 ⊖	06765	C0B4	lái		來	
忒 ⊖	05FD2	DFAF	tuī			
连 ⊖	08FDE	C1AC	lián		連	
欤 ⊖	06B24	ECA3	yú		歟	
轩 ⊖	08F69	D0F9	xuān		軒	
轪 ⊖	08F6A	DE61	dài		軑	

字头	编码		读音	规范字	繁体字	异体字
	ISO 10646	GB 18030				
轧 ⊜	2B404	9838CB30	yuè		軏	
轫 ⊜	08F6B	E9ED	rèn		軔	靭
迓 ⊜	08FD3	E5C2	yà			
坒 ⊜	05752	8866	bì			
邶 ⊖	090B6	DAFD	bèi			
忐 ⊖	05FD0	ECFE	tǎn			
芈 ⊜	08288	D8C2	mǐ			
步 ⊖	06B65	B2BD	bù			
卤 ⊖	05364	C2B1	lǔ		鹵滷	
卣 ⊖	05363	D8D5	yǒu			
邺 ⊖	090BA	DAFE	yè		鄴	
坚 ⊖	0575A	BCE1	jiān		堅	
肖 ⊖	08096	D0A4	xiāo/xiào			
旰 ⊜	065F0	EABA	gàn			
旱 ⊖	065F1	BAB5	hàn			
旴 ⊜	065F4	9542	xū			
盯 ⊖	076EF	B6A2	dīng			
呈 ⊖	05448	B3CA	chéng			
时 ⊖	065F6	CAB1	shí		時	峕
(貝)	08C9D	D890	bèi	贝		
吴 ⊖	05434	CEE2	wú			

字头	编码		读音	规范字	繁体字	异体字
	ISO 10646	GB 18030				
呋 ⊖	0544B	DFBB	fū			
呒 ⊖	05452	DFBC	ḿ		嘸	
(見)	0898B	D28A	jiàn/xiàn	见		
助 ⊖	052A9	D6FA	zhù			
县 ⊖	053BF	CFD8	xiàn		縣	
里 ⊖	091CC	C0EF	lǐ		里	
					裏	裡
呓 ⊖	05453	DFBD	yì		囈	
呆 ⊖	05446	B4F4	dāi			獃
吂 ⊜	065F5	9543	chǎn			
吱 ⊖	05431	D6A8	zhī/zī			
吠 ⊖	05420	B7CD	fèi			
呔 ⊖	05454	DFBE	dāi			
呕 ⊖	05455	C5BB	ǒu		嘔	
园 ⊖	056ED	D4B0	yuán		園	
呖 ⊖	05456	DFBF	lì		嚦	
呃 ⊖	05443	DFC0	è/e			
旷 ⊜	065F7	BFF5	kuàng		曠	
围 ⊖	056F4	CEA7	wéi		圍	
呀 ⊖	05440	D1BD	yā/ya			
吨 ⊖	05428	B6D6	dūn		噸	

字头	编码		读音	规范字	繁体字	异体字
	ISO 10646	GB 18030				
旸 ⊖	065F8	9544	yáng		暘	
吡 ⊖	05421	DFC1	bǐ			
町 ⊖	0753A	EEAE	dīng			
足 ⊖	08DB3	D7E3	zú			
虬 ⊖	0866C	F2B0	qiú			虯
邮 ⊖	090AE	D3CA	yóu		郵	
男 ⊖	07537	C4D0	nán			
[畂]	24C1C	9637BD30	mǔ	亩		
困 ⊖	056F0	C0A7	kùn			困睏
吵 ⊖	05435	B3B3	chǎo			
串 ⊖	04E32	B4AE	chuàn			
呗 ⊖	05457	DFC2	bei		唄	
员 ⊖	05458	D4B1	yuán/yùn		員	
呐 ⊖	05450	C4C5	nà			
呙 ⊜	05459	DFC3	guō		咼	
呍 ⊖	0543D	85CB	hōng			
听 ⊖	0542C	CCFD	tīng		聽	
㕮 ⊜	0356E	82309533	fǔ			
吟 ⊖	0541F	D2F7	yín			唫
吩 ⊖	05429	B7D4	fēn			

字头	编码		读音	规范字	繁体字	异体字
	ISO 10646	GB 18030				
呛 ⊖	0545B	C7BA	qiāng/ qiàng		嗆	
吻 ⊖	0543B	CEC7	wěn			脗
吹 ⊖	05439	B4B5	chuī			
呜 ⊖	0545C	CED8	wū		嗚	
吭 ⊖	0542D	BFD4	háng/ kēng			
[呌]	0544C	85D3	jiào	叫		
吣 ⊖	05423	DFC4	qìn			
[咿]	0541A	85C0	yī	咿		
吲 ⊖	05432	DFC5	yǐn			
吧 ⊖	05427	B0C9	bā/ba			
邑 ⊖	09091	D2D8	yì			
吼 ⊖	0543C	BAF0	hǒu			
囤 ⊖	056E4	B6DA	dùn/tún			
别 ⊖	0522B	B1F0	bié		別	
			biè		彆	
吮 ⊖	0542E	CBB1	shǔn			
岍 ⊖	05C8D	E1A9	qiān			
帏 ⊖	05E0F	E0F8	wéi		幃	
岐 ⊖	05C90	E1AA	qí			
岖 ⊖	05C96	E1AB	qū		嶇	

字头	编码		读音	规范字	繁体字	异体字
	ISO 10646	GB 18030				
岖 ⊜	2BD77	9930C039	lì		嶗	
岠 ⊜	05CA0	8CF8	jù			
岈 ⊖	05C88	E1AC	yá			
[删]	0522A	8468	shān	删		
岗 ⊖	05C97	B8DA	gǎng		崗	
岘 ⊖	05C98	E1AD	xiàn		峴	
帐 ⊖	05E10	D5CA	zhàng		帳	
[岅]	05C85	8CEA	bǎn	坂		
岑 ⊖	05C91	E1AF	cén			
岚 ⊖	05C9A	E1B0	lán		嵐	
兕 ⊜	05155	D9EE	sì			
岜 ⊜	05C9C	E1B1	bā			
财 ⊖	08D22	B2C6	cái		財	
冏 ⊜	0518F	83D7	jiǒng			
杏 ⊜	05447	85D1	mèn			
囵 ⊜	056F5	E0F0	lún		圇	
囫 ⊜	056EB	E0F1	hú			
觃 ⊜	089C3	D35F	yàn		覎	
针 ⊖	09488	D5EB	zhēn		針	鍼
钉 ⊖	09489	B6A4	dīng/dìng		釘	

字头	编码		读音	规范字	繁体字	异体字
	ISO 10646	GB 18030				
钊 ⊖	0948A	EEC8	zhāo		釗	
钋 ⊖	0948B	EEC7	pō		釙	
钌 ⊖	0948C	EEC9	liǎo/liào		釕	
迕 ⊖	08FD5	E5C3	wǔ			
氙 ⊖	06C19	EBAF	xiān			
氚 ⊖	06C1A	EBB0	chuān			
牡 ⊖	07261	C4B5	mǔ			
告 ⊖	0544A	B8E6	gào			
牤 ⊖	07264	A0AF	māng			
[牠]	07260	A0AD	tā	它		
我 ⊖	06211	CED2	wǒ			
乱 ⊖	04E71	C2D2	luàn		亂	
利 ⊖	05229	C0FB	lì			
秃 ⊖	079C3	CDBA	tū			
秀 ⊖	079C0	D0E3	xiù			
私 ⊖	079C1	CBBD	sī			
岙 ⊖	05C99	E1AE	ào			
每 ⊖	06BCF	C3BF	měi			
佞 ⊖	04F5E	D8FA	nìng			
兵 ⊖	05175	B1F8	bīng			
邱 ⊖	090B1	C7F1	qiū			

字头	编码		读音	规范字	繁体字	异体字
	ISO 10646	GB 18030				
估 ⊖	04F30	B9C0	gū			
体 ⊖	04F53	CCE5	tǐ		體	
何 ⊖	04F55	BACE	hé			
佐 ⊖	04F50	D7F4	zuǒ			
伾 ⊜	04F3E	81C9	pī			
佑 ⊖	04F51	D3D3	yòu			
[佈]	04F48	81D1	bù	布		
[佔]	04F54	81D7	zhàn	占		
攸 ⊖	06538	D8FC	yōu			
但 ⊖	04F46	B5AB	dàn			
伸 ⊖	04F38	C9EC	shēn			
佃 ⊖	04F43	B5E8	diàn			
[佀]	04F40	81CB	sì	似		
佚 ⊖	04F5A	D8FD	yì			
作 ⊖	04F5C	D7F7	zuō/zuò			
伯 ⊖	04F2F	B2AE	bó			
伶 ⊖	04F36	C1E6	líng			
佣 ⊖	04F63	D3B6	yōng/yòng		佣傭	
低 ⊖	04F4E	B5CD	dī			
你 ⊖	04F60	C4E3	nǐ			妳

字头	编码		读音	规范字	繁体字	异体字
	ISO 10646	GB 18030				
佝 ⊖	04F5D	D8FE	gōu			
佟 ⊖	04F5F	D9A1	tóng			
伷 ⊜	03447	FE56	zhòu			儥
住 ⊖	04F4F	D7A1	zhù			
位 ⊖	04F4D	CEBB	wèi			
佭 ⊜	04F2D	81C1	xián			
伴 ⊖	04F34	B0E9	bàn			
[佇]	04F47	81D0	zhù	伫		
佗 ⊖	04F57	D9A2	tuó			
佖 ⊜	04F56	81D8	bì			
[皁]	07681	B06F	zào	皂		
身 ⊖	08EAB	C9ED	shēn			
皂 ⊖	07682	D4ED	zào			皁
[廹]	05EF9	8F67	pò	迫		
伺 ⊖	04F3A	CBC5	cì/sì			
伲 ⊜	04F32	D9A3	ní			
[兎]	0514E	83B7	tù	兔		
佛 ⊖	04F5B	B7F0	fó			
			fú			佛髴
伽 ⊖	04F3D	D9A4	gā/jiā			
囱 ⊖	056F1	B4D1	cōng			

字头	编码		读音	规范字	繁体字	异体字
	ISO 10646	GB 18030				
佁	04F41	81CC	chì/yǐ			
近	08FD1	BDFC	jìn			
[卮]	05DF5	8E81	zhī	卮		
彻	05F7B	B3B9	chè			徹
役	05F79	D2DB	yì			
彷	05F77	E1DD	páng			
返	08FD4	B7B5	fǎn			
佘	04F58	D9DC	shé			
余	04F59	D3E0	yú		余餘	
[亼]	201EE	9532B430	mìng	命		
希	05E0C	CFA3	xī			
佥	04F65	D9DD	qiān		僉	
坐	05750	D7F8	zuò			
谷	08C37	B9C8	gǔ		谷穀	
孚	05B5A	E6DA	fú			
妥	059A5	CDD7	tuǒ			
豸	08C78	F5F4	zhài/zhì			
含	0542B	BAAC	hán			
邻	090BB	C1DA	lín		鄰	隣
坌	0574C	DBD0	bèn			
岔	05C94	B2ED	chà			

字头	编码		读音	规范字	繁体字	异体字
	ISO 10646	GB 18030				
肝 ⊖	0809D	B8CE	gān			
肟 ⊖	0809F	EBBF	wò			
肛 ⊖	0809B	B8D8	gāng			疘
肚 ⊖	0809A	B6C7	dǔ/dù			
肘 ⊖	08098	D6E2	zhǒu			
[肐]	08090	C349	gē		胳	
肠 ⊖	080A0	B3A6	cháng		腸	膓
[帋]	05E0B	8E8E	zhǐ	纸		
邸 ⊖	090B8	DBA1	dǐ			
龟 ⊖	09F9F	B9EA	guī		龜	
甸 ⊖	07538	B5E9	diàn			
奂 ⊖	05942	DBBC	huàn			
免 ⊖	0514D	C3E2	miǎn			
劬 ⊖	052AC	DBBE	qú			
狂 ⊖	072C2	BFF1	kuáng			
犹 ⊖	072B9	D3CC	yóu		猶	
狈 ⊖	072C8	B1B7	bèi		狽	
狄 ⊖	072C4	B5D2	dí			
飏 ⊖	098CF	EF72	yáng		颺	
角 ⊖	089D2	BDC7	jiǎo/jué			
删 ⊖	05220	C9BE	shān			刪

字头	编码		读音	规范字	繁体字	异体字
	ISO 10646	GB 18030				
狃 ⊜	072C3	E1F0	niǔ			
狁 ⊜	072C1	E1F1	yǔn			
鸠 ⊜	09E20	F0AF	jiū		鳩	
条 ⊜	06761	CCF5	tiáo		條	
彤 ⊜	05F64	CDAE	tóng			
卵 ⊜	05375	C2D1	luǎn			
灸 ⊜	07078	BEC4	jiǔ			
岛 ⊜	05C9B	B5BA	dǎo		島	嶋
邹 ⊜	090B9	D7DE	zōu		鄒	
刨 ⊜	05228	C5D9	bào			鉋鑤
			páo			
饨 ⊜	09968	E2BD	tún		飩	
迎 ⊜	08FCE	D3AD	yíng			
饩 ⊜	09969	E2BE	xì		餼	
饪 ⊜	0996A	E2BF	rèn		飪	餁
饫 ⊜	0996B	E2C0	yù		飫	
饬 ⊜	0996C	E2C1	chì		飭	
饭 ⊜	0996D	B7B9	fàn		飯	
饮 ⊜	0996E	D2FB	yǐn		飲	歠
系 ⊜	07CFB	CFB5	xì		系係	
			jì/xì		繫	

字头	编码		读音	规范字	繁体字	异体字
	ISO 10646	GB 18030				
言 ⊖	08A00	D1D4	yán			
冻 ⊖	051BB	B6B3	dòng		凍	
状 ⊖	072B6	D7B4	zhuàng		狀	
亩 ⊖	04EA9	C4B6	mǔ		畝	畂畮畆畒畮
况 ⊖	051B5	BFF6	kuàng			況
亨 ⊖	04EA8	BAE0	hēng			
庑 ⊖	05E91	E2D0	wǔ		廡	
床 ⊖	05E8A	B4B2	chuáng			牀
庋 ⊖	05E8B	E2D1	guǐ			
库 ⊖	05E93	BFE2	kù		庫	
庇 ⊖	05E87	B1D3	bì			
疔 ⊖	07594	F0DB	dīng			
疗 ⊖	07597	C1C6	liáo		療	
疖 ⊖	07596	F0DC	jiē		癤	
吝 ⊖	0541D	C1DF	lìn			恡
应 ⊖	05E94	D3A6	yīng/yìng		應	
这 ⊖	08FD9	D5E2	zhè		這	
冷 ⊖	051B7	C0E4	lěng			
庐 ⊖	05E90	C2AE	lú		廬	
序 ⊖	05E8F	D0F2	xù			

字头	编码		读音	规范字	繁体字	异体字
	ISO 10646	GB 18030				
辛 ⊖	08F9B	D0C1	xīn			
[泯]	051BA	83ED	mǐn	泯		
肓 ⊖	08093	EBC1	huāng			
弃 ⊖	05F03	C6FA	qì			棄
冶 ⊖	051B6	D2B1	yě			
忘 ⊖	05FD8	CDFC	wàng			
闰 ⊖	095F0	C8F2	rùn		閏	
闱 ⊖	095F1	E3C7	wéi		闈	
闲 ⊖	095F2	CFD0	xián		閑	閒
闳 ⊖	095F3	E3C8	hóng		閎	
间 ⊖	095F4	BCE4	jiān/jiàn		間	
闵 ⊖	095F5	E3C9	mǐn		閔	
阆 ⊖	095F6	E3CA	kàng		閌	
闷 ⊖	095F7	C3C6	mēn/mèn		悶	
羌 ⊖	07F8C	C7BC	qiāng			羗羌
判 ⊖	05224	C5D0	pàn			
兑 ⊖	05151	B6D2	duì			
灶 ⊖	07076	D4EE	zào		竈	
灿 ⊖	0707F	B2D3	càn		燦	
灼 ⊖	0707C	D7C6	zhuó			

字头	编码		读音	规范字	繁体字	异体字
	ISO 10646	GB 18030				
炀 ⊖	07080	ECBE	yáng		煬	
弟 ⊖	05F1F	B5DC	dì			
沣 ⊖	06CA3	E3E3	fēng		灃	
汪 ⊖	06C6A	CDF4	wāng			
汧 ⊖	06C67	9B46	qiān			
汫 ⊖	06C6B	9B47	jǐng			
沅 ⊖	06C85	E3E4	yuán			
沘 ⊜	23C98	9634A938	wǔ			潕
沩 ⊜	23C97	9634A937	wéi			潙
沄 ⊖	06C84	9B56	yún			澐
沐 ⊖	06C90	E3E5	mù			
沛 ⊖	06C9B	C5E6	pèi			
沔 ⊖	06C94	E3E6	miǎn			
汰 ⊖	06C70	CCAD	tài			
沤 ⊖	06CA4	C5BD	ōu/òu			漚
沥 ⊖	06CA5	C1A4	lì			瀝
沌 ⊖	06C8C	E3E7	dùn/zhuàn			
沘 ⊖	06C98	9B61	bǐ			
沏 ⊖	06C8F	C6E3	qī			
沚 ⊖	06C9A	9B62	zhǐ			

字头	编码		读音	规范字	繁体字	异体字
	ISO 10646	GB 18030				
沙 ㊀	06C99	C9B3	shā			
汩 ㊀	06C69	E3E9	gǔ			
汨 ㊀	06C68	E3E8	mì			
浿 ㊁	2C1D9	9931B331	bèi		湨	
汭 ㊁	06C6D	9B49	ruì			
汽 ㊀	06C7D	C6FB	qì			
沃 ㊀	06C83	CED6	wò			
沂 ㊀	06C82	D2CA	yí			
汶 ㊁	03CC7	8231D233	fù			
沦 ㊀	06CA6	C2D9	lún		淪	
汹 ㊀	06C79	D0DA	xiōng			洶
汾 ㊁	06C7E	B7DA	fén			
泛 ㊁	06CDB	B7BA	fàn			氾汎
沧 ㊀	06CA7	B2D7	cāng		滄	
[汵]	03CC4	8231D230	xián	涎		
沨 ㊀	06CA8	9B68	fēng		渢	
没 ㊀	06CA1	C3BB	méi/mò			
沟 ㊀	06C9F	B9B5	gōu		溝	
汴 ㊁	06C74	E3EA	biàn			
汶 ㊁	06C76	E3EB	wèn			

字头	编码		读音	规范字	繁体字	异体字
	ISO 10646	GB 18030				
沆 ⊜	06C86	E3EC	hàng			
沩 ⊜	06CA9	E3ED	wéi			潙
沪 ⊜	06CAA	BBA6	hù			滬
沈 ⊜	06C88	C9F2	shěn			沉瀋
沉 ⊜	06C89	B3C1	chén			
沁 ⊜	06C81	C7DF	qìn			
[决]	06C7A	9B51	jué	决		
沏 ⊜	06CD0	E3EE	lè			
沇 ⊜	06C87	9B57	yǎn			
怃 ⊜	06003	E2E4	wǔ			憮
忮 ⊜	05FEE	E2E5	zhì			
怀 ⊜	06000	BBB3	huái			懷
怄 ⊜	06004	E2E6	òu			慪
忧 ⊜	05FE7	D3C7	yōu			憂
忳 ⊜	05FF3	8FF7	tún			
忡 ⊜	05FE1	E2E7	chōng			
忤 ⊜	05FE4	E2E8	wǔ			牾
忾 ⊜	05FFE	E2E9	kài			愾
怅 ⊜	06005	E2EA	chàng			悵
忻 ⊜	05FFB	D0C3	xīn			
忪 ⊜	05FEA	E2EC	sōng			

字头	编码		读音	规范字	繁体字	异体字
	ISO 10646	GB 18030				
怆	06006	E2EB	chuàng		愴	
忺	05FFA	8FFC	xiān			
忭	05FED	E2ED	biàn			
忱	05FF1	B3C0	chén			
快	05FEB	BFEC	kuài			
忸	05FF8	E2EE	niǔ			
完	05B8C	CDEA	wán			
宋	05B8B	CBCE	sòng			
宏	05B8F	BAEA	hóng			
牢	07262	C0CE	láo			
究	07A76	BEBF	jiū			
穷	07A77	C7EE	qióng		窮	
灾	0707E	D4D6	zāi			災裁菑
良	0826F	C1BC	liáng			
讥	2C8E1	9932E931	jiàn		諓	
证	08BC1	D6A4	zhèng		證	
诂	08BC2	DAAC	gǔ		詁	
诃	08BC3	DAAD	hē		訶	
启	0542F	C6F4	qǐ		啓	唘啟
评	08BC4	C6C0	píng		評	
补	08865	B2B9	bǔ		補	

字头	编码		读音	规范字	繁体字	异体字
	ISO 10646	GB 18030				
初 ⊖	0521D	B3F5	chū			
社 ⊖	0793E	C9E7	shè			
祀 ⊖	07940	ECEB	sì			禩
祃 ⊜	07943	B56C	mà		禡	
诅 ⊖	08BC5	D7E7	zǔ		詛	
识 ⊖	08BC6	CAB6	shí/zhì		識	
讻 ⊜	08BC7	D79C	xiòng		訩	
诈 ⊖	08BC8	D5A9	zhà		詐	
诉 ⊖	08BC9	CBDF	sù		訴	愬
罕 ⊖	07F55	BAB1	hǎn			
诊 ⊖	08BCA	D5EF	zhěn		診	
诋 ⊖	08BCB	DAAE	dǐ		詆	
诌 ⊖	08BCC	D6DF	zhōu		謅	
邲 ⊜	090B2	DF9B	bì			
词 ⊖	08BCD	B4CA	cí		詞	䛐
诎 ⊜	08BCE	DAB0	qū		詘	
诏 ⊖	08BCF	DAAF	zhào		詔	
诐 ⊜	08BD0	D79D	bì		詖	
译 ⊖	08BD1	D2EB	yì		譯	
诒 ⊖	08BD2	DAB1	yí		詒	
君 ⊖	0541B	BEFD	jūn			

字头	编码		读音	规范字	繁体字	异体字
	ISO 10646	GB 18030				
灵 ⊖	07075	C1E9	líng		靈	
即 ⊖	05373	BCB4	jí			
层 ⊖	05C42	B2E3	céng		層	
屁 ⊖	05C41	C6A8	pì			
屃 ⊖	05C43	8CC1	xì		屓	
尿 ⊖	05C3F	C4F2	niào			
尾 ⊖	05C3E	CEB2	wěi/yǐ			
迟 ⊖	08FDF	B3D9	chí		遲	
局 ⊖	05C40	BED6	jú			侷跼
[夘]	0623C	91F9	mǎo	卯		
弳 ⊖	2BE29	9930D237	kōu		彄	
改 ⊖	06539	B8C4	gǎi			
张 ⊖	05F20	D5C5	zhāng		張	
忌 ⊖	05FCC	BCC9	jì			
际 ⊖	09645	BCCA	jì		際	
陆 ⊖	09646	C2BD	lù		陸	
阿 ⊖	0963F	B0A2	ā/ē			
(壯)	058EF	89D1	zhuàng	壮		
孜 ⊖	05B5C	D7CE	zī			
(妝)	0599D	8A79	zhuāng	妆		
陇 ⊖	09647	C2A4	lǒng		隴	

字头	编码		读音	规范字	繁体字	异体字
	ISO 10646	GB 18030				
陈 ○	09648	B3C2	chén		陳	
㠲 ○	05C8A	8CEE	jié			
阽 ○	0963D	DAE7	diàn			
阻 ○	0963B	D7E8	zǔ			
邨 ○	048BA	82348838	chū			
阼 ○	0963C	DAE8	zuò			
附 ○	09644	B8BD	fù			坿
坠 ○	05760	D7B9	zhuì		墜	
陀 ○	09640	CDD3	tuó			
陂 ○	09642	DAE9	pí			
陉 ○	09649	DAEA	xíng		陘	
妍 ○	0598D	E5FB	yán			
妧 ○	059A7	8A80	yuán/ wàn			
妩 ○	059A9	E5FC	wǔ		嫵	
妘 ○	05998	8A75	yún			
[姊] ○	059C9	8A97	zǐ	姊		
妓 ○	05993	BCCB	jì			
妪 ○	059AA	E5FD	yù		嫗	
妣 ○	059A3	E5FE	bǐ			
妙 ○	05999	C3EE	miào			玅
妊 ○	0598A	C8D1	rèn			姙

字头	编码		读音	规范字	繁体字	异体字
	ISO 10646	GB 18030				
妖 ⊖	05996	D1FD	yāo			
妗 ⊖	05997	E6A1	jìn			
姊 ⊖	059CA	E6A2	zǐ			姉
妨 ⊖	059A8	B7C1	fáng			
妫 ⊖	059AB	E6A3	guī		嬀	
妒 ⊖	05992	B6CA	dù			妬
妞 ⊖	0599E	E6A4	niū			
姒 ⊖	059D2	E6A6	sì			
妤 ⊖	059A4	E6A5	yú			
努 ⊖	052AA	C5AC	nǔ			
邵 ⊖	090B5	C9DB	shào			
劭 ⊖	052AD	DBBF	shào			
忍 ⊖	05FCD	C8CC	rěn			
刭 ⊖	0522D	D8D9	jǐng		剄	
劲 ⊖	052B2	BEA2	jìn/jìng		勁	
邲 ⊜	28695	9739AD39	biàn			
甬 ⊖	0752C	F0AE	yǒng			
邰 ⊖	090B0	DBA2	tái			
矣 ⊖	077E3	D2D3	yǐ			
鸡 ⊖	09E21	BCA6	jī		鷄	雞
纬 ⊖	07EAC	CEB3	wěi		緯	

字头	编码		读音	规范字	繁体字	异体字
	ISO 10646	GB 18030				
纭 ⊖	07EAD	E7A1	yún		紜	
驱 ⊖	09A71	C7FD	qū		驅	駈敺
纮 ⊖	07EAE	C080	hóng		紘	
纯 ⊖	07EAF	B4BF	chún		純	
纰 ⊖	07EB0	E7A2	pī		紕	
纱 ⊖	07EB1	C9B4	shā		紗	
驲 ⊜	09A72	F352	rì		馹	
纲 ⊖	07EB2	B8D9	gāng		綱	
纳 ⊖	07EB3	C4C9	nà		納	
纴 ⊖	07EB4	C081	rèn		紝	
驳 ⊖	09A73	B2B5	bó		駁	駮
纵 ⊖	07EB5	D7DD	zòng		縱	
纶 ⊖	07EB6	C2DA	guān/lún		綸	
纷 ⊖	07EB7	B7D7	fēn		紛	
纸 ⊖	07EB8	D6BD	zhǐ		紙	帋
駮 ⊜	2B61C	98398236	wén		馼	
纹 ⊖	07EB9	CEC6	wén		紋	
纺 ⊖	07EBA	B7C4	fǎng		紡	
纻 ⊜	07EBB	C082	zhù		紵	
驴 ⊖	09A74	C2BF	lú		驢	
纼 ⊜	2C618	9932A138	dǎn		紞	

字头	编码		读音	规范字	繁体字	异体字
	ISO 10646	GB 18030				
驈 ⊜	2B61D	98398237	jué		驈	
纼 ⊜	07EBC	C083	zhèn		綯	
纽 ⊖	07EBD	C5A6	niǔ		紐	
纾 ⊜	07EBE	E7A3	shū		紓	
[糺]	07CFA	BC6A	jiū	纠		
[災]	0707D	9EC4	zāi	灾		
八画						
奉 ⊖	05949	B7EE	fèng			
玤 ⊜	073A4	AB67	bàng			
玞 ⊜	0739E	AB63	fū			
玩 ⊖	073A9	CDE6	wán			翫
玮 ⊜	073AE	E7E2	wěi		瑋	
环 ⊖	073AF	BBB7	huán		環	
玡 ⊜	073A1	AB65	yá			
玭 ⊜	073AD	AB6E	pín			
武 ⊖	06B66	CEE4	wǔ			
青 ⊖	09752	C7E0	qīng			
责 ⊖	08D23	D4F0	zé		責	
现 ⊖	073B0	CFD6	xiàn		現	
玫 ⊜	073AB	C3B5	méi			
玠 ⊜	073A0	AB64	jiè			

字头	编码		读音	规范字	繁体字	异体字
	ISO 10646	GB 18030				
玢 ⊖	073A2	E7E3	bīn/fēn			
玱 ⊜	073B1	AB6F	qiāng		瑲	
玥 ⊖	073A5	AB68	yuè			
表 ⊖	08868	B1ED	biǎo		表錶	
玟 ⊜	0739F	E7E4	wén			
玦 ⊖	073A6	AB69	jué			
盂 ⊖	076C2	D3DB	yú			
忝 ⊖	05FDD	E3C3	tiǎn			
规 ⊖	089C4	B9E6	guī		規	槻
匦 ⊖	05326	D8D0	guǐ		匭	
抹 ⊖	062B9	C4A8	mǒ			
(長)	09577	E94C	cháng/zhǎng	长		
卦 ⊖	05366	D8D4	guà			
邽 ⊜	090BD	DF9E	guī			
坩 ⊖	05769	DBE1	gān			
邿 ⊜	090BF	DF9F	shī			
坷 ⊖	05777	BFC0	kě			
坯 ⊖	0576F	C5F7	pī			
拓 ⊖	062D3	CDD8	tà			搨
			tuò			

字头	编码		读音	规范字	繁体字	异体字
	ISO 10646	GB 18030				
拢 ⊖	062E2	C2A3	lǒng		攏	
拔 ⊖	062D4	B0CE	bá			
坪 ⊖	0576A	C6BA	píng			
抨 ⊖	062A8	C5EA	pēng			
拣 ⊖	062E3	BCF0	jiǎn		揀	
拑 ⊖	062E4	9289	qiá			
坫 ⊖	0576B	DBE3	diàn			
拈 ⊖	062C8	C4E9	niān			
垆 ⊖	05786	DBE4	lú		壚	
坦 ⊖	05766	CCB9	tǎn			
坥 ⊜	05765	886F	qū			
担 ⊖	062C5	B5A3	dān/dàn		擔	
坤 ⊖	05764	C0A4	kūn			堃
押 ⊖	062BC	D1BA	yā			
抻 ⊖	062BB	DED3	chēn			
抽 ⊖	062BD	B3E9	chōu			
刧 ⊖	052BC	84C2	jié			
拐 ⊖	062D0	B9D5	guǎi			枴
坰 ⊖	05770	8873	jiōng			
拃 ⊖	062C3	9280	zhǎ			
拖 ⊖	062D6	CDCF	tuō			拕

字头	编码		读音	规范字	繁体字	异体字
	ISO 10646	GB 18030				
[坵]	05775	8877	qiū	丘		
[坿]	0577F	887D	fù	附		
拊	062CA	DED4	fǔ			
者	08005	D5DF	zhě			
拍	062CD	C5C4	pāi			
顶	09876	B6A5	dǐng		頂	
坼	0577C	DBE5	chè			
拆	062C6	B2F0	chāi			
㙢	0576C	8871	guà/wā			
坽	0577D	887B	líng			
拎	062CE	C1E0	līn			
拥	062E5	D3B5	yōng		擁	
坻	0577B	DBE6	dǐ			
抵	062B5	B5D6	dǐ			牴觝
拘	062D8	BED0	jū			
势	052BF	CAC6	shì		勢	
抱	062B1	B1A7	bào			
拄	062C4	D6F4	zhǔ			
垃	05783	C0AC	lā			
拉	062C9	C0AD	lā			
拦	062E6	C0B9	lán		攔	

字头	编码		读音	规范字	繁体字	异体字
	ISO 10646	GB 18030				
幸 ⊖	05E78	D0D2	xìng			倖
拌 ⊖	062CC	B0E8	bàn			
扤 ⊖	039DF	FE63	kuǎi		㩉	
拧 ⊖	062E7	C5A1	nǐng		擰	
坨 ⊖	05768	DBE7	tuó			
[扡]	062D5	9284	tuō	拖		
坭 ⊖	0576D	DBE8	ní			
抿 ⊖	062BF	C3F2	mǐn			
拂 ⊖	062C2	B7F7	fú			
拙 ⊖	062D9	D7BE	zhuō			
招 ⊖	062DB	D5D0	zhāo			
坡 ⊖	05761	C6C2	pō			
披 ⊖	062AB	C5FB	pī			
拨 ⊖	062E8	B2A6	bō		撥	
择 ⊖	062E9	D4F1	zé		擇	
弆 ⊖	05F06	8F6C	jǔ			
抬 ⊖	062AC	CCA7	tái			
[刼]	0523C	846F	jié	劫		
(亞)	04E9E	8186	yà	亚		
拇 ⊖	062C7	C4B4	mǔ			
坳 ⊖	05773	DBEA	ào			垇

字头	编码		读音	规范字	繁体字	异体字
	ISO 10646	GB 18030				
拗 ⊖	062D7	DED6	ào/niù			抝
玎 ⊜	08035	F1F4	dīng			
其 ⊖	05176	C6E4	qí			
耶 ⊜	08036	D2AE	yē/yé			
取 ⊖	053D6	C8A1	qǔ			
茉 ⊖	08309	DCD4	mò			
苷 ⊖	082F7	DCD5	gān			
苦 ⊖	082E6	BFE0	kǔ			
苯 ⊖	082EF	B1BD	běn			
昔 ⊖	06614	CEF4	xī			
苛 ⊖	082DB	BFC1	kē			
苤 ⊖	082E4	DCD6	piě			
若 ⊖	082E5	C8F4	ruò			
㒼 ⊜	048BC	82348930	gōng			
茂 ⊖	08302	C3AF	mào			
茏 ⊖	0830F	DCD7	lóng		蘢	
苹 ⊖	082F9	C6BB	píng		蘋	
苫 ⊖	082EB	C9BB	shān/shàn			
苜 ⊖	082DC	DCD9	mù			
苴 ⊖	082F4	DCDA	jū			

字头	编码		读音	规范字	繁体字	异体字
	ISO 10646	GB 18030				
苗 ⊖	082D7	C3E7	miáo			
苬 ⊜	26B5C	9733E930	zhī			
英 ⊖	082F1	D3A2	yīng			
苒 ⊖	082D2	DCDB	rǎn			
苘 ⊖	082D8	DCDC	qǐng			
茌 ⊖	0830C	DCDD	chí			
苻 ⊖	082FB	DCDE	fú			
苓 ⊖	082D3	DCDF	líng			
茚 ⊖	0831A	DCE1	yìn			
茋 ⊜	0830B	C687	dǐ/zhǐ			
苟 ⊖	082DF	B9B6	gǒu			
茆 ⊖	08306	DCE2	máo			
茑 ⊖	08311	DCE0	niǎo		蔦	
苑 ⊖	082D1	D4B7	yuàn			
苞 ⊖	082DE	B0FA	bāo			
范 ⊖	08303	B7B6	fàn		范範	
苧 ⊜	082E7	C672	níng		薴	
(苧)	082E7	C672	zhù	苎		
茓 ⊖	08313	C68B	xué			
茔 ⊖	08314	DCE3	yíng		塋	
苾 ⊖	082FE	C683	bì			

字头	编码		读音	规范字	繁体字	异体字
	ISO 10646	GB 18030				
茕 ⊖	08315	DCE4	qióng		煢	
直 ⊖	076F4	D6B1	zhí			
苠 ⊜	082E0	DCE5	mín			
苻 ⊖	08300	C685	fú			
茁 ⊖	08301	D7C2	zhuó			
苕 ⊖	082D5	DCE6	sháo/tiáo			
茄 ⊖	08304	C7D1	jiā/qié			
茎 ⊖	0830E	BEA5	jīng		莖	
苔 ⊖	082D4	CCA6	tāi/tái			
茅 ⊖	08305	C3A9	máo			
枉 ⊖	06789	CDF7	wǎng			
枅 ⊜	06785	9688	jī			
林 ⊖	06797	C1D6	lín			
枝 ⊖	0679D	D6A6	zhī			
杯 ⊖	0676F	B1AD	bēi			盃桮
枢 ⊖	067A2	CAE0	shū		樞	
枥 ⊜	067A5	E8C0	lì		櫪	
柜 ⊖	067DC	B9F1	guì/jǔ		櫃	
[枒]	06792	9691	yā	丫		
枇 ⊖	06787	E8C1	pí			
杪 ⊖	0676A	E8C2	miǎo			

字头	编码		读音	规范字	繁体字	异体字
	ISO 10646	GB 18030				
[枏]	0678F	968F	nán	楠		
杳 ㊀	06773	E8C3	yǎo			
枫 ㊁	03B4E	FE68	gāng		棡	
枘 ㊀	06798	E8C4	ruì			
枧 ㊀	067A7	E8C5	jiǎn		梘	
杵 ㊀	06775	E8C6	chǔ			
枚 ㊀	0679A	C3B6	méi			
枨 ㊀	067A8	E8C7	chéng		棖	
析 ㊀	06790	CEF6	xī			
板 ㊀	0677F	B0E5	bǎn		板闆	
枍 ㊁	0678D	968D	yì			
(來)	04F86	81ED	lái	来		
枞 ㊀	0679E	E8C8	cōng/zōng		樅	
松 ㊀	0677E	CBC9	sōng		松鬆	
枪 ㊀	067AA	C7B9	qiāng		槍	鎗
[枾]	067F9	96C9	shì	柿		
枫 ㊀	067AB	B7E3	fēng		楓	
构 ㊀	06784	B9B9	gòu		構	搆
杭 ㊀	0676D	BABC	háng			
枋 ㊀	0678B	E8CA	fāng			

字头	编码		读音	规范字	繁体字	异体字
	ISO 10646	GB 18030				
杰 ⊖	06770	BDDC	jié			傑
述 ⊖	08FF0	CAF6	shù			
枕 ⊖	06795	D5ED	zhěn			
杻 ⊖	0677B	9683	chǒu/niǔ			
杷 ⊖	06777	E8CB	pá			
杼 ⊖	0677C	E8CC	zhù			
丧 ⊖	04E27	C9A5	sāng/ sàng		喪	
(軋)	08ECB	DC88	yà/zhá	轧		
(東)	06771	967C	dōng	东		
或 ⊖	06216	BBF2	huò			
画 ⊖	0753B	BBAD	huà		畫	
卧 ⊖	05367	CED4	wò			
事 ⊖	04E8B	CAC2	shì			
刺 ⊖	0523A	B4CC	cì			
(兩)	05169	83C9	liǎng	两		
枣 ⊖	067A3	D4E6	zǎo		棗	
雨 ⊖	096E8	D3EA	yǔ			
[廼]	05EFC	8F69	nǎi	乃		
(協)	05354	8566	xié	协		
卖 ⊖	05356	C2F4	mài		賣	

字头	编码		读音	规范字	繁体字	异体字
	ISO 10646	GB 18030				
矸 ⊜	077F8	EDB7	gān			
矼 ⊜	077FC	B34D	gāng			
郁 ⊖	090C1	D3F4	yù		郁	
					鬱	欝鬰
矻 ⊜	077FB	B34C	kū			
矾 ⊖	077FE	B7AF	fán		礬	
矿 ⊖	077FF	BFF3	kuàng		礦	鑛
砀 ⊖	07800	EDB8	dàng		碭	
码 ⊖	07801	C2EB	mǎ		碼	
厕 ⊖	05395	B2DE	cè		廁	厠
奈 ⊖	05948	C4CE	nài			
刳 ⊖	05233	D8DA	kū			
奔 ⊖	05954	B1BC	bēn/bèn			犇
			bēn			犇
			bèn			逩
奇 ⊖	05947	C6E6	jī/qí			
匼 ⊜	0533C	855C	kē			
奄 ⊖	05944	D1D9	yǎn			
奋 ⊖	0594B	B7DC	fèn		奮	
态 ⊖	06001	CCAC	tài		態	
瓯 ⊖	074EF	EAB1	ōu		甌	

字头	编码		读音	规范字	繁体字	异体字
	ISO 10646	GB 18030				
欧 ⊖	06B27	C5B7	ōu		歐	
殴 ⊖	06BB4	C5B9	ōu		毆	
垄 ⊖	05784	C2A2	lǒng		壟	
[殀]	06B80	9A7C	yāo	夭		
殁 ⊖	06B81	E9E2	mò			
郏 ⊖	090CF	DBA3	jiá		郟	
妻 ⊖	059BB	C6DE	qī			
轰 ⊖	08F70	BAE4	hōng		轟	
顷 ⊖	09877	C7EA	qǐng		頃	
转 ⊖	08F6C	D7AA	zhuǎn/ zhuàn		轉	
轭 ⊖	08F6D	E9EE	è		軛	
斩 ⊖	065A9	D5B6	zhǎn		斬	
轮 ⊖	08F6E	C2D6	lún		輪	
轵 ⊖	2CA02	99338830	qí		軝	
软 ⊖	08F6F	C8ED	ruǎn		軟	輭
[旾]	065FE	9549	chūn	春		
(戋)	06214	91E2	jiān	戋		
到 ⊖	05230	B5BD	dào			
郅 ⊖	090C5	DBA4	zhì			
鸢 ⊖	09E22	F0B0	yuān		鳶	

字头	编码		读音	规范字	繁体字	异体字
	ISO 10646	GB 18030				
非 ⊖	0975E	B7C7	fēi			
叔 ⊖	053D4	CAE5	shū			
歧 ⊖	06B67	C6E7	qí			
肯 ⊖	080AF	BFCF	kěn			肎
齿 ⊖	09F7F	B3DD	chǐ		齒	
些 ⊖	04E9B	D0A9	xiē			
卓 ⊖	05353	D7BF	zhuó			
虎 ⊖	0864E	BBA2	hǔ			
虏 ⊖	0864F	C2B2	lǔ		虜	虜
肾 ⊖	080BE	C9F6	shèn		腎	
贤 ⊖	08D24	CFCD	xián		賢	
尚 ⊖	05C1A	C9D0	shàng			
盱 ⊖	076F1	EDEC	xū			
旺 ⊖	065FA	CDFA	wàng			
具 ⊖	05177	BEDF	jù			
昊 ⊖	0660A	EABB	hào			
昁 ⊜	2C029	99318739	wěi		暐	
昙 ⊜	06619	EABC	tán		曇	
味 ⊖	05473	CEB6	wèi			
杲 ⊖	06772	EABD	gǎo			
果 ⊖	0679C	B9FB	guǒ			菓

字头	编码		读音	规范字	繁体字	异体字
	ISO 10646	GB 18030				
昃 ⊖	06603	EABE	zè			
昆 ⊖	06606	C0A5	kūn			崐崑
国 ⊖	056FD	B9FA	guó		國	
哎 ⊖	054CE	B0A5	āi			
咕 ⊖	05495	B9BE	gū			
昌 ⊖	0660C	B2FD	chāng			
[冒]	05190	83D8	mào	冒		
(門)	09580	E954	mén	门		
呵 ⊖	05475	BAC7	hē			
咂 ⊖	05482	DFC6	zā			
畅 ⊖	07545	B3A9	chàng		暢	
晛 ⊜	2C02A	99318830	xiàn		晛	
旿 ⊜	065FF	954A	wǔ			
昇 ⊜	06607	954E	shēng			
[昇①]	06607	954E	shēng	升		
呸 ⊖	05478	C5DE	pēi			
昕 ⊖	06615	EABF	xīn			
昄 ⊜	06604	954C	bǎn			
明 ⊖	0660E	C3F7	míng			
昒 ⊜	06612	9555	hū			

①昇：可用于姓氏人名，如"毕昇"。

字头	编码		读音	规范字	繁体字	异体字
	ISO 10646	GB 18030				
易 ⊖	06613	D2D7	yì			
咙 ⊖	05499	C1FC	lóng		嚨	
昀 ⊖	06600	EAC0	yún			
昂 ⊖	06602	B0BA	áng			
旻 ⊖	065FB	9546	mín			
昉 ⊖	06609	9550	fǎng			
炅 ⊖	07085	EAC1	guì/jiǒng			
旷 ⊖	06608	954F	hù			
咔 ⊖	05494	DFC7	kā/kǎ			
畀 ⊖	07540	EEAF	bì			
[畞]	07542	AE6F	mǔ	亩		
虮 ⊖	0866E	F2B1	jǐ		蟣	
[虯]	0866F	CD41	qiú	虬		
迪 ⊖	08FEA	B5CF	dí			
典 ⊖	05178	B5E4	diǎn			
固 ⊖	056FA	B9CC	gù			
忠 ⊖	05FE0	D6D2	zhōng			
咀 ⊖	05480	BED7	jǔ/zuǐ			
呷 ⊖	05477	DFC8	xiā			
呻 ⊖	0547B	C9EB	shēn			
黾 ⊖	09EFE	F6BC	mǐn		黽	

字头	编码		读音	规范字	繁体字	异体字
	ISO 10646	GB 18030				
映 ⊖	05489	85F3	yāng			
[呪]	0546A	85E2	zhòu	咒		
咒 ⊖	05492	D6E4	zhòu			呪
咋 ⊖	0548B	D5A6	zǎ			
[咊]	0548A	85F4	hé	和		
咐 ⊖	05490	B8C0	fù			
呱 ⊖	05471	DFC9	gū/guā			
呼 ⊖	0547C	BAF4	hū			虖嘑謼
呤 ⊖	05464	DFCA	lìng			
咚 ⊖	0549A	DFCB	dōng			
鸣 ⊖	09E23	C3F9	míng		鳴	
咆 ⊖	05486	C5D8	páo			
咛 ⊖	0549B	DFCC	níng		嚀	
咇 ⊖	05487	85F1	bì			
咏 ⊖	0548F	D3BD	yǒng			詠
呢 ⊖	05462	C4D8	ne/ní			
咄 ⊖	05484	DFCD	duō			
呶 ⊖	05476	DFCE	náo			
咖 ⊖	05496	BFA7	gā/kā			
咍 ⊖	0548D	85F5	hāi			
呣 ⊖	05463	85DE	m̀/m̀			

90

字头	编码		读音	规范字	繁体字	异体字
	ISO 10646	GB 18030				
呦	05466	DFCF	yōu			
唑	0549D	DFD0	sī		噝	
峼	05CB5	E1B2	hù			
岢	05CA2	E1B3	kě			
[峏]	037C1	8230D035	àn	岸		
岸	05CB8	B0B6	àn			峏
岩	05CA9	D1D2	yán			喦巗巖
崬	05CBD	E1B4	dōng		崠	
帖	05E16	CCFB	tiě			
罗	07F57	C2DE	luó		羅	
岿	05CBF	BFF9	kuī		巋	
岨	05CA8	8CFE	jū/qū			
岬	05CAC	E1B5	jiǎ			
岫	05CAB	E1B6	xiù			
帜	05E1C	D6C4	zhì		幟	
帙	05E19	E0F9	zhì			袟袠
岼	05C9E	8CF6	zuò			
帕	05E15	C5C1	pà			
岭	05CAD	C1EB	lǐng		嶺	
岣	05CA3	E1B8	gǒu			
峁	05CC1	E1B9	mǎo			

字头	编码		读音	规范字	繁体字	异体字
	ISO 10646	GB 18030				
刿	0523F	D8DB	guì		劌	
峂	05CC2	8D4D	tóng			
[廻]	05EFB	8F68	huí	回		
峒	037C3	8230D037	sī			
迥	08FE5	E5C4	jiǒng			逈
岷	05CB7	E1BA	mín			
剀	05240	D8DC	kǎi		剴	
凯	051EF	BFAD	kǎi		凱	
帔	05E14	E0FA	pèi			
峄	05CC4	E1BB	yì		嶧	
囷	056F7	87EF	qūn			
沓	06C93	EDB3	dá/tà			
败	08D25	B0DC	bài		敗	
账	08D26	D5CB	zhàng		賬	
贩	08D29	B7B7	fàn		販	
贬	08D2C	B1E1	biǎn		貶	
购	08D2D	B9BA	gòu		購	
贮	08D2E	D6FC	zhù		貯	
图	056F9	E0F2	líng			
图	056FE	CDBC	tú		圖	
(冈)	05CA1	8CF9	gāng	冈		

字头	编码		读音	规范字	繁体字	异体字
	ISO 10646	GB 18030				
[罔]	034BA	82308333	wǎng	罔		
罔 ⊖	07F54	D8E8	wǎng			罔
(呙)	054BC	864A	guō	呙		
钍 ⊖	0948D	EECA	tǔ		釷	
钇 ⊖	2CB29	9933A535	yì		釴	
钎 ⊖	0948E	C7A5	qiān		釬	
钏 ⊖	0948F	EECB	chuàn		釧	
钐 ⊜	09490	EECC	shān/shàn		釤	
钓 ⊖	09493	B5F6	diào		釣	
钒 ⊖	09492	B7B0	fán		釩	
钔 ⊖	09494	EECD	mén		鍆	
钕 ⊖	09495	EECF	nǚ		釹	
钖 ⊖	09496	E896	yáng		鍚	
钗 ⊖	09497	EECE	chāi		釵	
邾 ⊖	090BE	DBA5	zhū			
制 ⊖	05236	D6C6	zhì		制製	
知 ⊖	077E5	D6AA	zhī			
迭 ⊖	08FED	B5FC	dié			
氛 ⊖	06C1B	B7D5	fēn			雰
迮 ⊖	08FEE	E5C5	zé			

字头	编码		读音	规范字	繁体字	异体字
	ISO 10646	GB 18030				
垂 ⊖	05782	B4B9	chuí			
牦 ⊖	07266	EAF3	máo			犛氂
牧 ⊖	07267	C4C1	mù			
物 ⊖	07269	CEEF	wù			
牥 ⊖	07265	A0B0	fāng			
乖 ⊖	04E56	B9D4	guāi			
刮 ⊖	0522E	B9CE	guā		颳	
秆 ⊖	079C6	B8D1	gǎn			稈
和 ⊖	0548C	BACD	hé			咊龢
[秈]	079C8	B669	xiān	籼		
[秊]	079CA	B66A	nián	年		
季 ⊖	05B63	BCBE	jì			
委 ⊖	059D4	CEAF	wěi			
竺 ⊖	07AFA	F3C3	zhú			
秉 ⊖	079C9	B1FC	bǐng			
迤 ⊖	08FE4	E5C6	yí/yǐ			
佳 ⊖	04F73	BCD1	jiā			
侍 ⊖	04F8D	CACC	shì			
佶 ⊖	04F76	D9A5	jí			
岳 ⊖	05CB3	D4C0	yuè			嶽
佬 ⊖	04F6C	C0D0	lǎo			

字头	编码		读音	规范字	繁体字	异体字
	ISO 10646	GB 18030				
佴 ㊂	04F74	D9A6	nài			
供 ㊀	04F9B	B9A9	gōng/ gòng			
使 ㊀	04F7F	CAB9	shǐ			
佰 ㊀	04F70	B0DB	bǎi			
侑 ㊀	04F91	D9A7	yòu			
侉 ㊀	04F89	D9A8	kuǎ			
例 ㊀	04F8B	C0FD	lì			
侠 ㊀	04FA0	CFC0	xiá		俠	
臾 ㊀	081FE	F4A7	yú			
(兒)	05152	83BA	ér	儿		
侥 ㊀	04FA5	BDC4	jiǎo		僥	傲
			yáo			
版 ㊀	07248	B0E6	bǎn			
侄 ㊀	04F84	D6B6	zhí			姪姪
垡 ㊂	05788	8882	dài			
岱 ㊀	05CB1	E1B7	dài			
侦 ㊀	04FA6	D5EC	zhēn		偵	遉
侣 ㊀	04FA3	C2C2	lǚ			
侗 ㊀	04F97	B6B1	dòng			
侃 ㊀	04F83	D9A9	kǎn			偘

字头	编码		读音	规范字	繁体字	异体字
	ISO 10646	GB 18030				
侧 ⊖	04FA7	B2E0	cè		側	
侏 ⊖	04F8F	D9AA	zhū			
佉 ⊖	04F81	81EA	shēn			
凭 ⊖	051ED	C6BE	píng		憑	凴
侹 ⊜	04FB9	824B	tǐng			
佸 ⊜	04F78	81E5	huó			
侨 ⊖	04FA8	C7C8	qiáo		僑	
佺 ⊜	04F7A	81E7	quán			
侩 ⊖	04FA9	BFEB	kuài		儈	
佻 ⊖	04F7B	D9AC	tiāo			
佾 ⊖	04F7E	D9AB	yì			
佩 ⊖	04F69	C5E5	pèi			
货 ⊖	08D27	BBF5	huò		貨	
侈 ⊖	04F88	B3DE	chǐ			
隹 ⊜	096B9	F6BF	zhuī			
佾 ⊜	0344A	8139F632	yì			
侂 ⊜	04F82	81EB	tuō			
侪 ⊜	04FAA	D9AD	chái		儕	
佼 ⊜	04F7C	D9AE	jiǎo			
依 ⊖	04F9D	D2C0	yī			
欥 ⊜	04F7D	81E8	cì			

字头	编码		读音	规范字	繁体字	异体字
	ISO 10646	GB 18030				
佯 ⊖	04F6F	D1F0	yáng			
[併]	04F75	81E3	bìng	并		
侘 ⊖	04F98	81F7	chà			
侬 ⊖	04FAC	D9AF	nóng		儂	
帛 ⊖	05E1B	B2AF	bó			
卑 ⊖	05351	B1B0	bēi			
的 ⊖	07684	B5C4	de			
迫 ⊖	08FEB	C6C8	pò			廹
阜 ⊖	0961C	B8B7	fù			
[卹]	05379	8572	xù	恤		
[邺]	0460F	8233C331	xù	恤		
侔 ⊖	04F94	D9B0	móu			
质 ⊖	08D28	D6CA	zhì		質	
欣 ⊖	06B23	D0C0	xīn			訢
郈 ⊖	090C8	E043	hòu			
征 ⊖	05F81	D5F7	zhēng		征徵	
徂 ⊖	05F82	E1DE	cú			
[徃]	05F83	8FB8	wǎng	往		
往 ⊖	05F80	CDF9	wǎng			徃
爬 ⊖	0722C	C5C0	pá			
[彿]	05F7F	8FB7	fú	佛		

字头	编码		读音	规范字	繁体字	异体字
	ISO 10646	GB 18030				
彼 ⊖	05F7C	B1CB	bǐ			
径 ⊖	05F84	BEB6	jìng		徑	逕
所 ⊖	06240	CBF9	suǒ			
舠 ⊜	08220	C573	dāo			
舍 ⊖	0820D	C9E1	shè		舍	
			shě		捨	
金 ⊖	091D1	BDF0	jīn			
刽 ⊖	0523D	B9F4	guì		劊	
郐 ⊖	090D0	DBA6	kuài		鄶	
刹 ⊖	05239	C9B2	chà/shā			
(侖)	04F96	81F6	lún	仑		
郃 ⊜	090C3	E041	hé			
命 ⊖	0547D	C3FC	mìng			俞
肴 ⊖	080B4	EBC8	yáo			餚
[卻]	03541	82309038	què	却		
郄 ⊖	090C4	DBA7	qiè			
斧 ⊖	065A7	B8AB	fǔ			
怂 ⊖	06002	CBCB	sǒng		慫	
爸 ⊖	07238	B0D6	bà			
采 ⊖	091C7	B2C9	cǎi			採
			cài			寀

字头	编码		读音	规范字	繁体字	异体字
	ISO 10646	GB 18030				
籴 ⊖	07C74	D9E1	dí		糴	
觅 ⊖	089C5	C3D9	mì		覓	覔
受 ⊖	053D7	CADC	shòu			
乳 ⊖	04E73	C8E9	rǔ			
贪 ⊖	08D2A	CCB0	tān		貪	
念 ⊖	05FF5	C4EE	niàn			唸
贫 ⊖	08D2B	C6B6	pín		貧	
攽 ⊖	0653D	9491	bān			
忿 ⊖	05FFF	B7DE	fèn			
瓮 ⊖	074EE	CECD	wèng			甕甖
戗 ⊖	06217	EAA8	qiāng/ qiàng		戧	
肼 ⊖	080BC	EBC2	jǐng			
肤 ⊖	080A4	B7F4	fū		膚	
胑 ⊖	043DD	FE7A	zhuān		膞	
肺 ⊖	080BA	B7CE	fèi			
肢 ⊖	080A2	D6AB	zhī			
[肧] ⊖	080A7	C353	pēi	胚		
肽 ⊖	080BD	EBC4	tài			
肱 ⊖	080B1	EBC5	gōng			
肫 ⊖	080AB	EBC6	zhūn			

字头	编码		读音	规范字	繁体字	异体字
	ISO 10646	GB 18030				
肿 ⊖	080BF	D6D7	zhǒng		腫	
肭 ⊜	080AD	EBC7	nà			
胀 ⊖	080C0	D5CD	zhàng		脹	
肵 ⊜	080B8	C35A	xī			
朋 ⊖	0670B	C5F3	péng			
肷 ⊜	080B7	EBC9	qiǎn			
股 ⊖	080A1	B9C9	gǔ			
肮 ⊖	080AE	B0B9	āng		骯	
肪 ⊖	080AA	B7BE	fáng			
肥 ⊖	080A5	B7CA	féi			
服 ⊖	0670D	B7FE	fú			
胁 ⊖	080C1	D0B2	xié		脅	脇
周 ⊖	05468	D6DC	zhōu			週
剁 ⊖	05241	B6E7	duò			
昏 ⊖	0660F	BBE8	hūn			昬
迩 ⊖	08FE9	E5C7	ěr		邇	
郇 ⊜	090C7	DBA8	huán/ xún			
鱼 ⊖	09C7C	D3E3	yú		魚	
兔 ⊖	05154	CDC3	tù			兎兔
狉 ⊜	072C9	A0F2	pī			

字头	编码		读音	规范字	繁体字	异体字
	ISO 10646	GB 18030				
狙 ㊀	072D9	BED1	jū			
狎 ㊀	072CE	E1F2	xiá			
狐 ㊀	072D0	BAFC	hú			
忽 ㊀	05FFD	BAF6	hū			
狝 ㊂	072DD	AA41	xiǎn		獮	
狗 ㊀	072D7	B9B7	gǒu			
狍 ㊀	072CD	E1F3	páo			
狞 ㊀	072DE	C4FC	níng		獰	
狒 ㊀	072D2	E1F4	fèi			
咎 ㊀	0548E	BECC	jiù			
备 ㊀	05907	B1B8	bèi		備	俻
炙 ㊀	07099	D6CB	zhì			
枭 ㊀	067AD	E8C9	xiāo		梟	
饯 ㊀	0996F	BDA4	jiàn		餞	
饰 ㊀	09970	CACE	shì		飾	
饱 ㊀	09971	B1A5	bǎo		飽	
饲 ㊀	09972	CBC7	sì		飼	飤
饳 ㊀	09973	F099	duò		飿	
饴 ㊀	09974	E2C2	yí		飴	
冽 ㊀	051BD	D9FD	liè			
变 ㊀	053D8	B1E4	biàn		變	

字头	编码		读音	规范字	繁体字	异体字
	ISO 10646	GB 18030				
京 ⊖	04EAC	BEA9	jīng			
享 ⊖	04EAB	CFED	xiǎng			亯
冼 ⊖	051BC	D9FE	xiǎn			
庞 ⊖	05E9E	C5D3	páng		龐	
店 ⊖	05E97	B5EA	diàn			
夜 ⊖	0591C	D2B9	yè			亱
庙 ⊖	05E99	C3ED	miào		廟	
府 ⊖	05E9C	B8AE	fǔ			
底 ⊖	05E95	B5D7	dǐ			
庖 ⊖	05E96	E2D2	páo			
[疘]	07598	AF49	gāng	肛		
疟 ⊖	0759F	C5B1	nüè/yào		瘧	
疠 ⊖	075A0	F0DD	lì		癘	
疝 ⊖	0759D	F0DE	shàn			
疙 ⊖	07599	B8ED	gē			
疚 ⊖	0759A	BECE	jiù			
疡 ⊖	075A1	D1F1	yáng		瘍	
剂 ⊖	05242	BCC1	jì		劑	
卒 ⊖	05352	D7E4	zú			卆
郊 ⊖	090CA	BDBC	jiāo			
[効]	052B9	84BF	xiào	效		

字头	编码		读音	规范字	繁体字	异体字
	ISO 10646	GB 18030				
忞 ⊜	05FDE	8FEB	mín			
兖 ⊖	05156	D9F0	yǎn			
庚 ⊖	05E9A	B8FD	gēng			
[卆]	0461A	8233C432	zú	卒		
废 ⊖	05E9F	B7CF	fèi		廢	癈
净 ⊖	051C0	BEBB	jìng			淨
妾 ⊖	059BE	E6AA	qiè			
盲 ⊖	076F2	C3A4	máng			
放 ⊖	0653E	B7C5	fàng			
刻 ⊖	0523B	BFCC	kè			
於 ⊜	065BC	ECB6	yū/yú			
劾 ⊖	052BE	DBC0	hé			
育 ⊖	080B2	D3FD	yù			
氓 ⊖	06C13	C3A5	máng			
闸 ⊖	095F8	D5A2	zhá		閘	牐
闹 ⊖	095F9	C4D6	nào		鬧	閙
[羌]	26351	97329931	qiāng	羌		
郑 ⊖	090D1	D6A3	zhèng		鄭	
券 ⊖	05238	C8AF	quàn			券
			xuàn			
[券]	052B5	84BB	quàn	券		

字头	编码		读音	规范字	繁体字	异体字
	ISO 10646	GB 18030				
卷 ⊖	05377	BEED	juàn		卷	
			juǎn		捲	
[並]	04E26	814B	bìng	并		
单 ⊖	05355	B5A5	dān		單	
炜 ⊖	0709C	ECBF	wěi		煒	
𬊻 ⊖	2C27C	9931C334	ǒu		熰	
炬 ⊖	070AC	BEE6	jù			
炖 ⊖	07096	ECC0	dùn			
炒 ⊖	07092	B3B4	chǎo			
炘 ⊖	07098	9ED4	xīn			
炌 ⊜	0708C	9ECD	kài			
炝 ⊖	0709D	ECC1	qiàng		熗	
炊 ⊖	0708A	B4B6	chuī			
炆 ⊜	07086	9EC9	wén			
炕 ⊖	07095	BFBB	kàng			匟
炎 ⊖	0708E	D1D7	yán			
炉 ⊖	07089	C2AF	lú		爐	鑪
炔 ⊖	07094	C8B2	quē			
沫 ⊖	06CAB	C4AD	mò			
浅 ⊖	06D45	C7B3	qiǎn		淺	
法 ⊖	06CD5	B7A8	fǎ			灋灋

字头	编码		读音	规范字	繁体字	异体字
	ISO 10646	GB 18030				
泔 ⊖	06CD4	E3EF	gān			
泄 ⊖	06CC4	D0B9	xiè			洩
沽 ⊖	06CBD	B9C1	gū			
沭 ⊖	06CAD	E3F0	shù			
河 ⊖	06CB3	BAD3	hé			
[洤]	03CD2	8231D334	fǎ	法		
泷 ⊖	06CF7	E3F1	lóng/shuāng		瀧	
泙 ⊜	06CD9	9B80	píng			
沾 ⊖	06CBE	D5B4	zhān			霑
泸 ⊖	06CF8	E3F2	lú		瀘	
泪 ⊖	06CEA	C0E1	lèi			淚
沮 ⊖	06CAE	BEDA	jǔ			
沺 ⊜	06CBA	9B70	tián			
油 ⊖	06CB9	D3CD	yóu			
泱 ⊖	06CF1	E3F3	yāng			
[況]	06CC1	9B72	kuàng	况		
泂 ⊜	06CC2	9B73	jiǒng			
泅 ⊖	06CC5	C7F6	qiú			
泗 ⊖	06CD7	E3F4	sì			
泊 ⊖	06CCA	B2B4	bó/pō			

字头	编码		读音	规范字	繁体字	异体字
	ISO 10646	GB 18030				
[泝]	06CDD	9B83	sù	溯		
泠 ⊖	06CE0	E3F6	líng			
泜 ⊖	06CDC	9B82	zhī			
泺 ⊖	06CFA	E3F8	luò		濼	
沿 ⊖	06CBF	D1D8	yán			
沮 ⊜	06CC3	9B74	jū			
泖 ⊖	06CD6	E3F7	mǎo			
泡 ⊖	06CE1	C5DD	pào			
注 ⊖	06CE8	D7A2	zhù			註
泣 ⊖	06CE3	C6FC	qì			
泫 ⊖	06CEB	E3F9	xuàn			
泮 ⊖	06CEE	E3FA	pàn			
泞 ⊖	06CDE	C5A2	nìng		濘	
沱 ⊖	06CB1	E3FB	tuó			
泻 ⊖	06CFB	D0BA	xiè		瀉	
泌 ⊖	06CCC	C3DA	bì/mì			
泳 ⊖	06CF3	D3BE	yǒng			
泥 ⊖	06CE5	C4E0	ní			
泯 ⊖	06CEF	E3FD	mǐn			泯
沸 ⊖	06CB8	B7D0	fèi			
泓 ⊖	06CD3	E3FC	hóng			

字头	编码		读音	规范字	繁体字	异体字
	ISO 10646	GB 18030				
沼 ⊖	06CBC	D5D3	zhǎo			
泇 ⊜	06CC7	9B76	jiā			
波 ⊖	06CE2	B2A8	bō			
泼 ⊖	06CFC	C6C3	pō		潑	
泽 ⊖	06CFD	D4F3	zé		澤	
泾 ⊖	06CFE	E3FE	jīng		涇	
治 ⊖	06CBB	D6CE	zhì			
怔 ⊖	06014	D5FA	zhèng			
怯 ⊖	0602F	C7D3	qiè			
怙 ⊖	06019	E2EF	hù			
怵 ⊖	06035	E2F0	chù			
怖 ⊖	06016	B2C0	bù			
怦 ⊖	06026	E2F1	pēng			
怛 ⊖	0601B	E2F2	dá			
怏 ⊖	0600F	E2F3	yàng			
[怳]	06033	9055	huǎng	恍		
性 ⊖	06027	D0D4	xìng			
怍 ⊖	0600D	E2F4	zuò			
怕 ⊖	06015	C5C2	pà			
怜 ⊖	0601C	C1AF	lián			憐
怞 ⊖	03918	FE60	zhòu			懰

字头	编码		读音	规范字	繁体字	异体字
	ISO 10646	GB 18030				
怩 ⊖	06029	E2F5	ní			
怫 ⊖	0602B	E2F6	fú			
怊 ⊖	0600A	E2F7	chāo			
怿 ⊖	0603F	E2F8	yì		懌	
怪 ⊖	0602A	B9D6	guài			恠
怡 ⊖	06021	E2F9	yí			
峃 ⊜	05CC3	8D4E	xué		嶨	
学 ⊖	05B66	D1A7	xué		學	
宝 ⊖	05B9D	B1A6	bǎo		寶	寶
宗 ⊖	05B97	D7DA	zōng			
定 ⊖	05B9A	B6A8	dìng			
宕 ⊖	05B95	E5B4	dàng			
宠 ⊖	05BA0	B3E8	chǒng		寵	
宜 ⊖	05B9C	D2CB	yí			
审 ⊖	05BA1	C9F3	shěn		審	
宙 ⊖	05B99	D6E6	zhòu			
官 ⊖	05B98	B9D9	guān			
空 ⊖	07A7A	BFD5	kōng/ kòng			
帘 ⊖	05E18	C1B1	lián		帘簾	
穸 ⊜	07A78	F1B6	xī			

字头	编码		读音	规范字	繁体字	异体字
	ISO 10646	GB 18030				
穷 ⊖	07A79	F1B7	qióng			
宛 ⊖	05B9B	CDF0	wǎn			
实 ⊖	05B9E	CAB5	shí		實	寔
宓 ⊖	05B93	E5B5	fú/mì			
诓 ⊖	08BD3	DAB2	kuāng		誆	
诔 ⊖	08BD4	DAB3	lěi		誄	
试 ⊖	08BD5	CAD4	shì		試	
郎 ⊖	090CE	C0C9	láng			
诖 ⊖	08BD6	DAB4	guà		詿	
诗 ⊖	08BD7	CAAB	shī		詩	
诘 ⊖	08BD8	DAB5	jié		詰	
戾 ⊖	0623E	ECE5	lì			
肩 ⊖	080A9	BCE7	jiān			
房 ⊖	0623F	B7BF	fáng			
诙 ⊖	08BD9	DAB6	huī		詼	
戽 ⊖	0623D	ECE6	hù			
诚 ⊖	08BDA	B3CF	chéng		誠	
郓 ⊖	090D3	DBA9	yùn		鄆	
衬 ⊖	0886C	B3C4	chèn		襯	
衫 ⊖	0886B	C9C0	shān			
衩 ⊖	08869	F1C3	chǎ/chà			

字头	编码		读音	规范字	繁体字	异体字
	ISO 10646	GB 18030				
袄 ⊜	07946	ECEC	xiān			
袆 ⊜	0794E	B574	yī		禕	
祉 ⊜	07949	ECED	zhǐ			
视 ⊜	089C6	CAD3	shì		視	眡眎
祈 ⊜	07948	C6ED	qí			
祇 ⊜	07947	B56F	qí			
[祇①]	07947	B56F	zhǐ	只		
祋 ⊜	0794B	B571	duì			
祊 ⊜	0794A	B570	bēng			
詷 ⊜	2B363	9838BA39	tóng		詷	
诛 ⊜	08BDB	D6EF	zhū		誅	
诜 ⊜	08BDC	DAB7	shēn		詵	
话 ⊜	08BDD	BBB0	huà		話	語
诞 ⊜	08BDE	B5AE	dàn		誕	
诟 ⊜	08BDF	DAB8	gòu		詬	
诠 ⊜	08BE0	DAB9	quán		詮	
诡 ⊜	08BE1	B9EE	guǐ		詭	
询 ⊜	08BE2	D1AF	xún		詢	
诣 ⊜	08BE3	D2E8	yì		詣	
诤 ⊜	08BE4	DABA	zhèng		諍	

①祇：用于表示地神，读qí。读zhǐ时用"只"。

字头	编码		读音	规范字	繁体字	异体字
	ISO 10646	GB 18030				
该 ⊖	08BE5	B8C3	gāi		該	
详 ⊖	08BE6	CFEA	xiáng		詳	
诧 ⊖	08BE7	B2EF	chà		詫	
诨 ⊖	08BE8	DABB	hùn		諢	
詪 ⊜	2C8F3	9932EA39	hěn		詪	
诩 ⊖	08BE9	DABC	xǔ		詡	
建 ⊖	05EFA	BDA8	jiàn			
鄩 ⊜	2CA7D	99339433	xún		鄩	
肃 ⊖	08083	CBE0	sù		肅	
录 ⊖	05F55	C2BC	lù		錄	
隶 ⊖	096B6	C1A5	lì		隸	肆肆
帚 ⊖	05E1A	D6E3	zhǒu			箒
[届]	05C46	8CC3	jiè	届		
屉 ⊖	05C49	CCEB	tì			
居 ⊖	05C45	BED3	jū			
届 ⊖	05C4A	BDEC	jiè			屆
刷 ⊖	05237	CBA2	shuā/ shuà			
鸤 ⊜	09E24	FB5C	shī		鳲	
屈 ⊖	05C48	C7FC	qū			
弧 ⊖	05F27	BBA1	hú			

字头	编码		读音	规范字	繁体字	异体字
	ISO 10646	GB 18030				
弥 ⊖	05F25	C3D6	mí		彌瀰	
弦 ⊖	05F26	CFD2	xián			絃
弢 ⊜	05F22	8F7C	tāo			
弨 ⊜	05F28	8F80	chāo			
承 ⊖	0627F	B3D0	chéng			
孟 ⊖	05B5F	C3CF	mèng			
陋 ⊖	0964B	C2AA	lòu			
[牀]	07240	A097	chuáng	床		
(狀)	072C0	A0EE	zhuàng	状		
戕 ⊜	06215	E3DE	qiāng			
陌 ⊖	0964C	C4B0	mò			
陑 ⊜	09651	EA7A	ér			
孤 ⊖	05B64	B9C2	gū			
孢 ⊜	05B62	E6DF	bāo			
陕 ⊖	09655	C9C2	shǎn			陝
[峕]	065F9	9545	shí	时		
亟 ⊜	04E9F	D8BD	jí/qì			
陒 ⊜	2CBBF	9933B435	gài			隑
陎 ⊜	0964E	EA78	shū			
降 ⊖	0964D	BDB5	jiàng/ xiáng			

字头	编码		读音	规范字	繁体字	异体字
	ISO 10646	GB 18030				
陔 ⊜	2CBC0	9933B436	jī		隮	
函 ⊖	051FD	BAAF	hán			圅
陔 ⊜	09654	DAEB	gāi			
限 ⊖	09650	CFDE	xiàn			
卺 ⊜	0537A	DAE1	jǐn			
嫩 ⊜	04E78	8170	nǎ			
妹 ⊖	059B9	C3C3	mèi			
姑 ⊖	059D1	B9C3	gū			
[妬]	059AC	8A81	dù	妒		
妭 ⊜	059AD	8A82	bá			
姐 ⊜	059B2	E6A7	dá			
姐 ⊖	059D0	BDE3	jiě			
妯 ⊜	059AF	E6A8	zhóu			
[姍]	059CD	8A99	shān	姗		
姓 ⊖	059D3	D0D5	xìng			
[姪]	059B7	8A89	zhí	侄		
姈 ⊜	059C8	8A96	líng			
[妳]	059B3	8A85	nǐ	你		
			nǎi	奶		
姍 ⊜	059D7	E6A9	shān			姗
妮 ⊖	059AE	C4DD	nī			

字头	编码		读音	规范字	繁体字	异体字
	ISO 10646	GB 18030				
婞 ⊜	2BC1B	99309E31	xíng		婞	
姶 ⊖	059CB	CABC	shǐ			
帑 ⊖	05E11	E0FB	tǎng			
弩 ⊖	05F29	E5F3	nǔ			
孥 ⊖	05B65	E6DB	nú			
驽 ⊖	09A7D	E6E5	nú		駑	
姆 ⊖	059C6	C4B7	mǔ			
虱 ⊖	08671	CAAD	shī			蝨
[兔]	2F80F	9A32B439	tù	兔		
迢 ⊖	08FE2	CCF6	tiáo			
迦 ⊖	08FE6	E5C8	jiā			
驾 ⊖	09A7E	BCDD	jià		駕	
迳 ⊖	08FF3	E5C9	jìng		逕	
叁 ⊖	053C1	C8FE	sān			
参 ⊖	053C2	B2CE	cān		參	条
			shēn			条葠薓
迨 ⊖	08FE8	E5CA	dài			
艰 ⊖	08270	BCE8	jiān		艱	
[斉]	04E9D	8185	zhāi	斋		
叕 ⊜	053D5	85AC	zhuó			
线 ⊖	07EBF	CFDF	xiàn		綫	線

字头	编码		读音	规范字	繁体字	异体字
	ISO 10646	GB 18030				
绀 ⊜	07EC0	E7A4	gàn		紺	
绁 ⊜	07EC1	E7A5	xiè		紲	緤
驴 ⊜	2CCF5	9933D335	pī		駓	
绂 ⊜	07EC2	E7A6	fú		紱	
练 ⊜	07EC3	C1B7	liàn		練	
驵 ⊜	09A75	E6E0	zǎng		駔	
组 ⊜	07EC4	D7E9	zǔ		組	
绅 ⊜	07EC5	C9F0	shēn		紳	
细 ⊜	07EC6	CFB8	xì		細	
驶 ⊜	09A76	CABB	shǐ		駛	
织 ⊜	07EC7	D6AF	zhī		織	
驷 ⊜	2CCF6	9933D336	jiōng		駉	
绷 ⊜	04339	8232F839	jiǒng		絅	
驷 ⊜	09A77	E6E1	sì		駟	
驸 ⊜	09A78	E6E2	fù		駙	
驹 ⊜	09A79	BED4	jū		駒	
终 ⊜	07EC8	D6D5	zhōng		終	
驺 ⊜	09A7A	E6E3	zōu		騶	
绉 ⊜	07EC9	E7A7	zhòu		縐	
驻 ⊜	09A7B	D7A4	zhù		駐	
驻 ⊜	2B80A	9839B430	xuán		駇	

字头	编码		读音	规范字	繁体字	异体字
	ISO 10646	GB 18030				
绊 ⊖	07ECA	B0ED	bàn		絆	
驼 ⊖	09A7C	CDD5	tuó		駝	駞
绋 ⊜	07ECB	E7A8	fú		紼	
绌 ⊖	07ECC	E7A9	chù		絀	
绍 ⊖	07ECD	C9DC	shào		紹	
驿 ⊖	09A7F	E6E4	yì		驛	
绎 ⊖	07ECE	D2EF	yì		繹	
经 ⊖	07ECF	BEAD	jīng		經	
骀 ⊖	09A80	E6E6	dài/tái		駘	
绐 ⊜	07ED0	E7AA	dài		紿	
贯 ⊖	08D2F	B9E1	guàn		貫	
(纠)	07CFE	BC6D	jiū	纠		
甾 ⊖	0753E	E7DE	zāi			
九画						
耇 ⊜	07809	EDB9	huā			
籽 ⊜	08014	F1E8	zǐ			
契 ⊖	05951	C6F5	qì			
贰 ⊖	08D30	B7A1	èr		貳	
娸 ⊜	036C3	8230B731	jié			
奏 ⊖	0594F	D7E0	zòu			
春 ⊖	06625	B4BA	chūn			旾

字头	编码		读音	规范字	繁体字	异体字
	ISO 10646	GB 18030				
帮 ⊖	05E2E	B0EF	bāng		幫	幚幇
珏 ⊖	073CF	E7E5	jué			
珐 ⊖	073D0	B7A9	fà			琺
珂 ⊖	073C2	E7E6	kē			
珑 ⊖	073D1	E7E7	lóng		瓏	
坪 ⊜	073B6	AB72	píng			
玷 ⊖	073B7	E7E8	diàn			
珇 ⊜	073C7	AB7E	zǔ			
珅 ⊜	073C5	AB7C	shēn			
[珊]	(073CA)①	C9BA	shān	珊		
玳 ⊖	073B3	E7E9	dài			瑇
珀 ⊖	073C0	E7EA	pò			
顸 ⊖	09878	F1FC	hān		頇	
珍 ⊖	073CD	D5E4	zhēn			珎
玲 ⊖	073B2	C1E1	líng			
[珎]	073CE	AB82	zhēn	珍		
瓅	2C35B	9931D937	lì		瓅	
珊 ⊖	073CA	C9BA	shān			珊
珋 ⊜	073CB	AB80	liǔ			
玹 ⊜	073B9	AB74	xuán			

① 该字与规范字"珊"共用编码。

字头	编码		读音	规范字	繁体字	异体字
	ISO 10646	GB 18030				
珌 ⊜	073CC	AB81	bì			
珉 ⊖	073C9	E7EB	mín			
玿 ⊜	073BF	AB78	sháo			
珈 ⊖	073C8	E7EC	jiā			
玻 ⊖	073BB	B2A3	bō			
毒 ⊖	06BD2	B6BE	dú			
型 ⊖	0578B	D0CD	xíng			
韨 ⊜	097E8	ED82	fú		韍	
拭 ⊖	062ED	CAC3	shì			
垚 ⊜	0579A	8890	yáo			
挂 ⊖	06302	B9D2	guà			掛掛
封 ⊖	05C01	B7E2	fēng			
持 ⊖	06301	B3D6	chí			
拮 ⊖	062EE	DED7	jié			
拷 ⊖	062F7	BFBD	kǎo			
拱 ⊖	062F1	B9B0	gǒng			
垭 ⊖	057AD	DBEB	yā		埡	
挝 ⊖	0631D	CECE	wō		撾	
垣 ⊖	057A3	D4AB	yuán			
项 ⊖	09879	CFEE	xiàng		項	
垮 ⊖	057AE	BFE5	kuǎ			

字头	编码		读音	规范字	繁体字	异体字
	ISO 10646	GB 18030				
挎 ㊀	0630E	BFE6	kuà			
垯 ㊂	057AF	8899	da		墶	
挞 ㊀	0631E	CCA2	tà		撻	
城 ㊀	057CE	B3C7	chéng			
挟 ㊀	0631F	D0AE	xié		挾	
挠 ㊀	06320	C4D3	náo		撓	
垤 ㊀	057A4	DBEC	dié			
政 ㊀	0653F	D5FE	zhèng			
赴 ㊀	08D74	B8B0	fù			
赵 ㊀	08D75	D5D4	zhào		趙	
赳 ㊀	08D73	F4F1	jiū			
[桒]	06852	96F8	sāng	桑		
贲 ㊀	08D32	EADA	bēn		賁	
垙 ㊂	05799	888F	guāng			
垱 ㊀	057B1	889B	dàng		壋	
挡 ㊀	06321	B5B2	dǎng		擋	攩
			dàng			
拽 ㊀	062FD	D7A7	zhuài			
垌 ㊀	0578C	DBED	dòng/ tóng			
哉 ㊀	054C9	D4D5	zāi			

字头	编码		读音	规范字	繁体字	异体字
	ISO 10646	GB 18030				
垲 ㊂	057B2	DBEE	kǎi		塏	
挺 ㊀	0633A	CDA6	tǐng			
括 ㊀	062EC	C0A8	kuò			捪
埏 ㊂	057CF	DBEF	shān			
郝 ㊀	090DD	BAC2	hǎo			
垍 ㊂	0578D	8885	jì			
垧 ㊀	057A7	DBF0	shǎng			
垢 ㊀	057A2	B9B8	gòu			
耇 ㊂	08007	C254	gǒu			
拴 ㊀	062F4	CBA9	shuān			
拾 ㊀	062FE	CAB0	shí			
挑 ㊀	06311	CCF4	tiāo/tiǎo			
垛 ㊀	0579B	B6E2	duǒ/duò			垜
指 ㊀	06307	D6B8	zhǐ			
垫 ㊀	057AB	B5E6	diàn		墊	
垶 ㊂	09FCD	82359332	gàng			
垎 ㊂	0578E	8886	hè			
挣 ㊀	06323	D5F5	zhēng/zhèng			
挤 ㊀	06324	BCB7	jǐ		擠	
垴 ㊂	057B4	DBF1	nǎo			

字头	编码		读音	规范字	繁体字	异体字
	ISO 10646	GB 18030				
垓 ⊖	05793	DBF2	gāi			
垟 ⊜	0579F	8894	yáng			
拼 ⊖	062FC	C6B4	pīn			
垞 ⊜	0579E	8893	chá			
挓 ⊜	06313	929F	zhā			
挖 ⊖	06316	CDDA	wā			
垵 ⊜	057B5	889D	ān			
按 ⊖	06309	B0B4	àn			
挥 ⊖	06325	BBD3	huī		揮	
垯 ⊜	0578F	8887	lǜ			
挦 ⊜	06326	92A6	xián		撏	
挪 ⊖	0632A	C5B2	nuó			
垠 ⊖	057A0	DBF3	yín			
拯 ⊖	062EF	D5FC	zhěng			
[垛]	0579C	8891	duǒ/duò	垛		
拶 ⊜	062F6	DED9	zā/zǎn			
某 ⊖	067D0	C4B3	mǒu			
甚 ⊖	0751A	C9F5	shèn			
荆 ⊖	08346	BEA3	jīng			
茗 ⊜	08356	C74E	lǎo			
茸 ⊖	08338	C8D7	róng			

字头	编码		读音	规范字	繁体字	异体字
	ISO 10646	GB 18030				
萱 ⊜	08341	C742	huán			
革 ⊖	09769	B8EF	gé			
茜 ⊜	0831C	DCE7	qiàn/xī			
茬 ⊜	0832C	B2E7	chá			
荐 ⊖	08350	BCF6	jiàn		薦	
荙 ⊜	08359	C751	dá		薘	
巷 ⊖	05DF7	CFEF	hàng/xiàng			
荚 ⊖	0835A	BCD4	jiá		莢	
荑 ⊖	08351	DCE8	tí/yí			
贳 ⊖	08D33	EADB	shì		貰	
荛 ⊜	0835B	DCE9	ráo		蕘	
荜 ⊖	0835C	DCEA	bì		蓽	
茈 ⊜	08308	DCEB	cí/zǐ			
带 ⊖	05E26	B4F8	dài		帶	
草 ⊖	08349	B2DD	cǎo			艸
茧 ⊖	08327	BCEB	jiǎn		繭	蠒
莒 ⊖	08392	DCEC	jǔ			
茼 ⊜	0833C	DCED	tóng			
茵 ⊜	08335	D2F0	yīn			
茴 ⊜	08334	DCEE	huí			

字头	编码		读音	规范字	繁体字	异体字
	ISO 10646	GB 18030				
茱 ⊖	08331	DCEF	zhū			
莛 ⊖	0839B	DCF0	tíng			
荞 ⊖	0835E	DCF1	qiáo		蕎	荍
茯 ⊖	0832F	DCF2	fú			
苘 ⊜	0833D	C6A0	zhòng			
荏 ⊖	0834F	DCF3	rěn			
荇 ⊖	08347	DCF4	xìng			
荃 ⊖	08343	DCF5	quán			
荟 ⊖	0835F	DCF6	huì		薈	
茶 ⊖	08336	B2E8	chá			
荀 ⊖	08340	DCF7	xún			
茗 ⊖	08317	DCF8	míng			
荠 ⊖	08360	DCF9	jì/qí		薺	
茭 ⊖	0832D	DCFA	jiāo			
茨 ⊖	08328	B4C4	cí			
荒 ⊖	08352	BBC4	huāng			
荄 ⊜	08344	C744	gāi			
茺 ⊖	0833A	DCFB	chōng			
蔄 ⊜	2C72C	9932BD34	màn		蔄	
垩 ⊖	057A9	DBD1	è		堊	
荓 ⊜	08353	C74C	píng			

字头	编码		读音	规范字	繁体字	异体字
	ISO 10646	GB 18030				
茳 ㊀	08333	DCFC	jiāng			
茫 ㊀	0832B	C3A3	máng			
荡 ㊀	08361	B5B4	dàng		蕩	盪
荣 ㊀	08363	C8D9	róng		榮	
荤 ㊀	08364	BBE7	hūn		葷	
荥 ㊀	08365	DCFE	xíng/yíng		滎	
荦 ㊀	08366	DCFD	luò		犖	
荧 ㊀	08367	D3AB	yíng		熒	
荨 ㊀	08368	DDA1	qián/xún		蕁	
[乻]	04E79	8171	gān	干		
莳 ㊀	26C21	9733FC37	nà/nuó			
茛 ㊀	0831B	DDA2	gèn			
故 ㊀	06545	B9CA	gù			
荩 ㊀	08369	DDA3	jìn		藎	
胡 ㊀	080E1	BAFA	hú		胡	衚
					鬍	
剋 ㊀	0524B	8477	kēi			尅
(剋①)	0524B	8477	kè	克		
荪 ㊀	0836A	DDA5	sūn		蓀	
[荞]	0834D	C74A	qiáo	荞		

①剋：表示训斥、打人时读 kēi，不简化作"克"。

字头	编码		读音	规范字	繁体字	异体字
	ISO 10646	GB 18030				
荫 ⊖	0836B	D2F1	yīn yìn		蔭	廕
茹 ⊖	08339	C8E3	rú			
[荔]	08318	C68D	lì	荔		
荔 ⊖	08354	C0F3	lì			荔
南 ⊖	05357	C4CF	nán			
荬 ⊖	0836C	DDA4	mǎi		蕒	
荭 ⊜	0836D	DDA6	hóng		葒	
荮 ⊜	0836E	DDA7	zhòu		葤	
药 ⊖	0836F	D2A9	yào		藥	
标 ⊖	06807	B1EA	biāo		標	
柰 ⊖	067F0	E8CD	nài			
栈 ⊖	06808	D5BB	zhàn		棧	
柉 ⊜	03B55	8231AD34	qū			
柑 ⊖	067D1	B8CC	gān			
枯 ⊖	067AF	BFDD	kū			
栉 ⊖	06809	E8CE	zhì		櫛	
柯 ⊖	067EF	BFC2	kē			
柄 ⊖	067C4	B1FA	bǐng			
柘 ⊖	067D8	E8CF	zhè			
栊 ⊖	0680A	E8D0	lóng		櫳	

字头	编码		读音	规范字	繁体字	异体字
	ISO 10646	GB 18030				
枢 ⊖	067E9	E8D1	jiù			
枰 ⊖	067B0	E8D2	píng			
栋 ⊖	0680B	B6B0	dòng		棟	
栌 ⊖	0680C	E8D3	lú		櫨	
相 ⊖	076F8	CFE0	xiāng/xiàng			
査 ⊖	067E5	B2E9	chá/zhā			查
[査]	067FB	96CB	chá/zhā	查		
柙 ⊖	067D9	E8D4	xiá			
枵 ⊖	067B5	E8D5	xiāo			
柚 ⊖	067DA	E8D6	yóu/yòu			
枳 ⊖	067B3	E8D7	zhǐ			
柷 ⊖	067F7	96C7	zhù			
[枴]	067FA	96CA	guǎi	拐		
[楠]	067DF	96B9	nán	楠		
[柵]	067F5	96C5	shān/zhà	栅		
柞 ⊖	067DE	D7F5	zhà/zuò			
柏 ⊖	067CF	B0D8	bǎi			栢
			bó			
枥 ⊖	067DD	E8D8	tuò			
栀 ⊖	06800	E8D9	zhī			梔

字头	编码		读音	规范字	繁体字	异体字
	ISO 10646	GB 18030				
柃 ○	067C3	E8DA	líng			
柢 ○	067E2	E8DC	dǐ			
栎 ○	0680E	E8DD	lì/yuè		櫟	
枸 ○	067B8	E8DB	gǒu			
栅 ○	06805	D5A4	shān/zhà			柵
柳 ○	067F3	C1F8	liǔ			桺栁
柊 ○	067CA	96B0	zhōng			
[栁] ○	06801	96CE	liǔ	柳		
枹 ○	067B9	96A2	bāo			
柱 ○	067F1	D6F9	zhù			
柿 ○	067FF	CAC1	shì			枾
栏 ○	0680F	C0B8	lán		欄	
柈 ○	067C8	96AE	bàn			
柠 ○	067E0	C4FB	níng		檸	
柁 ○	067C1	E8DE	tuó			
柡 ○	06810	96D4	yǒng			
柖 ○	067D6	96B6	sháo			
枷 ○	067B7	BCCF	jiā			
柽 ○	067FD	E8DF	chēng		檉	
树 ○	06811	CAF7	shù		樹	
勃 ○	052C3	B2AA	bó			

字头	编码		读音	规范字	繁体字	异体字
	ISO 10646	GB 18030				
(軌)	08ECC	DC89	guǐ	轨		
剌 ⊖	0524C	D8DD	là			
[勅]	052C5	84C8	chì	敕		
鄔 ⊜	090DA	E04E	wú			
剅 ⊜	05245	8472	lóu			
要 ⊖	08981	D2AA	yāo/yào			
鸤 ⊜	04D13	FE98	shī		鳲	
酊 ⊖	0914A	F4FA	dīng/dǐng			
迺 ⊜	08FFA	DE95	nǎi			
[迺①]	08FFA	DE95	nǎi	乃		
郦 ⊜	090E6	DBAA	lì		酈	
柬 ⊖	067EC	BCED	jiǎn			
(厙)	05399	8587	shè	库		
咸 ⊖	054B8	CFCC	xián		咸鹹	
厖 ⊜	05396	8585	máng			
威 ⊖	05A01	CDFE	wēi			
歪 ⊖	06B6A	CDE1	wāi			
[盃]	076C3	B0A0	bēi	杯		
甭 ⊖	0752D	B1C2	béng			
研 ⊖	07814	D1D0	yán			

①迺：可用于姓氏人名、地名。

128

字头	编码		读音	规范字	繁体字	异体字
	ISO 10646	GB 18030				
（頁）	09801	ED93	yè	页		
砆 ㊁	07806	B351	fū			
砖 ㊀	07816	D7A9	zhuān		磚	塼甎
厘 ㊁	05398	C0E5	lí			釐
砗 ㊁	07817	EDBA	chē		硨	
厚 ㊁	0539A	BAF1	hòu			
砑 ㊁	07811	EDBC	yà			
砘 ㊁	07818	EDBB	dùn			
砒 ㊁	07812	C5F8	pī			
砌 ㊁	0780C	C6F6	qì			
砂 ㊁	07802	C9B0	shā			
泵 ㊁	06CF5	B1C3	bèng			
砚 ㊁	0781A	D1E2	yàn		硯	
斫 ㊁	065AB	EDBD	zhuó			斮斵斲
砭 ㊁	0782D	EDBE	biān			
砍 ㊁	0780D	BFB3	kǎn			
砜 ㊁	0781C	EDBF	fēng		碸	
砄 ㊁	07804	B34F	jué			
面 ㊁	09762	C3E6	miàn		面	
					麵	麺
耐 ㊁	08010	C4CD	nài			

129

字头	编码		读音	规范字	繁体字	异体字
	ISO 10646	GB 18030				
肜 ⊜	0800F	C259	ér/nài			
耍 ⊖	0800D	CBA3	shuǎ			
奎 ⊖	0594E	BFFC	kuí			
[奔]	0FA7F	8430A533	bēn/bèn	奔		
耷 ⊖	08037	DEC7	dā			
(郏)	090DF	E050	jiá	郏		
奓 ⊜	05953	8A4C	zhā			
[盍]	076C7	B141	hé	盉		
[昚]	0661A	9559	shèn	慎		
牵 ⊖	07275	C7A3	qiān		牽	
鸥 ⊖	09E25	C5B8	ōu		鷗	
虺 ⊖	0867A	F2B3	huǐ			
奆 ⊖	04DAE	FE9F	yǎn		巂	
残 ⊖	06B8B	B2D0	cán		殘	
殂 ⊖	06B82	E9E3	cú			
殃 ⊖	06B83	D1EA	yāng			
殇 ⊖	06B87	E9E4	shāng		殤	
殄 ⊖	06B84	E9E5	tiǎn			
殆 ⊖	06B86	B4F9	dài			
轱 ⊖	08F71	E9EF	gū		軲	
轲 ⊖	08F72	E9F0	kē		軻	

字头	编码		读音	规范字	繁体字	异体字
	ISO 10646	GB 18030				
轳 ㊀	08F73	E9F1	lú		轤	
轴 ㊀	08F74	D6E1	zhóu/ zhòu		軸	
轵 ㊁	08F75	E9F2	zhǐ		軹	
轶 ㊀	08F76	E9F3	yì		軼	
轷 ㊂	08F77	E9F5	hū		軤	
轸 ㊀	08F78	E9F4	zhěn		軫	
轹 ㊂	08F79	E9F6	lì		轢	
轺 ㊂	08F7A	E9F7	yáo		軺	
轻 ㊀	08F7B	C7E1	qīng		輕	
鸦 ㊀	09E26	D1BB	yā		鴉	鵶
虿 ㊀	0867F	F2B2	chài		蠆	
皆 ㊀	07686	BDD4	jiē			
毖 ㊀	06BD6	B1D1	bì			
(剄)	05244	8471	jǐng	刭		
(勁)	052C1	84C5	jìn/jìng	劲		
韭 ㊀	097ED	BEC2	jiǔ			韮
背 ㊀	080CC	B1B3	bēi			揹
			bèi			
(貞)	08C9E	D891	zhēn	贞		
战 ㊀	06218	D5BD	zhàn		戰	

字头	编码		读音	规范字	繁体字	异体字
	ISO 10646	GB 18030				
觇 ⊖	089C7	EAE8	chān		覘	
点 ⊖	070B9	B5E3	diǎn		點	
虐 ⊖	08650	C5B0	nüè			
临 ⊖	04E34	C1D9	lín		臨	
览 ⊖	089C8	C0C0	lǎn		覽	
竖 ⊖	07AD6	CAFA	shù		竪	豎
籴 ⊖	05C1C	E6D9	gá			
省 ⊖	07701	CAA1	shěng/ xǐng			
削 ⊖	0524A	CFF7	xiāo/xuē			
尝 ⊖	05C1D	B3A2	cháng		嘗	甞嚐
哐 ⊖	054D0	DFD1	kuāng			
眛 ⊖	06627	C3C1	mèi			
眄 ⊖	07704	EDED	miàn			
眍 ⊖	0770D	EDEE	kōu		瞘	
哪 ⊖	20CD0	9534CE36	bāng			
盹 ⊖	076F9	EDEF	dǔn			
[昰]	06630	9567	shì	是		
是 ⊖	0662F	CAC7	shì			昰
郢 ⊖	090E2	DBAB	yǐng			
眇 ⊖	07707	EDF0	miǎo			䏚

字头	编码		读音	规范字	繁体字	异体字
	ISO 10646	GB 18030				
昺 ⊜	0663A	956D	bǐng			
睍 ⊜	2AFA2	9837D838	xiàn		睍	
眊 ⊖	0770A	B167	mào			
(刞)	05247	8474	zé	则		
盼 ⊖	076FC	C5CE	pàn			
眨 ⊖	07728	D5A3	zhǎ			
昽 ⊜	0663D	956F	lóng		曨	
眴 ⊜	076F7	B15D	tián			
眈 ⊜	07708	EDF1	dān			
[䁞]	25128	9638C032	chǒu	瞅		
哇 ⊖	054C7	CDDB	wā/wa			
咡 ⊜	054A1	85FE	èr			
[哶①]			miē	咩		
哄 ⊖	054C4	BAE5	hǒng			
			hòng			閧鬨
哑 ⊖	054D1	D1C6	yǎ		啞	
显 ⊖	0663E	CFD4	xiǎn		顯	
冒 ⊖	05192	C3B0	mào			冐
咺 ⊜	054BA	8649	xuān			
(閂)	09582	E956	shuān	闩		

①该字目前暂无编码。

字头	编码		读音	规范字	繁体字	异体字
	ISO 10646	GB 18030				
映 ⊖	06620	D3B3	yìng			暎
禺 ⊖	079BA	D8AE	yú			
哂 ⊖	054C2	DFD3	shěn			
星 ⊖	0661F	D0C7	xīng			
昳 ⊜	06633	9569	dié			
昨 ⊖	06628	D7F2	zuó			
昣 ⊜	06623	955F	zhěn			
咴 ⊖	054B4	DFD4	huī			
哒 ⊜	054D2	DFD5	dā		噠	
昤 ⊜	06624	9560	líng			
昫 ⊜	0662B	9564	xù			
曷 ⊖	066F7	EAC2	hé			
昴 ⊖	06634	EAC4	mǎo			
咧 ⊖	054A7	DFD6	liē/liě			
昱 ⊖	06631	EAC5	yù			
昡 ⊜	06621	955D	xuàn			
昵 ⊖	06635	EAC7	nì			暱
咦 ⊖	054A6	DFD7	yí			
哓 ⊖	054D3	DFD8	xiāo		嘵	
昭 ⊖	0662D	D5D1	zhāo			
哔 ⊖	054D4	DFD9	bì		嗶	

字头	编码		读音	规范字	繁体字	异体字
	ISO 10646	GB 18030				
咥 ㊂	054A5	8641	xì			
昪 ㊂	0662A	9563	biàn			
[畊]	0754A	AE75	gēng	耕		
畎 ㊂	0754E	EEB0	quǎn			
畏 ㊀	0754F	CEB7	wèi			
毗 ㊂	06BD7	C5FE	pí			毘
[毘]	06BD8	9AB3	pí	毗		
趴 ㊀	08DB4	C5BF	pā			
呲 ㊀	05472	DFDA	cī			
胃 ㊀	080C3	CEB8	wèi			
胄 ㊂	080C4	EBD0	zhòu			
贵 ㊀	08D35	B9F3	guì		貴	
畋 ㊂	0754B	EEB1	tián			
畈 ㊂	07548	EEB2	fàn			
界 ㊀	0754C	BDE7	jiè			
虷 ㊂	08677	CD48	gān/hán			
虹 ㊀	08679	BAE7	hóng/jiàng			
虾 ㊀	0867E	CFBA	xiā		蝦	
虼 ㊂	0867C	F2B4	gè			
虻 ㊂	0867B	F2B5	méng			蝱

字头	编码		读音	规范字	繁体字	异体字
	ISO 10646	GB 18030				
蚁 ⊖	08681	D2CF	yǐ		蟻	
妒 ⊜	08678	CD49	zǐ			
[虵]	08675	CD46	shé	蛇		
思 ⊖	0601D	CBBC	sī			
蚂 ⊖	08682	C2EC	mǎ		螞	
蛊 ⊖	076C5	D6D1	zhōng			
咣 ⊖	054A3	DFDB	guāng			
虽 ⊖	0867D	CBE4	suī		雖	
品 ⊖	054C1	C6B7	pǐn			
峒 ⊜	054C3	864C	tóng			
咽 ⊖	054BD	D1CA	yān			
			yàn			嚥
骂 ⊖	09A82	C2EE	mà		罵	傌駡
哕 ⊖	054D5	DFDC	huì/yuě		噦	
剐 ⊖	05250	B9D0	guǎ		剮	
郧 ⊖	090E7	D4C7	yún		鄖	
勋 ⊖	052CB	D1AB	xūn		勛	勳
咻 ⊖	054BB	DFDD	xiū			
哗 ⊖	054D7	BBA9	huā		嘩	
			huá			譁
咱 ⊖	054B1	D4DB	zán			偺喒㗊喒

字头	编码		读音	规范字	繁体字	异体字
	ISO 10646	GB 18030				
囿 ⊖	056FF	E0F3	yòu			
咿 ⊖	054BF	DFDE	yī			吚
响 ⊖	054CD	CFEC	xiǎng		響	
哌 ⊖	054CC	DFDF	pài			
哙 ⊖	054D9	DFE0	kuài		噲	
哈 ⊖	054C8	B9FE	hā			
哚 ⊖	054DA	DFE1	duǒ			
咯 ⊖	054AF	BFA9	gē			
哆 ⊖	054C6	B6DF	duō			
咬 ⊖	054AC	D2A7	yǎo			齩
咳 ⊖	054B3	BFC8	hāi			
			ké			欬
咩 ⊖	054A9	DFE3	miē			哶咤
[咲]	054B2	8644	xiào	笑		
咪 ⊖	054AA	DFE4	mī/mǐ			
咤 ⊖	054A4	DFE5	zhà			吒
哝 ⊖	054DD	DFE6	nóng		噥	
哪 ⊖	054EA	C4C4	nǎ			
哏 ⊖	054CF	DFE7	gén			
哞 ⊖	054DE	DFE8	mōu			
哟 ⊖	054DF	D3B4	yō/yo		喲	

字头	编码		读音	规范字	繁体字	异体字
	ISO 10646	GB 18030				
峙 ⊖	05CD9	D6C5	shì/zhì			
峘 ⊜	05CD8	8D60	huán			
耑 ⊜	08011	C25A	duān			
[耑①]	08011	C25A	zhuān	专		
炭 ⊖	070AD	CCBF	tàn			
峛 ⊜	05CDB	8D62	liè			
峡 ⊖	05CE1	CFBF	xiá		峽	
峣 ⊖	05CE3	8D69	yáo		嶢	
罘 ⊖	07F58	EEB7	fú			
帧 ⊖	05E27	D6A1	zhēn		幀	
罚 ⊖	07F5A	B7A3	fá		罰	罸
岫 ⊜	2AA30	9836CB34	qū			
峒 ⊖	05CD2	E1BC	dòng/ tóng			崠
[崠]	05CDD	8D64	dòng/ tóng	峒		
峤 ⊖	05CE4	E1BD	jiào/qiáo		嶠	
峗 ⊜	05CD7	8D5F	wéi			
峋 ⊖	05CCB	E1BE	xún			
峥 ⊖	05CE5	E1BF	zhēng			
峧 ⊜	05CE7	8D6A	jiāo			

①耑：可用于姓氏人名，读duān。读zhuān时用"专"。

字头	编码		读音	规范字	繁体字	异体字
	ISO 10646	GB 18030				
帡 ⊜	05E21	8E97	píng			
(迴)	08FF4	DE92	huí	回		
贱 ⊖	08D31	BCFA	jiàn		賤	
贴 ⊖	08D34	CCF9	tiē		貼	
贶 ⊖	08D36	EADC	kuàng		貺	
贻 ⊖	08D3B	EADD	yí		貽	
[恩]	03919	8230F238	ēn	恩		
骨 ⊖	09AA8	B9C7	gǔ			
幽 ⊖	05E7D	D3C4	yōu			
钘 ⊜	09498	E897	xíng		鈃	
𫓥 ⊜	2B4E7	9838E137	fū		鈇	
钙 ⊖	09499	B8C6	gài		鈣	
钚 ⊖	0949A	EED0	bù		鈈	
钛 ⊖	0949B	EED1	tài		鈦	
钜 ⊖	0949C	EED2	jù		鉅	
钝 ⊖	0949D	B6DB	dùn		鈍	
钞 ⊖	0949E	B3AE	chāo		鈔	
钟 ⊖	0949F	D6D3	zhōng		鍾鐘	
钡 ⊖	094A1	B1B5	bèi		鋇	
钢 ⊖	094A2	B8D6	gāng/gàng		鋼	

字头	编码		读音	规范字	繁体字	异体字
	ISO 10646	GB 18030				
钠 ⊖	094A0	C4C6	nà		鈉	
铫 ⊜	2CB2E	9933A630	chǎng		錩	
钘 ⊜	2CB31	9933A633	jīn		釿	
钣 ⊖	094A3	EED3	bǎn		鈑	
铨 ⊖	2CB2D	9933A539	lún		錀	
钤 ⊖	094A4	EED4	qián		鈐	
钥 ⊖	094A5	D4BF	yào/yuè		鑰	
钦 ⊖	094A6	C7D5	qīn		欽	
钧 ⊖	094A7	BEFB	jūn		鈞	
钨 ⊖	094A8	CED9	wū		鎢	
钩 ⊖	094A9	B9B3	gōu		鈎	鉤
钪 ⊜	094AA	EED6	kàng		鈧	
钫 ⊖	094AB	EED5	fāng		鈁	
钬 ⊜	094AC	EED8	huǒ		鈥	
钭 ⊖	094AD	EED7	dǒu/tǒu		鈄	
钮 ⊖	094AE	C5A5	niǔ		鈕	
钯 ⊖	094AF	EED9	bǎ		鈀	
卸 ⊖	05378	D0B6	xiè			
[乘]	04E57	815C	chéng	乘		
缸 ⊜	07F38	B8D7	gāng			
拜 ⊖	062DC	B0DD	bài			

字头	编码		读音	规范字	繁体字	异体字
	ISO 10646	GB 18030				
看 ⊖	0770B	BFB4	kān/kàn			
矩 ⊖	077E9	BED8	jǔ			榘
矤 ⊜	077E7	EFF2	shěn			
毡 ⊖	06BE1	D5B1	zhān		氈	氊
氡 ⊖	06C21	EBB1	dōng			
氟 ⊖	06C1F	B7FA	fú			
氢 ⊖	06C22	C7E2	qīng		氫	
牯 ⊖	0726F	EAF4	gǔ			
怎 ⊖	0600E	D4F5	zěn			
郜 ⊖	090DC	DBAC	gào			
牲 ⊖	07272	C9FC	shēng			
[牴]	07274	A0B9	dǐ	抵		
选 ⊖	09009	D1A1	xuǎn		選	
适 ⊖	09002	CACA	shì		適	
柜 ⊜	079EC	B680	jù			
秕 ⊖	079D5	EFF5	bǐ			粃
秒 ⊖	079D2	C3EB	miǎo			
香 ⊖	09999	CFE3	xiāng			
种 ⊖	079CD	D6D6	chóng/zhǒng/zhòng		种種	

字头	编码		读音	规范字	繁体字	异体字
	ISO 10646	GB 18030				
[秖]	079D6	B671	zhǐ	只		
秄 ⊖	079ED	EFF6	zǐ			
[秔]	079D4	B670	jīng	粳		
秋 ⊖	079CB	C7EF	qiū		秌	烌穐
					鞦	
科 ⊖	079D1	BFC6	kē			
重 ⊖	091CD	D6D8	chóng/ zhòng			
复 ⊖	0590D	B8B4	fù		復複	
竿 ⊖	07AFF	B8CD	gān			
竽 ⊖	07AFD	F3C4	yú			
笈 ⊖	07B08	F3C5	jí			
笃 ⊖	07B03	F3C6	dǔ		篤	
俦 ⊖	04FE6	D9B1	chóu		儔	
段 ⊖	06BB5	B6CE	duàn			
俨 ⊖	04FE8	D9B2	yǎn		儼	
俅 ⊖	04FC5	D9B4	qiú			
便 ⊖	04FBF	B1E3	biàn/pián			
俩 ⊖	04FE9	C1A9	liǎ/liǎng		倆	
俪 ⊖	04FEA	D9B3	lì		儷	
(俠)	04FE0	8262	xiá	侠		

字头	编码		读音	规范字	繁体字	异体字
	ISO 10646	GB 18030				
倈 ⑤	04FEB	8267	lái		倈	
㒁 ⑤	08201	F4A8	yú			
叟 ⑤	053DF	DBC5	sǒu			
垡 ⑤	057A1	DBD2	fá			
贷 ⑤	08D37	B4FB	dài		貸	
牮 ⑤	0726E	EAF0	jiàn			
顺 ⑤	0987A	CBB3	shùn		順	
修 ⑤	04FEE	D0DE	xiū			脩
俏 ⑤	04FCF	C7CE	qiào			
俣 ⑤	04FE3	D9B6	yǔ			
(倪)	04FD4	825D	qiàn	伣		
俚 ⑤	04FDA	D9B5	lǐ			
保 ⑤	04FDD	B1A3	bǎo			
俜 ⑤	04FDC	D9B7	pīng			
促 ⑤	04FC3	B4D9	cù			
俄 ⑤	04FC4	B6ED	é			
俐 ⑤	04FD0	C0FE	lì			
侮 ⑤	04FAE	CEEA	wǔ			
俙 ⑤	04FD9	8260	xī			
俭 ⑤	04FED	BCF3	jiǎn		儉	
俗 ⑤	04FD7	CBD7	sú			

字头	编码		读音	规范字	繁体字	异体字
	ISO 10646	GB 18030				
俘 ⊖	04FD8	B7FD	fú			
[俛]	04FDB	8261	fǔ		俯	
(係)	04FC2	8253	xì		系	
信 ⊖	04FE1	D0C5	xìn			
俍 ⊜	04FCD	825A	liáng			
皇 ⊖	07687	BBCA	huáng			
(鳬)	09CEC	F849	fú		凫	
泉 ⊖	06CC9	C8AA	quán			
皈 ⊖	07688	F0A7	guī			
鬼 ⊖	09B3C	B9ED	guǐ			
侵 ⊖	04FB5	C7D6	qīn			
禹 ⊖	079B9	D3ED	yǔ			
侯 ⊖	04FAF	BAEE	hóu/hòu			
[侷]	04FB7	8249	jú	局		
(帥)	05E25	8E9B	shuài	帅		
追 ⊖	08FFD	D7B7	zhuī			
[衂]	08842	D05A	nǜ	衄		
[泂]	09008	DE9B	jiǒng	迥		
俑 ⊖	04FD1	D9B8	yǒng			
俟 ⊖	04FDF	D9B9	qí			
			sì			竢

字头	编码		读音	规范字	繁体字	异体字
	ISO 10646	GB 18030				
俊 ⊖	04FCA	BFA1	jùn			儁儁
盾 ⊖	076FE	B6DC	dùn			
垕 ⊜	05795	888B	hòu			
逅 ⊖	09005	E5CB	hòu			
衎 ⊖	0884E	D062	kàn			
待 ⊖	05F85	B4FD	dāi/dài			
徊 ⊖	05F8A	BBB2	huái			
徇 ⊖	05F87	E1DF	xùn			狥
徉 ⊖	05F89	E1E0	yáng			
衍 ⊖	0884D	D1DC	yǎn			
律 ⊖	05F8B	C2C9	lǜ			
很 ⊖	05F88	BADC	hěn			
(後)	05F8C	E1E1	hòu	后		
须 ⊖	0987B	D0EB	xū		須鬚	
舢 ⊜	08222	F4AE	shān			
舣 ⊜	08223	F4AF	yǐ		艤	
叙 ⊖	053D9	D0F0	xù			敘敍
(釓)	091D3	E18F	gá	钆		
(釔)	091D4	E190	yǐ	钇		
俞 ⊖	04FDE	D3E1	yú			
弇 ⊜	05F07	8F6D	yǎn			

字头	编码		读音	规范字	繁体字	异体字
	ISO 10646	GB 18030				
郗 ⊖	090D7	DBAD	xī			
剑 ⊖	05251	BDA3	jiàn		劍	劎
翁 ⊜	04FB4	8247	chǒu			
逃 ⊖	09003	CCD3	táo			
[剉]	05249	8476	cuò	锉		
俎 ⊖	04FCE	D9DE	zǔ			
[卻]	0537B	8573	què	却		
郤 ⊖	090E4	E053	xì			
爰 ⊖	07230	EBBC	yuán			
郛 ⊖	090DB	DBAE	fú			
食 ⊖	098DF	CAB3	shí			
瓴 ⊖	074F4	EAB2	líng			
盆 ⊖	076C6	C5E8	pén			
鸧 ⊜	09E27	FB5D	cāng		鶬	
胨 ⊜	043E1	82338B34	shì			
胠 ⊜	080E0	C36C	qū			
胐 ⊜	26676	9732E936	gǔ			
胚 ⊖	080DA	C5DF	pēi			肧
胧 ⊖	080E7	EBCA	lóng		朧	
胈 ⊜	080C8	C35F	bá			
胨 ⊖	080E8	EBCB	dòng		腖	

字头	编码		读音	规范字	繁体字	异体字
	ISO 10646	GB 18030				
胩 ⊜	080E9	EBCC	kǎ			
胪 ⊖	080EA	EBCD	lú		臚	
胆 ⊖	080C6	B5A8	dǎn		膽	
胛 ⊖	080DB	EBCE	jiǎ			
胂 ⊖	080C2	EBCF	shèn			
胜 ⊖	080DC	CAA4	shèng		勝	
胙 ⊖	080D9	EBD1	zuò			
胞 ⊖	080E3	C36E	chǐ			
胍 ⊖	080CD	EBD2	guā			
胗 ⊖	080D7	EBD3	zhēn			
胝 ⊖	080DD	EBD5	zhī			
胊 ⊖	06710	EBD4	qú			
胞 ⊖	080DE	B0FB	bāo			
胖 ⊖	080D6	C5D6	pàng			
脉 ⊖	08109	C2F6	mài/mò			脈
			mài			衇衇
胐 ⊜	0670F	9646	fěi			
胫 ⊖	080EB	EBD6	jìng		脛	踁
胎 ⊖	080CE	CCA5	tāi			
鸨 ⊖	09E28	F0B1	bǎo		鴇	
匍 ⊖	0530D	D9E9	pú			

字头	编码		读音	规范字	繁体字	异体字
	ISO 10646	GB 18030				
(負)	08CA0	D893	fù	负		
[敂]	06542	9494	kòu	叩		
勉 ⊖	052C9	C3E3	miǎn			
狨 ⊖	072E8	E1F5	róng			
狭 ⊖	072ED	CFC1	xiá		狹	陜
狮 ⊖	072EE	CAA8	shī		獅	
独 ⊖	072EC	B6C0	dú		獨	
(凮)	098A8	EF4C	fēng	风		
狯 ⊖	072EF	E1F6	kuài		獪	
[囱]	06031	9053	cōng	匆		
[徇]	072E5	AA46	xùn	徇		
狰 ⊖	072F0	D5F8	zhēng			
狡 ⊖	072E1	BDC6	jiǎo			
飐 ⊖	098D0	EF73	zhǎn		颭	
飑 ⊖	098D1	ECA9	biāo		颮	
狩 ⊖	072E9	E1F7	shòu			
狱 ⊖	072F1	D3FC	yù		獄	
[觔]	089D4	D362	jīn	斤		
狠 ⊖	072E0	BADD	hěn			
狲 ⊖	072F2	E1F8	sūn		猻	
訇 ⊖	08A07	D9EA	hōng			

字头	编码		读音	规范字	繁体字	异体字
	ISO 10646	GB 18030				
逑 ⊖	08A04	D388	qiú			
逢 ⊖	09004	E5CC	páng			
昝 ⊖	0661D	EAC3	zǎn			
[迻]	08FFB	DE96	yí	移		
贸 ⊖	08D38	C3B3	mào		貿	
[䰀]	03F1D	82329030	wǎn	碗		
怨 ⊖	06028	D4B9	yuàn			
急 ⊖	06025	BCB1	jí			
饵 ⊖	09975	B6FC	ěr		餌	
饶 ⊖	09976	C8C4	ráo		饒	
蚀 ⊖	08680	CAB4	shí		蝕	
饷 ⊖	09977	E2C3	xiǎng		餉	饟
饸 ⊖	09978	F09A	hé		餄	
饹 ⊖	09979	F09B	gē/le		餎	
饺 ⊖	0997A	BDC8	jiǎo		餃	
饻 ⊖	0997B	F09C	xī		餏	
胤 ⊖	080E4	D8B7	yìn			
饼 ⊖	0997C	B1FD	bǐng		餅	
(計)	08A08	D38B	jì	计		
(訂)	08A02	D386	dìng	订		
(訃)	08A03	D387	fù	讣		

字头	编码		读音	规范字	繁体字	异体字
	ISO 10646	GB 18030				
峦 ⊖	05CE6	C2CD	luán		巒	
弯 ⊖	05F2F	CDE4	wān		彎	
孪 ⊖	05B6A	C2CF	luán		孿	
娈 ⊖	05A08	E6AE	luán		孌	
将 ⊖	05C06	BDAB	jiāng/ jiàng		將	
奖 ⊖	05956	BDB1	jiǎng		獎	奬
[畂]	24C48	9637C134	mǔ	亩		
[畆]	07546	AE72	mǔ	亩		
[亯]	04EAF	8189	xiǎng	享		
哀 ⊖	054C0	B0A7	āi			
亭 ⊖	04EAD	CDA4	tíng			
亮 ⊖	04EAE	C1C1	liàng			
庤 ⊜	05EA4	8EE8	zhì			
度 ⊖	05EA6	B6C8	dù/duó			
[亱]	04EB1	818B	yè	夜		
弈 ⊖	05F08	DEC4	yì			
奕 ⊖	05955	DEC8	yì			
迹 ⊖	08FF9	BCA3	jì			跡蹟
庭 ⊖	05EAD	CDA5	tíng			
庥 ⊜	05EA5	E2D3	xiū			

字头	编码		读音	规范字	繁体字	异体字
	ISO 10646	GB 18030				
疬 ⊖	075AC	F0DF	lì		癧	
疣 ⊖	075A3	F0E0	yóu			
疥 ⊖	075A5	BDEA	jiè			
疭 ⊖	075AD	AF53	zòng		瘲	
疮 ⊖	075AE	B4AF	chuāng		瘡	
疯 ⊖	075AF	B7E8	fēng		瘋	
疫 ⊖	075AB	D2DF	yì			
疢 ⊜	075A2	AF4D	chèn			
疤 ⊖	075A4	B0CC	bā			
庠 ⊖	05EA0	E2D4	xiáng			
咨 ⊖	054A8	D7C9	zī			
姿 ⊖	059FF	D7CB	zī			
亲 ⊖	04EB2	C7D7	qīn		親	
竑 ⊖	07AD1	B866	hóng			
音 ⊖	097F3	D2F4	yīn			
彦 ⊖	05F66	D1E5	yàn			
飒 ⊖	098D2	ECAA	sà		颯	颰
帝 ⊖	05E1D	B5DB	dì			
施 ⊖	065BD	CAA9	shī			
[玅]	07385	AB51	miào	妙		
闺 ⊖	095FA	B9EB	guī		閨	

151

字头	编码		读音	规范字	繁体字	异体字
	ISO 10646	GB 18030				
闻 ⊖	095FB	CEC5	wén		聞	
阄 ⊖	095FC	E3CB	tà		闒	
闽 ⊖	095FD	C3F6	mǐn		閩	
闾 ⊖	095FE	E3CC	lǘ		閭	
闿 ⊖	095FF	EA5D	kǎi		闓	
阀 ⊖	09600	B7A7	fá		閥	
阁 ⊖	09601	B8F3	gé		閣	閤
阂 ⊖	09602	BAD2	hé		閡	
差 ⊖	05DEE	B2EE	chā			
养 ⊖	0517B	D1F8	yǎng		養	
[羗]	07F97	C16D	qiāng	羌		
美 ⊖	07F8E	C3C0	měi			
羑 ⊖	07F91	C168	yǒu			
姜 ⊖	059DC	BDAA	jiāng		姜薑	
迸 ⊖	08FF8	B1C5	bèng			
[剏]	0524F	8479	chuàng	创		
叛 ⊖	053DB	C5D1	pàn			
送 ⊖	09001	CBCD	sòng			
类 ⊖	07C7B	C0E0	lèi		類	
籼 ⊖	07C7C	F4CC	xiān			秈
迷 ⊖	08FF7	C3D4	mí			

字头	编码		读音	规范字	繁体字	异体字
	ISO 10646	GB 18030				
籽 ⊖	07C7D	D7D1	zǐ			
娄 ⊖	05A04	C2A6	lóu		婁	
前 ⊖	0524D	C7B0	qián			
酋 ⊖	0914B	C7F5	qiú			
首 ⊖	09996	CAD7	shǒu			
逆 ⊖	09006	C4E6	nì			
兹 ⊖	05179	D7C8	zī			
总 ⊖	0603B	D7DC	zǒng		總	
炣 ⊜	070A3	9EDC	kě			
炳 ⊖	070B3	B1FE	bǐng			
炻 ⊖	070BB	ECC2	shí			
炼 ⊖	070BC	C1B6	liàn		煉	鍊
炟 ⊜	0709F	9ED8	dá			
炽 ⊖	070BD	B3E3	chì		熾	
炯 ⊖	070AF	BEBC	jiǒng			烱
炸 ⊖	070B8	D5A8	zhà			
[烁]	079CC	B66B	qiū	秋		
烀 ⊖	070C0	ECC3	hū			
烔 ⊜	03DB2	8231E937	yòng			
烁 ⊖	070C1	CBB8	shuò		爍	
炮 ⊖	070AE	C5DA	pào			砲礮

字头	编码		读音	规范字	繁体字	异体字
	ISO 10646	GB 18030				
炷 ⊖	070B7	ECC4	zhù			
炫 ⊖	070AB	ECC5	xuàn			
烂 ⊖	070C2	C0C3	làn		爛	
[炤]	070A4	9EDD	zhào	照		
烃 ⊖	070C3	CCFE	tīng		烴	
剃 ⊖	05243	CCEA	tì			薙鬀
洭 ⊖	06D2D	9BAC	kuāng			
洼 ⊖	06D3C	CDDD	wā		窪	
洁 ⊖	06D01	BDE0	jié		潔	絜
洘 ⊖	06D18	9B9F	kǎo			
洱 ⊖	06D31	B6FD	ěr			
洪 ⊖	06D2A	BAE9	hóng			
洹 ⊖	06D39	E4A1	huán			
洓 ⊖	06D13	9B9B	qì			
洒 ⊖	06D12	C8F7	sǎ		灑	
洧 ⊖	06D27	E4A2	wěi			
洿 ⊖	06D3F	9BB4	wū			
洊 ⊖	03CDA	8231D432	xù			
洌 ⊖	06D0C	E4A3	liè			
浃 ⊖	06D43	E4A4	jiā		浹	
柒 ⊖	067D2	C6E2	qī			

字头	编码		读音	规范字	繁体字	异体字
	ISO 10646	GB 18030				
浇 ⊖	06D47	BDBD	jiāo		澆	
泚 ⊜	06CDA	9B81	cǐ			
浈 ⊜	06D48	E4A5	zhēn		湞	
浉 ⊜	06D49	9BB8	shī		溮	
洸 ⊜	06D38	9BB2	guāng			
[洩]	06D29	9BAA	xiè	泄		
浊 ⊖	06D4A	D7C7	zhuó		濁	
洞 ⊖	06D1E	B6B4	dòng/tóng			
洇 ⊜	06D07	E4A6	yīn			
洄 ⊜	06D04	E4A7	huí			
测 ⊖	06D4B	B2E2	cè		測	
洙 ⊜	06D19	E4A8	zhū			
洗 ⊖	06D17	CFB4	xǐ/xiǎn			
活 ⊖	06D3B	BBEE	huó			
洑 ⊜	06D11	9B9A	fú			
涎 ⊖	06D8E	CFD1	xián			次
洎 ⊜	06D0E	E4A9	jì			
洢 ⊜	06D22	9BA5	yī			
洫 ⊜	06D2B	E4AA	xù			
派 ⊖	06D3E	C5C9	pài			

字头	编码		读音	规范字	繁体字	异体字
	ISO 10646	GB 18030				
浍 ⊖	06D4D	E4AB	huì		澮	
洽 ⊖	06D3D	C7A2	qià			
洮 ⊖	06D2E	E4AC	táo			
染 ⊖	067D3	C8BE	rǎn			
洈 ⊜	06D08	9B94	wéi			
洵 ⊖	06D35	E4AD	xún			
[洶]	06D36	9BB0	xiōng	汹		
洚 ⊜	06D1A	E4AE	jiàng			
洺 ⊜	06D3A	9BB3	míng			
洛 ⊖	06D1B	C2E5	luò			
浏 ⊖	06D4F	E4AF	liú		瀏	
济 ⊖	06D4E	BCC3	jǐ/jì		濟	
洨 ⊜	06D28	9BA9	xiáo			
浐 ⊜	06D50	9BBA	chǎn		滻	
浕 ⊜	03CD8	8231D430	chōng			
洋 ⊖	06D0B	D1F3	yáng			
洴 ⊜	06D34	9BAF	píng			
洣 ⊜	06D23	9BA6	mǐ			
洲 ⊖	06D32	D6DE	zhōu			
浑 ⊖	06D51	BBEB	hún		渾	
浒 ⊖	06D52	E4B0	hǔ/xǔ		滸	

字头	编码		读音	规范字	繁体字	异体字
	ISO 10646	GB 18030				
浓 ⊖	06D53	C5A8	nóng		濃	
津 ⊖	06D25	BDF2	jīn			
浔 ⊖	06D54	E4B1	xún		潯	
浕 ⊖	06D55	9BBB	jìn		濜	
洳 ⊖	06D33	E4B2	rù			
恸 ⊖	06078	E2FA	tòng		慟	
恃 ⊖	06043	CAD1	shì			
恒 ⊖	06052	BAE3	héng			恆
恓 ⊖	06053	906A	xī			
[恆]	06046	9061	héng	恒		
恹 ⊖	06079	E2FB	yān		懨	
[恠]	06060	9073	guài	怪		
恢 ⊖	06062	BBD6	huī			
恍 ⊖	0604D	BBD0	huǎng			怳
恫 ⊖	0606B	B6B2	dòng			
恺 ⊖	0607A	E2FD	kǎi		愷	
恻 ⊖	0607B	E2FC	cè		惻	
恬 ⊖	0606C	CCF1	tián			
恤 ⊖	06064	D0F4	xù			卹邱賉
恰 ⊖	06070	C7A1	qià			
[恡]	06061	9074	lìn	吝		

字头	编码		读音	规范字	繁体字	异体字
	ISO 10646	GB 18030				
恂 ⊜	06042	E2FE	xún			
恪 ⊜	0606A	E3A1	kè			
恔 ⊜	06054	906B	jiǎo			
恼 ⊖	0607C	C4D5	nǎo		惱	
恽 ⊖	0607D	E3A2	yùn		惲	
恨 ⊖	06068	BADE	hèn			
举 ⊖	04E3E	BED9	jǔ		舉	擧
觉 ⊖	089C9	BEF5	jiào/jué		覺	
宣 ⊖	05BA3	D0FB	xuān			
宦 ⊖	05BA6	BBC2	huàn			
宥 ⊖	05BA5	E5B6	yòu			
宬 ⊜	05BAC	8C6B	chéng			
室 ⊖	05BA4	CAD2	shì			
宫 ⊖	05BAB	B9AC	gōng			
宪 ⊖	05BAA	CFDC	xiàn		憲	
[穽]	07A7D	B78D	jǐng	阱		
突 ⊖	07A81	CDBB	tū			
穿 ⊖	07A7F	B4A9	chuān			
窀 ⊜	07A80	F1B8	zhūn			
窃 ⊖	07A83	C7D4	qiè		竊	
客 ⊖	05BA2	BFCD	kè			

字头	编码		读音	规范字	繁体字	异体字
	ISO 10646	GB 18030				
诫 ⊖	08BEB	BDEB	jiè		誡	
冠 ⊖	051A0	B9DA	guān/guàn			
诬 ⊖	08BEC	CEDC	wū		誣	
(軍)	08ECD	DC8A	jūn	军		
语 ⊖	08BED	D3EF	yǔ		語	
扂 ⊜	06242	91FA	diàn			
扁 ⊖	06241	B1E2	biǎn			
扃 ⊖	06243	ECE7	jiōng			
祎 ⊜	08886	D084	huī		禕	
衲 ⊖	08872	F1C4	nà			
衽 ⊖	0887D	F1C5	rèn			袵
袄 ⊖	08884	B0C0	ǎo		襖	
衿 ⊖	0887F	F1C6	jīn			
(祇)	08879	D07D	zhǐ	只		
袂 ⊖	08882	F1C7	mèi			
祛 ⊖	0795B	ECEE	qū			
祜 ⊖	0795C	ECEF	hù			
祏 ⊜	0794F	B575	shí			
祐 ⊜	07950	B576	yòu			
袚 ⊖	07953	ECF0	fú			

字头	编码		读音	规范字	繁体字	异体字
	ISO 10646	GB 18030				
祖 ⊖	07956	D7E6	zǔ			
神 ⊖	0795E	C9F1	shén			
祝 ⊖	0795D	D7A3	zhù			
祚 ⊖	0795A	ECF1	zuò			
诮 ⊖	08BEE	DABD	qiào		誚	
祗 ⊖	07957	ECF3	zhī			
祢 ⊖	07962	ECF2	mí		禰	
祕 ⊜	07955	B57A	mì			
[祕①]	07955	B57A	bì/mì	秘		
祠 ⊖	07960	ECF4	cí			
[冥]	20587	95339231	míng	冥		
误 ⊖	08BEF	CEF3	wù		誤	
诰 ⊖	08BF0	DABE	gào		誥	
诱 ⊖	08BF1	D3D5	yòu		誘	
诲 ⊖	08BF2	BBE5	huì		誨	
诳 ⊖	08BF3	DABF	kuáng		誑	
鸩 ⊖	09E29	F0B2	zhèn		鴆	酖
说 ⊖	08BF4	CBB5	shuì/shuō		説	
昶 ⊖	06636	EAC6	chǎng			

①祕：可用于姓氏人名。

字头	编码		读音	规范字	繁体字	异体字
	ISO 10646	GB 18030				
诵 ⊖	08BF5	CBD0	sòng		誦	
郡 ⊖	090E1	BFA4	jùn			
垦 ⊖	057A6	BFD1	kěn		墾	
退 ⊖	09000	CDCB	tuì			
既 ⊖	065E2	BCC8	jì			
叚 ⊜	053DA	85AD	xiá			
[叚①]	053DA	85AD	jiǎ	假		
[屍]	05C4D	8CC6	shī	尸		
屋 ⊖	05C4B	CEDD	wū			
昼 ⊖	0663C	D6E7	zhòu		晝	
咫 ⊖	054AB	E5EB	zhǐ			
屏 ⊖	05C4F	C6C1	bǐng/píng			
屎 ⊖	05C4E	CABA	shǐ			
弭 ⊖	05F2D	E5F4	mǐ			
[昬]	0662C	9565	hūn	昏		
费 ⊖	08D39	B7D1	fèi		費	
陡 ⊖	09661	B6B8	dǒu			
逊 ⊖	0900A	D1B7	xùn		遜	
(陣)	09663	EA87	zhèn	阵		
(韋)	097CB	ED66	wéi	韦		

①叚：可用于姓氏人名，读 xiá。读 jiǎ 时用"假"。

字头	编码		读音	规范字	繁体字	异体字
	ISO 10646	GB 18030				
牁 ⊖	07241	A098	kē			
眉 ⊖	07709	C3BC	méi			
胥 ⊖	080E5	F1E3	xū			
(陜)	0965D	EA84	shǎn	陕		
孩 ⊖	05B69	BAA2	hái			
陛 ⊖	0965B	B1DD	bì			
(陘)	09658	EA80	xíng	陉		
陟 ⊖	0965F	DAEC	zhì			
[陗]	09657	EA7E	qiào	峭		
陧 ⊜	09667	DAED	niè			
陨 ⊖	09668	D4C9	yǔn			隕
陞 ⊜	0965E	EA85	shēng			
[陞①]	0965E	EA85	shēng	升		
除 ⊖	09664	B3FD	chú			
险 ⊖	09669	CFD5	xiǎn			險
院 ⊖	09662	D4BA	yuàn			
娀 ⊜	05A00	8ABB	sōng			
娃 ⊖	05A03	CDDE	wá			
姞 ⊜	059DE	8AA0	jí			
姥 ⊖	059E5	C0D1	lǎo			

①陞：可用于姓氏人名、地名。

字头	编码		读音	规范字	繁体字	异体字
	ISO 10646	GB 18030				
娅 ⊖	05A05	E6AB	yà		婭	
姮 ⊖	059EE	8AAC	héng			
姱 ⊖	059F1	8AAF	kuā			
姨 ⊖	059E8	D2CC	yí			
娆 ⊖	05A06	E6AC	ráo		嬈	
[姪]	059EA	8AA9	zhí	侄		
姻 ⊖	059FB	D2F6	yīn			婣
姝 ⊖	059DD	E6AD	shū			
娇 ⊖	05A07	BDBF	jiāo		嬌	
[姙]	059D9	8A9E	rèn	妊		
姤 ⊖	059E4	8AA5	gòu			
姶 ⊖	059F6	8AB4	è			
姚 ⊖	059DA	D2A6	yáo			
姽 ⊖	059FD	8AB9	guǐ			
姣 ⊖	059E3	E6AF	jiāo			
姘 ⊖	059D8	E6B0	pīn			
姹 ⊖	059F9	E6B1	chà			
娜 ⊖	05A1C	C4C8	nà/nuó			
[姦]	059E6	8AA6	jiān	奸		
[拏]	062CF	9282	ná	拿		
怒 ⊖	06012	C5AD	nù			

字头	编码		读音	规范字	繁体字	异体字
	ISO 10646	GB 18030				
架 ⊖	067B6	BCDC	jià			
贺 ⊖	08D3A	BAD8	hè		賀	
(飛)	098DB	EF77	fēi	飞		
盈 ⊖	076C8	D3AF	yíng			
怼 ⊖	0603C	EDA1	duì		懟	
羿 ⊖	07FBF	F4E0	yì			
枲 ⊖	067B2	96A0	xǐ			
勇 ⊖	052C7	D3C2	yǒng			
炱 ⊖	070B1	ECC6	tái			
怠 ⊖	06020	B5A1	dài			
癸 ⊖	07678	B9EF	guǐ			
蚤 ⊖	086A4	D4E9	zǎo			
柔 ⊖	067D4	C8E1	róu			
矜 ⊖	077DC	F1E6	jīn			
[畱]	24C4A	9637C136	liú	留		
垒 ⊖	05792	C0DD	lěi		壘	
绑 ⊖	07ED1	B0F3	bǎng		綁	
绒 ⊖	07ED2	C8DE	róng		絨	毧羢
结 ⊖	07ED3	BDE1	jiē/jié		結	
绔 ⊖	07ED4	E7AB	kù		絝	
骁 ⊖	09A81	E6E7	xiāo		驍	

字头	编码		读音	规范字	繁体字	异体字
	ISO 10646	GB 18030				
绕	07ED5	C8C6	ráo		繞	遶
绖	07ED6	C084	dié		絰	
驷	09A83	F353	yīn		駰	
绹	2C621	9932A237	yīn		絪	
骎	2CCFD	9933D433	shēn		駪	
绖	2C629	9932A335	tīng		綎	
骄	09A84	BDBE	jiāo		驕	
綖	2B127	98388137	yán		綖	
骅	09A85	E6E8	huá		驊	
绗	07ED7	E7AC	háng		絎	
绘	07ED8	BBE6	huì		繪	
给	07ED9	B8F8	gěi/jǐ		給	
绚	07EDA	D1A4	xuàn		絢	
彖	05F56	E5E8	tuàn			
绛	07EDB	E7AD	jiàng		絳	
骆	09A86	C2E6	luò		駱	
络	07EDC	C2E7	luò		絡	
绝	07EDD	BEF8	jué		絕	
绞	07EDE	BDCA	jiǎo		絞	
骇	09A87	BAA7	hài		駭	
统	07EDF	CDB3	tǒng		統	

字头	编码		读音	规范字	繁体字	异体字
	ISO 10646	GB 18030				
骈 ⊖	09A88	E6E9	pián		駢	
骉 ⊜	09A89	F354	biāo		驫	
(紆)	07D06	BC75	yū	纡		
(紅)	07D05	BC74	hóng	红		
(紂)	07D02	BC71	zhòu	纣		
(紇)	07D07	BC76	hé	纥		
(紃)	07D03	BC72	xún	纠		
(約)	07D04	BC73	yuē	约		
(紈)	07D08	BC77	wán	纨		
(級)	07D1A	BC89	jí	级		
(紀)	07D00	BC6F	jǐ/jì	纪		
(紉)	07D09	BC78	rèn	纫		
十画						
耕 ⊖	08015	B8FB	gēng			畊
耘 ⊖	08018	D4C5	yún			
耖 ⊖	08016	F1E9	chào			
耗 ⊖	08017	BAC4	hào			
耙 ⊖	08019	B0D2	bà/pá			
艳 ⊖	08273	D1DE	yàn		艷	豓豔
挈 ⊖	06308	EAFC	qiè			
恝 ⊜	0605D	EDA2	jiá			

字头	编码		读音	规范字	繁体字	异体字
	ISO 10646	GB 18030				
泰 ⊖	06CF0	CCA9	tài			
秦 ⊖	079E6	C7D8	qín			
珪 ⊜	073EA	AB95	guī			
珥 ⊖	073E5	E7ED	ěr			
珙 ⊖	073D9	E7EE	gǒng			
珛 ⊜	073DB	AB8B	xiù	'		
顼 ⊖	0987C	E7EF	xū		頊	
城 ⊜	073F9	AC41	chéng			
琊 ⊜	0740A	E7F0	yá			
玼 ⊜	073BC	AB75	cǐ			
珖 ⊜	073D6	AB87	guāng			
珰 ⊖	073F0	AB9A	dāng		璫	
勚 ⊜	2A7DD	98368F39	jì		勩	
珠 ⊖	073E0	D6E9	zhū			
珽 ⊜	073FD	AC45	tǐng			
珦 ⊜	073E6	AB93	xiàng			
珩 ⊖	073E9	E7F1	héng			
珧 ⊖	073E7	E7F2	yáo			
珣 ⊖	073E3	AB91	xún			
珞 ⊖	073DE	E7F3	luò			
琤 ⊖	07424	AC62	chēng			

字头	编码		读音	规范字	繁体字	异体字
	ISO 10646	GB 18030				
珫㊂	073EB	AB96	chōng			
班㊀	073ED	B0E0	bān			
珲㊁	073F2	E7F5	huī/hún		琿	
珒㊂	073D2	AB83	jīn			
𬍤㊂	2C364	9931DA36	xún		璕	
珢㊂	073E2	AB90	yín			
敖㊁	06556	B0BD	áo			
珕㊂	073D5	AB86	lì			
珝㊂	073DD	AB8D	xǔ			
素㊀	07D20	CBD8	sù			
匿㊀	0533F	C4E4	nì			
[栞]	0681E	96DD	kān	刊		
蚕㊀	08695	B2CF	cán		蠶	
顽㊀	0987D	CDE7	wán		頑	
盏㊀	076CF	D5B5	zhǎn		盞	琖醆
匪㊀	0532A	B7CB	fěi			
[挵]	06335	92B0	nòng	弄		
恚㊁	0605A	EDA3	huì			
𫭼㊂	2BB7C	99308E32	láo		𡒃	
捞㊀	0635E	C0CC	lāo		撈	
栽㊀	0683D	D4D4	zāi			

字头	编码		读音	规范字	繁体字	异体字
	ISO 10646	GB 18030				
[捄]	06344	92BA	jiù	救		
埔 ⊖	057D4	C6D2	bù/pǔ			
捕 ⊖	06355	B2B6	bǔ			
埂 ⊖	057C2	B9A1	gěng			
捂 ⊖	06342	CEE6	wǔ			
(馬)	099AC	F152	mǎ	马		
振 ⊖	0632F	D5F1	zhèn			
(挾)	0633E	92B6	xié	挟		
载 ⊖	08F7D	D4D8	zǎi/zài		載	
埗 ⊜	057D7	88B6	bù			
赶 ⊖	08D76	B8CF	gǎn		趕	
起 ⊖	08D77	C6F0	qǐ			
盐 ⊖	076D0	D1CE	yán		鹽	
捎 ⊖	0634E	C9D3	shāo/shào			
埠 ⊜	057BE	88A5	hàn			
捍 ⊖	0634D	BAB4	hàn			扞
埕 ⊖	057D5	DBF4	chéng			
捏 ⊖	0634F	C4F3	niē			揑
埘 ⊖	057D8	DBF5	shí		塒	
(貢)	08CA2	D895	gòng	贡		

字头	编码		读音	规范字	繁体字	异体字
	ISO 10646	GB 18030				
(圸)	057BB	88A2	bà	坝		
埋 ⊖	057CB	C2F1	mái			
捉 ⊖	06349	D7BD	zhuō			
捆 ⊖	06346	C0A6	kǔn			綑
捐 ⊖	06350	BEE8	juān			
壎 ⊖	057D9	DBF7	xūn		壎	壦
堝 ⊖	057DA	DBF6	guō		堝	
损 ⊖	0635F	CBF0	sǔn		損	
袁 ⊖	08881	D4AC	yuán			
挹 ⊖	06339	DEDA	yì			
捌 ⊖	0634C	B0C6	bā			
都 ⊖	090FD	B6BC	dōu/dū			
哲 ⊖	054F2	D5DC	zhé			喆
逝 ⊖	0901D	CAC5	shì			
耆 ⊖	08006	EAC8	qí			
耄 ⊖	08004	EBA3	mào			
捡 ⊖	06361	BCF1	jiǎn		撿	
挫 ⊖	0632B	B4EC	cuò			
埒 ⊖	057D2	DBF8	liè			
捋 ⊖	0634B	DEDB	lǚ/luō			
垺 ⊜	057BA	88A1	fú			

字头	编码		读音	规范字	繁体字	异体字
	ISO 10646	GB 18030				
[揢]	22B38	9630E530	kuò	括		
换 ㊀	06362	BBBB	huàn			
挽 ㊀	0633D	CDEC	wǎn			輓
埆 ㊁	057C6	88AB	què			
贽 ㊀	08D3D	EADE	zhì		贄	
挚 ㊀	0631A	D6BF	zhì		摯	
热 ㊀	070ED	C8C8	rè		熱	
恐 ㊀	06050	BFD6	kǒng			
捣 ㊀	06363	B5B7	dǎo		搗	搨擣
埑 ㊁	057BF	88A6	xù			
[栽]	070D6	9EFC	zāi	灾		
[挲]	06331	92AD	sā/suō	挲		
垸 ㊀	057B8	DBF9	yuàn			
埌 ㊁	057CC	88B0	làng			
壶 ㊀	058F6	BAF8	hú		壺	
捃 ㊀	06343	DEDC	jùn			
埇 ㊁	057C7	88AC	yǒng			
捅 ㊀	06345	CDB1	tǒng			
盇 ㊀	076CD	EEC1	hé			盉
埃 ㊀	057C3	B0A3	āi			
挨 ㊀	06328	B0A4	āi/ái			

字头	编码		读音	规范字	繁体字	异体字
	ISO 10646	GB 18030				
[紥]	07D25	BC92	zā/zhā	扎		
耻 ⊖	0803B	B3DC	chǐ			恥
[眇]	26548	9732CB34	miǎo	眇		
耿 ⊖	0803F	B9A2	gěng			
耽 ⊖	0803D	B5A2	dān			躭
[恥]	06065	9075	chǐ	耻		
聂 ⊖	08042	C4F4	niè		聶	
(華)	083EF	C841	huá/huà	华		
莰 ⊜	083B0	DDA8	kǎn			
芭 ⊜	0831D	C68F	chǎi			
荸 ⊖	08378	DDA9	bí			
莆 ⊖	08386	C6CE	pú			
[荳]	08373	C757	dòu	豆		
蒝 ⊜	2C72F	9932BD37	liǎng		蒳	
鄀 ⊜	09100	E065	ruò			
恭 ⊖	0606D	B9A7	gōng			
(荚)	083A2	C776	jiá	荚		
莽 ⊖	083BD	C3A7	mǎng			
莱 ⊖	083B1	C0B3	lái		萊	
莲 ⊖	083B2	C1AB	lián		蓮	
(莖)	08396	C76F	jīng	茎		

字头	编码		读音	规范字	繁体字	异体字
	ISO 10646	GB 18030				
莳 ⊖	083B3	DDAA	shí/shì		蒔	
莫 ⊖	083AB	C4AA	mò			
(莧)	083A7	C77B	xiàn	苋		
莴 ⊖	083B4	DDAB	wō		萵	
莪 ⊖	083AA	DDAD	é			
莉 ⊖	08389	C0F2	lì			
莠 ⊖	083A0	DDAC	yǒu			
莓 ⊖	08393	DDAE	méi			
荷 ⊖	08377	BAC9	hé/hè			
莜 ⊖	0839C	DDAF	yóu			
莅 ⊖	08385	DDB0	lì			涖蒞
荼 ⊖	0837C	DDB1	tú			
莶 ⊖	083B6	DDB2	xiān		薟	
莝 ⊖	0839D	C773	cuò			
莩 ⊖	083A9	DDB3	fú			
荽 ⊖	0837D	DDB4	suī			
获 ⊖	083B7	BBF1	huò		獲穫	
莸 ⊖	083B8	DDB5	yóu		蕕	
荻 ⊖	0837B	DDB6	dí			
莘 ⊖	08398	DDB7	shēn/xīn			
晋 ⊖	0664B	BDFA	jìn			晉

字头	编码		读音	规范字	繁体字	异体字
	ISO 10646	GB 18030				
恶 ⊖	06076	B6F1	è/wù		惡	
			ě		惡噁	
莎 ⊜	0838E	C9AF	shā/suō			
莞 ⊜	0839E	DDB8	guǎn/wǎn			
茕 ⊖	044D6	FE7B	qióng		煢	
莹 ⊖	083B9	D3A8	yíng		瑩	
莨 ⊜	083A8	DDB9	làng/liáng			
莺 ⊖	083BA	DDBA	yīng		鶯	鸎
真 ⊖	0771F	D5E6	zhēn			
莙 ⊜	08399	C771	jūn			
[剋]	05C05	8CA1	kēi	剋		
[剋]	05C05	8CA1	kè	克		
鸪 ⊖	09E2A	F0B3	gū		鴣	
(莊)	0838A	C766	zhuāng	庄		
莼 ⊖	083BC	DDBB	chún		蒓	蓴
框 ⊖	06846	BFF2	kuàng			
梆 ⊖	06886	B0F0	bāng			
栻 ⊜	0683B	96F2	shì			
桂 ⊖	06842	B9F0	guì			

字头	编码		读音	规范字	繁体字	异体字
	ISO 10646	GB 18030				
桔 ⊖	06854	BDDB	jié			
栲 ⊖	06832	E8E0	kǎo			
栳 ⊖	06833	E8E1	lǎo			
桠 ⊖	06860	E8E2	yā		椏	
郴 ⊖	090F4	B3BB	chēn			
桓 ⊖	06853	BBB8	huán			
栖 ⊖	06816	C6DC	qī			棲
[栢]	06822	96E0	bǎi	柏		
梜 ⊜	2C0A9	99319437	jiā		梜	
桡 ⊖	06861	E8E3	ráo		橈	
桎 ⊖	0684E	E8E4	zhì			
桢 ⊖	06862	E8E5	zhēn		楨	
桄 ⊜	06844	E8E6	guāng/ guàng			
档 ⊖	06863	B5B5	dàng		檔	
梠 ⊜	068A0	976F	lǚ			
桐 ⊖	06850	CDA9	tóng			
桤 ⊖	06864	E8E7	qī		榿	
株 ⊖	0682A	D6EA	zhū			
梃 ⊖	06883	E8E8	tǐng/tìng			
栝 ⊖	0681D	E8E9	guā			

字头	编码		读音	规范字	繁体字	异体字
	ISO 10646	GB 18030				
桥 ⊖	06865	C7C5	qiáo		橋	
栴 ⊜	06834	96EE	zhān			
柏 ⊖	06855	E8EA	jiù			
[栰] ⊜	06830	96EC	fá	筏		
梴 ⊜	068B4	977B	chān			
桦 ⊖	06866	E8EB	huà		樺	
桁 ⊖	06841	E8EC	héng			
栓 ⊖	06813	CBA8	shuān			
桧 ⊖	06867	E8ED	guì/huì		檜	
桃 ⊖	06843	CCD2	táo			
[勑] ⊜	052D1	84D0	chì	敕		
桅 ⊖	06845	CEA6	wéi			
栒 ⊜	06812	96D5	xún			
格 ⊖	0683C	B8F1	gé			
桩 ⊖	06869	D7AE	zhuāng		樁	
校 ⊖	06821	D0A3	jiào/xiào			
核 ⊖	06838	BACB	hé			覈
			hú			
样 ⊖	06837	D1F9	yàng		樣	
栟 ⊜	0681F	96DE	bēn			
桉 ⊜	06849	E8F1	ān			

字头	编码		读音	规范字	繁体字	异体字
	ISO 10646	GB 18030				
根 ⊖	06839	B8F9	gēn			
栩 ⊖	06829	E8F2	xǔ			
逑 ⊖	09011	E5CF	qiú			
索 ⊖	07D22	CBF7	suǒ			
(軒)	08ED2	DC8E	xuān		轩	
(軚)	08ED1	DC8D	dài		轪	
(軏)	08ECF	DC8B	yuè		轨	
(連)	09023	DF42	lián		连	
(靭)	08ED4	DC90	rèn		韧	
[靱]	2F9DE	9A32E332	rèn		韧	
逋 ⊖	0900B	E5CD	bū			
彧 ⊖	05F67	8FAA	yù			
哥 ⊖	054E5	B8E7	gē			
速 ⊖	0901F	CBD9	sù			
鬲 ⊖	09B32	D8AA	gé/lì			
豇 ⊖	08C47	F4F8	jiāng			
逗 ⊖	09017	B6BA	dòu			
栗 ⊖	06817	C0F5	lì			慄
贾 ⊖	08D3E	BCD6	gǔ/jiǎ		賈	
酐 ⊖	09150	F4FB	gān			
酎 ⊖	0914E	F4FC	zhòu			

字头	编码		读音	规范字	繁体字	异体字
	ISO 10646	GB 18030				
酌 ⊖	0914C	D7C3	zhuó			
配 ⊖	0914D	C5E4	pèi			
酏 ⊜	0914F	F4FD	yǐ			
頍 ⊜	2B806	9839B336	kuǐ		頍	
逦 ⊖	09026	E5CE	lǐ		邐	
翅 ⊖	07FC5	B3E1	chì			翄
辱 ⊖	08FB1	C8E8	rǔ			
唇 ⊖	05507	B4BD	chún			脣
厝 ⊜	0539D	D8C8	cuò			
孬 ⊜	05B6C	D8AB	nāo			
夏 ⊖	0590F	CFC4	xià			
砝 ⊜	0781D	EDC0	fǎ			
砹 ⊜	07839	EDC1	ài			
砵 ⊜	07835	B36A	bō			
砸 ⊖	07838	D4D2	zá			
砺 ⊜	0783A	EDC2	lì		礪	
砰 ⊖	07830	C5E9	pēng			
砧 ⊜	07827	D5E8	zhēn			碪
砠 ⊜	07820	B35E	jū			
砷 ⊜	07837	C9E9	shēn			
砟 ⊜	0781F	EDC4	zhǎ			

字头	编码		读音	规范字	繁体字	异体字
	ISO 10646	GB 18030				
硁 ㊀	0783C	EDC5	tóng			
砥 ㊀	07825	EDC6	dǐ			
砾 ㊀	0783E	C0F9	lì			礫
[砲]	07832	B368	pào	炮		
砫 ㊀	0782B	B364	zhù			
砬 ㊁	0782C	EDC7	lá			
砣 ㊀	07823	EDC8	tuó			
础 ㊀	07840	B4A1	chǔ			礎
破 ㊀	07834	C6C6	pò			
硁 ㊁	07841	B36E	kēng			硜
[启]	05518	8675	qǐ	启		
恧 ㊁	06067	EDA4	nǜ			
原 ㊀	0539F	D4AD	yuán			
套 ㊀	05957	CCD7	tào			
剞 ㊀	0525E	D8DE	jī			
逐 ㊀	09010	D6F0	zhú			
砻 ㊀	0783B	EDC3	lóng			礱
烈 ㊀	070C8	C1D2	liè			
殊 ㊀	06B8A	CAE2	shū			
殉 ㊀	06B89	D1B3	xùn			
[盋]	076CB	B143	bō	钵		

字头	编码		读音	规范字	繁体字	异体字
	ISO 10646	GB 18030				
翃 ⊜	07FC3	C18A	hóng			
顾 ⊖	0987E	B9CB	gù		顧	
郪 ⊜	090EA	E056	qī			
轼 ⊖	08F7C	E9F8	shì		軾	
轾 ⊖	08F7E	E9F9	zhì		輊	
辁 ⊜	28408	9738EA36	guāng		輄	
轿 ⊖	08F7F	BDCE	jiào		轎	
辀 ⊜	08F80	DE62	zhōu		輈	
辁 ⊜	08F81	E9FA	quán		輇	
辂 ⊖	08F82	E9FB	lù		輅	
较 ⊖	08F83	BDCF	jiào		較	
豥 ⊜	2C317	9931D239	hé			
鸫 ⊖	09E2B	F0B4	dōng		鶇	
顿 ⊖	0987F	B6D9	dùn		頓	
趸 ⊖	08DB8	F5BB	dǔn		躉	
(剗)	05257	847D	chàn	划		
毙 ⊖	06BD9	B1D0	bì		斃	獘
致 ⊖	081F4	D6C2	zhì		致緻	
[晉]	06649	9578	jìn	晋		
(逕)	09015	DE9F	jìng	迳		
[逕①]	09015	DE9F	jìng	径		

①逕：可用于姓氏人名、地名，但须类推简化作"迳"。

字头	编码		读音	规范字	繁体字	异体字
	ISO 10646	GB 18030				
茀 ㊀	05255	847C	fèi			
(鬥)	09B25	F459	dòu	斗		
齔 ㊀	09F80	F6B3	chèn		齓	
柴 ㊀	067F4	B2F1	chái			
赀 ㊁	08D40	EADF	zī		貲	
桌 ㊀	0684C	D7C0	zhuō			槕
鸬 ㊀	09E2C	F0B5	lú		鸕	
虔 ㊀	08654	F2AF	qián			
虑 ㊀	08651	C2C7	lù		慮	
监 ㊀	076D1	BCE0	jiān/jiàn		監	
紧 ㊀	07D27	BDF4	jǐn		緊	繄繫
逍 ㊀	0900D	E5D0	xiāo			
党 ㊀	0515A	B5B3	dǎng		党黨	
[眎]	0770E	B169	shì	视		
眬 ㊀	0772C	B180	lóng		矓	
(時)	06642	9572	shí	时		
哢 ㊀	054E2	8655	lòng			
唛 ㊀	0551B	DFE9	mài		嘜	
逞 ㊀	0901E	B3D1	chěng			
(畢)	07562	AE85	bì	毕		
晅 ㊀	06645	9574	xuǎn			

字头	编码		读音	规范字	繁体字	异体字
	ISO 10646	GB 18030				
晒 ㊀	06652	C9B9	shài		曬	
(財)	08CA1	D894	cái	财		
[眎]	07721	B178	shì	视		
(貾)	0898E	D28D	yàn	贬		
晟 ㊁	0665F	EAC9	chéng			
眩 ㊁	07729	D1A3	xuàn			
眠 ㊀	07720	C3DF	mián			
晓 ㊀	06653	CFFE	xiǎo		曉	
晊 ㊂	0664A	9579	zhì			
眙 ㊁	07719	EDF4	yí			
唝 ㊂	0551D	8679	hǒng		嗊	
哧 ㊁	054E7	DFEA	chī			
哳 ㊂	054F3	DFEE	zhā			
哮 ㊀	054EE	CFF8	xiào			
唠 ㊀	05520	DFEB	láo/lào		嘮	
鸭 ㊀	09E2D	D1BC	yā		鴨	
晃 ㊀	06643	BBCE	huǎng			
			huàng			㨪
哱 ㊂	054F1	865C	bō			
冔 ㊂	05194	83DB	xǔ			
哺 ㊀	054FA	B2B8	bǔ			

字头	编码		读音	规范字	繁体字	异体字
	ISO 10646	GB 18030				
哽 ⊖	054FD	DFEC	gěng			
(閃)	09583	E957	shǎn	闪		
唔 ⊖	05514	DFED	wú			
晔 ⊖	06654	EACA	yè			曄
晌 ⊖	0664C	C9CE	shǎng			
晁 ⊖	06641	EACB	cháo			
剔 ⊖	05254	CCDE	tī			
晐 ⊖	06650	957C	gāi			
晏 ⊖	0664F	EACC	yàn			
晖 ⊖	06656	EACD	huī			暉
晕 ⊖	06655	D4CE	yūn/yùn			暈
鸮 ⊖	09E2E	FB5E	xiāo			鴞
[哶]	20D1F	9534D635	miē	咩		
趵 ⊖	08DB5	F5C0	bào			
趺 ⊖	08DBF	F5C1	tā			
蛙 ⊖	07556	AE7C	wā			
畛 ⊖	0755B	EEB3	zhěn			
蚌 ⊖	0868C	B0F6	bàng/bèng			
蚨 ⊖	086A8	F2B6	fú			
[蚘]	08698	CD59	huí	蛔		

字头	编码		读音	规范字	繁体字	异体字
	ISO 10646	GB 18030				
蚜 ⊖	0869C	D1C1	yá			
蚍 ⊖	0868D	F2B7	pí			
蚋 ⊖	0868B	F2B8	ruì			
蚬 ⊖	086AC	F2B9	xiǎn		蜆	
畔 ⊖	07554	C5CF	pàn			
蚝 ⊖	0869D	F2BA	háo			蠔
蚧 ⊖	086A7	F2BB	jiè			
蚣 ⊖	086A3	F2BC	gōng			
蚊 ⊖	0868A	CEC3	wén			螡蟁
蚄 ⊜	08684	CD4B	fāng			
蚪 ⊖	086AA	F2BD	dǒu			
蚓 ⊖	08693	F2BE	yǐn			
蚆 ⊜	08686	CD4D	bā			
哨 ⊖	054E8	C9DA	shào			
唢 ⊖	05522	DFEF	suǒ		嗩	
(唄)	05504	8668	bei	呗		
(員)	054E1	8654	yuán/yùn	员		
哩 ⊖	054E9	C1A8	lī/li			
圃 ⊖	05703	C6D4	pǔ			
哭 ⊖	054ED	BFDE	kū			
鄸 ⊜	2B461	9838D433	méng		鄳	

字头	编码		读音	规范字	繁体字	异体字
	ISO 10646	GB 18030				
围 ⊖	05704	E0F4	yǔ			
哦 ⊖	054E6	C5B6	ò			
[唕]	05515	8672	zào	唣		
唣 ⊖	05523	DFF0	zào			唕
唏 ⊖	0550F	DFF1	xī			
恩 ⊖	06069	B6F7	ēn			㤙
盎 ⊖	076CE	B0BB	àng			
唑 ⊖	05511	DFF2	zuò			
鸯 ⊖	09E2F	D1EC	yāng		鴦	
唤 ⊖	05524	BBBD	huàn			
唁 ⊖	05501	D1E4	yàn			
哼 ⊖	054FC	BADF	hēng/hng			
唧 ⊖	05527	DFF3	jī			
啊 ⊖	0554A	B0A1	à			
唉 ⊖	05509	B0A6	āi/ài			
唆 ⊖	05506	CBF4	suō			
帱 ⊖	05E31	E0FC	chóu/dào		幬	
崁 ⊖	05D01	8D80	kàn			
崂 ⊖	05D02	E1C0	láo		嶗	

字头	编码		读音	规范字	繁体字	异体字
	ISO 10646	GB 18030				
峿 ㊂	05CFF	8D7D	wú			
(豈)	08C48	D84D	qǐ	岂		
峑 ㊄	2AA36	9836CC30	shē		崟	
(峽)	05CFD	8D7B	xiá	峡		
崃 ㊀	05D03	E1C1	lái		崍	
[迴]	09025	DF44	huí	回		
罡 ㊂	07F61	EEB8	gāng			
罢 ㊀	07F62	B0D5	bà		罷	
罟 ㊂	07F5F	EEB9	gǔ			
峭 ㊀	05CED	C7CD	qiào			陗
(峴)	05CF4	8D73	xiàn	岘		
峨 ㊀	05CE8	B6EB	é			峩
[峩]	05CE9	8D6B	é	峨		
崄 ㊁	05D04	8D81	xiǎn		嶮	
峪 ㊀	05CEA	D3F8	yù			
峰 ㊀	05CF0	B7E5	fēng			峯
[峯]	05CEF	8D6F	fēng	峰		
帨 ㊁	05E28	8E9C	shuì			
崀 ㊁	05D00	8D7E	làng			
圆 ㊀	05706	D4B2	yuán		圓	
觊 ㊁	089CA	EAE9	jì		覬	

字头	编码		读音	规范字	繁体字	异体字
	ISO 10646	GB 18030				
峻 ㊀	05CFB	BEFE	jùn			
贼 ㊀	08D3C	D4F4	zéi		賊	
[罣]	262B1	97328931	guà	挂		
贿 ㊀	08D3F	BBDF	huì		賄	
赂 ㊀	08D42	C2B8	lù		賂	
赃 ㊀	08D43	D4DF	zāng		贓	
赅 ㊁	08D45	EAE0	gāi		賅	
赆 ㊂	08D46	EAE1	jìn		贐	
(剛)	0525B	8482	gāng	刚		
(剮)	0526E	848E	guǎ	剐		
钰 ㊁	094B0	EEDA	yù		鈺	
钱 ㊀	094B1	C7AE	qián		錢	
钲 ㊁	094B2	EEDB	zhēng		鉦	
钳 ㊀	094B3	C7AF	qián		鉗	
钴 ㊁	094B4	EEDC	gǔ		鈷	
钵 ㊁	094B5	B2A7	bō		鉢	盋缽
𬬸 ㊂	2CB38	9933A730	shù		鉥	
钷 ㊂	094B7	EEDE	pǒ		鉕	
钹 ㊁	094B9	EEE0	bó		鈸	
钺 ㊁	094BA	EEE1	yuè		鉞	
钻 ㊀	094BB	D7EA	zuān/ zuàn		鑽	鑚

字头	编码		读音	规范字	繁体字	异体字
	ISO 10646	GB 18030				
铲 ⊜	2CB3B	9933A733	lú		鑪	
钽 ⊜	094BD	EEE3	tǎn		鉭	
钼 ⊜	094BC	EEE2	mù		鉬	
钾 ⊜	094BE	BCD8	jiǎ		鉀	
钾 ⊜	2CB39	9933A731	shén		鉮	
钿 ⊜	094BF	EEE4	diàn		鈿	
铀 ⊜	094C0	D3CB	yóu		鈾	
铁 ⊜	094C1	CCFA	tiě		鐵	
铂 ⊜	094C2	B2AC	bó		鉑	
铃 ⊜	094C3	C1E5	líng		鈴	
铄 ⊜	094C4	EEE5	shuò		鑠	
铅 ⊜	094C5	C7A6	qiān/yán		鉛	鈆
铆 ⊜	094C6	C3AD	mǎo		鉚	
铈 ⊜	094C8	EEE6	shì		鈰	
铉 ⊜	094C9	EEE7	xuàn		鉉	
铊 ⊜	094CA	EEE8	tā/tuó		鉈	
铋 ⊜	094CB	EEE9	bì		鉍	
铌 ⊜	094CC	EEEA	ní		鈮	
铑 ⊜	2CB3F	9933A737	zhāo		鈲	
铍 ⊜	094CD	EEEB	pí		鈹	
铍 ⊜	0497D	FE87	pō		鏺	

字头	编码		读音	规范字	繁体字	异体字
	ISO 10646	GB 18030				
铎 ⊖	094CE	EEEC	duó		鐸	
牳 ⊖	2CB41	9933A739	mǔ		鉧	
眚 ⊖	0771A	EDF2	shěng			
牲 ⊖	07521	AE60	shēn			
缺 ⊖	07F3A	C8B1	quē			
[毧]	06BE7	9ABF	róng	绒		
氩 ⊖	06C29	EBB2	yà			氬
氤 ⊖	06C24	EBB3	yīn			
氦 ⊖	06C26	BAA4	hài			
氧 ⊖	06C27	D1F5	yǎng			
(氣)	06C23	9AE2	qì	气		
氨 ⊖	06C28	B0B1	ān			
毪 ⊖	06BEA	EBA4	mú			
特 ⊖	07279	CCD8	tè			
牺 ⊖	0727A	CEFE	xī			犧
(郵)	090F5	E05D	yóu	邮		
造 ⊖	09020	D4EC	zào			
乘 ⊖	04E58	B3CB	chéng			乘椉
敌 ⊖	0654C	B5D0	dí		敵	
舐 ⊖	08210	F3C2	shì			
秣 ⊖	079E3	EFF7	mò			

字头	编码		读音	规范字	繁体字	异体字
	ISO 10646	GB 18030				
秫 ⊖	079EB	EFF8	shú			
秤 ⊖	079E4	B3D3	chèng			
租 ⊖	079DF	D7E2	zū			
积 ⊖	079EF	BBFD	jī		積	
秧 ⊖	079E7	D1ED	yāng			
盉 ⊖	076C9	B142	hé			
秩 ⊖	079E9	D6C8	zhì			
称 ⊖	079F0	B3C6	chèn/chēng		稱	
秘 ⊖	079D8	C3D8	bì/mì			祕
透 ⊖	0900F	CDB8	tòu			
笄 ⊖	07B04	F3C7	jī			
笕 ⊖	07B15	F3C8	jiǎn		筧	
笔 ⊖	07B14	B1CA	bǐ		筆	
笑 ⊖	07B11	D0A6	xiào			咲
笊 ⊖	07B0A	F3C9	zhào			
笫 ⊖	07B2B	F3CA	zǐ			
笏 ⊖	07B0F	F3CB	hù			
笋 ⊖	07B0B	CBF1	sǔn			筍
笆 ⊖	07B06	B0CA	bā			
俸 ⊖	04FF8	D9BA	fèng			

字头	编码		读音	规范字	繁体字	异体字
	ISO 10646	GB 18030				
倩 ㊀	05029	D9BB	qiàn			
债 ㊀	0503A	D5AE	zhài		債	
俵 ㊀	04FF5	826C	biào			
(倀)	05000	8274	chāng	伥		
[倖]	05016	8286	xìng	幸		
倻 ㊁	0503B	829C	yē			
借 ㊀	0501F	BDE8	jiè		借藉	
偌 ㊀	0504C	D9BC	ruò			
值 ㊀	0503C	D6B5	zhí			
(倈)	05008	827C	lái	俫		
(倆)	05006	827A	liǎ/liǎng	俩		
倴 ㊁	05034	8296	bèn			
倚 ㊀	0501A	D2D0	yǐ			
俺 ㊀	04FFA	B0B3	ǎn			
倾 ㊀	0503E	C7E3	qīng		傾	
倒 ㊀	05012	B5B9	dǎo/dào			
俳 ㊀	04FF3	D9BD	pái			
俶 ㊀	04FF6	826D	chù			
倬 ㊀	0502C	D9BE	zhuō			
(條)	0689D	976C	tiáo	条		
倏 ㊀	0500F	D9BF	shū			倐儵

字头	编码		读音	规范字	繁体字	异体字
	ISO 10646	GB 18030				
脩 ⊖	08129	C391	xiū			
[脩①]	08129	C391	xiū	修		
[倏]	05010	8282	shū	倏		
倘 ⊖	05018	CCC8	tǎng			
俱 ⊖	04FF1	BEE3	jū/jù			
倮 ⊜	0502E	D9C0	luǒ			
倡 ⊖	05021	B3AB	chàng			
(們)	05011	8283	mén/men	们		
(個)	0500B	8280	gě/gè	个		
候 ⊖	05019	BAF2	hòu			
倕 ⊜	05015	8285	chuí			
赁 ⊖	08D41	C1DE	lìn		賃	
恁 ⊖	06041	EDA5	nèn			
倭 ⊖	0502D	D9C1	wō			
倪 ⊖	0502A	C4DF	ní			
俾 ⊖	04FFE	D9C2	bǐ			
(倫)	0502B	8290	lún	伦		
[倸]	05038	829A	cǎi	睬		
倜 ⊖	0501C	D9C3	tì			

①脩：用于表示干肉，如"束脩"。其他意义用"修"。

字头	编码		读音	规范字	繁体字	异体字
	ISO 10646	GB 18030				
[俗]	05003	8277	zán	咱		
[俻]	04FFB	8270	bèi	备		
隼 ⊜	096BC	F6C0	sǔn			
隽 ⊜	096BD	F6C1	juàn			雋
(隻)	096BB	EB62	zhī	只		
倞 ⊜	0501E	828A	jìng/liàng			
俯 ⊖	04FEF	B8A9	fǔ			俛頫
倍 ⊖	0500D	B1B6	bèi			
[倣]	05023	828D	fǎng	仿		
倦 ⊖	05026	BEEB	juàn			勌
僤 ⊜	2B8B8	9839C534	dàn		僤	
倓 ⊜	05013	8284	tán			
倧 ⊜	05027	828F	zōng			
倌 ⊖	0500C	D9C4	guān			
倥 ⊖	05025	D9C5	kǒng/kōng			
臬 ⊖	081EC	F4AB	niè			
健 ⊖	05065	BDA1	jiàn			
臭 ⊖	081ED	B3F4	chòu/xiù			
射 ⊖	05C04	C9E4	shè			躲
皋 ⊖	0768B	B8DE	gāo			皐皞

字头	编码		读音	规范字	繁体字	异体字
	ISO 10646	GB 18030				
躬㊀	08EAC	B9AA	gōng			躳
息㊀	0606F	CFA2	xī			
(島)	05CF6	8D75	dǎo	岛		
郫㊁	090EB	DBAF	pí			
(烏)	070CF	9EF5	wū	乌		
倨㊁	05028	D9C6	jù			
倔㊀	05014	BEF3	jué/juè			
(師)	05E2B	8E9F	shī	师		
衃㊂	08843	D05B	pēi			
衄㊁	08844	F4AC	nǜ			衂䶊
颀㊁	09880	F1FD	qí		頎	
徒㊀	05F92	CDBD	tú			
徕㊁	05F95	E1E2	lái		徠	
虒㊂	08652	CC8C	sī			
(徑)	05F91	8FBD	jìng	径		
徐㊀	05F90	D0EC	xú			
殷㊀	06BB7	D2F3	yān			
			yīn			慇
舭㊂	0822D	F4B0	bǐ			
舯㊂	0822F	F4B1	zhōng			
舰㊀	08230	BDA2	jiàn		艦	

字头	编码		读音	规范字	繁体字	异体字
	ISO 10646	GB 18030				
[舩]	08229	C578	chuán	船		
舱 ⊖	08231	B2D5	cāng		艙	
般 ⊖	0822C	B0E3	bān			
航 ⊖	0822A	BABD	háng			
舫 ⊖	0822B	F4B3	fǎng			
舥 ⊜	08225	C575	pā			
瓞 ⊜	074DE	F0AC	dié			
途 ⊖	09014	CDBE	tú			
(針)	091DD	E198	zhēn	针		
(釘)	091D8	E194	dīng/dìng	钉		
(釗)	091D7	E193	zhāo	钊		
(釙)	091D9	E195	pō	钋		
(釕)	091D5	E191	liǎo/liào	钌		
(殺)	06BBA	9AA2	shā	杀		
[舒]	039F1	82318A30	ná	拿		
拿 ⊖	062FF	C4C3	ná			挐舒挐
釜 ⊜	091DC	B8AA	fǔ			
耸 ⊜	08038	CBCA	sǒng		聳	
爹 ⊖	07239	B5F9	diē			
舀 ⊖	08200	D2A8	yǎo			
爱 ⊖	07231	B0AE	ài		愛	

字头	编码		读音	规范字	繁体字	异体字
	ISO 10646	GB 18030				
豺 ⊖	08C7A	B2F2	chái			
豹 ⊖	08C79	B1AA	bào			
奚 ⊖	0595A	DEC9	xī			
鬯 ⊜	09B2F	DBCB	chàng			
(倉)	05009	827D	cāng	仓		
[飤]	098E4	EF7E	sì	饲		
(飢)	098E2	EF7C	jī	饥		
衾 ⊖	0887E	F4C0	qīn			
鸰 ⊖	09E30	FB5F	líng		鴒	
颁 ⊖	09881	B0E4	bān		頒	
颂 ⊖	09882	CBCC	sòng		頌	
翁 ⊖	07FC1	CECC	wēng			
胯 ⊖	080EF	BFE8	kuà			
胰 ⊖	080F0	D2C8	yí			
胱 ⊖	080F1	EBD7	guāng			
胴 ⊖	080F4	EBD8	dòng			
胭 ⊖	080ED	EBD9	yān			臙
[脈]	08108	C37D	mài/mò	脉		
脍 ⊖	0810D	EBDA	kuài		膾	
脎 ⊖	0810E	EBDB	sà			
朓 ⊜	06713	9649	tiǎo			

字头	编码		读音	规范字	繁体字	异体字
	ISO 10646	GB 18030				
脆 ⊖	08106	B4E0	cuì			脃
脂 ⊖	08102	D6AC	zhī			
胸 ⊖	080F8	D0D8	xiōng			胷
胳 ⊖	080F3	B8EC	gē			肐
			gé			
[脃]	08103	C379	cuì	脆		
脏 ⊖	0810F	D4E0	zàng		臟	
			zāng		髒	
脐 ⊖	08110	C6EA	qí		臍	
胶 ⊖	080F6	BDBA	jiāo		膠	
脑 ⊖	08111	C4D4	nǎo		腦	
胲 ⊜	080F2	EBDC	hǎi			
胼 ⊜	080FC	EBDD	pián			
朕 ⊜	06715	EBDE	zhèn			
脒 ⊜	08112	EBDF	mǐ			
胺 ⊖	080FA	B0B7	àn			
脓 ⊖	08113	C5A7	nóng		膿	
[脇]	08107	C37C	xié	胁		
鸱 ⊖	09E31	F0B7	chī		鴟	
虓 ⊜	08653	CC8D	xiāo			
玺 ⊖	073BA	E7F4	xǐ		璽	

字头	编码		读音	规范字	繁体字	异体字
	ISO 10646	GB 18030				
魛 ⊜	09C7D	F781	dāo		魛	
鸲 ⊜	09E32	F0B6	qú		鸲	
逛 ⊜	0901B	B9E4	guàng			
(狭)	072F9	AA4D	xiá	狭		
狴 ⊜	072F4	E1F9	bì			
[猂]	07302	AA52	hàn	悍		
(狽)	072FD	AA4E	bèi	狈		
狸 ⊜	072F8	C0EA	lí			貍
狷 ⊜	072F7	E1FA	juàn			獧
狲 ⊜	07301	E1FB	lì			
狳 ⊜	072F3	E1FC	yú			
狝 ⊜	07303	E1FD	xiǎn		獮	
狺 ⊜	072FA	E1FE	yín			
逖 ⊜	09016	E5D1	tì			
狼 ⊜	072FC	C0C7	láng			
[胷]	080F7	C372	xiōng	胸		
卿 ⊜	0537F	C7E4	qīng			
峱 ⊜	05CF1	8D70	náo			
狻 ⊜	072FB	E2A1	suān			
逢 ⊜	09022	B7EA	féng			
桀 ⊜	06840	E8EE	jié			

字头	编码		读音	规范字	繁体字	异体字
	ISO 10646	GB 18030				
鸵 ⊖	09E35	CDD2	tuó		鴕	
留 ⊖	07559	C1F4	liú			畄留畱
裊 ⊖	08885	F4C1	niǎo		裊	嫋褭嬝
智 ⊜	07722	EDF3	yuān			
[盌]	076CC	B144	wǎn	碗		
鸳 ⊖	09E33	D4A7	yuān		鴛	
皱 ⊖	076B1	D6E5	zhòu		皺	
饽 ⊖	0997D	E2C4	bō		餑	
餗 ⊜	2B5E7	9838FB33	sù		餗	
(芻)	082BB	C663	chú	刍		
饿 ⊖	0997F	B6F6	è		餓	
馁 ⊖	09981	C4D9	něi		餒	
(訐)	08A10	D393	jié	讦		
(訏)	08A0F	D392	xū	讦		
(訌)	08A0C	D38F	hòng	讧		
(討)	08A0E	D391	tǎo	讨		
(訕)	08A15	D398	shàn	讪		
[託]	08A17	D39A	tuō	托		
(訖)	08A16	D399	qì	讫		
(訓)	08A13	D396	xùn	训		
(這)	09019	DF40	zhè	这		

字头	编码		读音	规范字	繁体字	异体字
	ISO 10646	GB 18030				
(訊)	08A0A	D38D	xùn	讯		
(記)	08A18	D39B	jì	记		
(訒)	08A12	D395	rèn	讱		
凌 ⊖	051CC	C1E8	líng			
淞 ⊖	051C7	DAA1	sōng			
(凍)	051CD	83F6	dòng	冻		
凄 ⊖	051C4	C6E0	qī			凄悽
[衺]	0887A	D07E	xié	邪		
栾 ⊖	0683E	E8EF	luán		欒	
挛 ⊖	0631B	C2CE	luán		攣	
恋 ⊖	0604B	C1B5	liàn		戀	
桨 ⊖	06868	BDB0	jiǎng		槳	
浆 ⊖	06D46	BDAC	jiāng/ jiàng		漿	
衰 ⊖	08870	CBA5	shuāi			
(畝)	0755D	AE80	mǔ	亩		
勍 ⊜	052CD	84CD	qíng			
衷 ⊜	08877	D6D4	zhōng			
高 ⊜	09AD8	B8DF	gāo			
亳 ⊜	04EB3	D9F1	bó			
郭 ⊜	090ED	B9F9	guō			

字头	编码		读音	规范字	繁体字	异体字
	ISO 10646	GB 18030				
席 ⊖	05E2D	CFAF	xí			蓆
(庫)	05EAB	8EEC	kù	库		
准 ⊖	051C6	D7BC	zhǔn		准準	
座 ⊖	05EA7	D7F9	zuò			
症 ⊖	075C7	D6A2	zhèng		症	
			zhēng		癥	
疳 ⊖	075B3	F0E1	gān			
疴 ⊖	075B4	F0E2	kē			痾
病 ⊖	075C5	B2A1	bìng			
疸 ⊖	075B8	F0E3	dǎn			
疽 ⊖	075BD	BED2	jū			
疾 ⊖	075BE	BCB2	jí			
痄 ⊜	075C4	F0E4	zhà			
斋 ⊖	0658B	D5AB	zhāi		齋	亝
疹 ⊖	075B9	D5EE	zhěn			
痈 ⊜	075C8	D3B8	yōng		癰	
疼 ○	075BC	CCDB	téng			
疱 ⊜	075B1	F0E5	pào			皰
疰 ⊜	075B0	F0E6	zhù			
痃 ⊜	075C3	F0E7	xuán			
[痱]	075BF	AF58	fèi	痱		

字头	编码		读音	规范字	繁体字	异体字
	ISO 10646	GB 18030				
痂 ⊖	075C2	F0E8	jiā			
疲 ⊖	075B2	C6A3	pí			
痉 ⊖	075C9	BEB7	jìng		痙	
脊 ⊖	0810A	BCB9	jǐ			
效 ⊖	06548	D0A7	xiào			効傚
离 ⊖	079BB	C0EB	lí		離	
衮 ⊖	0886E	D9F2	gǔn			
紊 ⊖	07D0A	CEC9	wěn			
唐 ⊖	05510	CCC6	táng			
凋 ⊖	051CB	B5F2	diāo			
颃 ⊖	09883	F1FE	háng		頏	
瓷 ⊖	074F7	B4C9	cí			
资 ⊖	08D44	D7CA	zī		資	貲
恣 ⊖	06063	EDA7	zì			
凉 ⊖	051C9	C1B9	liáng/ liàng			涼
站 ⊖	07AD9	D5BE	zhàn			
剖 ⊖	05256	C6CA	pōu			
竞 ⊖	07ADE	BEBA	jìng		競	
部 ⊖	090E8	B2BF	bù			
竘 ⊖	07AD8	B86C	qǔ			

字头	编码		读音	规范字	繁体字	异体字
	ISO 10646	GB 18030				
[竝]	07ADD	B870	bìng	并		
[竚]	07ADA	B86D	zhù	伫		
旁	065C1	C5D4	páng			
斾	065C6	ECB7	pèi			
斿	065C4	ECB8	máo			
[旂]	065C2	94E7	qí	旗		
旅	065C5	C2C3	lǚ			
旃	065C3	ECB9	zhān			
[欬]	06B2C	99FC	ké	咳		
畜	0755C	D0F3	chù/xù			
阃	09603	E3CD	kǔn		閫	
阄	09604	E3CE	jiū		鬮	
訚	08A1A	D39D	yín		誾	
阅	09605	D4C4	yuè		閱	
阆	09606	E3CF	làng		閬	
羖	07F96	C16C	gǔ			
羞	07F9E	D0DF	xiū			
羓	07F93	C16A	bā			
羔	07F94	B8E1	gāo			
恙	06059	EDA6	yàng			
瓶	074F6	C6BF	píng			缾

字头	编码		读音	规范字	繁体字	异体字
	ISO 10646	GB 18030				
[刱]	05259	8480	chuàng	创		
桊 ⊜	0684A	E8F0	juàn			
拳 ⊖	062F3	C8AD	quán			
[劵]	052CC	84CC	juàn	倦		
[粃]	07C83	BB7A	bǐ	秕		
籹 ⊜	06549	F4CD	mǐ			
粉 ⊖	07C89	B7DB	fěn			
[粇]	07C87	BB7E	kāng	糠		
			jīng	粳		
料 ⊖	06599	C1CF	liào			
粑 ⊖	07C91	F4CE	bā			
益 ⊖	076CA	D2E6	yì			
兼 ⊖	0517C	BCE6	jiān			
朔 ⊖	06714	CBB7	shuò			
郸 ⊖	090F8	B5A6	dān		鄲	
烤 ⊖	070E4	BFBE	kǎo			
烘 ⊖	070D8	BAE6	hōng			
烜 ⊖	070DC	9F40	xuǎn			
焻 ⊜	070E0	9F43	huí			
烦 ⊖	070E6	B7B3	fán		煩	
烧 ⊖	070E7	C9D5	shāo		燒	

字头	编码		读音	规范字	繁体字	异体字
	ISO 10646	GB 18030				
烛 ⊖	070DB	D6F2	zhú		燭	
烔 ⊜	070D4	9EFA	tóng			
烟 ⊖	070DF	D1CC	yān			菸煙
烶 ⊜	070F6	9F50	tǐng			
烻 ⊜	070FB	9F53	shān/yàn			
烨 ⊖	070E8	ECC7	yè		燁	爗
烩 ⊖	070E9	BBE2	huì		燴	
烙 ⊖	070D9	C0D3	lào/luò			
烊 ⊜	070CA	ECC8	yáng/ yàng			
剡 ⊜	05261	D8DF	shàn			
郯 ⊜	090EF	DBB0	tán			
焍 ⊜	2C288	9931C436	xún		燖	
烬 ⊖	070EC	BDFD	jìn		燼	
递 ⊖	09012	B5DD	dì		遞	
涛 ⊖	06D9B	CCCE	tāo		濤	
浙 ⊖	06D59	D5E3	zhè			淛
涍 ⊜	06D8D	9BDF	xiào			
涝 ⊖	06D9D	C0D4	lào		澇	
浡 ⊜	06D61	9BC2	bó			
浦 ⊖	06D66	C6D6	pǔ			

字头	编码		读音	规范字	繁体字	异体字
	ISO 10646	GB 18030				
浭 ⊜	06D6D	9BCA	gēng			
涑 ⊖	06D91	E4B3	sù			
浯 ⊖	06D6F	E4B4	wú			
酒 ⊖	09152	BEC6	jiǔ			
(浹)	06D79	9BD1	jiā	浃		
涞 ⊖	06D9E	E4B5	lái			淶
涟 ⊖	06D9F	C1B0	lián			漣
(涇)	06D87	9BDC	jīng	泾		
涉 ⊖	06D89	C9E6	shè			
娑 ⊖	05A11	E6B6	suō			
消 ⊖	06D88	CFFB	xiāo			
涅 ⊜	06D85	C4F9	niè			湼
(湏)	06D7F	9BD6	bèi	浿		
浬 ⊜	06D6C	9BC9	lǐ			
涠 ⊖	06DA0	E4B6	wéi			潿
涄 ⊜	06D84	9BDA	pīng			
涊 ⊖	06D5E	E4B7	zhuó			
涓 ⊖	06D93	E4B8	juān			
涢 ⊜	06DA2	9BE9	yún			溳
涡 ⊖	06DA1	CED0	guō/wō			渦
泹 ⊖	06D65	9BC5	yì			

字头	编码		读音	规范字	繁体字	异体字
	ISO 10646	GB 18030				
涔 ⊖	06D94	E4B9	cén			
浩 ⊖	06D69	BAC6	hào			
峨 ⊖	06D90	9BE1	é			
浰 ⊜	06D70	9BCB	lì/liàn			
海 ⊖	06D77	BAA3	hǎi			
浜 ⊖	06D5C	E4BA	bāng			
浟 ⊜	06D5F	9BC1	yóu			
[浺]	06D96	9BE3	lì	莅		
涂 ⊖	06D82	CDBF	tú		涂塗	
浠 ⊖	06D60	E4BB	xī			
浴 ⊖	06D74	D4A1	yù			
浮 ⊖	06D6E	B8A1	fú			
浛 ⊖	06D5B	9BBF	hán			
涣 ⊖	06DA3	BBC1	huàn			
浼 ⊜	06D7C	E4BC	měi			
浲 ⊜	06D72	9BCD	féng			
涤 ⊖	06DA4	B5D3	dí		滌	
流 ⊖	06D41	C1F7	liú			
润 ⊖	06DA6	C8F3	rùn		潤	
涧 ⊖	06DA7	BDA7	jiàn		澗	
涕 ⊖	06D95	CCE9	tì			

字头	编码		读音	规范字	繁体字	异体字
	ISO 10646	GB 18030				
浣 ⊖	06D63	E4BD	huàn			澣
浪 ⊖	06D6A	C0CB	làng			
浸 ⊖	06D78	BDFE	jìn			
涨 ⊖	06DA8	D5C7	zhǎng/ zhàng		漲	
烫 ⊖	070EB	CCCC	tàng		燙	
涩 ⊖	06DA9	C9AC	sè		澀	澁澀
涌 ⊖	06D8C	D3BF	chōng			
			yǒng			湧
涘 ⊜	06D98	9BE5	sì			
浚 ⊜	06D5A	BFA3	jùn/xùn			濬
悈 ⊜	06088	9085	jiè			
悖 ⊖	06096	E3A3	bèi			誖
悚 ⊜	0609A	E3A4	sǒng			
悟 ⊖	0609F	CEF2	wù			
悭 ⊜	060AD	E3A5	qiān		慳	
悄 ⊖	06084	C7C4	qiāo/qiǎo			
悍 ⊖	0608D	BAB7	hàn			猂
悝 ⊜	0609D	E3A6	kuī			
悃 ⊜	06083	E3A7	kǔn			
悒 ⊜	06092	E3A8	yì			

字头	编码		读音	规范字	繁体字	异体字
	ISO 10646	GB 18030				
悔 ⊖	06094	BBDA	huǐ			
悯 ⊖	060AF	C3F5	mǐn		憫	
悦 ⊖	060A6	D4C3	yuè			
悌 ⊖	0608C	E3A9	tì			
悢 ⊜	060A2	9094	liàng			
悛 ⊖	0609B	E3AA	quān			
㱈 ⊜	2C488	9931F738	què		礐	
害 ⊖	05BB3	BAA6	hài			
宽 ⊖	05BBD	BFED	kuān		寬	
宧 ⊜	05BA7	8C68	yí			
宸 ⊖	05BB8	E5B7	chén			
家 ⊖	05BB6	BCD2	jiā/ jia		傢	
			jiā		傢	
宵 ⊖	05BB5	CFFC	xiāo			
宴 ⊖	05BB4	D1E7	yàn			醼讌
宾 ⊖	05BBE	B1F6	bīn		賓	
[宽]	21A18	9537A836	yuān	冤		
窍 ⊖	07A8D	C7CF	qiào		竅	
窅 ⊖	07A85	B790	yǎo			
窄 ⊖	07A84	D5AD	zhǎi			
窊 ⊜	07A8A	B793	wā			

字头	编码		读音	规范字	繁体字	异体字
	ISO 10646	GB 18030				
容 ㊀	05BB9	C8DD	róng			
鸾 ㊂	07A8E	B796	diào			寫
窈 ㊀	07A88	F1BA	yǎo			
剜 ㊀	0525C	D8E0	wān			
宰 ㊀	05BB0	D4D7	zǎi			
案 ㊀	06848	B0B8	àn			
请 ㊀	08BF7	C7EB	qǐng			請
[寇]	2D075	9934AF31	kòu	寇		
朗 ㊀	06717	C0CA	lǎng			
诸 ㊀	08BF8	D6EE	zhū			諸
[冣]	051A3	83E2	zuì	最		
诹 ㊀	08BF9	DAC1	zōu			諏
诺 ㊀	08BFA	C5B5	nuò			諾
读 ㊀	08BFB	B6C1	dòu/dú			讀
廖 ㊂	06245	91FC	yí			
宸 ㊂	06246	91FD	yǐ			
冢 ㊀	051A2	DAA3	zhǒng			塚
诼 ㊀	08BFC	DAC2	zhuó			諑
扇 ㊀	06247	C9C8	shān/shàn			
诽 ㊀	08BFD	B7CC	fěi			誹

字头	编码		读音	规范字	繁体字	异体字
	ISO 10646	GB 18030				
袜 ㊀	0889C	CDE0	wà		襪	韈韤
祛 ㊁	088AA	D0A0	qū			
袒 ㊀	08892	CCBB	tǎn			襢
袖 ㊀	08896	D0E4	xiù			
[袟]	0889F	D097	zhì	帙		
袗 ㊁	08897	D090	zhěn			
袍 ㊀	0888D	C5DB	páo			
袢 ㊁	088A2	F1C8	pàn			
被 ㊀	088AB	B1BB	bèi			
袯 ㊁	088AF	D142	bó		襏	
祯 ㊁	0796F	ECF5	zhēn		禎	
祧 ㊁	07967	ECF6	tiāo			
祥 ㊀	07965	CFE9	xiáng			
课 ㊀	08BFE	BFCE	kè		課	
冥 ㊀	051A5	DAA4	míng			冥冥
诿 ㊁	08BFF	DAC3	wěi		諉	
谀 ㊁	08C00	DAC4	yú		諛	
隺 ㊁	096BA	EB61	hè			
谁 ㊀	08C01	CBAD	shéi/shuí		誰	
谂 ㊁	08C02	DAC5	shěn		諗	
调 ㊀	08C03	B5F7	diào/tiáo		調	

字头	编码		读音	规范字	繁体字	异体字
	ISO 10646	GB 18030				
冤 ⊖	051A4	D4A9	yuān			寃寃
谄 ⊖	08C04	DAC6	chǎn		諂	謟
谅 ⊖	08C05	C1C2	liàng		諒	
谆 ⊖	08C06	D7BB	zhūn		諄	
谇 ⊖	08C07	DAC7	suì		誶	
谈 ⊖	08C08	CCB8	tán		談	
谊 ⊖	08C0A	D2EA	yì		誼	
(書)	066F8	95F8	shū	书		
剥 ⊖	05265	B0FE	bāo/bō			
[帬]	05E2C	8EA0	qún	裙		
恳 ⊖	06073	BFD2	kěn		懇	
壄 ⊜	05832	88F4	jí			
展 ⊜	05C55	D5B9	zhǎn			
剧 ⊖	05267	BEE7	jù		劇	
屑 ⊖	05C51	D0BC	xiè			
(屓)	05C53	8CC8	xì	屃		
屐 ⊖	05C50	E5EC	jī			
屙 ⊖	05C59	E5ED	ē			
弱 ⊖	05F31	C8F5	ruò			
(陸)	09678	EA91	liù/lù	陆		
陵 ⊖	09675	C1EA	líng			

字头	编码		读音	规范字	繁体字	异体字
	ISO 10646	GB 18030				
陬 ⊖	0966C	DAEE	zōu			
(陳)	09673	EA90	chén		陈	
[娿]	05A3F	8AE3	ē	婀		
勐 ⊖	052D0	DBC2	měng			
奘 ⊖	05958	DECA	zàng/zhuǎng			
蛋 ⊖	0758D	AF44	dàn			
牂 ⊖	07242	A099	zāng			
(孫)	05B6B	8C4F	sūn		孙	
蚩 ⊖	086A9	F2BF	chī			
祟 ⊖	0795F	CBEE	suì			
陲 ⊖	09672	DAEF	chuí			
阣 ⊜	28E99	9830FD31	nì			
陴 ⊜	09674	DAF0	pí			
(陰)	09670	EA8E	yīn		阴	
陶 ⊖	09676	CCD5	táo			
陷 ⊖	09677	CFDD	xiàn			
陪 ⊖	0966A	C5E3	péi			
烝 ⊖	070DD	9F41	zhēng			
姬 ⊖	059EC	BCA7	jī			
娠 ⊖	05A20	C9EF	shēn			

字头	编码		读音	规范字	繁体字	异体字
	ISO 10646	GB 18030				
(娙)	05A19	8AC8	xíng	娙		
娱 ⊖	05A31	D3E9	yú			
娌 ⊖	05A0C	E6B2	lǐ			
娉 ⊖	05A09	E6B3	pīng			
娟 ⊖	05A1F	BEEA	juān			
娲 ⊖	05A32	E6B4	wā		媧	
[挐]	06310	929D	ná	拿		
恕 ⊖	06055	CBA1	shù			
娥 ⊖	05A25	B6F0	é			
娩 ⊖	05A29	C3E4	miǎn			
娴 ⊖	05A34	E6B5	xián		嫻	嫺
娣 ⊖	05A23	E6B7	dì			
娘 ⊖	05A18	C4EF	niáng			孃
娓 ⊖	05A13	E6B8	wěi			
娿 ⊖	05A40	E6B9	ē			婀
砮 ⊜	0782E	B365	nǔ			
娵 ⊜	036DA	8230B934	tǒng			
哿 ⊜	054FF	DBC1	gě			
[皰]	076B0	B092	pào	疱		
(脅)	08105	C37B	xié	胁		
畚 ⊖	0755A	DBCE	běn			

字头	编码		读音	规范字	繁体字	异体字
	ISO 10646	GB 18030				
[翄]	07FC4	C18B	chì	翅		
翀 ㊁	07FC0	C188	chōng			
翂 ㊁	07FC2	C189	fēn			
通 ㊀	0901A	CDA8	tōng/tòng			
能 ㊀	080FD	C4DC	néng			
[圅]	05705	87F6	hán	函		
难 ㊀	096BE	C4D1	nán/nàn		難	
逡 ㊀	09021	E5D2	qūn			
預 ㊀	09884	D4A4	yù		预	
(務)	052D9	84D5	wù	务		
桑 ㊀	06851	C9A3	sāng			桒
剟 ㊁	0525F	8484	duō			
绠 ㊀	07EE0	E7AE	gěng		綆	
骊 ㊀	09A8A	E6EA	lí		驪	
绡 ㊀	07EE1	E7AF	xiāo		綃	
骋 ㊀	09A8B	B3D2	chěng		騁	
绢 ㊀	07EE2	BEEE	juàn		絹	
绣 ㊀	07EE3	D0E5	xiù		綉	繡
骎 ㊂	2CCFF	9933D435	tú		騢	
绤 ㊂	2B128	98388138	chī		綌	

字头	编码		读音	规范字	繁体字	异体字
	ISO 10646	GB 18030				
验 ⊖	09A8C	D1E9	yàn		驗	騐
绤 ⊜	07EE4	C085	xì		綌	
绥 ⊖	07EE5	CBE7	suí		綏	
绦 ⊖	07EE6	CCD0	tāo		縧	絛縚
骍 ⊜	09A8D	F355	xīng		騂	
继 ⊖	07EE7	BCCC	jì		繼	
绨 ⊖	07EE8	E7B0	tì/tí		綈	
綄 ⊜	2C62B	9932A337	huán		綄	
骎 ⊖	09A8E	F356	qīn		駸	
骏 ⊖	09A8F	BFA5	jùn		駿	
(紜)	07D1C	BC8B	yún	纭		
(紘)	07D18	BC87	hóng	纮		
(純)	07D14	BC83	chún	纯		
(紕)	07D15	BC84	pī	纰		
(紗)	07D17	BC86	shā	纱		
(納)	07D0D	BC7B	nà	纳		
(紝)	07D1D	BC8C	rèn	纴		
(紛)	07D1B	BC8A	fēn	纷		
(紙)	07D19	BC88	zhǐ	纸		
(紋)	07D0B	BC79	wén	纹		
(紡)	07D21	BC8F	fǎng	纺		

字头	编码		读音	规范字	繁体字	异体字
	ISO 10646	GB 18030				
(統)	07D1E	BC8D	dǎn	纨		
(綅)	07D16	BC85	zhèn	纼		
(紐)	07D10	BC7E	niǔ	纽		
(紓)	07D13	BC82	shū	纾		
邕 ⊖	09095	E7DF	yōng			
鸶 ⊖	09E36	F0B8	sī		鷥	
十一画						
彗 ⊖	05F57	E5E7	huì			
耜 ⊖	0801C	F1EA	sì			
珞 ⊖	040AE	8232B830	lüè			
焘 ⊖	07118	ECE2	tāo		燾	
舂 ⊖	08202	F4A9	chōng			
琎 ⊖	0740E	AC51	jìn		璡	
球 ⊖	07403	C7F2	qiú			毬
珸 ⊜	073F8	AC40	wú			
琏 ⊖	0740F	E7F6	liǎn		璉	
琐 ⊖	07410	CBF6	suǒ		瑣	璅
珵 ⊜	073F5	AB9E	chéng			
(責)	08CAC	D89F	zé	责		
(現)	073FE	AC46	xiàn	现		
理 ⊖	07406	C0ED	lǐ			

217

字头	编码		读音	规范字	繁体字	异体字
	ISO 10646	GB 18030				
珥 ⊜	07404	AC4B	xuàn			
[珕]	0740D	AC50	lí	璃		
琇 ⊜	07407	AC4C	xiù			
珡 ⊜	07408	AC4D	fú			
琀 ⊜	07400	AC48	hán			
麸 ⊜	09EB8	F4EF	fū		麩	𥺃𪍰
琉 ⊖	07409	C1F0	liú			瑠瑠
琅 ⊖	07405	C0C5	láng			瑯
珺 ⊜	073FA	AC42	jùn			
(匭)	0532D	8551	guǐ	匦		
(規)	0898F	D28E	guī	规		
捧 ⊖	06367	C5F5	pěng			
捵 ⊜	063AD	DEDD	tiàn			
[掛]	0639B	92EC	guà	挂		
堵 ⊖	05835	B6C2	dǔ			
堎 ⊜	0580E	88D9	lèng			
(埡)	057E1	88BA	yā	垭		
揶 ⊜	063F6	DEDE	yé			
措 ⊖	063AA	B4EB	cuò			
描 ⊖	063CF	C3E8	miáo			
埴 ⊜	057F4	DBFA	zhí			

字头	编码		读音	规范字	繁体字	异体字
	ISO 10646	GB 18030				
域 ⊖	057DF	D3F2	yù			
垭 ⊜	05810	88DB	yá			
捺 ⊖	0637A	DEE0	nà			
埼 ⊜	057FC	88CE	qí			
掎 ⊜	0638E	DEE1	jǐ			
埯 ⊖	057EF	DBFB	ǎn			
掩 ⊖	063A9	D1DA	yǎn			
捷 ⊖	06377	BDDD	jié			捿
捯 ⊜	0636F	92D2	dáo			
排 ⊖	06392	C5C5	pái			
焉 ⊖	07109	D1C9	yān			
掉 ⊖	06389	B5F4	diào			
掳 ⊜	063B3	C2B0	lǔ		擄	
埫 ⊜	057EB	88C3	tǎng			
掴 ⊜	063B4	DEE2	guāi		摑	
(捫)	0636B	92D0	mén	扪		
埸 ⊖	057F8	DBFC	yì			
堌 ⊖	0580C	88D8	gù			
(堝)	0581D	88E5	guō	埚		
埵 ⊖	057F5	88CA	duǒ			
捶 ⊖	06376	B4B7	chuí			搥

字头	编码		读音	规范字	繁体字	异体字
	ISO 10646	GB 18030				
赦 ⊖	08D66	C9E2	shè			
赧 ⊖	08D67	F4F6	nǎn			
堆 ⊖	05806	B6D1	duī			
推 ⊖	063A8	CDC6	tuī			
(頂)	09802	ED94	dǐng	顶		
埤 ⊖	057E4	DBFD	pì			
捭 ⊖	0636D	DEE3	bǎi			
埠 ⊖	057E0	B2BA	bù			
晢 ⊜	06662	9586	zhé			
掀 ⊖	06380	CFC6	xiān			
(捨)	06368	92CE	shě	舍		
逵 ⊖	09035	E5D3	kuí			
(埨)	057E8	88C0	lǔn	埨		
(掄)	06384	92E0	lūn	抡		
[採]	063A1	92F1	cǎi	采		
授 ⊖	06388	CADA	shòu			
埝 ⊖	057DD	DBFE	niàn			
捻 ⊖	0637B	C4ED	niǎn			
堋 ⊖	0580B	DCA1	péng			
教 ⊖	06559	BDCC	jiāo/jiào			
堍 ⊖	0580D	DCA2	tù			

字头	编码		读音	规范字	繁体字	异体字
	ISO 10646	GB 18030				
搯 ⊖	0638F	CCCD	tāo			掐
[埳]	057F3	88C9	kǎn	坎		
掐 ⊖	06390	C6FE	qiā			
掬 ⊖	063AC	DEE4	jū			
鸷 ⊖	09E37	F0BA	zhì			鷙
掠 ⊖	063A0	C2D3	lüè			
掂 ⊖	06382	B5E0	diān			
掖 ⊖	06396	D2B4	yē/yè			
捽 ⊖	0637D	92DB	zuó			
培 ⊖	057F9	C5E0	péi			
掊 ⊖	0638A	DEE5	póu/pǒu			
接 ⊖	063A5	BDD3	jiē			
堉 ⊖	05809	88D6	yù			
(埶)	057F7	88CC	zhí	执		
掷 ⊖	063B7	D6C0	zhì			擲
(捲)	06372	92D4	juǎn	卷		
[掽]	063BD	92FC	pèng	碰		
墠 ⊜	2BB83	99308E39	shàn			墡
掸 ⊖	063B8	B5A7	dǎn			撣
掞 ⊖	0639E	92EF	yàn/shàn			
崆 ⊖	057EA	88C2	kōng			

字头	编码		读音	规范字	繁体字	异体字
	ISO 10646	GB 18030				
控 ⊖	063A7	BFD8	kòng			
壸 ⊜	058F8	89D7	kǔn		壸	
捩 ⊖	06369	DEE6	liè			
捐 ⊖	063AE	DEE7	qián			
探 ⊖	063A2	CCBD	tàn			
(殻)	06BBB	9AA3	ké/qiào	壳		
悫 ⊖	060AB	EDA8	què		愨	
埭 ⊖	057ED	DCA4	dài			
埽 ⊖	057FD	DCA3	sào			
(掃)	06383	92DF	sǎo/sào	扫		
据 ⊖	0636E	BEDD	jū		据	
			jù		據	擄
掘 ⊖	06398	BEF2	jué			
[捼]	22BA5	9630EF39	cāo	操		
掺 ⊖	063BA	B2F4	chān		掺	
埵 ⊜	0364D	8230AB33	duō			
掇 ⊜	06387	B6DE	duō			
(堊)	0580A	88D7	è		垩	
掼 ⊖	063BC	DEE8	guàn		摜	
职 ⊖	0804C	D6B0	zhí		職	
聃 ⊖	08043	F1F5	dān			

字头	编码		读音	规范字	繁体字	异体字
	ISO 10646	GB 18030				
基 ⊖	057FA	BBF9	jī			
聆 ⊖	08046	F1F6	líng			
勘 ⊖	052D8	BFB1	kān			
聊 ⊖	0804A	C1C4	liáo			
聍 ⊜	0804D	F1F7	níng		聹	
娶 ⊖	05A36	C8A2	qǔ			
菁 ⊖	083C1	DDBC	jīng			
(萇)	08407	C84F	cháng	苌		
菝 ⊜	083DD	DDC3	bá			
著 ⊖	08457	D6F8	zhù			
菱 ⊖	083F1	C1E2	líng			蔆
萚 ⊜	0841A	C85B	tuò		蘀	
萁 ⊖	08401	DDBD	qí			
菥 ⊜	083E5	DDBE	xī			
(萊)	0840A	C852	lái	莱		
菘 ⊖	083D8	DDBF	sōng			
菫 ⊖	05807	DDC0	jǐn			
勒 ⊖	052D2	C0D5	lè/lēi			
黄 ⊖	09EC4	BBC6	huáng			
莿 ⊜	083BF	C784	cì			
(蒬)	044E3	8233A531	liǎng	蒭		

字头	编码		读音	规范字	繁体字	异体字
	ISO 10646	GB 18030				
萘 ⊖	08418	DDC1	nài			
蔳 ⊜	044EB	8233A539	qí			
[菴]	083F4	C843	ān	庵		
萋 ⊖	0840B	DDC2	qī			
勚 ⊜	052DA	84D6	yì		勩	
菲 ⊖	083F2	B7C6	fēi/fěi			
菽 ⊖	083FD	DDC4	shū			
萚 ⊜	044EC	8233A630	zhuó			
[菓]	083D3	C791	guǒ	果		
菖 ⊖	083D6	DDC5	chāng			
萌 ⊖	0840C	C3C8	méng			
萜 ⊖	0841C	DDC6	tiē			
萝 ⊖	0841D	C2DC	luó		蘿	
菌 ⊖	083CC	BEFA	jūn/jùn			
(萵)	08435	C86E	wō	莴		
萎 ⊖	0840E	CEAE	wěi			
萸 ⊖	08438	DDC7	yú			
萑 ⊖	08411	DDC8	huán			
萆 ⊜	08406	DDC9	bì			
菂 ⊜	083C2	C785	dì			
[劄]	05273	8491	zhá	札		

字头	编码		读音	规范字	繁体字	异体字
	ISO 10646	GB 18030				
菜 ⊖	083DC	B2CB	cài			
荙 ⊜	083CD	C78C	niè			
棻 ⊖	068FB	97B1	fēn			
菔 ⊖	083D4	DDCA	fú			
菟 ⊖	083DF	DDCB	tù			
萄 ⊖	08404	CCD1	táo			
萏 ⊖	0840F	DDCC	dàn			
菊 ⊖	083CA	BED5	jú			
萃 ⊖	08403	DDCD	cuì			
菩 ⊖	083E9	C6D0	pú			
[菸]	083F8	DDCE	yān	烟		
菼 ⊜	083FC	C849	tǎn			
菏 ⊖	083CF	BACA	hé			
萍 ⊖	0840D	C6BC	píng			
萢 ⊖	083F9	DDCF	zū/jù			
菠 ⊖	083E0	B2A4	bō			
萣 ⊜	08423	C862	dìng			
菪 ⊖	083EA	DDD0	dàng			
菅 ⊜	083C5	DDD1	jiān			
菀 ⊖	083C0	DDD2	wǎn			
萤 ⊖	08424	D3A9	yíng		螢	

字头	编码		读音	规范字	繁体字	异体字
	ISO 10646	GB 18030				
营 ㊀	08425	D3AA	yíng		營	
莹 ㊁	044E8	8233A536	yīng		罃	
萦 ㊀	08426	DDD3	yíng		縈	
乾 ㊀	04E7E	C7AC	qián			
(乾①)	04E7E	C7AC	gān	干		
萧 ㊀	08427	CFF4	xiāo			蕭
菉 ㊁	083C9	C78A	lù			
[菉②]	083C9	C78A	lǜ	绿		
莔 ㊁	044DB	8233A433	qū			
菰 ㊀	083F0	DDD4	gū			
菡 ㊀	083E1	DDD5	hàn			
萨 ㊀	08428	C8F8	sà			薩
菇 ㊀	083C7	B9BD	gū			
[菑]	083D1	C78F	zāi	灾		
梼 ㊂	068BC	9783	táo			檮
械 ㊀	068B0	D0B5	xiè			
梽 ㊂	068BD	9784	zhì			
[埜]	057DC	88B8	yě	野		
彬 ㊀	05F6C	B1F2	bīn			

①乾：读qián时不简化作"干"，如"乾坤""乾隆"。

②菉：可用于姓氏人名、地名。

字头	编码		读音	规范字	繁体字	异体字
	ISO 10646	GB 18030				
梦 ㊀	068A6	C3CE	mèng		夢	
梵 ㊀	068B5	E8F3	fàn			
婪 ㊀	05A6A	C0B7	lán			惏
桲 ㊁	06872	974B	bó/po			
梗 ㊀	06897	B9A3	gěng			
梧 ㊀	068A7	CEE0	wú			
[栁]	0687A	9750	liǔ	柳		
[桮]	0686E	9747	bēi	杯		
(梜)	0689C	976B	jiā	梜		
梾 ㊂	068BE	9785	lái		梾	
梿 ㊀	068BF	9786	lián		槤	
梢 ㊀	068A2	C9D2	shāo			
[桿]	0687F	9755	gǎn	杆		
桯 ㊂	0686F	9748	tīng			
(梘)	06898	9767	jiǎn	枧		
梣 ㊂	068A3	9771	chén/qín			
梏 ㊀	0688F	E8F4	gù			
梅 ㊀	06885	C3B7	méi			楳槑
[栀]	06894	9764	zhī	栀		
梌 ㊂	0688C	975E	tú			
觋 ㊀	089CB	EAEA	xí		覡	

字头	编码		读音	规范字	繁体字	异体字
	ISO 10646	GB 18030				
检 ⊖	068C0	BCEC	jiǎn		檢	
(麥)	09EA5	FB9C	mài	麦		
桴 ⊖	06874	E8F5	fú			
桷 ⊖	06877	E8F6	jué			
梓 ⊖	06893	E8F7	zǐ			
梳 ⊖	068B3	CAE1	shu			
梲 ⊖	068C1	9787	zhuō			
梯 ⊖	068AF	CCDD	tī			
桫 ⊖	0686B	E8F8	suō			
桹 ⊖	06879	974F	láng			
棂 ⊖	068C2	E8F9	líng		欞	
桶 ⊖	06876	CDB0	tǒng			
梭 ⊖	068AD	CBF3	suō			
[紮]	07D2E	BC99	zhā	扎		
救 ⊖	06551	BEC8	jiù			捄
啬 ⊖	0556C	D8C4	sè		嗇	
(軛)	08EDB	DC97	è	轭		
(斬)	065AC	94D8	zhǎn	斩		
(軝)	08EDD	DC99	qí	轵		
(軟)	08EDF	DC9B	ruǎn	软		
(專)	05C08	8CA3	zhuān	专		

字头	编码		读音	规范字	繁体字	异体字
	ISO 10646	GB 18030				
郾 ⊖	090FE	DBB1	yǎn			
匮 ⊖	0532E	D8D1	kuì		匱	
曹 ⊖	066F9	B2DC	cáo			
敕 ⊖	06555	EBB7	chì			勅勑
副 ⊖	0526F	B8B1	fù			
(區)	05340	855E	ōu/qū	区		
敔 ⊖	06554	94A0	yǔ			
(堅)	05805	88D4	jiān	坚		
豉 ⊖	08C49	F4F9	chǐ			
票 ⊖	07968	C6B1	piào			
鄄 ⊖	09104	DBB2	juàn			
酝 ⊖	0915D	D4CD	yùn		醖	
酞 ⊖	0915E	CCAA	tài			
酗 ⊖	09157	D0EF	xù			
酚 ⊖	0915A	B7D3	fēn			
[酖]	09156	E147	zhèn	鸩		
[脣]	08123	C38B	chún	唇		
厢 ⊖	053A2	CFE1	xiāng			廂
厣 ⊜	053A3	D8C9	yǎn		厴	
戚 ⊖	0621A	C6DD	qī			慽慼
(帶)	05E36	8EA7	dài	带		

229

字头	编码		读音	规范字	繁体字	异体字
	ISO 10646	GB 18030				
[覔]	08994	D293	mì	觅		
戛 ⊖	0621B	EAA9	gā			
			jiá			戞
硎 ⊖	0784E	EDCA	xíng			
(厠)	053A0	858B	cè	厕		
硅 ⊖	07845	B9E8	guī			
硔 ⊜	07854	B37B	gǒng			
硭 ⊜	0786D	EDCB	máng			
硒 ⊖	07852	CEF8	xī			
硕 ⊖	07855	CBB6	shuò		碩	
硎 ⊜	09FCE	82359333	dá/tǎ		礚	
硖 ⊜	07856	EDCC	xiá		硤	
硗 ⊜	07857	EDCD	qiāo		磽	
硐 ⊖	07850	EDCF	dòng			
硙 ⊜	07859	B37D	wèi/wéi		磑	
(硃)	07843	B370	zhū	朱		
硚 ⊜	0785A	B37E	qiáo		礄	
硇 ⊖	07847	EDD0	náo			
硊 ⊜	0784A	B375	huì			
硌 ⊖	0784C	EDD1	gè			
硍 ⊜	0784D	B377	yín			

字头	编码		读音	规范字	繁体字	异体字
	ISO 10646	GB 18030				
勔 ⊜	052D4	84D2	miǎn			
鸸 ⊜	09E38	F0B9	ér			䳓
瓠 ⊜	074E0	F0AD	hù			
匏 ⊜	0530F	DECB	páo			
[逩]	09029	DF47	bèn	奔		
奢 ⊜	05962	C9DD	shē			
盔 ⊜	076D4	BFF8	kuī			
爽 ⊜	0723D	CBAC	shuǎng			
厩 ⊜	053A9	BEC7	jiù			廏廄
聋 ⊜	0804B	C1FB	lóng		聾	
龚 ⊜	09F9A	B9A8	gōng		龔	
袭 ⊜	088AD	CFAE	xí		襲	
䴕 ⊜	04D15	FE9A	liè		鴷	
殒 ⊜	06B92	E9E6	yǔn		殞	
殓 ⊜	06B93	E9E7	liàn		殮	
殍 ⊜	06B8D	E9E8	piǎo			
盛 ⊜	076DB	CAA2	chéng/ shèng			
赉 ⊜	08D49	EAE3	lài		賚	
匾 ⊜	0533E	D8D2	biǎn			
雩 ⊜	096E9	F6A7	yú			

字头	编码		读音	规范字	繁体字	异体字
	ISO 10646	GB 18030				
雪 ⊖	096EA	D1A9	xuě			
(顷)	09803	ED95	qǐng	顷		
辄 ⊖	08F84	E9FC	zhé		輒	輙
辅 ⊖	08F85	B8A8	fǔ		輔	
辆 ⊖	08F86	C1BE	liàng		輛	
堑 ⊖	05811	C7B5	qiàn		塹	
龁 ⊖	09F81	FD86	hé		齕	
[砦]	07826	EDCE	zhài	寨		
[眥]	07725	B17B	zì	眦		
逴 ⊜	09034	DF4F	chuō			
(卤)	09E75	FB75	lǔ	卤		
颅 ⊖	09885	C2AD	lú		顱	
虚 ⊖	0865A	D0E9	xū			
[虖]	08656	CC8F	hū	呼		
彪 ⊖	05F6A	B1EB	biāo			
(處)	08655	CC8E	chǔ/chù	处		
雀 ⊖	096C0	C8B8	què			
堂 ⊖	05802	CCC3	táng			
常 ⊖	05E38	B3A3	cháng			
眶 ⊖	07736	BFF4	kuàng			
眭 ⊜	0772D	EDF5	suī			

字头	编码		读音	规范字	繁体字	异体字
	ISO 10646	GB 18030				
唪 ⊜	0552A	DFF4	fěng			
眦 ⊜	07726	EDF6	zì			眥
啧 ⊜	05567	DFF5	zé		嘖	
匙 ⊜	05319	B3D7	chí/shi			
晡 ⊜	06661	EACE	bū			
晤 ⊜	06664	CEEE	wù			
晨 ⊜	06668	B3BF	chén			
眺 ⊜	0773A	CCF7	tiào			覜
(敗)	06557	94A1	bài	败		
(販)	08CA9	D89C	fàn	贩		
(貶)	08CB6	D948	biǎn	贬		
眵 ⊜	07735	EDF7	chī			
睁 ⊜	07741	D5F6	zhēng			
眯 ⊜	0772F	C3D0	mī/mí			瞇
眼 ⊜	0773C	D1DB	yǎn			
眸 ⊜	07738	EDF8	móu			
悬 ⊜	060AC	D0FC	xuán		懸	
野 ⊜	091CE	D2B0	yě			埜壄
圊 ⊜	0570A	E0F5	qīng			
啫 ⊜	0556B	86A8	zhě			
啪 ⊜	0556A	C5BE	pā			

字头	编码		读音	规范字	繁体字	异体字
	ISO 10646	GB 18030				
啦 ⊖	05566	C0B2	lā/la			
(啞)	0555E	86A1	yǎ	哑		
喏 ⊖	0558F	DFF6	nuò/rě			
喵 ⊖	055B5	DFF7	miāo			
啉 ⊖	05549	DFF8	lín			
(閆)	09586	E95A	yán	闫		
(閉)	09589	E95D	bì	闭		
(晛)	0665B	9581	xiàn	晛		
勖 ⊖	052D6	DBC3	xù			勗
[勗]	052D7	84D4	xù	勖		
(問)	0554F	8696	wèn	问		
(婁)	05A41	8AE4	lóu	娄		
曼 ⊖	066FC	C2FC	màn			
啁 ⊜	07FC8	C18E	xiá			
晦 ⊖	06666	BBDE	huì			
晞 ⊖	0665E	9584	xī			
唵 ⊖	05535	8686	ǎn			
晗 ⊖	06657	EACF	hán			
冕 ⊖	05195	C3E1	miǎn			
晚 ⊖	0665A	CDED	wǎn			
啄 ⊖	05544	D7C4	zhuó			

字头	编码		读音	规范字	繁体字	异体字
	ISO 10646	GB 18030				
睙 ⊜	03AF0	8231A334	làng			
[喋]	05551	8697	dié	喋		
啭 ⊜	0556D	DFF9	zhuàn		囀	
晙 ⊜	06659	9580	jùn			
啡 ⊜	05561	B7C8	fēi			
畦 ⊜	07566	C6E8	qí			
畤 ⊜	07564	AE87	zhì			
[異]	07570	AE90	yì	异		
頔 ⊜	2CC56	9933C336	dí		頔	
跘 ⊜	08DBC	F5C2	jiǎn			
趺 ⊜	08DBA	F5C3	fū			
跂 ⊜	08DC2	DA96	qí/qǐ			
距 ⊜	08DDD	BEE0	jù			
趾 ⊜	08DBE	D6BA	zhǐ			
啃 ⊜	05543	BFD0	kěn			
跃 ⊜	08DC3	D4BE	yuè		躍	
啮 ⊜	0556E	C4F6	niè		嚙	齧嚙
跄 ⊜	08DC4	F5C4	qiàng		蹌	
略 ⊜	07565	C2D4	lüè			畧
[畧]	07567	AE88	lüè	略		
蚶 ⊜	086B6	F2C0	hān			

字头	编码		读音	规范字	繁体字	异体字
	ISO 10646	GB 18030				
蛄 ㊀	086C4	F2C1	gū/gǔ			
蛃 ㊁	086C3	CD73	bǐng			
蛎 ㊀	086CE	F2C3	lì		蠣	
蛢 ㊁	086B2	CD67	píng			
蛛 ㊁	2C7FD	9932D233	dōng		蝀	
蛆 ㊀	086C6	C7F9	qū			
蚰 ㊀	086B0	F2C4	yóu			
蚺 ㊀	086BA	F2C5	rán			
蛊 ㊀	086CA	B9C6	gǔ		蠱	
圄 ㊀	05709	E0F6	yǔ			
蚱 ㊀	086B1	F2C6	zhà			
蚯 ㊀	086AF	F2C7	qiū			
蛉 ㊀	086C9	F2C8	líng			
蛀 ㊀	086C0	D6FB	zhù			
蛇 ㊀	086C7	C9DF	shé			虵
蛏 ㊀	086CF	F2C9	chēng		蟶	
蚴 ㊀	086B4	F2CA	yòu			
唬 ㊀	0552C	BBA3	hǔ			
累 ㊀	07D2F	C0DB	lěi/lèi			絫
			léi/lèi			纍
鄂 ㊀	09102	B6F5	è			

字头	编码		读音	规范字	繁体字	异体字
	ISO 10646	GB 18030				
唱 ㊀	05531	B3AA	chàng			
(國)	0570B	87F8	guó	国		
患 ㊀	060A3	BBBC	huàn			
[畱]	03F5E	82329635	liú	留		
啰 ㊀	05570	86AA	luō			囉
唾 ㊀	0553E	CDD9	tuò			
唯 ㊀	0552F	CEA8	wéi			
啤 ㊀	05564	C6A1	pí			
啥 ㊀	05565	C9B6	shá			
[唫]	0552B	8682	yín	吟		
[唸]	05538	8688	niàn	念		
啁 ㊀	05541	DFFA	zhāo/zhōu			
啕 ㊀	05555	DFFB	táo			
[啗]	05557	869B	dàn	啖		
唿 ㊀	0553F	DFFC	hū			
[喒]	20D30	9534D832	zán	咱		
啐 ㊀	05550	DFFD	cuì			
唼 ㊀	0553C	DFFE	shà			
唷 ㊀	05537	E0A1	yō			
啴 ㊀	05574	86AE	chǎn			嘽

字头	编码		读音	规范字	繁体字	异体字
	ISO 10646	GB 18030				
啖 ⊖	05556	E0A2	dàn			啗噉
啵 ⊖	05575	E0A3	bo			
啶 ⊖	05576	E0A4	dìng			
啷 ⊖	05577	E0A5	lāng			
唳 ⊖	05533	E0A6	lì			
啸 ⊖	05578	D0A5	xiào		嘯	
唰 ⊖	05530	E0A7	shuā			
啜 ⊖	0555C	E0A8	chuài/ chuò			
帻 ⊖	05E3B	E0FD	zé		幘	
翈 ⊖	04383	82338233	rǎn			
(帳)	05E33	8EA4	zhàng	帐		
崚 ⊖	05D1A	8D92	léng			
(崍)	05D0D	8D88	lái	崃		
崧 ⊖	05D27	E1C2	sōng			
(崬)	05D2C	8D9E	dōng	崠		
崖 ⊖	05D16	D1C2	yá			
崎 ⊖	05D0E	C6E9	qí			
崦 ⊖	05D26	E1C3	yān			
崭 ⊖	05D2D	D5B8	zhǎn		嶄	嶃
[眾]	0773E	B18A	zhòng	众		

字头	编码		读音	规范字	繁体字	异体字
	ISO 10646	GB 18030				
逻 ⊖	0903B	C2DF	luó		邏	
[崐]	05D10	8D8A	kūn	昆		
[崑]	05D11	8D8B	kūn	昆		
帼 ⊖	05E3C	E0FE	guó		幗	
[帽]	0384C	8230DE34	mào	帽		
崮 ⊖	05D2E	E1C4	gù			
(崗)	05D17	8D8F	gǎng	岗		
崔 ⊖	05D14	B4DE	cuī			
帷 ⊖	05E37	E1A1	wéi			
崟 ⊜	05D1F	8D95	yín			
[崘]	05D18	8D90	lún	仑		
[崙]	05D19	8D91	lún	仑		
崤 ⊖	05D24	E1C5	xiáo			
崩 ⊖	05D29	B1C0	bēng			
崞 ⊖	05D1E	E1C6	guō			
崒 ⊜	05D12	8D8C	zú			
崇 ⊖	05D07	B3E7	chóng			
崆 ⊖	05D06	E1C7	kōng			
崛 ⊜	05D0C	8D87	jū			
崛 ⊜	05D1B	E1C8	jué			
崦 ⊜	05D21	8D97	hán			

字头	编码		读音	规范字	繁体字	异体字
	ISO 10646	GB 18030				
赇 ⊜	08D47	EAE4	qiú		賕	
(圇)	05707	87F7	lún	囵		
赈 ⊜	08D48	EAE2	zhèn		賑	
婴 ⊜	05A74	D3A4	yīng		嬰	
赊 ⊜	08D4A	C9DE	shē		賒	
圈 ⊜	05708	C8A6	quān			
(過)	0904E	DF5E	guō/guò	过		
铏 ⊜	094CF	E899	xíng		鉶	
銈 ⊜	2B4EF	9838E235	jī		銈	
铐 ⊜	094D0	EEED	kào		銬	
铑 ⊜	094D1	EEEE	lǎo		銠	
铒 ⊜	094D2	EEEF	ěr		鉺	
鍠 ⊜	2B7F9	9839B233	hóng		鍠	
铕 ⊜	094D5	EEF0	yǒu		銪	
鐽 ⊜	2B7FC	9839B236	dá		鐽	
铖 ⊜	094D6	EEF1	chéng		鋮	
铗 ⊜	094D7	EEF2	jiá		鋏	
铘 ⊜	094D8	EEF4	yé		鋣	
铙 ⊜	094D9	EEF3	náo		鐃	
铚 ⊜	094DA	E89C	zhì		銍	
铛 ⊜	094DB	EEF5	chēng/dāng		鐺	

字头	编码		读音	规范字	繁体字	异体字
	ISO 10646	GB 18030				
铝 ㊀	094DD	C2C1	lǚ		鋁	
铜 ㊀	094DC	CDAD	tóng		銅	
铞 ㊁	094DE	EEF6	diào		錭	
铟 ㊀	094DF	EEF7	yīn		銦	
铠 ㊀	094E0	EEF8	kǎi		鎧	
铡 ㊀	094E1	D5A1	zhá		鍘	
铢 ㊀	094E2	EEF9	zhū		銖	
铣 ㊀	094E3	CFB3	xǐ		銑	
铥 ㊁	094E5	EEFB	diū		銩	
铤 ㊀	094E4	EEFA	tǐng		鋌	
铧 ㊀	094E7	EEFC	huá		鏵	
铨 ㊀	094E8	EEFD	quán		銓	
铩 ㊀	094E9	EFA1	shā		鎩	
铪 ㊀	094EA	EEFE	hā		鉿	
铫 ㊀	094EB	EFA2	diào/yáo		銚	
铭 ㊀	094ED	C3FA	míng		銘	
铬 ㊀	094EC	B8F5	gè		鉻	
铮 ㊀	094EE	EFA3	zhēng		錚	
铯 ㊀	094EF	EFA4	sè		銫	
铰 ㊀	094F0	BDC2	jiǎo		鉸	
铱 ㊀	094F1	D2BF	yī		銥	

字头	编码		读音	规范字	繁体字	异体字
	ISO 10646	GB 18030				
铲 ⊖	094F2	B2F9	chǎn		鏟	剷
铳 ⊖	094F3	EFA5	chòng		銃	
铴 ⊜	094F4	EFA6	tāng		鍚	
铵 ⊖	094F5	EFA7	ǎn		銨	
银 ⊖	094F6	D2F8	yín		銀	
铷 ⊖	094F7	EFA8	rú		銣	
[铻]	0554E	8695	wǔ	忤		
[缽]	07F3D	C08F	bō	钵		
矫 ⊖	077EB	BDC3	jiáo/jiǎo		矯	
氪 ⊖	06C2A	EBB4	kè			
[毬]	06BEC	9AC2	qiú	球		
(氢)	06C2B	9AE4	qīng	氢		
牾 ⊖	0727E	EAF5	wǔ			
牻 ⊖	0727B	A0BD	máng			
牿 ⊖	0727F	EAF6	gù			
[觕]	089D5	D363	cū	粗		
甜 ⊖	0751C	CCF0	tián			
鸹 ⊖	09E39	F0BB	guā		鴰	
秸 ⊖	079F8	BDD5	jiē			稭
梨 ⊖	068A8	C0E6	lí			棃
犁 ⊖	07281	C0E7	lí			犂

字头	编码		读音	规范字	繁体字	异体字
	ISO 10646	GB 18030				
稆 ⊜	07A06	EFF9	lǚ			
穢 ⊖	079FD	BBE0	huì		穢	
移 ⊖	079FB	D2C6	yí			迻
秾 ⊖	079FE	B68C	nóng		穠	
逶 ⊖	09036	E5D4	wēi			
(動) ⊖	052D5	84D3	dòng	动		
笺 ⊖	07B3A	BCE3	jiān		箋	牋椾
筇 ⊖	07B47	F3CC	qióng			
笨 ⊖	07B28	B1BF	bèn			
笸 ⊖	07B38	F3CD	pǒ			
笼 ⊖	07B3C	C1FD	lóng/lǒng		籠	
笪 ⊖	07B2A	F3CE	dá			
笛 ⊖	07B1B	B5D1	dí			
笙 ⊖	07B19	F3CF	shēng			
笮 ⊖	07B2E	F3D0	zé/zuó			
符 ⊖	07B26	B7FB	fú			
笱 ⊖	07B31	F3D1	gǒu			
笠 ⊖	07B20	F3D2	lì			
笥 ⊖	07B25	F3D3	sì			
第 ⊖	07B2C	B5DA	dì			
笯 ⊜	07B2F	B940	nú			

字头	编码		读音	规范字	繁体字	异体字
	ISO 10646	GB 18030				
笤 ⊖	07B24	F3D4	tiáo			
笳 ⊖	07B33	F3D5	jiā			
笾 ⊖	07B3E	F3D6	biān		籩	
笞 ⊖	07B1E	F3D7	chī			
敏 ⊖	0654F	C3F4	mǐn			
偰 ⊜	05070	82C4	xiè			
偾 ⊖	0507E	D9C7	fèn		僨	
偡 ⊜	05061	82B7	zhàn			
做 ⊖	0505A	D7F6	zuò			
鸺 ⊜	09E3A	F0BC	xiū		鵂	
偃 ⊖	05043	D9C8	yǎn			
[偪]	0506A	82BF	bī	逼		
偭 ⊜	0506D	82C1	miǎn			
偕 ⊖	05055	D9C9	xié			
袋 ⊖	0888B	B4FC	dài			
(偵)	05075	82C9	zhēn	侦		
悠 ⊖	060A0	D3C6	yōu			
偿 ⊖	0507F	B3A5	cháng		償	
(側)	05074	82C8	cè	侧		
偶 ⊖	05076	C5BC	ǒu			
偈 ⊜	05048	D9CA	jì			

字头	编码		读音	规范字	繁体字	异体字
	ISO 10646	GB 18030				
偎 ㊀	0504E	D9CB	wēi			
偲 ㊂	05072	82C6	cāi/sī			
[偘]	05058	82B0	kǎn	侃		
傀 ㊁	05080	BFFE	kuǐ			
偷 ㊀	05077	CDB5	tōu			媮
偁 ㊂	05041	82A0	chēng			
您 ㊀	060A8	C4FA	nín			
(貨)	08CA8	D89B	huò	货		
偬 ㊁	0506C	D9CC	zǒng			傯
[偺]	0507A	82CC	zán	咱		
售 ㊀	0552E	CADB	shòu			
(進)	09032	DF4D	jìn	进		
停 ㊀	0505C	CDA3	tíng			
偻 ㊁	0507B	D9CD	lóu/lǚ		僂	
偏 ㊀	0504F	C6AB	piān			
躯 ㊀	08EAF	C7FB	qū		軀	
[躭]	08EAD	DC6C	dān	耽		
(梟)	0689F	976E	xiāo	枭		
(鳥)	09CE5	F842	niǎo	鸟		
晄 ㊂	03FE0	8232A335	huàng			
皑 ㊁	07691	B0A8	ái		皚	

字头	编码		读音	规范字	繁体字	异体字
	ISO 10646	GB 18030				
兜 ⊖	0515C	B6B5	dōu			兠
[皋]	07690	B077	gāo	皐		
皎 ⊖	0768E	F0A8	jiǎo			
假 ⊖	05047	BCD9	jiǎ			叚
			jià			
鄅 ⊜	09105	E068	yǔ			
偓 ⊜	05053	82AC	wò			
(偉)	05049	82A5	wěi	伟		
衅 ⊖	08845	D0C6	xìn		釁	
[䘈]	04611	8233C333	mài	脉		
[恖]	060A4	9095	cōng	匆		
鸻 ⊖	09E3B	FB61	héng		鴴	
(徠)	05FA0	8FC6	lái	徕		
(術)	08853	D067	shù	术		
徛 ⊜	05F9B	8FC2	jì			
徘 ⊖	05F98	C5C7	pái			
徙 ⊖	05F99	E1E3	xǐ			
徜 ⊜	05F9C	E1E4	cháng			
得 ⊖	05F97	B5C3	dé/de			
衔 ⊖	08854	CFCE	xián		銜	啣衘
(從)	05F9E	8FC4	cóng	从		

字头	编码		读音	规范字	繁体字	异体字
	ISO 10646	GB 18030				
衔 ⑤	08852	D066	xuàn			
舸 ⑤	08238	F4B4	gě			
舻 ⑤	0823B	F4B5	lú		艫	
舳 ⑤	08233	F4B6	zhú			
盘 ⊖	076D8	C5CC	pán		盤	
舴 ⑤	08234	F4B7	zé			
舶 ⊖	08236	B2B0	bó			
舲 ⑤	08232	C57A	líng			
船 ⊖	08239	B4AC	chuán			舩
鸼 ⑤	09E3C	FB62	zhōu		鵃	
舷 ⊖	08237	CFCF	xián			
舵 ⊖	08235	B6E6	duò			
[敍]	0654D	949B	xù	叙		
[敘]	06558	94A2	xù	叙		
斜 ⊖	0659C	D0B1	xié			
念 ⑤	06086	9083	yù			
[釬]	091EC	E246	hàn	焊		
(釷)	091F7	E251	tǔ	钍		
(釴)	091F4	E24E	yì	钛		
[釦]	091E6	E240	kòu	扣		
(釺)	091FA	E254	qiān	钎		

字头	编码		读音	规范字	繁体字	异体字
	ISO 10646	GB 18030				
(釧)	091E7	E241	chuàn	钏		
(釤)	091E4	E19F	shān/ shàn	钐		
(釣)	091E3	E19E	diào	钓		
(釩)	091E9	E243	fán	钒		
(釹)	091F9	E253	nǚ	钕		
(釵)	091F5	E24F	chāi	钗		
鄃	09103	E067	shū			
龛	09F9B	EDE8	kān		龕	
盒	076D2	BAD0	hé			
鸽	09E3D	B8EB	gē		鴿	
瓶	074FB	AE45	chī			
敛	0655B	C1B2	liǎn		斂	歛
悉	06089	CFA4	xī			
欲	06B32	D3FB	yù			慾
彩	05F69	B2CA	cǎi			綵
(覓)	08993	D292	mì	觅		
貙	04759	8233E337	chū		貙	
(貪)	08CAA	D89D	tān	贪		
领	09886	C1EC	lǐng		領	
翎	07FCE	F4E1	líng			

字头	编码		读音	规范字	繁体字	异体字
	ISO 10646	GB 18030				
(貧)	08CA7	D89A	pín	贫		
脚 ⊖	0811A	BDC5	jiǎo			腳
脖 ⊖	08116	B2B1	bó			頚
脯 ⊖	0812F	B8AC	fǔ/pú			
豚 ⊖	08C5A	EBE0	tún			
(脛)	0811B	C384	jìng	胫		
脶 ⊜	08136	EBE1	luó			腡
脸 ⊖	08138	C1B3	liǎn			臉
脞 ⊜	0811E	EBE2	cuǒ			
脟 ⊜	0811F	C387	liè			
脬 ⊖	0812C	EBE3	pāo			
[脗]	08117	C382	wěn	吻		
脱 ⊖	08131	CDD1	tuō			
䏲 ⊜	043F2	82338D31	tī			
脘 ⊖	08118	EBE4	wǎn			
脲 ⊖	08132	EBE5	niào			
[彫]	05F6B	8FAC	diāo	雕		
[週]	09031	DF4C	zhōu	周		
匐 ⊜	05310	D9EB	fú			
鱾 ⊜	09C7E	F782	jǐ		魢	
(魚)	09B5A	F47E	yú	鱼		

字头	编码		读音	规范字	繁体字	异体字
	ISO 10646	GB 18030				
象 ⊖	08C61	CFF3	xiàng			
够 ⊖	0591F	B9BB	gòu			夠
逸 ⊖	09038	D2DD	yì			
猜 ⊖	0731C	B2C2	cāi			
[欵]	06B35	9A45	kuǎn	款		
猪 ⊖	0732A	D6ED	zhū			豬
猎 ⊖	0730E	C1D4	liè		獵	
猫 ⊖	0732B	C3A8	māo			貓
猗 ⊜	07317	E2A2	yī			
猇 ⊜	07307	AA56	xiāo			
凰 ⊖	051F0	BBCB	huáng			
猖 ⊖	07316	B2FE	chāng			
猡 ⊖	07321	E2A4	luó		玀	
猊 ⊜	0730A	E2A5	ní			
猞 ⊜	0731E	E2A6	shē			
猄 ⊜	07304	AA53	jīng			
猝 ⊜	0731D	E2A7	cù			
斛 ⊖	0659B	F5FA	hú			
觖 ⊜	089D6	F5FB	jué			
猕 ⊜	07315	E2A8	mí		獼	
猛 ⊖	0731B	C3CD	měng			

字头	编码		读音	规范字	繁体字	异体字
	ISO 10646	GB 18030				
馗 ⊖	09997	D8B8	kuí			
[夠]	05920	89F2	gòu	够		
祭 ⊖	0796D	BCC0	jì/zhài			
馃 ⊖	09983	F09F	guǒ		餜	
馄 ⊖	09984	E2C6	hún		餛	
馅 ⊖	09985	CFDA	xiàn		餡	
馆 ⊖	09986	B9DD	guǎn		館	舘
凑 ⊖	051D1	B4D5	còu			湊
(詎)	08A4E	D46E	jù	讵		
(訝)	08A1D	D3A0	yà	讶		
(訥)	08A25	D447	nè	讷		
(許)	08A31	D453	xǔ	许		
(訛)	08A1B	D39E	é	讹		
(訢)	08A22	D444	xīn	诉		
[訢①]	08A22	D444	xīn	欣		
(訩)	08A29	D44B	xiōng	讻		
(訟)	08A1F	D441	sòng	讼		
(設)	08A2D	D44F	shè	设		
(訪)	08A2A	D44C	fǎng	访		
(訣)	08A23	D445	jué	诀		

①訢：可用于姓氏人名，但须类推简化作"䜣"。

字头	编码		读音	规范字	繁体字	异体字
	ISO 10646	GB 18030				
减 ⊖	051CF	BCF5	jiǎn			減
鸾 ⊖	09E3E	F0BD	luán		鸞	
恵 ⊜	20164	9532A632	xí			
毫 ⊖	06BEB	BAC1	háo			
孰 ⊖	05B70	CAEB	shú			
烹 ⊖	070F9	C5EB	pēng			
[袠]	088A0	D098	zhì	帙		
庼 ⊜	05EB1	8EF1	chěng			
[庻]	05EBB	8EF5	shù	庶		
庶 ⊖	05EB6	CAFC	shù			庻
庹 ⊖	05EB9	E2D5	tuǒ			
麻 ⊖	09EBB	C2E9	má			蔴
庵 ⊖	05EB5	E2D6	ān			菴
庼 ⊜	05EBC	8EF6	qǐng		廎	
庾 ⊖	05EBE	E2D7	yǔ			
庳 ⊜	05EB3	E2D8	bì			
痔 ⊖	075D4	D6CC	zhì			
痍 ⊖	075CD	F0EA	yí			
痓 ⊜	075D3	AF62	chì			
疵 ⊖	075B5	B4C3	cī			
[痐]	075D0	AF60	huí	蛔		

字头	编码		读音	规范字	繁体字	异体字
	ISO 10646	GB 18030				
痊 ⊖	075CA	C8AC	quán			
痒 ⊖	075D2	D1F7	yǎng			癢
痕 ⊖	075D5	BADB	hén			
鸡 ⊜	04D14	FE99	jiāo			鵁
廊 ⊖	05ECA	C0C8	láng			
康 ⊖	05EB7	BFB5	kāng			
庸 ⊖	05EB8	D3B9	yōng			
鹿 ⊖	09E7F	C2B9	lù			
盗 ⊖	076D7	B5C1	dào			
章 ⊖	07AE0	D5C2	zhāng			
竟 ⊖	07ADF	BEB9	jìng			
(产)	07523	AE62	chǎn	产		
竫 ⊜	07AEB	B878	jìng			
翊 ⊖	07FCA	F1B4	yì			
商 ⊖	05546	C9CC	shāng			
旌 ⊖	065CC	ECBA	jīng			
族 ⊖	065CF	D7E5	zú			
旎 ⊖	065CE	ECBB	nǐ			
旋 ⊖	065CB	D0FD	xuán/ xuàn		旋	
			xuàn		鏇	

字头	编码		读音	规范字	繁体字	异体字
	ISO 10646	GB 18030				
堃 ⊜	05803	88D2	kūn			
[堃①]	05803	88D2	kūn	坤		
望 ⊖	0671B	CDFB	wàng			朢
袤 ⊖	088A4	D9F3	mào			
率 ⊖	07387	C2CA	lǜ/shuài			
(牽)	0727D	A0BF	qiān	牵		
阇 ⊖	09607	EA5E	dū/shé		闍	
阈 ⊖	09608	E3D0	yù		閾	
阉 ⊖	09609	D1CB	yān		閹	
阊 ⊖	0960A	E3D1	chāng		閶	
阋 ⊖	0960B	E3D2	xì		鬩	
阌 ⊖	0960C	E3D3	wén		閿	
阍 ⊖	0960D	E3D4	hūn		閽	
阎 ⊖	0960E	D1D6	yán		閻	
阏 ⊖	0960F	E3D5	yān/è		閼	
阐 ⊖	09610	B2FB	chǎn		闡	
着 ⊖	07740	D7C5	zhe			
羚 ⊖	07F9A	C1E7	líng			
羝 ⊜	07F9D	F4C6	dī			
羟 ⊖	07F9F	F4C7	qiǎng			羥

①堃：可用于姓氏人名。

字头	编码		读音	规范字	繁体字	异体字
	ISO 10646	GB 18030				
盖 ⊖	076D6	B8C7	gài/gě		蓋	
羕 ⊜	07F95	C16B	yàng			
眷 ⊖	07737	BEEC	juàn			睠
[粘]	04280	8232E635	hú	糊		
粝 ⊜	07C9D	F4CF	lì			糲
粘 ⊖	07C98	D5B3	nián/zhān			
粗 ⊖	07C97	B4D6	cū			觕麤
粕 ⊖	07C95	C6C9	pò			
粒 ⊖	07C92	C1A3	lì			
断 ⊖	065AD	B6CF	duàn		斷	
剪 ⊖	0526A	BCF4	jiǎn			
兽 ⊖	0517D	CADE	shòu		獸	
敝 ⊖	0655D	B1D6	bì			
焐 ⊖	07110	ECC9	wù			
(烴)	070F4	9F4E	tīng	烃		
焊 ⊖	0710A	BAB8	hàn			釬銲
焆 ⊜	07106	9F5D	juān			
[焑]	070F1	9F4B	jiǒng	炯		
烯 ⊖	070EF	CFA9	xī			
焓 ⊖	07113	ECCA	hán			

字头	编码		读音	规范字	繁体字	异体字
	ISO 10646	GB 18030				
焕 ⊖	07115	BBC0	huàn			
烽 ⊖	070FD	B7E9	fēng			
焖 ⊖	07116	ECCB	mèn		燜	
烷 ⊖	070F7	CDE9	wán			
烺 ⊖	070FA	9F52	lǎng			
焗 ⊖	07117	9F68	jú			
焌 ⊜	0710C	9F61	jùn/qū			
清 ⊖	06E05	C7E5	qīng			
渍 ⊖	06E0D	D7D5	zì		漬	
添 ⊖	06DFB	CCED	tiān			
渚 ⊖	06E1A	E4BE	zhǔ			
鸿 ⊖	09E3F	BAE8	hóng		鴻	
淇 ⊖	06DC7	E4BF	qí			
淋 ⊖	06DCB	C1DC	lín			
			lìn			痳
淅 ⊖	06DC5	E4C0	xī			
(渌)	06DF6	9C5A	lái	渌		
淞 ⊖	06DDE	E4C1	sōng			
渎 ⊖	06E0E	E4C2	dú		瀆	
涯 ⊖	06DAF	D1C4	yá			
淹 ⊖	06DF9	D1CD	yān			

字头	编码		读音	规范字	繁体字	异体字
	ISO 10646	GB 18030				
涿 ⊖	06DBF	E4C3	zhuō			
[淒]	06DD2	9C44	qī		凄	
渠 ⊖	06E20	C7FE	qú			
渐 ⊖	06E10	BDA5	jiàn		漸	
(淺)	06DFA	9C5C	qiǎn	浅		
淑 ⊖	06DD1	CAE7	shū			
淖 ⊖	06DD6	C4D7	nào			
挲 ⊖	06332	EAFD	sā/suō			抄
淌 ⊖	06DCC	CCCA	tǎng			
淏 ⊜	06DCF	9C42	hào			
混 ⊖	06DF7	BBEC	hùn			
淟 ⊜	2C1F9	9931B633	guó		漍	
淠 ⊖	06DE0	E4C4	pì			
淟 ⊖	06DDF	9C4C	tiǎn			
涸 ⊖	06DB8	BAD4	hé			
渑 ⊖	06E11	E4C5	miǎn		澠	
(渦)	06E26	9C75	guō/wō	涡		
[淛]	06DDB	9C4A	zhè		浙	
淮 ⊖	06DEE	BBB4	huái			
淦 ⊖	06DE6	E4C6	gàn			
(淪)	06DEA	9C53	lún	沦		

字头	编码		读音	规范字	繁体字	异体字
	ISO 10646	GB 18030				
渞 ⊖	06DC6	CFFD	xiáo			殺
渊 ⊖	06E0A	D4A8	yuān		淵	
淫 ⊖	06DEB	D2F9	yín			婬滛
[淨]	06DE8	9C51	jìng	净		
溯 ⊜	06DDC	9C4B	péng			
淝 ⊖	06DDD	E4C7	féi			
渔 ⊖	06E14	D3E6	yú		漁	
淘 ⊖	06DD8	CCD4	táo			
淴 ⊜	06DF4	9C58	hū			
[涼]	06DBC	9BF6	liáng/ liàng	凉		
淳 ⊖	06DF3	B4BE	chún			湻
液 ⊖	06DB2	D2BA	yè			
淬 ⊖	06DEC	B4E3	cuì			
涪 ⊖	06DAA	B8A2	fú			
淤 ⊖	06DE4	D3D9	yū			
淯 ⊜	06DEF	9C55	yù			
湴 ⊜	06E74	9CB0	bàn			
淡 ⊖	06DE1	B5AD	dàn			
淙 ⊖	06DD9	E4C8	cóng			
淀 ⊖	06DC0	B5ED	diàn		淀澱	

字头	编码		读音	规范字	繁体字	异体字
	ISO 10646	GB 18030				
涫 ⊜	06DAB	E4CA	guàn			
涴 ⊜	06DB4	9BF0	yuān			
[泪]	06DDA	9C49	lèi	泪		
深 ⊜	06DF1	C9EE	shēn			㴱
渌 ⊜	06E0C	E4CB	lù			
涮 ⊜	06DAE	E4CC	shuàn			
涵 ⊜	06DB5	BAAD	hán			
婆 ⊜	05A46	C6C5	pó			
盪 ⊜	2C361	9931DA33	dàng/ tāng		盪	
梁 ⊜	06881	C1BA	liáng			樑
渗 ⊜	06E17	C9F8	shèn		滲	
淄 ⊜	06DC4	D7CD	zī			
情 ⊜	060C5	C7E9	qíng			
惬 ⊜	060EC	E3AB	qiè		愜	慊
(怅)	060B5	909D	chàng	怅		
悷 ⊜	03944	8230F731	líng			
悻 ⊜	060BB	E3AC	xìng			
惜 ⊜	060DC	CFA7	xī			
[惏]	060CF	90B0	lán	婪		
[悽]	060BD	90A2	qī	凄		

字头	编码		读音	规范字	繁体字	异体字
	ISO 10646	GB 18030				
惭 ⊖	060ED	B2D1	cán		慚	慙
悱 ⊖	060B1	E3AD	fěi			
悼 ⊖	060BC	B5BF	dào			
惝 ⊖	060DD	E3AE	chǎng			
惧 ⊖	060E7	BEE5	jù		懼	
悷 ⊖	060D5	CCE8	lì			
惘 ⊖	060D8	E3AF	wǎng			
悸 ⊖	060B8	BCC2	jì			
惟 ⊖	060DF	CEA9	wéi			
惆 ⊖	060C6	E3B0	chóu			
惛 ⊜	060DB	90B8	hūn			
惚 ⊖	060DA	E3B1	hū			
惊 ⊖	060CA	BEAA	jīng		驚	
惇 ⊖	060C7	90AA	dūn			憞
惦 ⊖	060E6	B5EB	diàn			
悴 ⊖	060B4	E3B2	cuì			顇
惮 ⊖	060EE	B5AC	dàn		憚	
惔 ⊜	060D4	90B4	tán			
惊 ⊜	060B0	909B	cóng			
惋 ⊖	060CB	CDEF	wǎn			
惨 ⊖	060E8	B2D2	cǎn		慘	

字头	编码		读音	规范字	繁体字	异体字
	ISO 10646	GB 18030				
惙 ⊜	060D9	90B7	chuò			
惯 ⊖	060EF	B9DF	guàn		慣	
寇 ⊖	05BC7	BFDC	kòu			冦宼
[寇]	21A25	9537A939	kòu	寇		
[寁]	03761	8230C639	zuì	最		
寅 ⊖	05BC5	D2FA	yín			
寄 ⊖	05BC4	BCC4	jì			
寁 ⊜	05BC1	8C76	zǎn/jié			
寂 ⊖	05BC2	BCC5	jì			
[寈]	03760	8230C638	míng	冥		
逭 ⊜	0902D	E5D5	huàn			
[宿]	0375B	8230C633	sù	宿		
宿 ⊖	05BBF	CBDE	sù			宿
窒 ⊖	07A92	D6CF	zhì			
窑 ⊖	07A91	D2A4	yáo			窯窰
窕 ⊖	07A95	F1BB	tiǎo			
[寀]	05BC0	8C75	cài	采		
[窓]	07A93	B799	chuāng	窗		
[寃]	05BC3	8C77	yuān	冤		
密 ⊖	05BC6	C3DC	mì			
谋 ⊖	08C0B	C4B1	móu		謀	

字头	编码		读音	规范字	繁体字	异体字
	ISO 10646	GB 18030				
谌 ⊖	08C0C	DAC8	chén/shèn		諶	
谍 ⊖	08C0D	B5FD	dié		諜	
谎 ⊖	08C0E	BBD1	huǎng		謊	
(鄆)	09106	E069	yùn	郓		
谙 ⊜	2C907	9932EC39	yīn		諲	
谏 ⊖	08C0F	DAC9	jiàn		諫	
諴 ⊜	2B36F	9838BC31	xián		諴	
[啟]	0555F	86A2	qǐ	启		
扈 ⊖	06248	ECE8	hù			
(啓)	05553	8699	qǐ	启		
皲 ⊖	076B2	F1E4	jūn		皸	
谐 ⊖	08C10	D0B3	xié		諧	
谑 ⊖	08C11	DACA	xuè		謔	
[袴]	088B4	D146	kù	裤		
裆 ⊖	088C6	F1C9	dāng		襠	
袱 ⊖	088B1	B8A4	fú			
[袵]	088B5	D147	rèn	衽		
袷 ⊖	088B7	F1CA	qiā			
[袷①]	088B7	F1CA	jiá	夹		

①袷：用于"袷袢"，读qiā。读jiá时用"夹"。

字头	编码		读音	规范字	繁体字	异体字
	ISO 10646	GB 18030				
袼 ⊜	088BC	F1CB	gē			
裈 ⊜	088C8	D154	kūn		褌	
裉 ⊜	088C9	F1CC	kèn			
祷 ⊖	07977	B5BB	dǎo		禱	
(视)	08996	D295	shì	视		
祸 ⊖	07978	BBF6	huò		禍	旤
祲 ⊜	07972	B589	jìn			
諟 ⊜	2C90A	9932ED32	shì		諟	
谒 ⊖	08C12	DACB	yè		謁	
谓 ⊖	08C13	CEBD	wèi		謂	
谔 ⊖	08C14	DACC	è		諤	
謏 ⊜	2B372	9838BC34	xiǎo		謏	
谕 ⊜	08C15	DACD	yù		諭	
谖 ⊜	08C16	DACE	xuān		諼	
谗 ⊜	08C17	B2F7	chán		讒	
谙 ⊜	08C19	DACF	ān		諳	
谚 ⊖	08C1A	D1E8	yàn		諺	
谛 ⊖	08C1B	DAD0	dì		諦	
谜 ⊖	08C1C	C3D5	mí		謎	
谝 ⊜	08C1D	DAD2	piǎn		諞	
谞 ⊜	08C1E	D7A0	xū		諝	

字头	编码		读音	规范字	繁体字	异体字
	ISO 10646	GB 18030				
(晝)	0665D	9583	zhòu	昼		
逯 ⊖	0902F	E5D6	lù			
逮 ⊖	0902E	B4FE	dǎi/dài			
敢 ⊖	06562	B8D2	gǎn			
尉 ⊖	05C09	CEBE	wèi/yù			
屠 ⊖	05C60	CDC0	tú			
(張)	05F35	8F88	zhāng	张		
艴 ⊜	08274	E5F5	bó/fú			
弸 ⊜	05F38	8F8B	péng			
弶 ⊜	05F36	8F89	jiàng			
弹 ⊖	05F39	B5AF	dàn/tán			彈
[強]	05F37	8F8A	qiáng	强		
[陿]	0967F	EA98	xiá	狭		
[陻]	0967B	EA94	yīn	堙		
隋 ⊖	0968B	CBE5	suí			
堕 ⊖	05815	B6E9	duò			墮
郿 ⊖	090FF	E064	méi			
随 ⊖	0968F	CBE6	suí			隨
(將)	05C07	8CA2	jiāng/jiàng	将		
蛋 ⊖	086CB	B5B0	dàn			

字头	编码		读音	规范字	繁体字	异体字
	ISO 10646	GB 18030				
(階)	0968E	EB41	jiē	阶		
[隄]	09684	EA9D	dī	堤		
(陽)	0967D	EA96	yáng	阳		
隅 ⊖	09685	D3E7	yú			
隈 ⊖	09688	DAF1	wēi			
隆 ⊜	2CBCE	9933B630	tuí			隤
籴 ⊖	07C9C	F4D0	tiào			糶
隍 ⊖	0968D	DAF2	huáng			
隗 ⊖	09697	DAF3	wěi/kuí			
[隂]	09682	EA9B	yīn	阴		
隃 ⊜	09683	EA9C	shù			
隆 ⊖	09686	C2A1	lóng			
隐 ⊖	09690	D2FE	yǐn			隱
(隊)	0968A	EAA0	duì	队		
婧 ⊖	05A67	E6BA	jìng			
婊 ⊖	05A4A	E6BB	biǎo			
婞 ⊜	05A5E	8AFC	xìng			
(婭)	05A6D	8B49	yà	娅		
娵 ⊜	05A35	8ADB	jū			
婼 ⊜	05A7C	8B53	ruò			
媖 ⊜	05A96	8B6B	yīng			

字头	编码		读音	规范字	繁体字	异体字
	ISO 10646	GB 18030				
姅 ⊜	05A73	8B4F	huà		嬅	
婍 ⊜	05A4D	8AED	qǐ			
婕 ⊖	05A55	E6BC	jié			
婌 ⊜	05A4C	8AEC	shú			
婫 ⊜	05A6B	8B47	kūn			
娼 ⊖	05A3C	E6BD	chāng			
(婦)	05AA7	8B7A	wā	娲		
婢 ⊖	05A62	E6BE	bì			
[婬]	05A6C	8B48	yín	淫		
婤 ⊜	05A64	8B42	zhōu			
婚 ⊖	05A5A	BBE9	hūn			
婘 ⊜	05A58	8AF7	quán			
婵 ⊖	05A75	E6BF	chán		嬋	
婶 ⊖	05A76	C9F4	shěn		嬸	
婠 ⊜	05A60	8AFE	wān			
婉 ⊖	05A49	CDF1	wǎn			
(婦)	05A66	8B44	fù	妇		
胬 ⊖	080EC	E6C0	nǔ			
袈 ⊖	08888	F4C2	jiā			
颇 ⊖	09887	C6C4	pō		頗	
颈 ⊖	09888	BEB1	jǐng		頸	

字头	编码		读音	规范字	繁体字	异体字
	ISO 10646	GB 18030				
(習)	07FD2	C195	xí	习		
翌 ⊖	07FCC	D2EE	yì			
惥 ⊖	0607F	D3C1	yǒng			恩㦷
欸 ⊖	06B38	9A47	ǎi			
[叅]	03558	82309331	cān	参		
(參)	053C3	85A2	cān/shēn	参		
綪 ⊖	2C62C	9932A338	qiàn		綪	
绩 ⊖	07EE9	BCA8	jì		績	勣
绪 ⊖	07EEA	D0F7	xù		緒	
绫 ⊖	07EEB	E7B1	líng		綾	
骐 ⊖	09A90	E6EB	qí		騏	
綝 ⊜	2C62D	9932A339	chēn/lín		綝	
续 ⊖	07EED	D0F8	xù		續	
骑 ⊖	09A91	C6EF	qí		騎	
绮 ⊖	07EEE	E7B2	qǐ		綺	
骓 ⊖	2CD02	9933D438	fēi		騑	
绯 ⊖	07EEF	E7B3	fēi		緋	
绰 ⊖	07EF0	B4C2	chāo/chuò		綽	
绱 ⊖	07EF1	E7B4	shàng		緔	
骒 ⊖	09A92	E6EC	kè		騍	

字头	编码		读音	规范字	繁体字	异体字
	ISO 10646	GB 18030				
绲 ⊖	07EF2	E7B5	gǔn		緄	
绳 ⊖	07EF3	C9FE	shéng		繩	
骓 ⊖	09A93	E6ED	zhuī		騅	
维 ⊖	07EF4	CEAC	wéi		維	
绵 ⊖	07EF5	C3E0	mián		綿	緜
绶 ⊖	07EF6	E7B7	shòu		綬	
绷 ⊖	07EF7	B1C1	bēng		繃	繃
绸 ⊖	07EF8	B3F1	chóu		綢	紬
騊 ⊜	2B626	98398336	táo		騊	
绹 ⊜	07EF9	C087	táo		綯	
绺 ⊖	07EFA	E7B8	liǔ		綹	
综 ⊖	2B7C5	9839AD31	liáng		綜	
绰 ⊖	2C62F	9932A431	zhǔn		綧	
绻 ⊖	07EFB	E7B9	quǎn		綣	
综 ⊖	07EFC	D7DB	zèng/ zōng		綜	
绽 ⊖	07EFD	D5C0	zhàn		綻	
绾 ⊖	07EFE	E7BA	wǎn		綰	
骕 ⊜	09A95	F358	sù		驌	
騄 ⊜	2B627	98398337	lù		騄	
绿 ⊖	07EFF	C2CC	lù		綠	
			lǜ			菉

字头	编码		读音	规范字	繁体字	异体字
	ISO 10646	GB 18030				
骖 ⊖	09A96	E6EE	cān		驂	
缀 ⊖	07F00	D7BA	zhuì		綴	
缁 ⊖	07F01	E7BB	zī		緇	
(貫)	08CAB	D89E	guàn	贯		
(鄉)	09109	E06C	xiāng	乡		
(紺)	07D3A	BD43	gàn	绀		
(紲)	07D32	BC9C	xiè	绁		
(紱)	07D31	BC9B	fú	绂		
(組)	07D44	BD4D	zǔ	组		
(紳)	07D33	BC9D	shēn	绅		
(細)	07D30	BC9A	xì	细		
[紬]	07D2C	BC97	chóu	绸		
(絅)	07D45	BD4E	jiǒng	䌹		
(終)	07D42	BD4B	zhōng	终		
[絃]	07D43	BD4C	xián	弦		
(絆)	07D46	BD4F	bàn	绊		
(紵)	07D35	BC9F	zhù	纻		
(紼)	07D3C	BD45	fú	绋		
(絀)	07D40	BD49	chù	绌		
(紹)	07D39	BD42	shào	绍		
(紿)	07D3F	BD48	dài	绐		
巢 ⊖	05DE2	B3B2	cháo			

字头	编码		读音	规范字	繁体字	异体字
	ISO 10646	GB 18030				
十二画						
秴 ⊜	08020	F1EB	huō			
(贰)	08CB3	D945	èr	贰		
絜 ⊜	07D5C	BD65	jié/xié			
[絜①]	07D5C	BD65	jié	洁		
琫 ⊜	0742B	AC65	běng			
[栞]	07439	AC6C	qín	琴		
琵 ⊜	07435	C5FD	pí			
斌 ⊜	073F7	ABA0	wǔ			
琴 ⊜	07434	C7D9	qín			栞
琶 ⊜	07436	C5C3	pá			
琪 ⊜	0742A	E7F7	qí			
瑛 ⊜	0745B	E7F8	yīng			
琳 ⊜	07433	C1D5	lín			
琦 ⊜	07426	E7F9	qí			
琢 ⊜	07422	D7C1	zhuó/zuó			
[琖]	07416	AC57	zhǎn	盏		
琲 ⊜	07432	AC69	bèi			
琡 ⊜	07421	AC60	chù			
琥 ⊜	07425	E7FA	hǔ			

①絜：读xié或jié时均可用于姓氏人名。

字头	编码		读音	规范字	繁体字	异体字
	ISO 10646	GB 18030				
琨 ⊜	07428	E7FB	kūn			
靓 ⊜	09753	F6A6	jìng/liàng		靚	
琟 ⊜	0741F	AC5E	wéi			
(頇)	09807	ED99	hān	顸		
[琱]	07431	AC68	diāo	雕		
琼 ⊜	0743C	C7ED	qióng		瓊	
斑 ⊜	06591	B0DF	bān			
琰 ⊜	07430	E7FC	yǎn			
[琺]	0743A	AC6D	fà	珐		
琮 ⊜	0742E	E7FD	cóng			
琔 ⊜	07414	AC55	diàn			
琯 ⊜	0742F	AC67	guǎn			
琬 ⊜	0742C	E7FE	wǎn			
[瑯]	0746F	AC98	láng	琅		
琛 ⊜	0741B	E8A1	chēn			
琭 ⊜	0742D	AC66	lù			
琚 ⊜	0741A	E8A2	jū			
辇 ⊜	08F87	E9FD	niǎn		輦	
替 ⊜	066FF	CCE6	tì			
鼋 ⊜	09F0B	F6BD	yuán		黿	
揳 ⊜	063F3	9361	xiē			

字头	编码		读音	规范字	繁体字	异体字
	ISO 10646	GB 18030				
揍 ⊖	063CD	D7E1	zòu			
堵 ⊜	0583E	8940	chūn			
款 ⊖	06B3E	BFEE	kuǎn			欵
(堯)	0582F	88F2	yáo	尧		
堼 ⊜	0583C	88FD	hèng			
[幇]	05E47	8EB0	bāng	帮		
堪 ⊖	0582A	BFB0	kān			
揕 ⊜	063D5	934C	zhèn			
堞 ⊜	0581E	DCA6	dié			
搽 ⊖	0643D	B2EB	chá			
塔 ⊖	05854	CBFE	tǎ			墖
搭 ⊖	0642D	B4EE	dā			
揸 ⊖	063F8	DEEA	zhā			
堰 ⊖	05830	D1DF	yàn			
揠 ⊖	063E0	DEEB	yà			
堙 ⊖	05819	DCA7	yīn			陻
堎 ⊜	03658	8230AC34	yāo			
(揀)	063C0	92FE	jiǎn	拣		
(馭)	099AD	F153	yù	驭		
[堿]	0583F	8941	jiǎn	碱		
(項)	09805	ED97	xiàng	项		

字头	编码		读音	规范字	繁体字	异体字
	ISO 10646	GB 18030				
堧 ⊜	05827	88EB	ruán			
[堦]	05826	88EA	jiē	阶		
揩 ⊖	063E9	BFAB	kāi			
[揹]	063F9	9364	bēi	背		
越 ⊖	08D8A	D4BD	yuè			
趄 ⊖	08D84	F4F2	jū/qiè			
趁 ⊖ ⊖	08D81	B3C3	chèn			趂
[趂]	08D82	DA66	chèn	趁		
趋 ⊖	08D8B	C7F7	qū		趨	
超 ⊖	08D85	B3AC	chāo			
[捷]	03A17	82318D38	jié	捷		
(賁)	08CC1	D953	bēn	贲		
揽 ⊖	063FD	C0BF	lǎn		攬	
堤 ⊖	05824	B5CC	dī			隄
提 ⊖	063D0	CCE1	dī/tí			
(場)	05834	88F6	cháng/chǎng	场		
(揚)	063DA	9350	yáng	扬		
喆 ⊜	05586	86B4	zhé			
[喆①]	05586	86B4	zhé	哲		
揖 ⊖	063D6	D2BE	yī			

①喆：可用于姓氏人名。

字头	编码		读音	规范字	繁体字	异体字
	ISO 10646	GB 18030				
博 ⊖	0535A	B2A9	bó			愽
頡 ⊖	09889	F2A1	jié/xié		頡	
堨 ⊜	05828	88EC	è			
揭 ⊖	063ED	BDD2	jiē			
喜 ⊖	0559C	CFB2	xǐ			
彭 ⊖	05F6D	C5ED	péng			
揣 ⊖	063E3	B4A7	chuāi			
塄 ⊖	05844	DCA8	léng			
揿 ⊖	063FF	DEEC	qìn		撳	搇
插 ⊖	063D2	B2E5	chā			挿
[挿]	063F7	9363	chā	插		
揪 ⊖	063EA	BEBE	jiū			揫
煅 ⊜	05845	8946	duàn			
[揑]	063D1	9349	niē	捏		
搜 ⊖	0641C	CBD1	sōu			蒐
(塊)	0584A	894B	kuài	块		
[煮]	07151	9F97	zhǔ	煮		
煮 ⊖	0716E	D6F3	zhǔ			煑
堠 ⊜	05820	DCA9	hòu			
[搥]	06425	9380	chuí	捶		
耋 ⊖	0800B	F1F3	dié			

字头	编码		读音	规范字	繁体字	异体字
	ISO 10646	GB 18030				
揄 ㊀	063C4	DEED	yú			
援 ㊀	063F4	D4AE	yuán			
搀 ㊀	06400	B2F3	chān		攙	
蛩 ㊀	086E9	F2CB	qióng			
蛰 ㊀	086F0	D5DD	zhé		蟄	
絷 ㊁	07D77	F4EA	zhí		縶	
塆 ㊀	05846	8947	wān		壪	
裁 ㊀	088C1	B2C3	cái			
搁 ㊀	06401	B8E9	gē		擱	
(達)	09054	DF5F	dá	达		
搓 ㊀	06413	B4EA	cuō			
(報)	05831	88F3	bào	报		
[塍]	05818	88E1	chéng	塍		
塿 ㊂	2A8FB	9836AC35	lóu		塿	
搂 ㊀	06402	C2A7	lōu/lǒu		摟	
搅 ㊀	06405	BDC1	jiǎo		攪	
(揮)	063EE	935D	huī	挥		
壹 ㊀	058F9	D2BC	yī			
堳 ㊂	2139A	9535FE34	piǎn			
(壺)	058FA	89D8	hú	壶		
握 ㊀	063E1	CED5	wò			

字头	编码		读音	规范字	繁体字	异体字
	ISO 10646	GB 18030				
摒 ⊖	06452	DEF0	bìng			
[壻]	058FB	89D9	xù		婿	
揆 ⊖	063C6	DEF1	kuí			
搔 ⊖	06414	C9A6	sāo			
揉 ⊖	063C9	C8E0	róu			
(惡)	060E1	90BA	è		恶	
掾 ⊖	063BE	DEF2	yuàn			
葜 ⊜	0845C	DDD6	qiā			
聒 ⊜	08052	F1F8	guō			
[棊]	068CA	978E	qí	棋		
[朞]	0671E	964F	jī	期		
斯 ⊖	065AF	CBB9	sī			
期 ⊖	0671F	C6DA	jī			朞
			qī			
欺 ⊖	06B3A	C6DB	qī			
惎 ⊜	060CE	90AF	jì			
联 ⊖	08054	C1AA	lián		聯	
葑 ⊜	08451	DDD7	fēng			
葚 ⊜	0845A	DDD8	rèn/shèn			
(葉)	08449	C87E	yè	叶		
葫 ⊜	0846B	BAF9	hú			

字头	编码		读音	规范字	繁体字	异体字
	ISO 10646	GB 18030				
萳 ⊜	08433	C86C	nán			
茢 ⊜	08459	DDD9	xiāng			
軡 ⊜	0976C	EC79	qián			
軱 ⊖	09770	EC7D	wù			
軸 ⊖	09778	EC83	sǎ			
[靭]	0976D	EC7A	rèn	韧		
[靱]	09771	EC7E	rèn	韧		
[㪚]	03A9A	82319A38	sǎn/sàn	散		
散 ⊖	06563	C9A2	sǎn/sàn			㪚
[斮]	065AE	94D9	zhuó	斫		
葴 ⊜	08474	C89C	zhēn			
葳 ⊖	08473	DDDA	wēi			
惹 ⊖	060F9	C8C7	rě			
萲 ⊜	08487	DDDB	chǎn	蒇		
[塟]	0585F	895A	zàng	葬		
葬 ⊖	0846C	D4E1	zàng			塟㙮
[㙮]	26D4F	97349C39	zàng	葬		
(貰)	08CB0	D942	shì	贳		
菅 ⊜	08488	DDDC	kǎi			
[畱]	07571	AE91	liú	留		
[韮]	097EE	ED83	jiǔ	韭		

字头	编码		读音	规范字	繁体字	异体字
	ISO 10646	GB 18030				
鄚 ⊜	0911A	E07C	mào			
募 ⊖	052DF	C4BC	mù			
葺 ⊖	0847A	DDDD	qì			
(萬)	0842C	C866	wàn	万		
葛 ⊖	0845B	B8F0	gé/gě			
蒉 ⊜	08489	DDDE	kuì		蕢	
蓰 ⊖	08478	DDDF	xǐ			
萼 ⊖	0843C	DDE0	è			蕚
菇 ⊖	084C7	C975	gū			
萩 ⊜	08429	C863	qiū			
董 ⊖	08463	B6AD	dǒng			
葆 ⊖	08446	DDE1	bǎo			
蒐 ⊜	08490	C94C	sōu			
[蒐①]	08490	C94C	sōu	搜		
[葠]	08460	C890	shēn	参		
葩 ⊖	08469	DDE2	pā			
葰 ⊖	08470	C89A	jùn/suǒ			
葎 ⊜	0844E	C884	lǜ			
[葼]	08432	C86B	xuān	萱		
葡 ⊖	08461	C6CF	pú			

①蒐：用于表示草名和春天打猎。其他意义用"搜"。

字头	编码		读音	规范字	繁体字	异体字
	ISO 10646	GB 18030				
敬 ⊖	0656C	BEB4	jìng			
葱 ⊖	08471	B4D0	cōng			蔥
蒋 ⊖	0848B	BDAF	jiǎng		蔣	
葶 ⊖	08476	DDE3	tíng			
蒂 ⊖	08482	B5D9	dì			蔕
蒌 ⊖	0848C	DDE4	lóu		蔞	
鄑 ⊜	09111	E074	zī			
蒎 ⊜	0848E	DDE5	pài			
落 ⊖	0843D	C2E4	luò			
萱 ⊜	08431	DDE6	xuān			蕿蘐蕿蕙
葵 ⊜	08456	C88B	tū			
蔻 ⊜	08484	C946	guān			
(葷)	08477	C89D	hūn	荤		
萹 ⊜	08439	C871	biān			
[乾]	04E81	8178	gān	干		
[悳]	060EA	90BF	dé	德		
韩 ⊖	097E9	BAAB	hán		韓	
戟 ⊜	0621F	EAAA	jǐ			
朝 ⊖	0671D	B3AF	cháo/ zhāo			

字头	编码		读音	规范字	繁体字	异体字
	ISO 10646	GB 18030				
葭 ⊖	0846D	DDE7	jiā			
(喪)	055AA	86CA	sāng/ sàng	丧		
辜 ⊖	08F9C	B9BC	gū			
(葦)	08466	C894	wěi	苇		
葵 ⊖	08475	BFFB	kuí			
(葒)	08452	C887	hóng	荭		
(葤)	08464	C892	zhòu	荮		
棒 ⊖	068D2	B0F4	bàng			
(棖)	068D6	9796	chéng	枨		
楮 ⊖	0696E	E8FA	chǔ			
棱 ⊖	068F1	C0E2	léng			稜
(椏)	0690F	97BF	yā	桠		
[椏①]	0690F	97BF	yā	丫		
棋 ⊖	068CB	C6E5	qí			棊碁
椰 ⊖	06930	D2AC	yē			
椶 ⊜	068E4	97A0	cuò			
植 ⊖	0690D	D6B2	zhí			
森 ⊖	068EE	C9AD	sēn			
(棶)	068F6	97AE	lái	梾		

①椏：可用于姓氏人名、地名和科学技术术语，但须类推简化作"桠"，如
"五桠果科"。

字头	编码		读音	规范字	繁体字	异体字
	ISO 10646	GB 18030				
棽 ⊜	068FD	97B2	chēn/ shēn			
棼 ⊖	068FC	E8FB	fén			
焚 ⊖	0711A	B7D9	fén			
(楝)	068DF	979D	dòng	栋		
棫 ⊜	068EB	97A7	yù			
椟 ⊜	0691F	E8FC	dú		櫝	
椅 ⊖	06905	D2CE	yǐ			
椓 ⊜	06913	97C1	zhuó			
[棲]	068F2	97AB	qī	栖		
(棧)	068E7	97A3	zhàn	栈		
椒 ⊖	06912	BDB7	jiāo			
棹 ⊜	068F9	E8FE	zhào			櫂
棵 ⊖	068F5	BFC3	kē			
棍 ⊖	068CD	B9F7	gùn			
椤 ⊖	06924	E9A1	luó		欏	
(棡)	068E1	979E	gāng	枫		
棰 ⊜	068F0	E9A2	chuí			箠
椎 ⊖	0690E	D7B5	zhuī			
棉 ⊖	068C9	C3DE	mián			
椑 ⊜	06911	97C0	bēi			

字头	编码		读音	规范字	繁体字	异体字
	ISO 10646	GB 18030				
[晳]	06673	9591	xī	晰		
槏 ⊜	2C0CA	99319830	zhì		槝	
鹀 ⊜	09E40	FB63	wú		鵐	
赍 ⊖	08D4D	EAE5	jī		賫	賷齎
棚 ⊖	068DA	C5EF	péng			
椆 ⊜	06906	97B9	chóu			
椋 ⊖	0690B	E9A3	liáng			
椁 ⊖	06901	E9A4	guǒ			槨
棓 ⊜	068D3	9794	bèi			
棬 ⊜	068EC	97A8	quān			
椪 ⊜	0692A	97D5	pèng			
棪 ⊜	068EA	97A6	yǎn			
棕 ⊖	068D5	D7D8	zōng			椶
[椗]	06917	97C5	dìng	碇		
棺 ⊖	068FA	B9D7	guān			
椀 ⊜	06900	97B5	wǎn			
[椀①]	06900	97B5	wǎn	碗		
榔 ⊖	06994	C0C6	láng			
楗 ⊜	06957	E9A5	jiàn			
棣 ⊖	068E3	E9A6	dì			

①椀：用于科学技术术语，如"橡椀"。其他意义用"碗"。

字头	编码		读音	规范字	繁体字	异体字
	ISO 10646	GB 18030				
椐 ⊖	06910	E9A7	jū			
椭 ⊖	0692D	CDD6	tuǒ			橢
(極)	06975	984F	jí	极		
鹁 ⊖	09E41	F0BE	bó			鵓
(軲)	08EF2	DD4D	gū	轱		
(軻)	08EFB	DD56	kē	轲		
(軸)	08EF8	DD53	zhóu/zhòu	轴		
(軹)	08EF9	DD54	zhǐ	轵		
(軼)	08EFC	DD57	yì	轶		
(軤)	08EE4	DCA0	hū	轷		
(軫)	08EEB	DD46	zhěn	轸		
(軺)	08EFA	DD55	yáo	轺		
惠 ⊖	060E0	BBDD	huì			
鹀 ⊜	2CDD5	9933E939	bǔ		鵏	
甦 ⊜	07526	AE64	sū			
[甦①]	07526	AE64	sū	苏		
惑 ⊖	060D1	BBF3	huò			
逼 ⊖	0903C	B1C6	bī			偪
(腎)	0814E	C449	shèn	肾		

①甦：可用于姓氏人名。

字头	编码		读音	规范字	繁体字	异体字
	ISO 10646	GB 18030				
覃 ⊖	08983	F1FB	qín/tán			
粟 ⊖	07C9F	CBDA	sù			
(棗)	068D7	9797	zǎo	枣		
棘 ⊖	068D8	BCAC	jí			
酣 ⊖	09163	BAA8	hān			
酤 ⊖	09164	F4FE	gū			
酢 ⊖	09162	F5A1	zuò			
酥 ⊖	09165	CBD6	sū			
酡 ⊖	09161	F5A2	tuó			
酦 ⊜	09166	E14E	pō		醱	
鹂 ⊖	09E42	F0BF	lí		鸝	
觌 ⊜	089CC	EAEB	dí		覿	
厨 ⊖	053A8	B3F8	chú			廚廚
厦 ⊖	053A6	CFC3	shà/xià			廈
奡 ⊜	05961	8A53	ào			
皕 ⊜	07695	B07A	bì			
(硨)	07868	B38C	chē	砗		
硬 ⊖	0786C	D3B2	yìng			
(硤)	07864	B388	xiá	硖		
[戞]	0621E	91E6	jiá	戛		
(硜)	0785C	B381	kēng	硁		

字头	编码		读音	规范字	繁体字	异体字
	ISO 10646	GB 18030				
硝 ⊖	0785D	CFF5	xiāo			
(硯)	0786F	B38E	yàn		砚	
硪 ⊜	0786A	EDD2	wò			
确 ⊖	0786E	C8B7	què			確
硫 ⊖	0786B	C1F2	liú			
[厤]	053A4	858D	lì		历	
雁 ⊖	096C1	D1E3	yàn			鴈
欹 ⊜	06B39	ECA5	qī			
厥 ⊖	053A5	D8CA	jué			
詟 ⊜	08A5F	D480	zhé			讋
殖 ⊖	06B96	D6B3	shi/zhí			
(殘)	06B98	9A88	cán		残	
裂 ⊖	088C2	C1D1	liè			
雄 ⊖	096C4	D0DB	xióng			
殚 ⊖	06B9A	E9E9	dān			殫
殛 ⊖	06B9B	E9EA	jí			
颊 ⊖	0988A	BCD5	jiá			頰
(雲)	096F2	EB85	yún		云	
雳 ⊖	096F3	F6A8	lì			靂
[雰]	096F0	EB83	fēn		氛	
雯 ⊖	096EF	F6A9	wén			

字头	编码		读音	规范字	繁体字	异体字
	ISO 10646	GB 18030				
雱 ⊜	096F1	EB84	pāng			
辊 ⊜	08F8A	B9F5	gǔn		輥	
辋 ⊜	08F8B	E9FE	wǎng		輞	
輗 ⊜	2B410	9838CC32	ní		輗	
椠 ⊜	06920	E8FD	qiàn		槧	
暂 ⊖	06682	D4DD	zàn		暫	蹔
辌 ⊜	08F8C	DE63	liáng		輬	
辍 ⊜	08F8D	EAA1	chuò		輟	
辎 ⊜	08F8E	EAA2	zī		輜	
雅 ⊖	096C5	D1C5	yǎ			
翘 ⊖	07FD8	C7CC	qiáo/qiào		翹	
棐 ⊜	068D0	9792	fěi			
辈 ⊖	08F88	B1B2	bèi		輩	
斐 ⊜	06590	ECB3	fěi			
悲 ⊖	060B2	B1AF	bēi			
龂 ⊜	09F82	FD87	yín		齗	
齘 ⊜	2CE7C	9933FA36	xiè		齘	
紫 ⊖	07D2B	D7CF	zǐ			
[遉]	09049	DF5A	zhēn	侦		
(觇)	08998	D297	chān	觇		
凿 ⊖	051FF	D4E4	záo		鑿	

字头	编码		读音	规范字	繁体字	异体字
	ISO 10646	GB 18030				
粜 ⊜	09EF9	EDE9	zhǐ			
辉 ⊖	08F89	BBD4	huī		輝	煇
敞 ⊖	0655E	B3A8	chǎng			
棠 ⊖	068E0	CCC4	táng			
掌 ⊜	0725A	A0AA	chèng			
赏 ⊖	08D4F	C9CD	shǎng		賞	
掌 ⊖	0638C	D5C6	zhǎng			
晴 ⊖	06674	C7E7	qíng			
[喫]	055AB	86CB	chī	吃		
睐 ⊖	07750	EDF9	lài		睞	
暑 ⊖	06691	CAEE	shǔ			
最 ⊖	06700	D7EE	zuì			冣寂
[暎]	0668E	95A3	yìng	映		
晰 ⊖	06670	CEFA	xī			晳
睄 ⊖	07744	B18D	shào			
(睍)	0774D	B195	xiàn	睨		
量 ⊖	091CF	C1BF	liáng/liàng			
(睏)	0774F	B197	kùn	困		
睎 ⊜	0774E	B196	xī			
睑 ⊖	07751	EDFA	jiǎn		瞼	

字头	编码		读音	规范字	繁体字	异体字
	ISO 10646	GB 18030				
(贴)	08CBC	D94E	tiē	贴		
[晻]	0667B	9595	àn	暗		
(觊)	08CBA	D94C	kuàng	觊		
(贮)	08CAF	D941	zhù	贮		
(贻)	08CBD	D94F	yí	贻		
睇 ⊖	07747	EDFB	dì			
鼎 ⊖	09F0E	B6A6	dǐng			
睃 ⊖	07743	EDFC	suō			
喷 ⊖	055B7	C5E7	pēn		噴	
晫 ⊖	0666B	958C	zhuó			
戢 ⊖	06222	EAAB	jí			
喋 ⊖	0558B	E0A9	dié			啑
			zhá			
嗒 ⊖	055D2	E0AA	dā			
喃 ⊖	05583	E0AB	nán			
喳 ⊖	055B3	D4FB	chā/zhā			
(闰)	0958F	E963	rùn	闰		
(开)	0958B	E95F	kāi	开		
(闲)	09591	E965	xián	闲		
(闳)	0958E	E962	hóng	闳		
晶 ⊖	06676	BEA7	jīng			

字头	编码		读音	规范字	繁体字	异体字
	ISO 10646	GB 18030				
(間)	09593	E967	jiān/jiàn	间		
[閒]	09592	E966	xián	闲		
(閔)	09594	E968	mǐn	闵		
(閌)	0958C	E960	kàng	闶		
(悶)	060B6	909E	mēn/mèn	闷		
晪 ⊜	0666A	958B	tiǎn			
喇 ⊖	05587	C0AE	lǎ			
遇 ⊖	09047	D3F6	yù			
喊 ⊖	0558A	BAB0	hǎn			
喱 ⊖	055B1	E0AC	lí			
喹 ⊖	055B9	E0AD	kuí			
遏 ⊖	0904F	B6F4	è			
晷 ⊖	06677	EAD0	guǐ			
晾 ⊖	0667E	C1C0	liàng			
景 ⊖	0666F	BEB0	jǐng			
晱 ⊜	06671	958F	shǎn			
喈 ⊖	05588	E0AE	jiē			
畴 ⊖	07574	B3EB	chóu		疇	
践 ⊖	08DF5	BCF9	jiàn		踐	
跖 ⊜	08DD6	F5C5	zhí			蹠

字头	编码		读音	规范字	繁体字	异体字
	ISO 10646	GB 18030				
跋 ⊖	08DCB	B0CF	bá			
跌 ⊖	08DCC	B5F8	diē			
跗 ⊖	08DD7	F5C6	fū			
跞 ⊖	08DDE	F5C8	lì			躒
跚 ⊖	08DDA	F5C7	shān			
跑 ⊖	08DD1	C5DC	pǎo			
跎 ⊖	08DCE	F5C9	tuó			
跏 ⊖	08DCF	F5CA	jiā			
跛 ⊖	08DDB	F5CB	bǒ			
跆 ⊖	08DC6	F5CC	tái			
蹰 ⊜	27FF9	97388237	mǔ			
(貴)	08CB4	D946	guì	贵		
遗 ⊖	09057	D2C5	yí		遺	
[畮]	0756E	AE8E	mǔ	亩		
蛙 ⊖	086D9	CDDC	wā			鼃
[蛔]	086D5	CD7A	huí	蛔		
蛱 ⊖	086F1	F2CC	jiá		蛺	
蛲 ⊖	086F2	F2CD	náo		蟯	
蛭 ⊖	086ED	F2CE	zhì			
蛳 ⊖	086F3	F2CF	sī		螄	
蛐 ⊖	086D0	F2D0	qū			

字头	编码		读音	规范字	繁体字	异体字
	ISO 10646	GB 18030				
蛔 ⊖	086D4	BBD7	huí			蚘痐蛕蛕蜖
蛛 ⊖	086DB	D6EB	zhū			
蜓 ⊖	08713	F2D1	tíng			
蛞 ⊖	086DE	F2D2	kuò			
蜒 ⊖	08712	D1D1	yán			
蛤 ⊖	086E4	B8F2	gé/há			
蛴 ⊖	086F4	F2D3	qí		蠐	
蛟 ⊖	086DF	F2D4	jiāo			
蛘 ⊖	086D8	F2D5	yáng			
蛑 ⊜	086D1	F2D6	móu			
畯 ⊖	0756F	AE8F	jùn			
(鄆)	09116	E079	yún	郓		
(勛)	052DB	84D7	xūn	勋		
喁 ⊖	05581	E0AF	yóng/yú			
喝 ⊖	0559D	BAC8	hē/hè			
鹃 ⊖	09E43	BEE9	juān		鵑	
喂 ⊖	05582	CEB9	wèi			餧餵
喟 ⊖	0559F	E0B0	kuì			
(單)	055AE	86CE	dān	单		
[嵒]	05D52	8DBB	yán	岩		

字头	编码		读音	规范字	繁体字	异体字
	ISO 10646	GB 18030				
斝 ⊜	0659D	94D0	jiǎ			
喘 ⊖	05598	B4AD	chuǎn			
[啣]	05563	86A5	xián	衔		
啾 ⊖	0557E	E0B1	jiū			
嗖 ⊖	055D6	E0B2	sōu			
喤 ⊖	055A4	86C5	huáng			
喉 ⊖	05589	BAED	hóu			
喻 ⊖	055BB	D3F7	yù			
[喒]	05592	86B9	zán	咱		
喑 ⊖	05591	E0B3	yīn			瘖
啼 ⊖	0557C	CCE4	tí			嗁
嗟 ⊖	055DF	E0B5	jiē			
喽 ⊖	055BD	E0B6	lóu/lou		嘍	
嗞 ⊖	055DE	86EA	zī			
喧 ⊖	055A7	D0FA	xuān			誼
喀 ⊖	05580	BFA6	kā			
[嘅]	05605	86FE	kǎi	慨		
喔 ⊖	05594	E0B8	wō			
喙 ⊖	05599	E0B9	huì			
(喲)	055B2	86D1	yō/yo	哟		
尌 ⊜	05D36	8DA5	fēng			

字头	编码		读音	规范字	繁体字	异体字
	ISO 10646	GB 18030				
嵁 ㊂	05D41	8DAE	kān			
嵌 ㊀	05D4C	C7B6	qiàn			
嵇 ㊂	2BD87	9930C235	dié			嵎
嵘 ㊀	05D58	E1C9	róng			嶸
嵖 ㊀	05D56	8DBF	chá			
幅 ㊀	05E45	B7F9	fú			
(剀)	05274	8492	kǎi	剀		
(凯)	051F1	8450	kǎi	凯		
嵝 ㊂	05D3E	E1CA	yào			
[崴]	05D57	8DC0	suì	岁		
崴 ㊂	05D45	8DB2	hán			
崴 ㊀	05D34	E1CB	wǎi/wēi			
遄 ㊀	09044	E5D7	chuán			
(買)	08CB7	D949	mǎi	买		
(幀)	05E40	8EAC	zhēn	帧		
罶 ㊂	08A48	EEBA	lì			
帽 ㊀	05E3D	C3B1	mào			帽
嵎 ㊀	05D4E	8DB7	yú			
崽 ㊀	05D3D	E1CC	zǎi			
崿 ㊂	05D3F	8DAC	è			
嵚 ㊂	05D5A	8DC2	qīn			嶔

字头	编码		读音	规范字	繁体字	异体字
	ISO 10646	GB 18030				
嵬 ⊜	05D6C	E1CD	wéi			
崳 ⊜	05D5B	E1CE	yú			
(嵐)	05D50	8DB9	lán	岚		
翙 ⊜	07FD9	C199	huì			翽
嵯 ⊜	05D6F	E1CF	cuó			
嵝 ⊜	05D5D	E1D0	lǒu			嶁
嵫 ⊜	05D6B	E1D1	zī			
幄 ⊜	05E44	E1A2	wò			
颋 ⊜	2B5AE	9838F536	yǐ			顗
(幃)	05E43	8EAE	wéi	帏		
嵋 ⊜	05D4B	E1D2	méi			
圌 ⊜	0570C	87F9	chuí			
圐 ⊜	05710	87FD	kū			
赋 ⊖	08D4B	B8B3	fù			賦
赌 ⊖	08D4C	B6C4	dǔ			賭
赎 ⊖	08D4E	CAEA	shú			贖
赐 ⊖	08D50	B4CD	cì			賜
赑 ⊜	08D51	DA50	bì			贔
淼 ⊜	06DFC	EDB5	miǎo			
[淼①]	06DFC	EDB5	miǎo	渺		

①淼：可用于姓氏人名、地名。

字头	编码		读音	规范字	繁体字	异体字
	ISO 10646	GB 18030				
賙 ⊜	08D52	DA51	zhōu		賙	
賠 ⊖	08D54	C5E2	péi		賠	
賧 ⊜	08D55	EAE6	dǎn		賧	
黑 ⊖	09ED1	BADA	hēi			
(圍)	0570D	87FA	wéi	围		
[旤]	065E4	94FC	huò	祸		
铸 ⊖	094F8	D6FD	zhù		鑄	
锊 ⊜	09FCF	82359334	mài		鋝	
锓 ⊜	094F9	EFA9	láo		鐒	
钍 ⊜	2CB4A	9933A838	dù		釷	
铼 ⊜	28C47	9830C137	qiú		銶	
铺 ⊖	094FA	C6CC	pū		鋪	
			pù			舖
铻 ⊜	094FB	E89E	wú		鋙	
铼 ⊜	094FC	EFAA	lái		錸	
铽 ⊜	094FD	EFAB	tè		鋱	
链 ⊖	094FE	C1B4	liàn		鏈	
铿 ⊖	094FF	EFAC	kēng		鏗	
销 ⊖	09500	CFFA	xiāo		銷	
锁 ⊖	09501	CBF8	suǒ		鎖	鏁
锃 ⊖	09503	EFAD	zèng		鋥	

字头	编码		读音	规范字	繁体字	异体字
	ISO 10646	GB 18030				
锄 ⊖	09504	B3FA	chú		鋤	鉏耡
锂 ⊖	09502	EFAE	lǐ		鋰	
锇 ⊜	2B4F6	9838E332	xuān		鋗	
锅 ⊖	09505	B9F8	guō		鍋	
锆 ⊖	09506	EFAF	gào		鋯	
锇 ⊖	09507	EFB0	é		鋨	
锈 ⊖	09508	D0E2	xiù		銹	鏽
锉 ⊖	09509	EFB1	cuò		銼	剉
锊 ⊜	0950A	EFB2	lüè		鋝	
锋 ⊖	0950B	B7E6	fēng		鋒	
锌 ⊖	0950C	D0BF	xīn		鋅	
锍 ⊜	0950D	EFB3	liǔ		鋶	
锎 ⊜	0950E	EFB4	kāi		鐦	
锏 ⊜	0950F	EFB5	jiǎn		鐧	
锐 ⊖	09510	C8F1	ruì		銳	
锑 ⊖	09511	CCE0	tī		銻	
铉 ⊜	2CB4E	9933A932	hóng		鋐	
锒 ⊖	09512	EFB6	láng		鋃	
锓 ⊜	09513	EFB7	qǐn		鋟	
锔 ⊖	09514	EFB8	jū/jú		鋦	
锕 ⊖	09515	EFB9	ā		錒	

字头	编码		读音	规范字	繁体字	异体字
	ISO 10646	GB 18030				
甥 ㊀	07525	C9FB	shēng			
(無)	07121	9F6F	wú	无		
犇 ㊁	07287	A0C4	bēn			
[犇①]	07287	A0C4	bēn	奔		
掣 ㊁	063A3	B3B8	chè			
[缾]	07F3E	C090	píng	瓶		
掰 ㊀	063B0	EAFE	bāi			
短 ㊀	077ED	B6CC	duǎn			
智 ㊀	0667A	D6C7	zhì			
矬 ㊀	077EC	EFF3	cuó			
氰 ㊀	06C30	C7E8	qíng			
(氬)	06C2C	9AE5	yà	氩		
毳 ㊀	06BF3	EBA5	cuì			
氮 ㊀	06C2E	B5AA	dàn			
毯 ㊀	06BEF	CCBA	tǎn			
毽 ㊀	06BFD	EBA6	jiàn			
氯 ㊀	06C2F	C2C8	lǜ			
犊 ㊀	0728A	B6BF	dú			犢
犄 ㊀	07284	EAF7	jī			
犋 ㊀	0728B	EAF8	jù			

①犇：可用于姓氏人名。

字头	编码		读音	规范字	繁体字	异体字
	ISO 10646	GB 18030				
鹄 ⊖	09E44	F0C0	gǔ/hú		鵠	
犍 ⊖	0728D	EAF9	jiān/qián			
鹅 ⊖	09E45	B6EC	é		鵝	鵞鵞
颋 ⊜	0988B	EF46	tǐng		頲	
剩 ⊖	05269	CAA3	shèng			賸
[稉]	07Λ09	B693	jīng	粳		
嵇 ⊖	05D47	EFFA	jī			
稍 ⊖	07A0D	C9D4	shāo/shào			
[秆]	07A08	B692	gǎn	秆		
程 ⊖	07A0B	B3CC	chéng			
稌 ⊜	07A0C	B695	tú			
稀 ⊖	07A00	CFA1	xī			
黍 ⊖	09ECD	CAF2	shǔ			
稃 ⊖	07A03	EFFB	fū			
[棃]	068C3	9788	lí	梨		
[犁]	07282	A0C0	lí	犁		
税 ⊖	07A0E	CBB0	shuì			
稂 ⊖	07A02	EFFC	láng			
(乔)	055AC	86CC	qiáo	乔		
筐 ⊖	07B50	BFF0	kuāng			

字头	编码		读音	规范字	繁体字	异体字
	ISO 10646	GB 18030				
筀 ⑤	07B40	B94B	guì			
等 ⊖	07B49	B5C8	děng			
筘 ⑤	07B58	F3D8	kòu			
筑 ⊖	07B51	D6FE	zhù		筑築	
策 ⊖	07B56	B2DF	cè			筴筞
筚 ⊖	07B5A	F3D9	bì		篳	
筛 ⊖	07B5B	C9B8	shāi		篩	
筜 ⑤	07B5C	B959	dāng		簹	
筥 ⑤	07B65	B95F	jǔ			
筒 ⊖	07B52	CDB2	tǒng			筩
筅 ⑤	07B45	F3DA	xiǎn			
筏 ⊖	07B4F	B7A4	fá			栰
筵 ⊖	07B75	F3DB	yán			
筌 ⊖	07B4C	F3DC	quán			
答 ⊖	07B54	B4F0	dā/dá			
筋 ⊖	07B4B	BDEE	jīn			
[筍]	07B4D	B953	sǔn	笋		
筝 ⊖	07B5D	F3DD	zhēng			
(筆)	07B46	B950	bǐ	笔		
傣 ⊖	050A3	B4F6	dǎi			
傲 ⊖	050B2	B0C1	ào			

字头	编码		读音	规范字	繁体字	异体字
	ISO 10646	GB 18030				
傃 ㊁	05083	82D1	sù			
[傌]	0508C	82D8	mà	骂		
(備)	05099	82E4	bèi	备		
傅 ㊀	05085	B8B5	fù			
傈 ㊀	05088	C0FC	lì			
傉 ㊀	05089	82D5	nù			
[愑]	060E5	90BE	yǒng	恿		
焉 ㊀	08204	F4AA	xì			
牍 ㊀	0724D	EBB9	dú			牘
[牋]	0724B	A0A0	jiān	笺		
牌 ㊀	0724C	C5C6	pái			
(貸)	08CB8	D94A	dài	贷		
(順)	09806	ED98	shùn	顺		
翛 ㊁	07FDB	C19B	xiāo			
[絛]	07D5B	BD64	tāo	绦		
傥 ㊀	050A5	D9CE	tǎng			儻
堡 ㊀	05821	B1A4	bǎo			
[儁]	0347A	8139FA39	jùn	俊		
傒 ㊁	05092	82DD	xī			
(傖)	05096	82E1	cāng	伧		
[傑]	05091	82DC	jié	杰		

字头	编码		读音	规范字	繁体字	异体字
	ISO 10646	GB 18030				
(偢)	03473	FE55	zhòu	伮		
集 ⊖	096C6	BCAF	jí			
[雋]	096CB	EB68	juàn	隽		
焦 ⊖	07126	BDB9	jiāo			
[傚]	0509A	82E5	xiào	效		
傍 ⊖	0508D	B0F8	bàng			
(傢)	050A2	82ED	jiā	家		
傧 ⊖	050A7	D9CF	bīn		儐	
储 ⊖	050A8	B4A2	chǔ		儲	
傕 ⊜	05095	82E0	jué			
徨 ⊖	09051	E5D8	huáng			
[躰]	04836	8233F936	shè	射		
[皋]	081EF	C556	gāo	皋		
[㒠]	05160	83C3	dōu	兜		
皓 ⊖	07693	F0A9	hào			暠皜
皖 ⊖	07696	CDEE	wǎn			
(鄥)	09114	E077	wū	邬		
(衆)	08846	D05C	zhòng	众		
[衇]	08847	D05D	mài	脉		
粤 ⊖	07CA4	D4C1	yuè			
奥 ⊖	05965	B0C2	ào			

字头	编码		读音	规范字	繁体字	异体字
	ISO 10646	GB 18030				
傩 ⊖	050A9	D9D0	nuó		儺	
遁 ⊖	09041	B6DD	dùn			遯
街 ⊖	08857	BDD6	jiē			
惩 ⊖	060E9	B3CD	chéng		懲	
[衖]	08856	D069	lòng	弄		
[衕]	08855	D068	tòng	同		
御 ⊖	05FA1	D3F9	yù		御禦	
(復)	05FA9	8FCD	fù	复		
徨 ⊖	05FA8	E1E5	huáng			
循 ⊖	05FAA	D1AD	xún			
[徧]	05FA7	8FCC	biàn	遍		
(須)	09808	ED9A	xū	须		
婆 ⊖	05AAD	8B80	xū			媭
舾 ⊜	0823E	F4B8	xī			
艇 ⊖	08247	CDA7	tǐng			
舒 ⊖	08212	CAE6	shū			
畬 ⊖	07572	EEB4	shē			
畬 ⊜	0756C	AE8C	yú			
(鈃)	09203	E25D	xíng	钘		
(鈇)	09207	E261	fū	铁		
(鈣)	09223	E27D	gài	钙		

字头	编码		读音	规范字	繁体字	异体字
	ISO 10646	GB 18030				
(鈈)	09208	E262	bù	钚		
(鈦)	09226	E281	tài	钛		
(鉅)	09245	E2A0	jù	钜		
[鉅①]	09245	E2A0	jù	巨		
(鈍)	0920D	E267	dùn	钝		
(鈔)	09214	E26E	chāo	钞		
(鈉)	09209	E263	nà	钠		
(鈏)	091FF	E259	jīn	钘		
(鈑)	09211	E26B	bǎn	钣		
(鈐)	09210	E26A	qián	钤		
[鈆]	09206	E260	qiān/yán	铅		
(欽)	06B3D	9A4A	qīn	钦		
(鈞)	0921E	E278	jūn	钧		
(鈎)	0920E	E268	gōu	钩		
(鈧)	09227	E282	kàng	钪		
(鈁)	09201	E25B	fāng	钫		
(鈥)	09225	E280	huǒ	钬		
(鈄)	09204	E25E	dǒu/tǒu	钭		
(鈕)	09215	E26F	niǔ	钮		
(鈀)	09200	E25A	bǎ	钯		

①鉅：可用于姓氏人名、地名，但须类推简化作"钜"。

字头	编码		读音	规范字	繁体字	异体字
	ISO 10646	GB 18030				
弒 ⊖	05F11	DFB1	shì			
逾 ⊖	0903E	D3E2	yú			踰
頜 ⊖	0988C	F2A2	hé		頜	
翕 ⊖	07FD5	F4E2	xī			
[殽]	06BBD	9AA5	xiáo	淆		
頫 ⊖	2B5ΛF	9838F537	fǔ		頫	
釉 ⊖	091C9	D3D4	yòu			
番 ⊖	0756A	B7AC	fān/pān			
释 ⊖	091CA	CACD	shì		釋	
(爺)	0723A	A094	yé	爷		
鹆 ⊖	09E46	F0C1	yù		鵒	
(傘)	05098	82E3	sǎn	伞		
[繖]	20302	9532CF36	sǎn	伞		
禽 ⊖	079BD	C7DD	qín			
(爲)	07232	A091	wéi/wèi	为		
舜 ⊖	0821C	CBB4	shùn			
貂 ⊖	08C82	F5F5	diāo			
(創)	05275	8493	chuāng/ chuàng	创		
(飩)	098E9	EF82	tún	饨		
(飪)	098EA	EF83	rèn	饪		

字头	编码		读音	规范字	繁体字	异体字
	ISO 10646	GB 18030				
(飫)	098EB	EF84	yù	饫		
(飭)	098ED	EF86	chì	饬		
(飯)	098EF	EF88	fàn	饭		
(飲)	098F2	EF8B	yǐn	饮		
腈	08148	EBE6	jīng			
脿	0813F	C3A0	biǎo			
(脹)	08139	C39B	zhàng	胀		
腊	0814A	C0B0	là		臘	臈
(腖)	08156	C44C	dòng	胨		
腌	0814C	EBE7	ā			
			yān			醃
腓	08153	EBE8	féi			
腘	08158	C44E	guó		膕	
腆	08146	CCF3	tiǎn			
腒	04403	82338E38	jùn			
(腡)	08161	C454	luó	脶		
腴	08174	EBE9	yú			
脾	0813E	C6A2	pí			
腋	0814B	D2B8	yè			
腑	08151	B8AD	fǔ			
(勝)	052DD	84D9	shèng	胜		

305

字头	编码		读音	规范字	繁体字	异体字
	ISO 10646	GB 18030				
腙 ⊜	08159	EBEA	zōng			
腚 ⊜	0815A	EBEB	dìng			
腔 ⊖	08154	C7BB	qiāng			
腕 ⊖	08155	CDF3	wàn			
腱 ⊜	08171	EBEC	jiàn			
脶 ⊜	08152	C44B	jū			
颋 ⊜	2CC5F	9933C435	wěi		頋	
鱿 ⊜	09C7F	F6CF	yóu		魷	
鲀 ⊜	09C80	F783	tún		魨	
鲁 ⊖	09C81	C2B3	lǔ		魯	
鲂 ⊜	09C82	F6D0	fáng		魴	
鲃 ⊜	09C83	F784	bā		鲅	
颍 ⊜	0988D	F2A3	yǐng		潁	
猰 ⊜	07330	AA6D	yà			
鵟 ⊜	2B6ED	98399735	kuáng		鵟	
猢 ⊜	07322	E2A9	hú			
猹 ⊜	07339	E2AA	chá			
猩 ⊜	07329	D0C9	xīng			
猥 ⊜	07325	E2AB	wěi			
猬 ⊜	0732C	E2AC	wèi			蝟
猯 ⊜	0732F	AA6C	tuān			

字头	编码		读音	规范字	繁体字	异体字
	ISO 10646	GB 18030				
猾 ⊖	0733E	BBAB	huá			
猴 ⊖	07334	BAEF	hóu			
㺄 ⊜	03E84	8231FE37	yǔ			
[猨]	07328	AA6A	yuán	猿		
飓 ⊖	098D3	ECAB	jù		颶	颶
(猶)	07336	AA71	yóu	犹		
觞 ⊖	089DE	F5FC	shāng		觴	
觚 ⊖	089DA	F5FD	gū			
[觝]	089DD	D368	dǐ	抵		
猱 ⊖	07331	E2AE	náo			
惫 ⊖	060EB	B1B9	bèi		憊	
颍 ⊖	0988E	EF47	jiǒng		熲	
飧 ⊖	098E7	E2B8	sūn			飱
然 ⊖	07136	C8BB	rán			
(貿)	08CBF	D951	mào	贸		
馇 ⊖	09987	E2C7	chā/zha		餷	
(鄒)	09112	E075	zōu	邹		
馈 ⊖	09988	C0A1	kuì		饋	餽
馉 ⊜	09989	F0A0	gǔ		餶	
馊 ⊖	0998A	E2C8	sōu		餿	
馋 ⊖	0998B	B2F6	chán		饞	

307

字头	编码		读音	规范字	繁体字	异体字
	ISO 10646	GB 18030				
(詁)	08A41	D462	gǔ	诂		
(訶)	08A36	D458	hē	诃		
(評)	08A55	D475	píng	评		
(詛)	08A5B	D47B	zǔ	诅		
(訽)	08A57	D477	xiòng	诇		
(詐)	08A50	D470	zhà	诈		
(訴)	08A34	D456	sù	诉		
(診)	08A3A	D45C	zhěn	诊		
(詆)	08A46	D467	dǐ	诋		
[註]	08A3B	D45D	zhù	注		
(詝)	08A5D	D47D	zhǔ	讠宁		
[詠]	08A60	D481	yǒng	咏		
(詞)	08A5E	D47E	cí	词		
(詘)	08A58	D478	qū	诎		
(詔)	08A54	D474	zhào	诏		
(詖)	08A56	D476	bì	诐		
(詒)	08A52	D472	yí	诒		
(馮)	099AE	F154	féng	冯		
襄⼆	04EB5	D9F4	xiè		襄	
㴔①⼆	051D3	83FA	lì			

①㴔：义为寒冷。不再作为"栗"的异体字。

字头	编码		读音	规范字	繁体字	异体字
	ISO 10646	GB 18030				
装 ⊖	088C5	D7B0	zhuāng		裝	
蛮 ⊖	086EE	C2F9	mán		蠻	
脔 ⊖	08114	D9F5	luán		臠	
就 ⊖	05C31	BECD	jiù			
鄗 ⊜	09117	E07A	hào			
敦 ⊖	06566	B6D8	dūn			敦
[厢]	05EC2	8EFB	xiāng	厢		
裒 ⊖	088D2	D9F6	póu			
[廁]	05EC1	8EFA	cè	厕		
[廇]	05EBD	8EF7	yù	寓		
廞 ⊜	2BDF7	9930CD37	xīn		廞	
廋 ⊜	05ECB	8F43	sōu			
庽 ⊜	05EC6	8F40	wěi/guī			
斌 ⊖	0658C	B1F3	bīn			
痣 ⊖	075E3	F0EB	zhì			
痨 ⊖	075E8	F0EC	láo		癆	
痦 ⊖	075E6	F0ED	wù			
痘 ⊖	075D8	B6BB	dòu			
痞 ⊖	075DE	C6A6	pǐ			
(痙)	075D9	AF64	jìng	痉		
痢 ⊖	075E2	C1A1	lì			

字头	编码		读音	规范字	繁体字	异体字
	ISO 10646	GB 18030				
痤 ⊜	075E4	F0EE	cuó			
瘓 ⊜	075EA	BBBE	huàn			
痫 ⊜	075EB	F0EF	xián		癇	
痧 ⊜	075E7	F0F0	shā			
[痾]	075FE	AF7A	kē	疴		
痛 ⊜	075DB	CDB4	tòng			
鄌 ⊜	0910C	E06F	táng			
賡 ⊜	08D53	E2D9	gēng		賡	
[廐]	05ED0	8F48	jiù	厩		
[廏]	05EC4	8EFD	jiù	厩		
粢 ⊜	07CA2	F4D2	zī			
[椉]	06909	97BC	chéng	乘		
竦 ⊜	07AE6	F1B5	sǒng			
童 ⊜	07AE5	CDAF	tóng			
瓿 ⊜	074FF	EAB3	bù			
[竢]	07AE2	B872	sì	俟		
竣 ⊜	07AE3	BFA2	jùn			
啻 ⊜	0557B	E0B4	chì			
遆 ⊜	09046	DF58	tí			
旐 ⊜	065D0	94ED	zhào			
[遊]	0904A	DF5B	yóu	游		

字头	编码		读音	规范字	繁体字	异体字
	ISO 10646	GB 18030				
颏 ⊖	0988F	F2A4	kē/ké		頦	
[棄]	068C4	9789	qì	弃		
鹇 ⊖	09E47	F0C2	xián		鷳	
闉 ⊖	2CBB1	9933B331	yīn		闉	
阑 ⊖	09611	C0BB	lán		闌	
阒 ⊖	09612	E3D6	qù		闃	
阔 ⊖	09614	C0AB	kuò		闊	濶
阕 ⊖	09615	E3D7	què		闋	
善 ⊖	05584	C9C6	shàn			
[羢]	07FA2	C173	róng	绒		
翔 ⊖	07FD4	CFE8	xiáng			
羡 ⊖	07FA1	CFDB	xiàn			
普 ⊖	0666E	C6D5	pǔ			
粪 ⊖	07CAA	B7E0	fèn		糞	
粞 ⊖	07C9E	F4D1	xī			
[粦]	07CA6	BB91	lín	磷		
[粧]	07CA7	BB92	zhuāng	妆		
尊 ⊖	05C0A	D7F0	zūn			
奠 ⊖	05960	B5EC	diàn			
遒 ⊖	09052	E5D9	qiú			
道 ⊖	09053	B5C0	dào			

字头	编码		读音	规范字	繁体字	异体字
	ISO 10646	GB 18030				
遂 ⊖	09042	CBEC	suí/suì			
孳 ⊖	05B73	E6DC	zī			
曾 ⊖	066FE	D4F8	céng/zēng			
焯 ⊖	0712F	ECCC	chāo/zhuō			
焜 ⊖	0711C	9F6A	kūn			
焰 ⊖	07130	D1E6	yàn			燄
焞 ⊜	0711E	9F6C	tūn			
焙 ⊖	07119	B1BA	bèi			
焯 ⊜	2C2A4	9931C734	chǎn		燀	
欻 ⊜	06B3B	9A48	xū/chuā			
焱 ⊖	07131	ECCD	yàn			
(勞)	052DE	84DA	láo	劳		
鹈 ⊖	09E48	F0C3	tí		鵜	
[湊]	06E4A	9C90	còu	凑		
濆 ⊜	23E23	9634D133	fén		濆	
湛 ⊖	06E5B	D5BF	zhàn			
港 ⊖	06E2F	B8DB	gǎng			
渫 ⊖	06E2B	E4CD	xiè			
滞 ⊖	06EDE	D6CD	zhì		滯	
溚 ⊜	06E9A	9CCD	dá/tǎ			

字头	编码		读音	规范字	繁体字	异体字
	ISO 10646	GB 18030				
溁 ⊜	06E81	9CBB	yíng		濚	
湖 ⊖	06E56	BAFE	hú			
湘 ⊖	06E58	CFE6	xiāng			
渣 ⊖	06E23	D4FC	zhā			
渤 ⊖	06E24	B2B3	bó			
湮 ⊖	06E6E	E4CE	yān			
[减]	06E1B	9C70	jiǎn	减		
湎 ⊖	06E4E	E4CF	miǎn			
湝 ⊜	06E5D	9C9C	jiē			
(湞)	06E5E	9C9D	zhēn	浈		
湜 ⊖	06E5C	9C9B	shí			
渺 ⊖	06E3A	C3EC	miǎo			淼渺
(測)	06E2C	9C79	cè	测		
(湯)	06E6F	9CAB	tāng	汤		
湿 ⊖	06E7F	CAAA	shī		濕	溼
温 ⊖	06E29	CEC2	wēn			
渴 ⊖	06E34	BFCA	kě			
渭 ⊖	06E2D	CEBC	wèi			
溃 ⊖	06E83	C0A3	kuì		潰	
湍 ⊖	06E4D	CDC4	tuān			
溅 ⊖	06E85	BDA6	jiàn		濺	

字头	编码		读音	规范字	繁体字	异体字
	ISO 10646	GB 18030				
滑 ⊖	06ED1	BBAC	huá			
湃 ⊖	06E43	C5C8	pài			
湫 ⊖	06E6B	E4D0	jiǎo/qiū			
[湼]	06E7C	9CB8	niè	涅		
溲 ⊖	06EB2	E4D1	sōu			
(淵)	06DF5	9C59	yuān	渊		
湟 ⊖	06E5F	E4D2	huáng			
溆 ⊖	06E86	E4D3	xù			
渝 ⊖	06E1D	D3E5	yú			
渰 ⊜	06E30	9C7B	yǎn			
湲 ⊖	06E72	9CAE	yuán			
溢 ⊜	06E53	E4D4	pén			
(渢)	06E22	9C74	fēng	沨		
湙 ⊜	03D14	8231D939	jí			
湾 ⊖	06E7E	CDE5	wān		灣	
[湻]	06E7B	9CB7	chún	淳		
渟 ⊜	06E1F	9C73	tíng			
渡 ⊖	06E21	B6C9	dù			
游 ⊖	06E38	D3CE	yóu			遊
溠 ⊜	06EA0	9CD1	zhà			
湈 ⊜	06E3C	9C84	měi			

字头	编码		读音	规范字	繁体字	异体字
	ISO 10646	GB 18030				
溇 ㊂	06E87	9CBE	lóu		漊	
湔 ㊀	06E54	E4D5	jiān			
滋 ㊀	06ECB	D7CC	zī			
湉 ㊀	06E49	9C8F	tián			
渲 ㊀	06E32	E4D6	xuàn			
(渾)	06E3E	9C86	hún	浑		
溉 ㊀	06E89	B8C8	gài			
渥 ㊀	06E25	E4D7	wò			
滑 ㊂	06E63	9CA1	mǐn			
(潿)	06E4B	9C91	wéi	沩		
湄 ㊀	06E44	E4D8	méi			
湑 ㊀	06E51	9C95	xù/xǔ			
滁 ㊀	06EC1	B3FC	chú			
[湧]	06E67	9CA5	yǒng	涌		
溞 ㊀	06E9E	9CD0	sāo			
(愜)	0611C	90DC	qiè	惬		
愤 ㊀	06124	B7DF	fèn			憤
慌 ㊀	0614C	BBC5	huāng			
惰 ㊀	060F0	B6E8	duò			
愐 ㊂	06110	90D2	miǎn			
(惻)	060FB	90C5	cè	恻		

字头	编码		读音	规范字	繁体字	异体字
	ISO 10646	GB 18030				
愠 ⊜	06120	E3B3	yùn			
惺 ⊜	060FA	D0CA	xīng			
愦 ⊜	06126	E3B4	kuì		憒	
愕 ⊜	06115	E3B5	è			
惴 ⊜	060F4	E3B7	zhuì			
愣 ⊜	06123	E3B6	lèng			
愀 ⊜	06100	E3B8	qiǎo			
愎 ⊜	0610E	E3B9	bì			
惶 ⊜	060F6	BBCC	huáng			
愧 ⊜	06127	C0A2	kuì			媿
愉 ⊜	06109	D3E4	yú			
[惇]	0396B	8230FB30	dūn	惇		
愔 ⊜	06114	90D6	yīn			
愃 ⊜	06103	90CB	xuān			
(恽)	060F2	90C1	yùn	恽		
慨 ⊜	06168	BFAE	kǎi			嘅
(恼)	060F1	90C0	nǎo	恼		
嗒 ⊜	055BE	E0B7	kù		嚳	
敩 ⊜	06569	94AC	xiào		敩	
割 ⊜	05272	B8EE	gē			
寒 ⊜	05BD2	BAAE	hán			

字头	编码		读音	规范字	繁体字	异体字
	ISO 10646	GB 18030				
富 ⊝	05BCC	B8BB	fù			
[寍]	05BD5	8C82	níng/nìng	宁		
[寔]	05BD4	8C81	shí	实		
寓 ⊝	05BD3	D4A2	yù			庽
[寑]	05BD1	8C80	qǐn	寝		
窜 ⊝	07A9C	B4DC	cuàn		竄	
窝 ⊝	07A9D	CED1	wō		窩	
[窓]	25997	97309C31	chuāng	窗		
窖 ⊝	07A96	BDD1	jiào			
窗 ⊝	07A97	B4B0	chuāng			牕窻牎牎窗
窘 ⊝	07A98	BEBD	jiǒng			
甯 ⊜	0752F	E5B8	nìng			
[甯①]	0752F	E5B8	níng/nìng	宁		
寐 ⊝	05BD0	C3C2	mèi			
谟 ⊝	08C1F	DAD3	mó		謨	謩
(運)	0904B	DF5C	yùn	运		
扉 ⊝	06249	ECE9	fēi			
遍 ⊝	0904D	B1E9	biàn			徧
棨 ⊜	068E8	97A4	qǐ			
雇 ⊝	096C7	B9CD	gù			僱

①甯：可用于姓氏人名。

字头	编码		读音	规范字	繁体字	异体字
	ISO 10646	GB 18030				
㡃	0624A	91FE	yǎn			
(補)	088DC	D161	bǔ	补		
[袶]	088CC	D157	jiá	夹		
褢	088E2	F1CD	lián		褳	
裎	088CE	F1CE	chéng/chěng			
[裡]	088E1	D165	lǐ	里		
裣	088E3	F1CF	liǎn		襝	
裕	088D5	D4A3	yù			
裤	088E4	BFE3	kù		褲	袴
裥	088E5	F1D0	jiǎn		襇	
裙	088D9	C8B9	qún			帬裠
稜	0797E	B592	líng			
祺	0797A	ECF7	qí			
祼	0797C	B590	guàn			
(禍)	0798D	B59C	huò	祸		
谠	08C20	DAD4	dǎng		讜	
禅	07985	ECF8	chán/shàn		禪	
禄	07984	C2BB	lù			
幂	05E42	C3DD	mì			冪
谡	08C21	DAD5	sù		謖	

字头	编码		读音	规范字	繁体字	异体字
	ISO 10646	GB 18030				
谢 ⊖	08C22	D0BB	xiè		謝	
谣 ⊖	08C23	D2A5	yáo		謠	
谤 ⊖	08C24	B0F9	bàng		謗	
谥 ⊖	08C25	DAD6	shì		諡	謚
谦 ⊖	08C26	C7AB	qiān		謙	
谧 ⊖	08C27	DAD7	mì		謐	
(尋)	05C0B	8CA4	xún	寻		
(畫)	0756B	AE8B	huà	画		
[尋]	21B36	9537C532	xún	寻		
遐 ⊖	09050	E5DA	xiá			
[䛐]	046D0	8233D632	cí	词		
犀 ⊖	07280	CFAC	xī			
属 ⊖	05C5E	CAF4	shǔ		屬	
屡 ⊖	05C61	C2C5	lǚ		屢	
孱 ⊖	05B71	E5EE	chán			
弼 ⊖	05F3C	E5F6	bì			
强 ⊖	05F3A	C7BF	qiáng			強彊
(費)	08CBB	D94D	fèi	费		
粥 ⊖	07CA5	D6E0	zhōu			
巽 ⊖	05DFD	D9E3	xùn			
[疎]	0758E	AF45	shū	疏		

字头	编码		读音	规范字	繁体字	异体字
	ISO 10646	GB 18030				
疏 ⊖	0758F	CAE8	shū			疎
(違)	09055	DF60	wéi	违		
(靭)	097CC	ED67	rèn	韧		
[靱]	(0E159)①	ED67	rèn	韧		
隔 ⊖	09694	B8F4	gé			
騺 ⊖	09A98	E6EF	zhì		鷙	
隙 ⊖	09699	CFB6	xì			
(隕)	09695	EB45	yǔn	陨		
(隑)	09691	EB42	gài	陇		
[隖]	09696	EB46	wù	坞		
隘 ⊖	09698	B0AF	ài			
媒 ⊖	05A92	C3BD	méi			
婻 ⊜	05A7B	8B52	nàn			
媆 ⊜	05A86	8B5C	ruǎn			
媞 ⊜	05A9E	8B71	shì/tí			
媪 ⊜	05AAA	E6C1	ǎo			
絮 ⊖	07D6E	D0F5	xù			
媬 ⊜	036F9	8230BC35	pián			
嫂 ⊖	05AC2	C9A9	sǎo			
[媟]	05A63	8B41	yīn	姻		

①该字与规范字"韧"共用编码。

字头	编码		读音	规范字	繁体字	异体字
	ISO 10646	GB 18030				
媓 ⊜	05A93	8B68	huáng			
[媿]	05ABF	8B8D	kuì	愧		
[婾]	05AAE	8B81	tōu	偷		
媛 ⊖	05A9B	E6C2	yuán/ yuàn			
[娯]	05A8D	8B63	fù	妇		
婷 ⊖	05A77	E6C3	tíng			
媂 ⊜	05A82	8B58	dì			
媄 ⊜	05A84	8B5A	měi			
媚 ⊖	05A9A	C3C4	mèi			
婿 ⊖	05A7F	D0F6	xù			壻
(賀)	08CC0	D952	hè	贺		
毬 ⊖	05DEF	DBCF	qiú		毬	
毵 ⊜	06BF5	EBA7	sān		毿	
翚 ⊜	07FDA	C19A	huī		翬	
登 ⊖	0767B	B5C7	dēng			
(發)	0767C	B06C	fā	发		
皴 ⊜	076B4	F1E5	cūn			
喬 ⊖	077DE	B29C	yù			
婺 ⊜	05A7A	E6C4	wù			
骛 ⊜	09A9B	E6F0	wù		鶩	

字头	编码		读音	规范字	繁体字	异体字
	ISO 10646	GB 18030				
骉 ⊜	2CD03	9933D439	huō		骉	
缂 ⊖	07F02	E7BC	kè		緙	
缃 ⊖	07F03	E7BD	xiāng		緗	
缄 ⊖	07F04	BCEA	jiān		緘	械
缅 ⊖	07F05	C3E5	miǎn		緬	
彘 ⊖	05F58	E5E9	zhì			
缆 ⊖	07F06	C0C2	lǎn		纜	
騠 ⊜	2B628	98398338	tí		騠	
缇 ⊖	07F07	E7BE	tí		緹	
缈 ⊖	07F08	E7BF	miǎo		緲	
缉 ⊖	07F09	BCA9	jī/qī		緝	
缊 ⊜	07F0A	C088	yùn		縕	
缌 ⊖	07F0C	E7C1	sī		緦	
缎 ⊖	07F0E	B6D0	duàn		緞	
线 ⊜	07F10	C089	xiàn		線	
缑 ⊖	07F11	E7C3	gōu		緱	
缒 ⊖	07F12	E7C4	zhuì		縋	
缓 ⊖	07F13	BBBA	huǎn		緩	
缔 ⊖	07F14	B5DE	dì		締	
缕 ⊖	07F15	C2C6	lǚ		縷	
骗 ⊖	09A97	C6AD	piàn		騙	

字头	编码		读音	规范字	繁体字	异体字
	ISO 10646	GB 18030				
编 ⊖	07F16	B1E0	biān		編	
缗 ⊜	07F17	E7C5	mín		緡	
骙 ⊜	09A99	F359	kuí		騤	
骚 ⊖	09A9A	C9A7	sāo		騷	
缘 ⊖	07F18	D4B5	yuán		緣	
飨 ⊜	098E8	F7CF	xiǎng		饗	
(綁)	07D81	BD89	bǎng	绑		
(絨)	07D68	BD71	róng	绒		
(結)	07D50	BD59	jiē/jié	结		
(絝)	07D5D	BD66	kù	绔		
(絰)	07D70	BD78	dié	绖		
[綊]	07D4F	BD58	xiè	绁		
(絪)	07D6A	BD73	yīn	绬		
(綎)	07D8E	BD96	tīng	綎		
(綖)	07D96	BD9E	yán	綖		
(絎)	07D4E	BD57	háng	绗		
(給)	07D66	BD6F	gěi/jǐ	给		
(絢)	07D62	BD6B	xuàn	绚		
(絳)	07D73	BD7B	jiàng	绛		
(絡)	07D61	BD6A	luò	络		
(絕)	07D76	BD7E	jué	绝		

字头	编码		读音	规范字	繁体字	异体字
	ISO 10646	GB 18030				
(絞)	07D5E	BD67	jiǎo	绞		
(統)	07D71	BD79	tǒng	统		
(絲)	07D72	BD7A	sī	丝		
(幾)	05E7E	8ED7	jǐ/jī	几		
十三画						
耢 ⊖	08022	F1EC	lào		耮	
[耡]	08021	C261	chú	锄		
[惷]	060F7	90C3	chǔn	蠢		
瑃 ⊖	07443	AC74	chūn			
瑟 ⊖	0745F	C9AA	sè			
[瑇]	07447	AC78	dài	玳		
瑚 ⊖	0745A	BAF7	hú			
瑓 ⊖	07453	AC85	liàn			
(頊)	0980A	ED9C	xū	顼		
鹉 ⊖	09E49	F0C4	wǔ		鵡	
瑅 ⊜	07445	AC76	tí			
(勣)	052E3	84DE	jì	勣		
[勣①]	052E3	84DE	jì	绩		
(瑒)	07452	AC84	yáng/chàng	玚		

①勣：可用于姓氏人名，但须类推简化作"玚"。

字头	编码		读音	规范字	繁体字	异体字
	ISO 10646	GB 18030				
瑁 ⊜	07441	E8A3	mào			
瑆 ⊜	07446	AC77	xīng			
鶄 ⊜	04D16	FE9B	jīng		鶄	
瑞 ⊖	0745E	C8F0	ruì			
瑖 ⊜	07456	AC87	duàn			
瑝 ⊜	0745D	AC89	huáng			
瑔 ⊜	07454	AC86	quán			
瑰 ⊖	07470	B9E5	guī			瓌
瑀 ⊜	07440	AC72	yǔ			
瑜 ⊖	0745C	E8A4	yú			
瑗 ⊖	07457	E8A5	yuàn			
瓛 ⊜	249DB	96378333	dì			
瑳 ⊜	07473	AC9B	cuō			
瑄 ⊖	07444	AC75	xuān			
(琿)	0743F	AC71	hún/huī	珲		
瑕 ⊖	07455	E8A6	xiá			
(瑋)	0744B	AC7C	wěi	玮		
瑂 ⊜	07442	AC73	méi			
嫯 ⊜	05D85	8DE5	áo			
遨 ⊜	09068	E5DB	áo			
骜 ⊜	09A9C	E6F1	ào		驁	

字头	编码		读音	规范字	繁体字	异体字
	ISO 10646	GB 18030				
瑑 ⊜	07451	AC83	zhuàn			
瑙 ⊖	07459	E8A7	nǎo			
遘 ⊜	09058	E5DC	gòu			
[愶]	03966	8230FA35	qiè	慑		
(頑)	09811	EE42	wán	顽		
韫 ⊜	097EB	E8B9	yùn		韞	
魂 ⊖	09B42	BBEA	hún			䰟
[䰟]	04C1F	8234DE36	hún	魂		
[搆]	06406	936B	gòu	构		
髡 ⊜	09AE1	F7D5	kūn			
髢 ⊜	09AE2	F383	dí			
肆 ⊖	08086	CBC1	sì			
[摃]	06443	9395	gāng	扛		
摄 ⊖	06444	C9E3	shè		攝	
摸 ⊖	06478	C3FE	mō			
填 ⊖	0586B	CCEE	tián			
(載)	08F09	DD64	zǎi/zài	载		
搏 ⊖	0640F	B2AB	bó			
塥 ⊜	05865	DCAA	gé			
(馱)	099B1	F157	duò/tuó	驮		
(馴)	099B4	F15A	xùn	驯		

字头	编码		读音	规范字	繁体字	异体字
	ISO 10646	GB 18030				
(馳)	099B3	F159	chí	驰		
塬 ⊜	0586C	DCAB	yuán			
鄢 ⊜	09122	DBB3	yān			
趔 ⊜	08D94	F4F3	liè			
趑 ⊜	08D91	F4F4	zī			
摅 ⊜	06445	DEF3	shū			攄
(坿)	05852	8950	shí	坿		
[撗]	03A2A	82318F37	huàng	晃		
塌 ⊜	0584C	CBFA	tā			
[搨]	06428	9382	tà	拓		
(塤)	05864	895F	xūn	埙		
(損)	0640D	9370	sǔn	损		
(遠)	09060	DF68	yuǎn	远		
摁 ⊜	06441	DEF4	èn			
鼓 ⊜	09F13	B9C4	gǔ			皷
(塏)	0584F	894E	kǎi	垲		
堽 ⊜	0583D	88FE	gāng			
摆 ⊜	06446	B0DA	bǎi		擺襬	
赪 ⊜	08D6A	DA57	chēng		赬	
携 ⊜	0643A	D0AF	xié			攜擕攜攜

字头	编码		读音	规范字	繁体字	异体字
	ISO 10646	GB 18030				
(搗)	06417	9376	dǎo	捣		
(塢)	05862	895D	wù	坞		
蜇 ○	08707	F2D8	zhē/zhé			
搋 ○	0640B	DEF5	chuāi			
搬 ○	0642C	B0E1	bān			
(勢)	052E2	84DD	shì	势		
摇 ○	06447	D2A1	yáo			
[搯]	0642F	9386	tāo	掏		
(搶)	06436	938C	qiǎng	抢		
[搇]	06407	936C	qìn	揿		
搞 ○	0641E	B8E3	gǎo			
摛 ○	0645B	93A4	chī			
塘 ○	05858	CCC1	táng			
搪 ○	0642A	CCC2	táng			
塝 ○	0585D	8959	bàng			
搒 ○	06412	9373	bàng/péng			
搐 ○	06410	B4A4	chù			
[搤]	06424	937E	è	扼		
搛 ○	0641B	DEF6	jiān			
搠 ○	06420	DEF7	shuò			

字头	编码		读音	规范字	繁体字	异体字
	ISO 10646	GB 18030				
摈 ⊖	06448	B1F7	bìn			擯
[搾]	0643E	9392	zhà	榨		
(壸)	058FC	89DA	kǔn	壶		
[塚]	0585A	8956	zhǒng	冢		
彀 ⊖	05F40	ECB0	gòu			
榖 ⊖	06BC2	ECB1	gǔ			穀
[搉]	06409	936E	què	榷		
搌 ⊜	0640C	DEF8	zhǎn			
搦 ⊖	06426	DEF9	nuò			
摊 ⊖	0644A	CCAF	tān			攤
搡 ⊖	06421	DEFA	sǎng			
(聖)	08056	C27D	shèng	圣		
聘 ⊖	08058	C6B8	pìn			
[碁]	07881	B39E	qí	棋		
蓁 ⊖	084C1	DDE8	zhēn			
戡 ⊖	06221	EAAC	kān			
[尠]	05C20	8CB0	xiǎn	鲜		
斟 ⊖	0659F	D5E5	zhēn			
蒜 ⊖	0849C	CBE2	suàn			
蒲 ⊜	084B1	C968	pú			
蓍 ⊖	084CD	DDE9	shī			

字头	编码		读音	规范字	繁体字	异体字
	ISO 10646	GB 18030				
(蓋)	084CB	C977	gài/gě	盖		
鄞 ⊖	0911E	DBB4	yín			
勤 ⊖	052E4	C7DA	qín			懃
(蓮)	084EE	C98F	lián	莲		
靴 ⊖	09774	D1A5	xuē			鞾
靳 ⊖	09773	BDF9	jìn			
靶 ⊖	09776	B0D0	bǎ			
鹊 ⊖	09E4A	C8B5	què		鵲	
蓐 ⊖	084D0	DDEA	rù			
蓝 ⊖	084DD	C0B6	lán		藍	
(蒔)	08494	C950	shí/shì	莳		
(蓽)	084FD	C99C	bì	荜		
墓 ⊖	05893	C4B9	mù			
幕 ⊖	05E55	C4BB	mù			幙
蓦 ⊖	084E6	DDEB	mò		驀	
鹋 ⊖	09E4B	F0C5	miáo		鶓	
蒽 ⊖	084BD	DDEC	ēn			
(夢)	05922	89F4	mèng	梦		
蒨 ⊖	084A8	C960	qiàn			
蓓 ⊖	084D3	DDED	bèi			
蓖 ⊖	084D6	B1CD	bì			

字头	编码		读音	规范字	繁体字	异体字
	ISO 10646	GB 18030				
蓏 ⊖	084CF	C97A	luǒ			
(蒼)	084BC	C96E	cāng	苍		
蓊 ⊖	084CA	DDEE	wěng			
蒯 ⊖	084AF	D8E1	kuǎi			
蓟 ⊖	084DF	BCBB	jì		薊	
蓬 ⊖	084EC	C5EE	péng			
蓑 ⊖	084D1	CBF2	suō			簑
蒿 ⊖	084BF	DDEF	hāo			
[蓆]	084C6	C974	xí	席		
蒺 ⊖	084BA	DDF0	jí			
蓠 ⊖	084E0	DDF1	lí		蘺	
蔀 ⊜	08500	C99E	bù			
蒟 ⊖	0849F	C958	jǔ			
蒡 ⊖	084A1	DDF2	bàng			
蓄 ⊖	084C4	D0EE	xù			
蒹 ⊖	084B9	DDF3	jiān			
蒴 ⊖	084B4	DDF4	shuò			
蒲 ⊖	084B2	C6D1	pú			
[蒞]	0849E	C957	lì	莅		
蒗 ⊖	08497	DDF5	làng			
[蓡]	084E1	C986	shēn	参		

字头	编码		读音	规范字	繁体字	异体字
	ISO 10646	GB 18030				
蓉 ⊖	084C9	C8D8	róng			
蒙 ⊖	08499	C3C9	mēng/ méng		蒙矇	
			méng		濛懞	
萌 ⊜	084E2	C987	lǎng			
蓂 ⊜	084C2	C971	mì/míng			
鎣 ⊖	084E5	DDF6	yíng			鎣
(幹)	05E79	8ED6	gàn	干		
颐 ⊖	09890	D2C3	yí			頤
蒻 ⊜	084BB	C96D	ruò			
(蓀)	084C0	C970	sūn	荪		
(蔭)	0852D	CA61	yīn/yìn	荫		
蒸 ⊖	084B8	D5F4	zhēng			
献 ⊖	0732E	CFD7	xiàn			獻
蓣 ⊜	084E3	DDF7	yù			蕷
(蒓)	08493	C94F	chún	莼		
楔 ⊖	06954	D0A8	xiē			
椿 ⊖	0693F	B4BB	chūn			
[楳]	06973	984D	méi	梅		
椹 ⊜	06939	E9A9	shèn			
楪 ⊜	0696A	9847	dié			

字头	编码		读音	规范字	繁体字	异体字
	ISO 10646	GB 18030				
楠 ⊖	06960	E9AA	nán			枬柟
禁 ⊖	07981	BDFB	jīn/jìn			
楂 ⊖	06942	E9AB	zhā/chá			
替 ⊜	06983	9857	tán			
楚 ⊖	0695A	B3FE	chǔ			
楝 ⊖	0695D	E9AC	liàn			
[槭]	06937	97DF	jiān	缄		
楷 ⊖	06977	BFAC	jiē/kǎi			
(楨)	06968	9845	zhēn	桢		
榄 ⊖	06984	E9AD	lǎn			欖
(楊)	0694A	97EE	yáng	杨		
想 ⊖	060F3	CFEB	xiǎng			
楫 ⊖	0696B	E9AE	jí			檝
榅 ⊜	06985	9858	wēn			
楒 ⊜	06952	97F6	sī			
楞 ⊜	0695E	C0E3	léng			
楸 ⊜	06978	E9B1	qiū			
椴 ⊜	06934	E9B2	duàn			
楩 ⊜	06969	9846	pián			
槐 ⊖	069D0	BBB1	huái			
槌 ⊖	069CC	E9B3	chuí			

字头	编码		读音	规范字	繁体字	异体字
	ISO 10646	GB 18030				
楯 ⊖	0696F	984A	shǔn			
晳 ① ⊖	07699	F0AA	xī			
榆 ⊖	06986	D3DC	yú			
(嗇)	055C7	86DD	sè	啬		
[榋]	05380	8577	xī	膝		
[楥]	06965	9843	xuàn	楦		
[椶]	06936	97DE	zōng	棕		
(楓)	06953	97F7	fēng	枫		
榇 ⊖	06987	E9B4	chèn		櫬	
椸 ⊖	06938	97E0	yí			
榈 ⊖	06988	E9B5	lǘ		櫚	
槎 ⊖	069CE	E9B6	chá			
楼 ⊖	0697C	C2A5	lóu		樓	
[椾]	0693E	97E4	jiān	笺		
榉 ⊖	06989	E9B7	jǔ		櫸	
楦 ⊖	06966	E9B8	xuàn			楥
概 ⊖	06982	B8C5	gài			槩
楣 ⊖	06963	E9B9	méi			
楹 ⊖	06979	E9BA	yíng			
楙 ⊜	06959	97FB	mào			

①晳：义为人的皮肤白。不再作为"晰"的异体字。

字头	编码		读音	规范字	繁体字	异体字
	ISO 10646	GB 18030				
椽 ⊜	0693D	B4AA	chuán			
裘 ⊜	088D8	F4C3	qiú			
(轼)	08EFE	DD59	shì		轼	
(轾)	08F0A	DD65	zhì		轾	
(輄)	08F04	DD5F	guāng		輄	
(輈)	08F08	DD63	zhōu		輈	
(輇)	08F07	DD62	quán		輇	
(輅)	08F05	DD60	lù		輅	
(較)	08F03	DD5E	jiào		较	
赖 ⊖	08D56	C0B5	lài		賴	頼
[熙]	242EE	9635CE30	xī	熙		
(竪)	07AEA	B877	shù	竖		
剽 ⊜	0527D	D8E2	piāo			
甄 ⊜	07504	D5E7	zhēn			
歅 ⊜	06B45	9A50	yīn			
(賈)	08CC8	D95A	gǔ/jiǎ		贾	
酮 ⊜	0916E	CDAA	tóng			
酰 ⊜	09170	F5A3	xiān			
酯 ⊜	0916F	F5A5	zhǐ			
酩 ⊜	09169	F5A4	mǐng			
酪 ⊜	0916A	C0D2	lào			

字头	编码		读音	规范字	繁体字	异体字
	ISO 10646	GB 18030				
酬 ⊖	0916C	B3EA	chóu			酧詶醻
[酧]	09167	E14F	chóu	酬		
醲 ⊜	2CAA9	99339837	nóng		醲	
(頮)	0980D	ED9F	kuǐ	頮		
蜃 ⊖	08703	F2D7	shèn			
感 ⊖	0611F	B8D0	gǎn			
碃 ⊜	07883	B3A0	qìng			
碛 ⊜	0789B	EDD3	qì		磧	
確 ⊜	0788F	B446	què			
硜 ⊜	2C494	9931F930	gěng			
碍 ⊖	0788D	B0AD	ài		礙	
碘 ⊜	07898	B5E2	diǎn			
碓 ⊜	07893	EDD4	duì			
碑 ⊖	07891	B1AE	bēi			
硼 ⊖	0787C	C5F0	péng			
碉 ⊖	07889	B5EF	diāo			
碚 ⊜	07888	B443	hūn			
碎 ⊜	0788E	CBE9	suì			
碚 ⊜	0789A	EDD5	bèi			
碰 ⊖	078B0	C5F6	pèng			掽踫
碑 ⊜	040C5	8232BA33	dī		磾	

字头	编码		读音	规范字	繁体字	异体字
	ISO 10646	GB 18030				
碇 ⊖	07887	EDD6	dìng			矴椗
硿 ⊜	0787F	B39C	kòng			
碗 ⊖	07897	CDEB	wǎn			盌盌椀
碌 ⊖	0788C	C2B5	liù			磟
			lù			
碜 ⊖	0789C	EDD7	chěn		磣	
鹌 ⊖	09E4C	F0C6	ān		鵪	
尴 ⊖	05C34	DECF	gān		尷	
[飱]	098F1	EF8A	sūn	飧		
(匯)	0532F	8552	huì	汇		
鄠 ⊜	09120	E082	hù			
(電)	096FB	EB8A	diàn	电		
雷 ⊖	096F7	C0D7	léi			
零① ⊖	096F6	C1E3	líng			
雾 ⊖	096FE	CEED	wù		霧	
雹 ⊖	096F9	B1A2	báo			
辏 ⊖	08F8F	EAA3	còu		輳	
辐 ⊖	08F90	B7F8	fú		輻	
辑 ⊖	08F91	BCAD	jí		輯	
辒 ⊜	08F92	DE64	wēn		輼	

①零：与表数目的汉字"一二三四五六七八九"连用时可用"〇"替代。

字头	编码		读音	规范字	繁体字	异体字
	ISO 10646	GB 18030				
输 ⊖	08F93	CAE4	shū		輸	
輶 ⊜	2CA0E	99338932	yóu		輶	
輮 ⊜	2B413	9838CC35	róu		輮	
(頓)	09813	EE44	dùn	顿		
(盞)	076DE	B14B	zhǎn	盏		
督 ⊖	07763	B6BD	dū			
(歲)	06B72	9A71	suì	岁		
频 ⊖	09891	C6B5	pín		頻	
龃 ⊖	09F83	F6B4	jǔ		齟	
龄 ⊖	09F84	C1E4	líng		齡	
龅 ⊖	09F85	F6B5	bāo		齙	
龆 ⊜	09F86	F6B6	tiáo		齠	
(赀)	08CB2	D944	zī	赀		
[赀①]	08CB2	D944	zī	资		
觜 ⊜	089DC	F5FE	zī			
訾 ⊜	08A3E	F6A4	zǐ			
粲 ⊜	07CB2	F4D3	càn			
虞 ⊜	0865E	D3DD	yú			
(虜)	0865C	CC94	lǔ	虏		
[虜]	0F936	84308634	lǔ	虏		

①赀：可用于姓氏人名和表示计量义，但须类推简化作"赀"。

字头	编码		读音	规范字	繁体字	异体字
	ISO 10646	GB 18030				
鉴 ⊖	09274	BCF8	jiàn		鑒	鑒鑑
(業)	0696D	9849	yè	业		
鄑 ⊜	048D8	82348B38	táng			
[甞]	0751E	AE5E	cháng	尝		
(當)	07576	AE94	dāng/dàng	当		
睛 ⊖	0775B	BEA6	jīng			
睹 ⊖	07779	B6C3	dǔ			覩
睦 ⊖	07766	C4C0	mù			
瞄 ⊖	07784	C3E9	miáo			
(睐)	0775E	B241	lài	睐		
睚 ⊖	0775A	EDFD	yá			
嗪 ⊖	055EA	E0BA	qín			
睫 ⊖	0776B	BDDE	jié			
韪 ⊖	097EA	E8B8	wěi		韙	
[尟]	05C1F	8CAF	xiǎn	鲜		
嗷 ⊖	055F7	E0BB	áo			
嗉 ⊖	055C9	E0BC	sù			
睐 ⊜	06695	95A9	jiǎn			
睡 ⊖	07761	CBAF	shuì			
睨 ⊖	07768	EDFE	nì			

字头	编码		读音	规范字	繁体字	异体字
	ISO 10646	GB 18030				
睢 ⊖	07762	EEA1	suī			
雎 ⊖	096CE	F6C2	jū			
睥 ⊖	07765	EEA2	pì			
[煗]	03B09	8231A539	nuǎn	暖		
(賊)	08CCA	D95C	zéi	贼		
(賄)	08CC4	D956	huì	贿		
[賉]	08CC9	D95B	xù	恤		
(賂)	08CC2	D954	lù	赂		
(賅)	08CC5	D957	gāi	赅		
睬 ⊖	0776C	B2C7	cǎi			保
[敭]	0656D	94AE	yáng	扬		
[睠]	07760	B243	juàn	眷		
鹍 ⊜	09E4D	FB64	kūn		鶤	
(嗎)	055CE	86E1	ma	吗		
(嗊)	055CA	86DF	hǒng	唝		
嘟 ⊖	0561F	E0BD	dū			
嗜 ⊖	055DC	CAC8	shì			
嗑 ⊜	055D1	E0BE	kē/kè			
嗫 ⊖	055EB	E0BF	niè		囁	
(嘩)	05629	8757	huā/huá	哗		
嗬 ⊖	055EC	E0C0	hē			

字头	编码		读音	规范字	繁体字	异体字
	ISO 10646	GB 18030				
噁 ⊜	2BAC7	9839FA31	è		噁	
嗔 ⊖	055D4	E0C1	chēn			
鄙 ⊖	09119	B1C9	bǐ			
嗦 ⊖	055E6	E0C2	suō			
(暘)	06698	95AA	yáng	旸		
(閘)	09598	E96C	zhá	闸		
[鬧]	09599	E96D	nào	闹		
(黽)	09EFD	FC77	mǐn	黾		
嗝 ⊖	055DD	E0C3	gé			
愚 ⊖	0611A	D3DE	yú			
戥 ⊖	06225	EAAD	děng			
嗄 ⊖	055C4	E0C4	shà			
暖 ⊖	06696	C5AF	nuǎn			暅煗煖
夒 ⊜	03B0A	8231A630	huǎn			
盟 ⊖	076DF	C3CB	méng			
煦 ⊖	07166	ECE3	xù			
歇 ⊖	06B47	D0AA	xiē			
暗 ⊖	06697	B0B5	àn			晻闇
暅 ⊜	06685	959C	gèng			
暄 ⊖	06684	EAD1	xuān			
(暉)	06689	959F	huī	晖		

字头	编码		读音	规范字	繁体字	异体字
	ISO 10646	GB 18030				
(暈)	06688	959E	yūn/yùn	晕		
暇 ⊖	06687	CFBE	xiá			
(暐)	06690	95A5	wěi	㬉		
(號)	0865F	CC96	háo/hào	号		
照 ⊖	07167	D5D5	zhào			炤
遢 ⊖	09062	E5DD	tā			
暌 ⊖	0668C	EAD2	kuí			
畸 ⊖	07578	BBFB	jī			
跬 ⊖	08DEC	F5CD	kuǐ			
跱 ⊖	08DF1	DB4E	zhì			
[跴]	08DF4	DB50	cǎi	踩		
跨 ⊖	08DE8	BFE7	kuà			
跶 ⊖	08DF6	DB51	da		躂	
跷 ⊖	08DF7	F5CE	qiāo		蹺	蹻
跸 ⊖	08DF8	F5CF	bì		蹕	
跐 ⊖	08DD0	DA9D	cī			
跣 ⊖	08DE3	F5D0	xiǎn			
跹 ⊖	08DF9	F5D1	xiān		躚	
跳 ⊖	08DF3	CCF8	tiào			
跺 ⊖	08DFA	B6E5	duò			跥
跪 ⊖	08DEA	B9F2	guì			

字头	编码		读音	规范字	繁体字	异体字
	ISO 10646	GB 18030				
路 ⊖	08DEF	C2B7	lù			
[跡]	08DE1	DB45	jì	迹		
跻 ⊖	08DFB	F5D2	jī			躋
跤 ⊖	08DE4	F5D3	jiāo			
跟 ⊖	08DDF	B8FA	gēn			
[跺]	08DE5	DB47	duò	跺		
(園)	05712	8840	yuán	园		
遣 ⊖	09063	C7B2	qiǎn			
蜐 ⊜	08710	CD9D	jié			
(蛺)	086FA	CD90	jiá	蛱		
蛸 ⊖	086F8	F2D9	shāo/xiāo			
蜈 ⊖	08708	F2DA	wú			
(蜆)	08706	CD98	xiǎn	蚬		
蜎 ⊜	0870E	CD9B	yuān			
蜗 ⊖	08717	CECF	wō		蝸	
[蜖]	08716	CDA0	huí	蛔		
蛾 ⊖	086FE	B6EA	é			
蜊 ⊖	0870A	F2DB	lí			
蜍 ⊖	0870D	F2DC	chú			
蜉 ⊖	08709	F2DD	fú			

字头	编码		读音	规范字	繁体字	异体字
	ISO 10646	GB 18030				
蜂 ⊖	08702	B7E4	fēng			蜯蠭
蜣 ⊖	08723	F2DE	qiāng			
蜕 ⊖	08715	CDC9	tuì			
[蜋]	0870B	CD99	láng	螂		
畹 ⊖	07579	EEB5	wǎn			
蛹 ⊖	086F9	D3BC	yǒng			
(農)	08FB2	DE72	nóng	农		
(嗩)	055E9	86EE	suǒ	唢		
(嗶)	055F6	86F4	bì	哔		
嗣 ⊖	055E3	CBC3	sì			
嗯 ⊖	055EF	E0C5	ǹg			
嗅 ⊖	055C5	D0E1	xiù			
嗥 ⊖	055E5	E0C6	háo			嗁獔
(嗚)	055DA	86E8	wū	呜		
[嗁]	055C1	86D9	tí	啼		
嗲 ⊖	055F2	E0C7	diǎ			
嗳 ⊖	055F3	E0C8	ài		嗳	
(嗆)	055C6	86DC	qiāng/ qiàng	呛		
嗡 ⊖	055E1	CECB	wēng			
嗌 ⊖	055CC	E0C9	ài/yì			

字头	编码		读音	规范字	繁体字	异体字
	ISO 10646	GB 18030				
唢 ⊜	055CD	E0CA	suǒ			
嗨 ⊜	055E8	E0CB	hāi			
嗜 ⊜	055D0	86E3	hài			
嗤 ⊜	055E4	E0CD	chī			
嗵 ⊜	055F5	E0CC	tōng			
嗓 ⊜	055D3	C9A4	sǎng			
[幙]	05E59	8EBF	mù	幕		
(畬)	08F0B	DD66	shē	畬		
署 ⊜	07F72	CAF0	shǔ			
置 ⊜	07F6E	D6C3	zhì			寘
罨 ⊜	07F68	EEBB	yǎn			
罪 ⊜	07F6A	D7EF	zuì			皐
罩 ⊜	07F69	D5D6	zhào			
蜀 ⊜	08700	CAF1	shǔ			
幌 ⊜	05E4C	BBCF	huǎng			
嵊 ⊜	05D4A	E1D3	shèng			
嵲 ⊜	05D72	8DD4	niè			
嵩 ⊜	05D69	E1D4	sōng			
嵴 ⊜	05D74	E1D5	jí			
(圓)	05713	8841	yuán	圆		
赗 ⊜	08D57	DA52	fèng		賵	

字头	编码		读音	规范字	繁体字	异体字
	ISO 10646	GB 18030				
骱 ㊂	09AB1	F7BA	jiè			
骰 ㊂	09AB0	F7BB	tóu			
(骯)	09AAF	F361	āng	肮		
锖 ㊂	09516	EFBA	qiāng		錆	
锗 ㊁	09517	D5E0	zhě		鍺	
锘 ㊂	2B4F9	9838E335	jī		鏶	
错 ㊂	09519	B4ED	cuò		錯	
锘 ㊂	09518	EFBB	nuò		鍩	
锚 ㊁	0951A	C3AA	máo		錨	
锳 ㊂	09533	E941	yīng		鍈	
锛 ㊂	0951B	EFBC	bēn		錛	
锜 ㊁	0951C	E89F	qí		錡	
锝 ㊁	0951D	EFBD	dé		鍀	
锞 ㊁	0951E	EFBE	kè		錁	
锟 ㊁	0951F	EFBF	kūn		錕	
锡 ㊁	09521	CEFD	xī		錫	
锢 ㊁	09522	EFC0	gù		錮	
锣 ㊁	09523	C2E0	luó		鑼	
锤 ㊁	09524	B4B8	chuí		錘	鎚
锥 ㊁	09525	D7B6	zhuī		錐	
锦 ㊁	09526	BDF5	jǐn		錦	

字头	编码		读音	规范字	繁体字	异体字
	ISO 10646	GB 18030				
锧 ⊜	09527	E940	zhì		鑕	
锨 ⊖	09528	CFC7	xiān		鍁	
锪 ⊜	0952A	EFC1	huō		鍃	
锩 ⊖	2CB5A	9933AA34	chún		錞	
锫 ⊜	0952B	EFC2	péi		錇	
锩 ⊜	09529	EFC3	juǎn		錈	
锬 ⊜	0952C	EFC4	tán		錟	
钹 ⊖	2CB5B	9933AA35	bō		鏺	
锭 ⊜	0952D	B6A7	dìng		錠	
键 ⊖	0952E	BCFC	jiàn		鍵	
锯 ⊖	0952F	BEE2	jù		鋸	
锰 ⊖	09530	C3CC	měng		錳	
锱 ⊜	09531	EFC5	zī		錙	
[榘]	06998	E9B0	jǔ	矩		
矮 ⊖	077EE	B0AB	ǎi			
雉 ⊜	096C9	EFF4	zhì			
氲 ⊜	06C32	EBB5	yūn			
犏 ⊜	0728F	EAFA	piān			
辞 ⊖	08F9E	B4C7	cí		辭	辤
歃 ⊜	06B43	ECA6	shà			
稑 ⊜	07A11	B698	lù			

字头	编码		读音	规范字	繁体字	异体字
	ISO 10646	GB 18030				
[稜]	07A1C	B6A0	léng	棱		
稙 ⊜	07A19	B69E	zhī			
稞 ⊖	07A1E	EFFD	kē			
稚 ⊖	07A1A	D6C9	zhì			稺穉
稗 ⊖	07A17	B0DE	bài			粺
稔 ⊖	07A14	EFFE	rěn			
稠 ⊖	07A20	B3ED	chóu			
颓 ⊖	09893	CDC7	tuí		頽	穨
[揫]	063EB	935B	jiū	揪		
愁 ⊖	06101	B3EE	chóu			
穇 ⊜	0415F	FE70	cǎn		穇	
筹 ⊖	07B79	B3EF	chóu		籌	
笼 ⊜	2C542	99328C34	lǒng		簹	
筠 ⊖	07B60	F3DE	jūn/yún			
筢 ⊖	07B62	F3E1	pá			
筮 ⊖	07B6E	F3DF	shì			
筻 ⊖	07B7B	F3E0	gàng			
[筴]	07B74	B96B	cè	策		
筲 ⊖	07B72	F3E2	shāo			箱
(筧)	07B67	B961	jiǎn	笕		
[筯]	07B6F	B968	zhù	箸		

字头	编码		读音	规范字	繁体字	异体字
	ISO 10646	GB 18030				
筼 ⊜	07B7C	B96F	yún		篔	
筶 ⊜	07B76	B96C	gào			
筱 ⊖	07B71	F3E3	xiǎo			
签 ⊖	07B7E	C7A9	qiān			簽籤
简 ⊖	07B80	BCF2	jiǎn			簡
筷 ⊖	07B77	BFEA	kuài			
筦 ⊜	07B66	B960	guǎn			
[筦①]	07B66	B960	guǎn	管		
[筴]	07B5E	B95A	cè	策		
筤 ⊜	07B64	B95E	láng			
(節)	07BC0	B99D	jiē/jié	节		
[筩]	07B69	B963	tǒng	筒		
(與)	08207	C563	yǔ/yù	与		
(債)	050B5	82F9	zhài	债		
(僅)	050C5	8348	jǐn	仅		
(傳)	050B3	82F7	chuán/zhuàn	传		
(傴)	050B4	82F8	yǔ	伛		
毁 ⊖	06BC1	BBD9	huǐ			燬譭
舅 ⊖	08205	BECB	jiù			

①筦：可用于姓氏人名。

字头	编码		读音	规范字	繁体字	异体字
	ISO 10646	GB 18030				
鼠 ⊖	09F20	CAF3	shǔ			
牒 ⊖	07252	EBBA	dié			
(傾)	050BE	8341	qīng	倾		
[牐]	07250	A0A3	zhá	闸		
[牎]	0724E	A0A1	chuāng	窗		
煲 ⊖	07172	ECD2	bāo			
(僂)	050C2	8345	lóu/lǚ	偻		
催 ⊖	050AC	B4DF	cuī			
(賃)	08CC3	D955	lìn	赁		
(傷)	050B7	82FB	shāng	伤		
[働]	050CD	8350	dòng	动		
傻 ⊖	050BB	C9B5	shǎ			
[傯]	050AF	82F4	zǒng	偬		
像 ⊖	050CF	CFF1	xiàng			
傺 ⊜	050BA	D9D1	chì			
(傭)	050AD	82F2	yōng/yòng	佣		
[躬]	08EB3	DC70	gōng	躬		
躲 ⊖	08EB2	B6E3	duǒ			
[辠]	08FA0	DE66	zuì	罪		
(裊)	088CA	D155	niǎo	袅		

字头	编码		读音	规范字	繁体字	异体字
	ISO 10646	GB 18030				
鹎 ⊜	09E4E	F0C7	bēi		鵯	
魁 ⊖	09B41	BFFD	kuí			
敫 ⊖	0656B	EBB8	jiǎo			
僇 ⊜	050C7	834A	lù			
(頎)	0980E	EDA0	qí	颀		
衙 ⊖	08859	D1C3	yá			
(遞)	0905E	DF66	dì		递	
微 ⊖	05FAE	CEA2	wēi			
[銜]	08858	D06A	xián		衔	
徭 ⊜	05FAD	E1E6	yáo			
愆 ⊜	06106	EDA9	qiān			諐
艄 ⊜	08244	F4B9	shāo			
艅 ⊜	08245	C584	yú			
艉 ⊜	08249	F4BA	wěi			
(鈺)	0923A	E295	yù	钰		
(鉦)	09266	E360	zhēng	钲		
(鉗)	09257	E351	qián	钳		
(鈷)	09237	E292	gǔ	钴		
(鉢)	09262	E35C	bō	钵		
(鉥)	09265	E35F	shù	钵		
(鉕)	09255	E34F	pǒ	钷		

字头	编码		读音	规范字	繁体字	异体字
	ISO 10646	GB 18030				
(鈸)	09238	E293	bó	钹		
(鉞)	0925E	E358	yuè	钺		
(鉭)	0926D	E367	tǎn	钽		
(鉬)	0926C	E366	mù	钼		
[鉏]	0924F	E349	chú	锄		
(鉀)	09240	E29B	jiǎ	钾		
(鉮)	0926E	E368	shén	钟		
(鈿)	0923F	E29A	diàn	钿		
(鈾)	0923E	E299	yóu	铀		
(鉑)	09251	E34B	bó	铂		
(鈴)	09234	E28F	líng	铃		
(鉛)	0925B	E355	qiān/yán	铅		
[鉤]	09264	E35E	gōu	钩		
(鉚)	0925A	E354	mǎo	铆		
[鉋]	0924B	E345	bào	刨		
(鈰)	09230	E28B	shì	铈		
(鉉)	09249	E343	xuàn	铉		
(鉈)	09248	E342	tā/tuó	铊		
(鉍)	0924D	E347	bì	铋		
(鈮)	0922E	E289	ní	铌		
(鉊)	0924A	E344	zhāo	铝		

字头	编码		读音	规范字	繁体字	异体字
	ISO 10646	GB 18030				
（鈹）	09239	E294	pí	铍		
（鉧）	09267	E361	mǔ	锆		
觎 ㊀	089CE	EAEC	yú		觎	
毹 ㊀	06BF9	EBA8	shū			
愈 ㊀	06108	D3FA	yù			瘉癒
（僉）	050C9	834C	qiān	佥		
（會）	06703	95FE	huì/kuài	会		
[覜]	0899C	D29B	tiào	眺		
碽 ㊀	08C3C	D844	hóng			
遥 ㊀	09065	D2A3	yáo			
（愛）	0611B	90DB	ài	爱		
貆 ㊀	08C86	D87D	huán			
貊 ㊀	08C8A	F5F6	mò			
貅 ㊀	08C85	F5F7	xiū			
貉 ㊀	08C89	BAD1	háo/hé			
（亂）	04E82	8179	luàn	乱		
（飾）	098FE	EF97	shì	饰		
（飽）	098FD	EF96	bǎo	饱		
（飼）	098FC	EF95	sì	饲		
（飿）	098FF	EF98	duò	饳		
（飴）	098F4	EF8D	yí	饴		

字头	编码		读音	规范字	繁体字	异体字
	ISO 10646	GB 18030				
颔 ⊖	09894	F2A5	hàn		頷	
(颁)	09812	EE43	bān	颁		
(颂)	0980C	ED9E	sòng	颂		
腻 ⊖	0817B	C4E5	nì		膩	
腠 ⊖	08160	EBED	còu			
腩 ⊖	08169	EBEE	nǎn			
腰 ⊖	08170	D1FC	yāo			
腼 ⊖	0817C	EBEF	miǎn			
(腸)	08178	C463	cháng	肠		
膃 ⊜	0817D	EBF0	wà			
腥 ⊖	08165	D0C8	xīng			
腮 ⊖	0816E	C8F9	sāi			顋
腭 ⊖	0816D	EBF1	è			齶
腨 ⊜	08168	C459	shuàn			
(腫)	0816B	C45B	zhǒng	肿		
腹 ⊖	08179	B8B9	fù			
腺 ⊖	0817A	CFD9	xiàn			
腯 ⊜	0816F	C45D	tú			
腧 ⊜	08167	EBF2	shù			
[腳]	08173	C45F	jiǎo	脚		
鹏 ⊖	09E4F	C5F4	péng		鵬	

字头	编码		读音	规范字	繁体字	异体字
	ISO 10646	GB 18030				
塍 ⊜	0584D	EBF3	chéng			堘
媵 ⊜	05AB5	EBF4	yìng			
腾 ⊖	0817E	CCDA	téng		騰	
膢 ⊜	2677C	97338538	lóu/lú		膢	
腿 ⊖	0817F	CDC8	tuǐ			骽
(腦)	08166	C458	nǎo	脑		
詹 ⊜	08A79	D5B2	zhān			
鲅 ⊖	09C85	F6D1	bà		鮁	
鲆 ⊖	09C86	F6D2	píng		鮃	
鲇 ⊖	09C87	F6D3	nián		鮎	
鲈 ⊖	09C88	F6D4	lú		鱸	
鲉 ⊖	09C89	F786	yóu		鮋	
鲊 ⊖	09C8A	F787	zhǎ		鮓	
稣 ⊖	07A23	F6D5	sū		穌	
鲋 ⊖	09C8B	F6D6	fù		鮒	
鲌 ⊖	09C8C	F788	bó		鮊	
鉨 ⊖	04C9F	FE93	yìn		鮣	
鲋 ⊖	2CD8B	9933E235	jū		鮈	
鲍 ⊖	09C8D	B1AB	bào		鮑	
鲎 ⊜	2CD8D	9933E237	tuó		鮀	
鲏 ⊜	09C8F	F789	pí		鮍	

字头	编码		读音	规范字	繁体字	异体字
	ISO 10646	GB 18030				
鲐 ⊜	09C90	F6D8	tái		鮐	
(鲗)	09B5B	F480	dāo	魛		
雊 ⊜	096CA	EB67	gòu			
肄 ⊜	08084	D2DE	yì			
(獁)	07341	AA77	mǎ	犸		
猿 ⊜	0733F	D4B3	yuán			猨蝯
颖 ⊜	09896	D3B1	yǐng		穎	頴
鹐 ⊜	09E50	FB65	qiān		鵮	
(鸠)	09CE9	F846	jiū	鸠		
(狮)	07345	AA7B	shī	狮		
猺 ⊜	0733A	AA72	yáo			
飔 ⊜	098D4	EF74	sī		颸	
飕 ⊜	098D5	ECAC	sōu		颼	
觟 ⊜	089DF	D369	huà			
觥 ⊜	089E5	F6A1	gōng			
触 ⊜	089E6	B4A5	chù		觸	
解 ⊜	089E3	BDE2	jiě			
(孙)	0733B	AA73	sūn	狲		
[督]	08A67	D488	chá	察		
遛 ⊜	0905B	E5DE	liù			
煞 ⊜	0715E	C9B7	shā/shà			

字头	编码		读音	规范字	繁体字	异体字
	ISO 10646	GB 18030				
雏 ⊖	096CF	B3FB	chú		雛	
饁 ⊜	0998C	F140	yè		饁	
馍 ⊖	0998D	E2C9	mó		饃	饝
馏 ⊖	0998F	C1F3	liú/liù		餾	
馐 ⊖	09990	E2CA	xiū		饈	
(誆)	08A86	D545	kuāng	诓		
(誄)	08A84	D543	lěi	诔		
(試)	08A66	D487	shì	试		
(詿)	08A7F	D49F	guà	诖		
(詩)	08A69	D48A	shī	诗		
(詰)	08A70	D491	jié	诘		
(誇)	08A87	D546	kuā	夸		
(詼)	08A7C	D49C	huī	诙		
(誠)	08AA0	D55C	chéng	诚		
(詷)	08A77	D498	tóng	词		
(誅)	08A85	D544	zhū	诛		
(詵)	08A75	D496	shēn	诜		
(話)	08A71	D492	huà	话		
(誕)	08A95	D551	dàn	诞		
(詬)	08A6C	D48D	gòu	诟		
(詮)	08A6E	D48F	quán	诠		

字头	编码		读音	规范字	繁体字	异体字
	ISO 10646	GB 18030				
(詭)	08A6D	D48E	guǐ	诡		
(詢)	08A62	D483	xún	询		
(詣)	08A63	D484	yì	诣		
(諍)	08ACD	D58A	zhèng	诤		
(該)	08A72	D493	gāi	该		
(詳)	08A73	D494	xiáng	详		
[詶]	08A76	D497	chóu	酬		
(詫)	08A6B	D48C	chà	诧		
(詪)	08A6A	D48B	hěn	诨		
(許)	08A61	D482	xǔ	诩		
酱 ⊖	09171	BDB4	jiàng		醬	
(裏)	088CF	D159	lǐ	里		
[敨]	03A9F	82319B33	dūn	敦		
鹑 ⊖	09E51	F0C8	chún		鶉	
裛 ⊖	088DB	D160	yì			
禀 ⊖	07980	D9F7	bǐng			稟
亶 ⊖	04EB6	818D	dǎn			
[稟]	07A1F	B741	bǐng	禀		
廒 ⊜	05ED2	E2DA	áo			
[廈]	05EC8	8F42	shà/xià	厦		
[痳]	075F3	AF72	lìn	淋		

字头	编码		读音	规范字	繁体字	异体字
	ISO 10646	GB 18030				
瘃 ⊖	07603	F0F1	zhú			
痱 ⊖	075F1	F0F2	fèi			疿
痹 ⊖	075F9	B1D4	bì			痺
痼 ⊖	075FC	F0F3	gù			
廓 ⊖	05ED3	C0AA	kuò			
痴 ⊖	075F4	B3D5	chī			癡
痿 ⊖	075FF	F0F4	wěi			
瘐 ⊖	07610	F0F5	yǔ			
[痹]	075FA	AF77	bì	痹		
瘁 ⊖	07601	B4E1	cuì			
瘀 ⊖	07600	F0F6	yū			
瘅 ⊖	07605	F0F7	dān/dàn		癉	
痰 ⊖	075F0	CCB5	tán			
瘆 ⊖	07606	AF7D	shèn		瘮	
廉 ⊖	05EC9	C1AE	lián			亷 廉
廱 ⊜	09118	E07B	yōng			
鹒 ⊜	09E52	FB66	gēng		鶊	
(颃)	0980F	EE40	háng	颃		
廍 ⊜	0911C	E07E	fū			
麀 ⊜	09E80	FB7E	yōu			
麂 ⊜	09E82	F7E4	jǐ			

字头	编码		读音	规范字	繁体字	异体字
	ISO 10646	GB 18030				
[麿]	05ED5	8F4A	yìn	荫		
(資)	08CC7	D959	zī	资		
裔 ⊖	088D4	D2E1	yì			
靖 ⊖	09756	BEB8	jìng			
新 ⊖	065B0	D0C2	xīn			
郭 ⊜	09123	DBB5	zhāng			
歆 ⊖	06B46	ECA7	xīn			
韵 ⊖	097F5	D4CF	yùn			韻
意 ⊖	0610F	D2E2	yì			
[剷]	05277	8495	chǎn	铲		
[廉]	04EB7	818E	lián	廉		
旒 ⊖	065D2	ECBC	liú			
雍 ⊖	096CD	D3BA	yōng			雝
阖 ⊖	09616	E3D8	hé		闔	
阗 ⊖	09617	E3D9	tián		闐	
阘 ⊖	09618	EA60	tà		闒	
阛 ⊖	2B536	9838E936	niè		闑	
阙 ⊖	09619	E3DA	quē/què		闕	
(羥)	07FA5	C175	qiǎng	羟		
羧 ⊖	07FA7	F4C8	suō			
(義)	07FA9	C178	yì	义		

字头	编码		读音	规范字	繁体字	异体字
	ISO 10646	GB 18030				
豢 ⊖	08C62	BBBF	huàn			
誊 ⊖	08A8A	CCDC	téng		謄	
粳 ⊖	07CB3	BEAC	jīng			秔杭稉
[粰]	07CB0	BB99	fū	麸		
粮 ⊖	07CAE	C1B8	liáng		糧	
数 ⊖	06570	CAFD	shǔ/shù		數	
煎 ⊖	0714E	BCE5	jiān			
猷 ⊖	07337	E9E0	yóu			
塑 ⊖	05851	CBDC	sù			
[遡]	09061	DF69	sù	溯		
慈 ⊖	06148	B4C8	cí			
煤 ⊖	07164	C3BA	méi			
煁 ⊜	07141	9F8B	chén			
煳 ⊖	07173	ECCE	hú			
[煙]	07159	9F9F	yān	烟		
(煉)	07149	9F92	liàn	炼		
(煩)	07169	9FA9	fán	烦		
[煖]	07157	9F9D	nuǎn	暖		
煃 ⊜	07143	9F8D	kuǐ			
(煬)	0716C	9FAC	yáng	炀		
煴 ⊜	07174	9FB1	yūn			

字头	编码		读音	规范字	繁体字	异体字
	ISO 10646	GB 18030				
煋 ⊜	0714B	9F93	xīng			
煜 ⊜	0715C	ECCF	yù			
煨 ⊜	07168	ECD0	wēi			
煟 ⊜	0715F	9FA3	wèi			
煓 ⊜	07153	9F99	tuān			
煅 ⊜	07145	ECD1	duàn			
煌 ⊜	0714C	BBCD	huáng			
[煖]	07156	9F9C	nuǎn	暖		
(塋)	0584B	894C	yíng	茔		
(熒)	07162	9FA6	qióng	茕		
煊 ⊜	0714A	ECD3	xuān			
[煇]	07147	9F90	huī	辉		
煸 ⊜	07178	ECD4	biān			
煺 ⊜	0717A	ECD5	tuì			
(煒)	07152	9F98	wěi	炜		
滟 ⊜	06EDF	E4D9	yàn			灔
溱 ⊜	06EB1	E4DA	qín			
(溝)	06E9D	9CCF	gōu	沟		
溘 ⊜	06E98	E4DB	kè			
[渺]	23E8C	9634DB38	miǎo	渺		
滠 ⊜	06EE0	E4DC	shè			灄

字头	编码		读音	规范字	繁体字	异体字
	ISO 10646	GB 18030				
满 ⊖	06EE1	C2FA	mǎn		滿	
漭 ⊖	06F2D	E4DD	mǎng			
漠 ⊖	06F20	C4AE	mò			
潽 ⊖	06E8D	9CC3	jìn			
滢 ⊖	06EE2	E4DE	yíng		瀅	
滇 ⊖	06EC7	B5E1	diān			
溑 ⊜	06EB9	9CE0	suǒ			
(溓)	06F23	9D69	lián	涟		
溥 ⊖	06EA5	E4DF	pǔ			
滆 ⊜	06EC6	9CE8	gé			
溧 ⊖	06EA7	E4E0	lì			
溽 ⊖	06EBD	E4E1	rù			
(滅)	06EC5	9CE7	miè	灭		
[滙]	06ED9	9CF3	huì	汇		
源 ⊖	06E90	D4B4	yuán			
[溼]	06EBC	9CE1	shī	湿		
滤 ⊖	06EE4	C2CB	lǜ		濾	
滥 ⊖	06EE5	C0C4	làn		濫	
裟 ⊖	088DF	F4C4	shā			
滉 ⊜	06EC9	9CEA	huàng			
溻 ⊖	06EBB	E4E2	tā			

字头	编码		读音	规范字	繁体字	异体字
	ISO 10646	GB 18030				
(湨)	06EB3	9CDD	yún	涢		
溷 ⊖	06EB7	E4E3	hùn			
溦 ⊜	06EA6	9CD5	wēi			
浘 ⊖	06ED7	E4E4	bì		潷	
(滌)	06ECC	9CEC	dí	涤		
潃 ⊖	06EEB	9CFA	xiǔ			
(準)	06E96	9CCA	zhǔn	准		
溴 ⊖	06EB4	E4E5	xiù			
(溮)	06EAE	9CDB	shī	浉		
溵 ⊖	06EB5	9CDE	yīn			
(塗)	05857	8954	tú	涂		
滏 ⊖	06ECF	E4E6	fǔ			
[滛]	06EDB	9CF4	yín	淫		
滔 ⊖	06ED4	CCCF	tāo			
溪 ⊖	06EAA	CFAA	xī			谿
(滄)	06EC4	9CE6	cāng	沧		
滃 ⊖	06EC3	9CE5	wēng			
溜 ⊖	06E9C	C1EF	liū/liù			
滦 ⊖	06EE6	C2D0	luán		灤	
潩 ⊖	06F37	9D74	huǒ			
潡 ⊜	06EE7	9CF8	xiào			

字头	编码		读音	规范字	繁体字	异体字
	ISO 10646	GB 18030				
漓 ⊖	06F13	C0EC	lí		漓灘	
滚 ⊖	06EDA	B9F6	gǔn			
溏 ⊖	06E8F	E4E7	táng			
滂 ⊖	06EC2	E4E8	pāng			
溢 ⊖	06EA2	D2E7	yì			
溯 ⊖	06EAF	CBDD	sù			泝遡
滨 ⊖	06EE8	B1F5	bīn		濱	
[溁]	03D31	8231DC38	shēn	深		
溶 ⊖	06EB6	C8DC	róng			
滓 ⊖	06ED3	D7D2	zǐ			
溟 ⊖	06E9F	E4E9	míng			
滘 ⊜	06ED8	9CF2	jiào			
溺 ⊖	06EBA	C4E7	nì			
滍 ⊜	06ECD	9CED	zhì			
粱 ⊖	07CB1	C1BB	liáng			
滩 ⊖	06EE9	CCB2	tān		灘	
滪 ⊖	06EEA	9CF9	yù		澦	
愫 ⊖	0612B	E3BA	sù			
愭 ⊖	0612D	90E6	qí			
慑 ⊖	06151	C9E5	shè		懾	慴
慎 ⊖	0614E	C9F7	shèn			昚

字头	编码		读音	规范字	繁体字	异体字
	ISO 10646	GB 18030				
[愽]	0613D	90F6	bó	博		
[慄]	06144	90FC	lì	栗		
(愷)	06137	90F0	kǎi	恺		
(愾)	0613E	90F7	kài	忾		
慥 ⊜	06165	9156	zào			
慆 ⊜	06146	90FE	tāo			
(愴)	06134	90ED	chuàng	怆		
(憏)	0396E	FE5F	zhòu	怕		
慊 ⊖	0614A	E3BB	qiàn/qiè			
誉 ⊖	08A89	D3FE	yù		譽	
鲎 ⊖	09C8E	F6D7	hòu		鱟	
塞 ⊖	0585E	C8FB	sāi/sài			
骞 ⊖	09A9E	E5B9	qiān		騫	
寞 ⊖	05BDE	C4AF	mò			
[寘]	05BD8	8C85	zhì	置		
窥 ⊖	07AA5	BFFA	kuī		窺	闚
窦 ⊖	07AA6	F1BC	dòu		竇	
窠 ⊖	07AA0	F1BD	kē			
(窩)	07AA9	B843	wō	窝		
窣 ⊖	07AA3	B840	sū			
窟 ⊖	07A9F	BFDF	kū			

字头	编码		读音	规范字	繁体字	异体字
	ISO 10646	GB 18030				
寝 ㊀	05BDD	C7DE	qǐn		寢	寑
塱 ㊂	05871	8969	lǎng			
谨 ㊀	08C28	BDF7	jǐn		謹	
𫌀 ㊂	2B300	9838B130	jī		襀	
裱 ㊂	088F1	F1D1	biǎo			
褂 ㊀	08902	B9D3	guà			
褚 ㊂	0891A	F1D2	chǔ			
裸 ㊀	088F8	C2E3	luǒ			躶臝
裼 ㊂	088FC	F1D3	tì/xī			
裨 ㊂	088E8	F1D4	bì			
裾 ㊂	088FE	F1D5	jū			
裰 ㊂	088F0	F1D6	duō			
禊 ㊂	0798A	ECF9	xì			
福 ㊀	0798F	B8A3	fú			
禋 ㊂	0798B	B59A	yīn			
(禎)	0798E	B59D	zhēn	祯		
禔 ㊂	07994	B641	zhī			
禘 ㊂	07998	B645	dì			
(禕)	07995	B642	yī	祎		
禒 ㊂	07992	B5A0	xiǎn			

字头	编码		读音	规范字	繁体字	异体字
	ISO 10646	GB 18030				
谩 ⊖	08C29	C3A1	mán/ màn		謾	
谪 ⊖	08C2A	DAD8	zhé		謫	讁
谫 ⊜	08C2B	DAD9	jiǎn		謭	
谬 ⊖	08C2C	C3FD	miù		謬	
(肃)	08085	C343	sù	肃		
鹔 ⊜	09E54	FB68	sù		鷫	
颛 ⊜	2B5B3	9838F631	yūn		䫹	
[裠]	088E0	D164	qún	裙		
群 ⊖	07FA4	C8BA	qún			羣
[羣]	07FA3	C174	qún	群		
[槩]	069E9	98A2	gài	概		
殿 ⊖	06BBF	B5EE	diàn			
辟 ⊖	08F9F	B1D9	bì/pì		辟	
			pì		闢	
愍 ⊜	0610D	EDAA	mǐn			
(装)	088DD	D162	zhuāng	装		
(遜)	0905C	DF64	xùn	逊		
(際)	0969B	EB48	jì	际		
障 ⊖	0969C	D5CF	zhàng			
媾 ⊜	05ABE	E6C5	gòu			

字头	编码		读音	规范字	繁体字	异体字
	ISO 10646	GB 18030				
(媽)	05ABD	8B8C	mā	妈		
嫫 ⊜	05AEB	E6C6	mó			
嫄 ⊜	05AC4	8B90	yuán			
媳 ⊖	05AB3	CFB1	xí			
媲 ⊖	05AB2	E6C7	pì			
媱 ⊖	05AB1	8B84	yáo			
嫒 ⊖	05AD2	E6C8	ài			嬡
嫉 ⊖	05AC9	BCB5	jí			
嫌 ⊖	05ACC	CFD3	xián			
嫁 ⊖	05AC1	BCDE	jià			
嫔 ⊖	05AD4	E6C9	pín			嬪
[嫋]	05ACB	8B96	niǎo	袅		
媸 ⊖	05AB8	E6CA	chī			
戤 ⊖	06224	EAAE	gài			
[剹]	05279	8497	lù	戮		
勠① ⊜	052E0	84DB	lù			
戣 ⊖	06223	91E8	kuí			
(預)	09810	EE41	yù	预		
叠 ⊖	053E0	B5FE	dié			曡疊疉

① 勠：义为合力、齐力。不再作为"戮"的异体字。

字头	编码		读音	规范字	繁体字	异体字
	ISO 10646	GB 18030				
缙 ⊖	07F19	E7C6	jìn		縉	
缜 ⊖	07F1C	E7C7	zhěn		縝	
缚 ⊖	07F1A	B8BF	fù		縛	
缛 ⊖	07F1B	E7C8	rù		縟	
骤 ⊖	2B62A	98398430	yuán		騵	
辔 ⊖	08F94	E0CE	pèi		轡	
骤 ⊜	2B62C	98398432	xí		騱	
缝 ⊖	07F1D	B7EC	féng/ fèng		縫	
骝 ⊖	09A9D	E6F2	liú		騮	
缞 ⊜	07F1E	C08A	cuī		縗	
缟 ⊖	07F1F	E7C9	gǎo		縞	
缠 ⊖	07F20	B2F8	chán		纏	
缡 ⊖	07F21	E7CA	lí		縭	
缢 ⊖	07F22	E7CB	yì		縊	
缣 ⊖	07F23	E7CC	jiān		縑	
缤 ⊖	07F24	E7CD	bīn		繽	
骟 ⊖	09A9F	E6F3	shàn		騸	
(彚)	05F59	8FA1	huì	汇		
(綆)	07D86	BD8E	gěng	绠		

字头	编码		读音	规范字	繁体字	异体字
	ISO 10646	GB 18030				
(經)	07D93	BD9B	jīng	经		
(綃)	07D83	BD8B	xiāo	绡		
[綑]	07D91	BD99	kǔn	捆		
(絹)	07D79	BD81	juàn	绢		
(綉)	07D89	BD91	xiù	绣		
(絺)	07D7A	BD82	chī	缔		
(綌)	07D8C	BD94	xì	绤		
(綏)	07D8F	BD97	suí	绥		
(綈)	07D88	BD90	tì/tí	绨		
(綄)	07D84	BD8C	huán	绕		
剿	0527F	BDCB	jiǎo			勦劋
[勦]	207B0	9533C934	jiǎo	剿		
[勦]	052E6	84E0	jiǎo	剿		
十四画						
耤	08024	C263	jí			
稬	08025	F1ED	tāng			
[幫]	05E5A	8EC0	bāng	帮		
瑧	07467	AC91	zhēn			
璈	07488	AD48	áo			
(瑪)	0746A	AC94	mǎ	玛		

字头	编码		读音	规范字	繁体字	异体字
	ISO 10646	GB 18030				
璊 ⊜	2B7A9	9839AA33	mén		璊	
瑨 ⊜	07468	AC92	jìn			
瑱 ⊜	07471	AC99	tiàn			
(璉)	07489	AD49	liǎn	琏		
(瑣)	07463	AC8D	suǒ	琐		
静 ⊖	09759	BEB2	jìng			
碧 ⊖	078A7	B1CC	bì			
瑶 ⊖	07476	D1FE	yáo			
瑷 ⊖	07477	E8A8	ài		瑷	
(瑲)	07472	AC9A	qiāng	玱		
[瑠]	07460	AC8A	liú	琉		
璃 ⊖	07483	C1A7	lí			琍瓈
瑭 ⊖	0746D	E8A9	táng			
瑢 ⊖	07462	AC8C	róng			
獒 ⊖	07352	E9E1	áo			
赘 ⊖	08D58	D7B8	zhuì		贅	
熬 ⊖	071AC	B0BE	āo/áo			
[瑣]	24A0F	96378835	suǒ	琐		
觏 ⊖	089CF	EAED	gòu		覯	
斠 ⊜	065A0	94D2	jiào			
愿 ⊖	0615D	EDAB	tè			

字头	编码		读音	规范字	繁体字	异体字
	ISO 10646	GB 18030				
嫠 ⊖	05AE0	E6CB	lí			
[匲]	05332	8555	lián	奁		
韬 ⊖	097EC	E8BA	tāo		韜	
叆 ⊖	053C6	85A5	ài		靉	
摏 ⊖	0644F	939B	chōng			
[髯]	09AE5	F386	rán		髯	
髦 ⊖	09AE6	F7D6	máo			
[髣]	09AE3	F384	fǎng	仿		
墕 ⊖	05895	8986	yān			
墈 ⊖	05888	897B	kàn			
墐 ⊖	05890	8983	jìn			
墘 ⊖	05898	8989	qián			
墙 ⊖	05899	C7BD	qiáng		墙	牆
[塼]	0587C	8974	zhuān	砖		
(摶)	06476	93BB	tuán	抟		
(墖)	05878	8970	ōu/qū	坞		
(摳)	06473	93B8	kōu	抠		
摽 ⊖	0647D	93BF	biào			
[馱]	04B7E	8234CE35	duò/tuó	驮		
(馹)	099B9	F15F	rì	驲		
(駁)	099C1	F167	bó	驳		

字头	编码		读音	规范字	繁体字	异体字
	ISO 10646	GB 18030				
(駇)	099BC	F162	wén	驳		
(駃)	099C3	F169	jué	驶		
[撦]	064A6	93DD	chě	扯		
摴 ㊂	06474	93B9	chū			
(趙)	08D99	DA77	zhào	赵		
(趕)	08D95	DA73	gǎn	赶		
墟 ㊀	0589F	D0E6	xū			
[㨿]	03A3F	82319138	jù	据		
(塿)	0587F	8976	lóu	埁		
(摟)	0645F	93A7	lōu/lǒu	搂		
墁 ㊁	05881	DCAC	màn			
撂 ㊁	06482	C1CC	liào			
摞 ㊁	0645E	DEFB	luò			
(摑)	06451	939D	guāi	掴		
嘉 ㊀	05609	BCCE	jiā			
[皷]	076B7	B096	gǔ	鼓		
(臺)	081FA	C55F	tái	台		
摧 ㊀	06467	B4DD	cuī			
撄 ㊁	06484	DEFC	yīng		攖	
(撾)	064BE	93EB	wō	挝		

字头	编码		读音	规范字	繁体字	异体字
	ISO 10646	GB 18030				
[塲]	05872	896A	cháng/chǎng	场		
赫 ⊖	08D6B	BAD5	hè			
截 ⊖	0622A	BDD8	jié			
翥 ⊖	07FE5	F4E3	zhù			
踅 ⊖	08E05	F5BD	xué			
誓 ⊖	08A93	CAC4	shì			
[塸]	05896	8987	tǎ	塔		
銎 ⊜	0928E	F6C6	qióng			
摭 ⊜	0646D	DEFD	zhí			
墲 ⊜	21413	95368C35	kāng			
墉 ⊖	05889	DCAD	yōng			
境 ⊖	05883	BEB3	jìng			
摘 ⊖	06458	D5AA	zhāi			
墒 ⊖	05892	C9CA	shāng			
摔 ⊖	06454	CBA4	shuāi			
(墊)	0588A	897C	diàn	垫		
撇 ⊖	06487	C6B2	piē/piě			
墚 ⊜	0589A	DCAE	liáng			
穀 ⊜	06996	9862	gǔ			
(壽)	058FD	89DB	shòu	寿		

字头	编码		读音	规范字	繁体字	异体字
	ISO 10646	GB 18030				
撖 ⊜	06496	DEFE	hàn			
(摺)	0647A	DFA1	zhé		折	
墝 ⊜	2A917	9836AF33	liào			
[𢱢①]			cāo		操	
(掺)	0647B	93BD	chān		掺	
(撺)	0645C	93A5	guàn		撺	
綦 ⊜	07DA6	F4EB	qí			
聚 ⊜	0805A	BEDB	jù			
蔫 ⊜	0852B	C4E8	niān			
蔷 ⊜	08537	C7BE	qiáng			蔷
靺 ⊜	0977A	EC85	mò			
[蓴]	084F4	C994	chún		莼	
靼 ⊜	0977C	F7B0	dá			
鞅 ⊜	09785	F7B1	yāng/yàng			
鞊 ⊜	0977D	EC87	bàn			
鞁 ⊜	09781	EC8B	bèi			
鞀 ⊜	0977F	EC89	yào			
蔌 ⊜	0850C	DDF8	sù			
薸 ⊜	08508	CA45	piào			

①该字目前暂时无编码。

字头	编码		读音	规范字	繁体字	异体字
	ISO 10646	GB 18030				
[蒂]	08515	CA4F	dì	蒂		
(勩)	052E9	84E3	yì	勩		
慕 ⊝	06155	C4BD	mù			
暮 ⊝	066AE	C4BA	mù			
摹 ⊝	06479	C4A1	mó			
(蔄)	08504	CA41	màn	茼		
(蔞)	0851E	CA56	lóu	萎		
(勱)	052F1	84EA	mài	劢		
蔓 ⊝	08513	C2FB	màn			
蔑 ⊝	08511	C3EF	miè			蔑衊
薨 ⊝	0750D	DDF9	méng			
(蔦)	08526	CA5C	niǎo	茑		
蔸 ⊝	08538	DDFA	dōu			
[蔥]	08525	CA5B	cōng	葱		
蓰 ⊜	084F0	DDFB	xǐ			
(蓯)	084EF	C990	cōng	苁		
蔹 ⊝	08539	DDFC	liǎn			蘞
(蔔)	08514	CA4E	bo	卜		
蔡 ⊝	08521	B2CC	cài			
蔗 ⊝	08517	D5E1	zhè			
[蔴]	08534	CA68	má	麻		

字头	编码		读音	规范字	繁体字	异体字
	ISO 10646	GB 18030				
蔟 ⊖	0851F	DDFD	cù			
蔺 ⊖	0853A	DDFE	lìn		藺	
戩 ⊖	0622C	EAAF	jiǎn			
蔽 ⊖	0853D	B1CE	bì			
蔊 ⊜	0850A	CA47	hǎn/hàn			
[蔆]	08506	CA43	líng	菱		
蕖 ⊖	08556	DEA1	qú			
蔻 ⊖	0853B	DEA2	kòu			
蓿 ⊖	084FF	DEA3	xu			
蔼 ⊖	0853C	B0AA	ǎi		藹	
[幹]	069A6	986F	gàn	干		
斡 ⊖	065A1	CED3	wò			
熙 ⊖	07199	CEF5	xī			熈熙
蔚 ⊖	0851A	CEB5	wèi/yù			
鹕 ⊖	09E55	F0C9	hú		鶘	
兢 ⊖	05162	BEA4	jīng			
嘏 ⊜	0560F	D8C5	gǔ			
(蒋)	08523	CA59	jiǎng	蒋		
蓼 ⊖	084FC	DEA4	liǎo			
(蔲)	0858C	CB47	xiāng	芗		
榛 ⊖	0699B	E9BB	zhēn			

字头	编码		读音	规范字	繁体字	异体字
	ISO 10646	GB 18030				
(構)	069CB	988B	gòu	构		
榧 (一)	069A7	E9BC	fěi			
(榪)	069AA	9871	mà	杩		
[槓]	069D3	9890	gàng	杠		
榰 (一)	069B0	9875	zhī			
(樺)	06A3A	98E5	huà	桦		
模 (一)	06A21	C4A3	mó/mú			
(槤)	069E4	989D	lián	梿		
榑 (二)	06991	985F	fú			
檟 (二)	069DA	9896	jiǎ			檟
[槕]	069D5	9891	zhuō	桌		
槛 (一)	069DB	BCF7	jiàn/kǎn			檻
榿 (二)	235CB	9632F737	dǎng			欓
榻 (二)	069BB	E9BD	tà			
(橙)	069BF	9881	qī	桤		
榫 (一)	069AB	E9BE	sǔn			
橨 (二)	069DC	9897	zuì			
榭 (二)	069AD	E9BF	xiè			
槔 (二)	069D4	E9C0	gāo			
(覡)	089A1	D2A0	xí	觋		
(槍)	069CD	988C	qiāng	枪		

字头	编码		读音	规范字	繁体字	异体字
	ISO 10646	GB 18030				
榴 ⊖	069B4	C1F1	liú			
榱 ⊖	069B1	E9C1	cuī			
槁 ⊖	069C1	E9C2	gǎo			槀
[槨]	069E8	98A1	guǒ	椁		
榜 ⊖	0699C	B0F1	bǎng			牓
槟 ⊖	069DF	E9C4	bīn/bīng		檳	
榨 ⊖	069A8	D5A5	zhà			搾
榕 ⊖	06995	E9C5	róng			
槠 ⊖	069E0	E9C6	zhū		櫧	
榷 ⊖	069B7	C8B6	què			搉榷
榍 ⊜	0698D	E9C7	xiè			
疐 ⊜	07590	AF46	zhì			
(輒)	08F12	DD6D	zhé	辄		
(輔)	08F14	DD6F	fǔ	辅		
(輕)	08F15	DD70	qīng	轻		
(塹)	05879	8971	qiàn	堑		
[輓]	08F13	DD6E	wǎn	挽		
鷃 ⊜	2CE18	9933F036	yǎn		鷃	
(匱)	05331	8554	kuì	匮		
歌 ⊖	06B4C	B8E8	gē			謌
遭 ⊖	0906D	D4E2	zāo			

字头	编码		读音	规范字	繁体字	异体字
	ISO 10646	GB 18030				
[粹]	08FA2	DE68	là	辣		
(監)	076E3	B14F	jiān/jiàn	监		
[朢]	06722	9652	wàng	望		
(緊)	07DCA	BE6F	jǐn	紧		
僰 ⊖	050F0	836B	bó			
酵 ⊖	09175	BDCD	jiào			
酽 ⊖	0917D	F5A6	yàn		釅	
酺 ⊖	0917A	E154	pú			
酾 ⊜	0917E	F5A7	shī		釃	
酲 ⊖	09172	F5A8	chéng			
酷 ⊖	09177	BFE1	kù			
酶 ⊖	09176	C3B8	méi			
酴 ⊖	09174	F5A9	tú			
酹 ⊖	09179	F5AA	lèi			
酿 ⊖	0917F	C4F0	niàng		釀	
酸 ⊖	09178	CBE1	suān			
[厨]	03551	82309234	chú	厨		
厮 ⊜	053AE	D8CB	sī			廝
(厲)	053B2	8596	lì	厉		
[歷]	06B74	9A73	lì	厉		
碶 ⊜	078B6	B45C	qì			

字头	编码		读音	规范字	繁体字	异体字
	ISO 10646	GB 18030				
碡 ⊖	078A1	EDD8	zhóu			
[碪]	078AA	B455	zhēn	砧		
碟 ⊖	0789F	B5FA	dié			
碴 ⊖	078B4	B2EA	chā			
			chá			䃎
(厴)	053AD	8592	yàn	厌		
碱 ⊖	078B1	BCEE	jiǎn			城鹻鹼鹼
(碩)	078A9	B454	shuò	硕		
磋 ⊜	040CE	8232BB32	zhà			
礛 ⊜	2C497	9931F933	lán		礛	
(碭)	078AD	B458	dàng	砀		
碣 ⊖	078A3	EDD9	jié			
碨 ⊜	078A8	B453	wèi			
碍 ⊜	25532	9639A936	è			
碳 ⊖	078B3	CCBC	tàn			
(碸)	078B8	B45E	fēng	砜		
碲 ⊖	078B2	EDDA	dì			
磋 ⊖	078CB	B4E8	cuō			
磁 ⊖	078C1	B4C5	cí			
碹 ⊜	078B9	EDDB	xuàn			
碥 ⊜	078A5	EDDC	biǎn			

字头	编码		读音	规范字	繁体字	异体字
	ISO 10646	GB 18030				
愿 ㊀	0613F	D4B8	yuàn		願	
(奩)	05969	8A59	lián	奁		
(爾)	0723E	A096	ěr	尔		
劂 ㊁	05282	D8E3	jué			
(奪)	0596A	8A5A	duó	夺		
臧 ㊀	081E7	EAB0	zāng			
豨 ㊁	08C68	D867	xī			
(殞)	06B9E	9A8C	yǔn	殒		
殡 ㊀	06BA1	E9EB	bìn		殯	
需 ㊀	09700	D0E8	xū			
霆 ㊀	09706	F6AA	tíng			
霁 ㊀	09701	F6AB	jì		霽	
辕 ㊀	08F95	D4AF	yuán		轅	
辖 ㊀	08F96	CFBD	xiá		轄	
辗 ㊀	08F97	D5B7	zhǎn		輾	
(鳶)	09CF6	F853	yuān	鸢		
(甀)	05DF0	8E80	qiú	酋		
蜚 ㊁	0871A	F2E3	fēi/fěi			
裴 ㊁	088F4	C5E1	péi			
翡 ㊁	07FE1	F4E4	fěi			
[鬥]	09B26	F45A	dòu	斗		

字头	编码		读音	规范字	繁体字	异体字
	ISO 10646	GB 18030				
雌 ⊖	096CC	B4C6	cí			
齜 ⊖	09F87	F6B7	zī		齜	
齦 ⊖	09F88	F6B8	yín		齦	
鮆 ⊜	2B696	98398E38	cǐ		鮆	
睿 ⊖	0777F	EEA3	ruì			叡
(對)	05C0D	8CA6	duì	对		
(嘗)	05617	874C	cháng	尝		
裳 ⊖	088F3	C9D1	shang			
[暱]	066B1	95BF	nì	昵		
鶪 ⊜	04D17	FE9C	jú		鶪	
(嘖)	05616	874B	zé	啧		
(曄)	066C4	95CF	yè	晔		
颗 ⊖	09897	BFC5	kē		顆	
夥 ⊜	05925	E2B7	huǒ			
(夥①)	05925	E2B7	huǒ	伙		
瞅 ⊖	07785	B3F2	chǒu			眑瞅
瞍 ⊜	0778D	EEA4	sǒu			
(賕)	08CD5	D967	qiú	赇		
(賑)	08CD1	D963	zhèn	赈		
(賒)	08CD2	D964	shē	赊		

①夥：作"多"解时不简化作"伙"。

字头	编码		读音	规范字	繁体字	异体字
	ISO 10646	GB 18030				
[瞇]	07787	B25B	mī/mí	眯		
瞜 ⊖	04056	FE6F	lōu		瞜	
暌 ⊖	0777D	EEA5	kuí			
墅 ⊖	05885	CAFB	shù			
(嘆)	05606	8740	tàn	叹		
嘞 ⊖	0561E	E0CF	lei			
(暢)	066A2	95B3	chàng	畅		
(嘜)	0561C	874F	mài	唛		
(閨)	095A8	E97C	guī	闺		
(聞)	0805E	C284	wén	闻		
[鬨]	095A7	E97B	hòng	哄		
(閩)	095A9	E97D	mǐn	闽		
(閭)	095AD	E982	lǘ	闾		
(閥)	095A5	E979	fá	阀		
(閤)	095A4	E978	hé	合		
[閣]	095A4	E978	gé	阁		
(閣)	095A3	E977	gé	阁		
(閡)	095A1	E975	hé	阂		
嘈 ⊖	05608	E0D0	cáo			
[嗽]	20EF3	95358733	sòu	嗽		
嗾 ⊖	055FD	CBD4	sòu			嗽

字头	编码		读音	规范字	繁体字	异体字
	ISO 10646	GB 18030				
(嘔)	05614	8749	ǒu	呕		
嘌 ⊖	0560C	E0D1	piào			
嘁 ⊖	05601	E0D2	qī			
嘎 ⊖	0560E	B8C2	gā			嘠
嗳 ⊖	066A7	EAD3	ài		噯	
鹖 ⊜	09E56	FB69	hé		鶡	
[暠]	066A0	95B1	hào	皓		
暝 ⊖	0669D	EAD4	míng			
燊 ⊜	03B0E	8231A634	xiǎn			
(頔)	09814	EE45	dí	頔		
踌 ⊖	08E0C	B3EC	chóu		躊	
[踁]	08E01	DB56	jìng	胫		
踉 ⊖	08E09	F5D4	liàng			
[跼]	08DFC	DB52	jú	局		
踑 ⊖	08DFD	F5D5	jì			
踊 ⊖	08E0A	D3BB	yǒng		踴	
蜻 ⊖	0873B	F2DF	qīng			
蜞 ⊖	0871E	F2E0	qí			
蜡 ⊖	08721	C0AF	là		蠟	
蜥 ⊖	08725	F2E1	xī			
(蝀)	08740	CE58	dōng	蝀		

字头	编码		读音	规范字	繁体字	异体字
	ISO 10646	GB 18030				
蛾 ⊜	0872E	F2E2	yù			
[蜨]	08728	CE48	dié	蝶		
蜾 ⊜	0873E	F2E4	guǒ			
蝈 ⊜	08748	F2E5	guō		蟈	
蜴 ⊜	08734	F2E6	yì			
蝇 ⊜	08747	D3AC	yíng		蠅	
(蜗)	08778	CE81	wō	蜗		
蜘 ⊜	08718	D6A9	zhī			
[蜺]	0873A	CE55	ní	霓		
蜱 ⊜	08731	F2E7	pí			
蜩 ⊜	08729	F2E8	tiáo			
蜷 ⊜	08737	F2E9	quán			
蝉 ⊜	08749	B2F5	chán		蟬	
蜿 ⊜	0873F	F2EA	wān			
螂 ⊜	08782	F2EB	láng			蛝
蜢 ⊜	08722	F2EC	měng			
嘘 ⊜	05618	D0EA	shī/xū			
[嘑]	05611	8746	hū	呼		
嘡 ⊜	05621	8752	tāng			
鄂 ⊜	09E57	F0CA	è		鶚	
(團)	05718	8846	tuán	团		

字头	编码		读音	规范字	繁体字	异体字
	ISO 10646	GB 18030				
[槑]	069D1	988E	méi	梅		
(嘍)	0560D	8744	lóu/lou	喽		
(鄲)	09132	E090	dān	郸		
嘣 ⊖	05623	E0D4	bēng			
嘤 ⊖	05624	E0D3	yīng		嚶	
(鳴)	09CF4	F851	míng	鸣		
嘚 ⊖	0561A	874E	dē/dēi			
嘛 ⊖	0561B	C2EF	ma			
嘀 ⊖	05600	E0D6	dí			
嗾 ⊖	055FE	E0D5	sǒu			
嘧 ⊖	05627	E0D7	mì			
[嘅]	05649	876E	dàn	啖		
(幘)	05E58	8EBE	zé	帻		
[嶃]	05D83	8DE3	zhǎn	崭		
(嶄)	05D84	8DE4	zhǎn	崭		
(嶇)	05D87	8DE7	qū	岖		
[獃]	07343	AA79	dāi	呆		
幖 ⊜	05E56	8EBC	biāo			
(嵽)	05D7D	8DDE	dié	嵽		
罴 ⊖	07F74	EEBC	pí		羆	
罱 ⊖	07F71	EEBD	lǎn			

字头	编码		读音	规范字	繁体字	异体字
	ISO 10646	GB 18030				
(罰)	07F70	C150	fá	罚		
(嶁)	05D81	8DE2	lǒu	嵝		
幔 ㊀	05E54	E1A3	màn			
(幗)	05E57	8EBD	guó	帼		
嶂 ㊀	05D82	E1D6	zhàng			
幛 ㊀	05E5B	E1A4	zhàng			
(圖)	05716	8844	tú	图		
嶍 ㊀	05D8D	8DED	xí			
赙 ㊀	08D59	EAE7	fù		賻	
圙 ㊀	05719	8847	lüè			
罂 ㊀	07F42	F3BF	yīng		罌	甖
赚 ㊀	08D5A	D7AC	zhuàn		賺	
骷 ㊀	09AB7	F7BC	kū			
骶 ㊀	09AB6	F7BE	dǐ			
鹘 ㊀	09E58	F7BD	gǔ/hú		鶻	
锲 ㊀	09532	EFC6	qiè		鍥	
锇 ㊀	28C4F	9830C235	dā		鎝	
锴 ㊀	09534	EFC7	kǎi		鍇	
锶 ㊀	09536	EFC8	sī		鍶	
锷 ㊀	09537	EFC9	è		鍔	
锸 ㊀	09538	EFCA	chā		鍤	

字头	编码		读音	规范字	繁体字	异体字
	ISO 10646	GB 18030				
锹 ⊖	09539	C7C2	qiāo		鍬	鏊
锺 ⊜	0953A	EFF1	zhōng		鍾	
锻 ⊖	0953B	B6CD	duàn		鍛	
锼 ⊜	0953C	EFCB	sōu		鎪	
锽 ⊜	0953D	E942	huáng		鍠	
锾	2CB64	9933AB34	hóu		鍭	
锾 ⊜	0953E	EFCC	huán		鍰	
锵 ⊖	09535	EFCF	qiāng		鏘	
锿 ⊜	0953F	EFCD	āi		鎄	
镀 ⊖	09540	B6C6	dù		鍍	
镁 ⊜	09541	C3BE	měi		鎂	
镂 ⊜	09542	EFCE	lòu		鏤	
镃 ⊜	09543	E943	zī		鎡	
镄 ⊜	09544	EFD0	fèi		鐨	
镅 ⊜	09545	EFD1	méi		鎇	
舞 ⊖	0821E	CEE8	wǔ			
(製)	088FD	D175	zhì	制		
犒 ⊖	07292	EAFB	kào			
舔 ⊖	08214	CCF2	tiǎn			
[稬]	07A2C	B74C	nuò	糯		
[稭]	07A2D	B74D	jiē	秸		

字头	编码		读音	规范字	繁体字	异体字
	ISO 10646	GB 18030				
毖 ⊜	0999D	F145	bì			
(種)	07A2E	B74E	zhǒng/zhòng	种		
(稱)	07A31	B751	chèn/chēng	称		
稳 ⊖	07A33	CEC8	wěn		穩	
鹙 ⊜	09E59	FB6A	qiū		鶖	
[熙]	07188	9FC1	xī	熙		
熏 ⊖	0718F	D1AC	xūn			燻
箐 ⊜	07B90	F3E4	qìng			
箦 ⊜	07BA6	F3E5	zé		簀	
箧 ⊖	07BA7	F3E6	qiè		篋	
箍 ⊖	07B8D	B9BF	gū			
箸 ⊖	07BB8	F3E7	zhù			筯
箨 ⊖	07BA8	F3EA	tuò		籜	
箕 ⊖	07B95	BBFE	jī			
箬 ⊖	07BAC	F3E8	ruò			篛
箖 ⊖	07B96	B983	lín			
(箋)	07B8B	B97B	jiān	笺		
算 ⊖	07B97	CBE3	suàn			
箅 ⊖	07B85	F3EB	bì			
[箇]	07B87	B977	gè	个		

字头	编码		读音	规范字	繁体字	异体字
	ISO 10646	GB 18030				
箩 ⊖	07BA9	C2E1	luó		籮	
[箠]	07BA0	B98A	chuí	棰		
劄 ⊜	05284	849E	zhá			
[劄①]	05284	849E	zhá	札		
箪 ⊖	07BAA	F3EC	dān		簞	
箔 ⊜	07B94	B2AD	bó			
管 ⊖	07BA1	B9DC	guǎn			筦
箜 ⊖	07B9C	F3ED	kōng			
箢 ⊖	07BA2	F3EE	yuān			
箫 ⊖	07BAB	F3EF	xiāo		簫	
箓 ⊖	07B93	B982	lù		籙	
[箒]	07B92	B981	zhǒu	帚		
[緐]	07DD0	BE75	fán	繁		
毓 ⊖	06BD3	D8B9	yù			
舆 ⊖	08206	D3DF	yú		輿	
(僥)	050E5	8365	jiǎo/yáo	侥		
(債)	050E8	8366	fèn	偾		
僖 ⊖	050D6	D9D2	xī			
儆 ⊖	05106	D9D3	jǐng			
[僊]	050CA	834D	xiān	仙		

①劄：用于科学技术术语，如中医学中的"目劄"。其他意义用"札"。

字头	编码		读音	规范字	繁体字	异体字
	ISO 10646	GB 18030				
傃 ⊖	050F3	CBDB	sù			
僚 ⊖	050DA	C1C5	liáo			
僭 ⊖	050ED	D9D4	jiàn			
[膀]	07253	A0A5	bǎng		榜	
(僕)	050D5	8357	pú		仆	
(僤)	050E4	8364	dàn		僤	
(僑)	050D1	8353	qiáo		侨	
[儁]	05101	8379	jùn		俊	
僬 ⊖	050EC	D9D5	jiāo			
(僞)	050DE	835E	wěi		伪	
劁 ⊖	05281	D8E4	qiāo			
僦 ⊖	050E6	D9D6	jiù			
僮 ⊖	050EE	D9D7	tóng			
僔 ⊖	050D4	8356	zǔn			
僧 ⊖	050E7	C9AE	sēng			
[僱]	050F1	836C	gù		雇	
鼻 ⊖	09F3B	B1C7	bí			
[嶹]	03800	8230D638	dǎo		岛	
魄 ⊖	09B44	C6C7	pò			
魅 ⊖	09B45	F7C8	mèi			
魃 ⊖	09B43	F7C9	bá			

字头	编码		读音	规范字	繁体字	异体字
	ISO 10646	GB 18030				
魆 ⊜	09B46	F471	xū			
僎 ⊜	050CE	8351	zhuàn			
睪 ⊜	0777E	D8BA	gāo			
[微]	05E51	8EB9	huī		徽	
(銜)	0929C	E395	xián		衔	
[慇]	06147	9140	yīn		殷	
槃 ⊜	069C3	9884	pán			
艋 ⊜	0824B	F4BB	měng			
銎 ⊜	03666	8230AD38	xié			
(鉶)	09276	E36F	xíng		铏	
(銈)	09288	E382	jī		铦	
(銬)	092AC	E444	kào		铐	
(銠)	092A0	E399	lǎo		铑	
(鉺)	0927A	E373	ěr		铒	
(銧)	09277	E370	hóng		铁	
(銪)	092AA	E442	yǒu		铕	
(鋮)	092EE	E485	chéng		铖	
(鋣)	092E3	E479	yé		铘	
(銍)	0928D	E387	zhì		铚	
(鋁)	092C1	E458	lǚ		铝	
(銅)	09285	E37E	tóng		铜	

字头	编码		读音	规范字	繁体字	异体字
	ISO 10646	GB 18030				
(錭)	092B1	E448	diào	铞		
(銦)	092A6	E39F	yīn	铟		
(銖)	09296	E38F	zhū	铢		
(銑)	09291	E38A	xǐ	铣		
(銩)	092A9	E441	diū	铥		
(鋌)	092CC	E462	tǐng	铤		
(銓)	09293	E38C	quán	铨		
(鉿)	0927F	E378	hā	铪		
(銚)	0929A	E393	diào/yáo	铫		
(銘)	09298	E391	míng	铭		
(鉻)	0927B	E374	gè	铬		
(錚)	0931A	E550	zhēng	铮		
(鉋)	092AB	E443	sè	铯		
(鉸)	09278	E371	jiǎo	铰		
(銥)	092A5	E39E	yī	铱		
(銃)	09283	E37C	chòng	铳		
(銨)	092A8	E440	ǎn	铵		
(銀)	09280	E379	yín	银		
(銣)	092A3	E39C	rú	铷		
鄱 ⊜	09131	DBB6	pó			
[貍]	08C8D	D882	lí	狸		

字头	编码		读音	规范字	繁体字	异体字
	ISO 10646	GB 18030				
貌 ⊖	08C8C	C3B2	mào			
(戗)	06227	91EA	qiāng/qiàng	戗		
(餌)	0990C	F044	ěr	饵		
(蝕)	08755	CE67	shí	蚀		
[餁]	09901	EF9A	rèn	饪		
(餉)	09909	F041	xiǎng	饷		
(餄)	09904	EF9D	hé	饸		
(餎)	0990E	F045	gē/le	饹		
(餃)	09903	EF9C	jiǎo	饺		
(餏)	0990F	F046	xī	饻		
(餅)	09905	EF9E	bǐng	饼		
(領)	09818	EE49	lǐng	领		
膜 ⊖	0819C	C4A4	mó			
膊 ⊖	0818A	B2B2	bó			
膈 ⊖	08188	EBF5	gé			
[遯]	0906F	DF71	dùn	遁		
膀 ⊖	08180	B0F2	bǎng			髈
膑 ⊖	08191	EBF7	bìn		臏	
(鳳)	09CF3	F850	fèng	凤		
鲑 ⊖	09C91	F6D9	guī		鮭	

字头	编码		读音	规范字	繁体字	异体字
	ISO 10646	GB 18030				
鮚 ⊜	09C92	F6DA	jié		鮚	
鮪 ⊜	09C94	F6DB	wěi		鮪	
鮞 ⊜	09C95	F6DC	ér		鮞	
鰤 ⊜	2B695	98398E37	shī		鰤	
鮦 ⊜	09C96	F78B	tóng		鮦	
鰂 ⊜	09C97	F78C	zé/zéi		鰂	
鮜 ⊜	09C98	F78D	hòu		鮜	
鮰 ⊜	09C99	F78E	kuài		鱠	
鮡 ⊜	2CD90	9933E330	zhào		鮡	
鮠 ⊜	2CD8F	9933E239	wéi		鮠	
鲚 ⊖	09C9A	F6DD	jì		鱭	
鲛 ⊖	09C9B	F6DE	jiāo		鮫	
鲜 ⊖	09C9C	CFCA	xiān		鮮	鱻
			xiǎn			尠尟
鮟 ⊜	29F7E	9834B536	ān		鮟	
鲟 ⊖	09C9F	F6E0	xún		鱘	
(鮌) ⊜	09B62	F487	jǐ	鮓		
夐 ⊜	05910	89E9	xiòng			
疑 ⊖	07591	D2C9	yí			
(颭)	098AD	EF51	zhǎn	飐		
(颮)	098AE	EF52	biāo	飚		

字头	编码		读音	规范字	繁体字	异体字
	ISO 10646	GB 18030				
[颯]	04B03	8234C232	sà	飒		
(颱)	098B1	EF55	tái	台		
(獄)	07344	AA7A	yù	狱		
獐 ⊝	07350	E2AF	zhāng			麞
獍 ⊝	0734D	E2B0	jìng			
飗 ⊝	098D7	EF76	liú		飀	
鸑 ⊜	2CE1A	9933F038	yuè		鸑	
觫 ⊝	089EB	F6A2	sù			
雒 ⊝	096D2	F6C3	luò			
孵 ⊝	05B75	B7F5	fū			
夤 ⊝	05924	E2B9	yín			
馑 ⊝	09991	E2CB	jǐn		饉	
馒 ⊝	09992	C2F8	mán		饅	
(誡)	08AA1	D55D	jiè	诫		
[誌]	08A8C	D549	zhì	志		
(誣)	08AA3	D55F	wū	诬		
[誖]	08A96	D552	bèi	悖		
(語)	08A9E	D55A	yǔ	语		
(誚)	08A9A	D556	qiào	诮		
(誤)	08AA4	D560	wù	误		
(誥)	08AA5	D561	gào	诰		
(誘)	08A98	D554	yòu	诱		

字头	编码		读音	规范字	繁体字	异体字
	ISO 10646	GB 18030				
(誨)	08AA8	D564	huì	诲		
[譮]	046E1	8233D739	huà	话		
(誑)	08A91	D54E	kuáng	诳		
(説)	08AAC	D568	shuì/ shuō	说		
(認)	08A8D	D54A	rèn	认		
(誦)	08AA6	D562	sòng	诵		
[凭]	051F4	8452	píng	凭		
澌 ㊀	051D8	8440	sī			
銮 ㊀	092AE	F6C7	luán			鑾
裹 ㊀	088F9	B9FC	guǒ			
[槀]	069C0	9882	gǎo		槁	
敲 ㊀	06572	C7C3	qiāo			
豪 ㊀	08C6A	BAC0	háo			
膏 ㊀	0818F	B8E0	gāo			
塾 ㊀	0587E	DBD3	shú			
廑 ㊁	05ED1	E2DB	jǐn			
(廣)	05EE3	8F56	guǎng	广		
遮 ㊀	0906E	D5DA	zhē			
麼 ㊀	09EBD	F7E1	mó			
(麼①)	09EBD	F7E1	me	么		

①麽：读mó时不简化作"么"，如"幺麽小丑"。

字头	编码		读音	规范字	繁体字	异体字
	ISO 10646	GB 18030				
(廎)	05ECE	8F46	qǐng	庼		
廙	05ED9	8F4D	yì			
腐	08150	B8AF	fǔ			
瘩	07629	B4F1	dá/da			瘩
瘌	0760C	F0F8	là			
瘗	07617	F0F9	yì		瘞	
(瘧)	07627	AF91	nüè/yào	疟		
(瘍)	0760D	AF83	yáng	疡		
瘟	0761F	CEC1	wēn			
瘦	07626	CADD	shòu			
瘊	0760A	F0FA	hóu			
[瘉]	07609	AF81	yù	愈		
(瘋)	0760B	AF82	fēng	疯		
[瘖]	07616	AF8A	yīn	喑		
瘥	07625	F0FB	chài			
瘘	07618	F0FC	lòu		瘻	
瘕	07615	F0FD	jiǎ			
瘙	07619	F0FE	sào			
(塵)	05875	896D	chén	尘		
廖	05ED6	C1CE	liào			
辣	08FA3	C0B1	là			辢

字头	编码		读音	规范字	繁体字	异体字
	ISO 10646	GB 18030				
彰 ⊖	05F70	D5C3	zhāng			
竭 ⊖	07AED	BDDF	jié			
韶 ⊖	097F6	C9D8	sháo			
端 ⊖	07AEF	B6CB	duān			
(颯)	098AF	EF53	sà	飒		
(適)	09069	DF6D	shì	适		
(齊)	09F4A	FD52	qí	齐		
旗 ⊖	065D7	C6EC	qí			旂
旖 ⊖	065D6	ECBD	yǐ			
膂 ⊖	08182	EBF6	lǚ			
阚 ⊖	0961A	E3DB	kàn		闞	
鄯 ⊖	0912F	DBB7	shàn			
鮺 ⊜	09C9D	F78F	zhǎ		鲝	
(養)	0990A	F042	yǎng	养		
鮿 ⊖	09C9E	F6DF	xiǎng		鲞	
精 ⊖	07CBE	BEAB	jīng			
粿 ⊖	07CBF	BC40	guǒ			
[粺]	07CBA	BB9F	bài	稗		
(鄰)	09130	E08F	lín	邻		
粼 ⊖	07CBC	F4D4	lín			
粹 ⊖	07CB9	B4E2	cuì			

字头	编码		读音	规范字	繁体字	异体字
	ISO 10646	GB 18030				
粽 ⊖	07CBD	F4D5	zòng			糉
糁 ⊖	07CC1	F4D6	sǎn/shēn		糝	
(鄭)	0912D	E08D	zhèng	郑		
歉 ⊖	06B49	C7B8	qiàn			
槊 ⊖	069CA	E9C3	shuò			
[愬]	0612C	90F5	sù	诉		
鹚 ⊖	09E5A	F0CB	cí		鶿	鷀
弊 ⊖	05F0A	B1D7	bì			獘
[獘]	21681	9536CA37	bì	弊		
(幣)	05E63	8EC5	bì	币		
(彆)	05F46	8F95	biè	别		
鄫 ⊜	0912B	E08B	zēng			
(燁)	071C1	9FEE	yè	烨		
熄 ⊖	07184	CFA8	xī			
(熗)	07197	9FCD	qiàng	炝		
熘 ⊖	07198	ECD6	liū			
熇 ⊜	07187	9FC0	hè			
(榮)	069AE	9873	róng	荣		
(滎)	06ECE	9CEE	xíng/yíng	荥		
(犖)	07296	A0CE	luò	荦		
(熒)	07192	9FC9	yíng	荧		

402

字头	编码		读音	规范字	繁体字	异体字
	ISO 10646	GB 18030				
熔 ⊖	07194	C8DB	róng			
煽 ⊖	0717D	C9BF	shān			
熥 ⊖	071A5	9FD7	tēng			
(漬)	06F2C	9D6E	zì	渍		
漹 ⊜	06F39	9D76	yān			
潐 ⊜	06F16	9D5D	jiào			
(漢)	06F22	9D68	hàn	汉		
潢 ⊖	06F62	E4EA	huáng			
(滿)	06EFF	9D4D	mǎn	满		
濙 ⊜	06F46	E4EB	yíng			瀠
潇 ⊖	06F47	E4EC	xiāo			瀟
漤 ⊜	06F24	E4ED	lǎn			
漆 ⊖	06F06	C6E1	qī			
(漸)	06F38	9D75	jiàn	渐		
漕 ⊖	06F15	E4EE	cáo			
[漱]	06F44	9D81	shù	漱		
漱 ⊖	06F31	CAFE	shù			潄
(漚)	06F1A	9D61	ōu/òu	沤		
漂 ⊖	06F02	C6AF	piāo/piǎo			
(滯)	06EEF	9CFE	zhì	滞		
(滷)	06EF7	9D46	lǔ	卤		

字头	编码		读音	规范字	繁体字	异体字
	ISO 10646	GB 18030				
滹 ⊖	06EF9	E4EF	hū			
(溇)	06F0A	9D55	lóu		溇	
漫 ⊖	06F2B	C2FE	màn			
潩 ⊜	06F69	9D9D	yì			
漯 ⊖	06F2F	E4F0	luò			
(漍)	06F0D	9D58	guó		涸	
漶 ⊖	06F36	E4F1	huàn			
漼 ⊜	06F3C	9D79	cuǐ			
漴 ⊜	06F34	9D72	chóng/ shuāng			
晵 ⊜	03F4F	82329530	gàn			
潋 ⊖	06F4B	E4F2	liàn			瀲
(渔)	06F01	9D4F	yú	渔		
潴 ⊖	06F74	E4F3	zhū			
漪 ⊖	06F2A	E4F4	yī			
漈 ⊖	06F08	9D54	jì			
(浒)	06EF8	9D47	hǔ/xǔ		滸	
漉 ⊖	06F09	E4F5	lù			
漳 ⊖	06F33	D5C4	zhāng			
(浐)	06EFB	9D49	chǎn		滻	
滴 ⊖	06EF4	B5CE	dī			

字头	编码		读音	规范字	繁体字	异体字
	ISO 10646	GB 18030				
漩 ⊖	06F29	E4F6	xuán			
漾 ⊖	06F3E	D1FA	yàng			
演 ⊖	06F14	D1DD	yǎn			
(滬)	06EEC	9CFB	hù	沪		
澉 ⊖	06F89	E4F7	gǎn			
漏 ⊖	06F0F	C2A9	lòu			
(漲)	06F32	9D71	zhǎng/ zhàng	涨		
潏 ⊜	06F0B	9D56	lóng			
漻 ⊜	06F3B	9D78	liáo			
[慂]	06142	90FA	yǒng	恿		
(渗)	06EF2	9D42	shèn	渗		
潍 ⊖	06F4D	CEAB	wéi		潍	
懃 ⊜	0616C	915B	qín			
(慚)	0615A	914D	cán	惭		
(慪)	0616A	9159	òu	怄		
(慳)	06173	9161	qiān	悭		
[慼]	0617D	9169	qī	戚		
慢 ⊖	06162	C2FD	màn			
(慟)	0615F	9151	tòng	恸		
慷 ⊖	06177	BFB6	kāng			

字头	编码		读音	规范字	繁体字	异体字
	ISO 10646	GB 18030				
慵 ⊖	06175	E3BC	yōng			
[慴]	06174	9162	shè	慑		
(慘)	06158	914B	cǎn	惨		
(慣)	06163	9154	guàn	惯		
寨 ⊖	05BE8	D5AF	zhài			砦
赛 ⊖	08D5B	C8FC	sài		賽	
搴 ⊖	06434	E5BA	qiān			
(寬)	05BEC	8C92	kuān	宽		
(賓)	08CD3	D965	bīn	宾		
寡 ⊖	05BE1	B9D1	guǎ			
窬 ⊖	07AAC	F1BE	yú			
窨 ⊖	07AA8	F1BF	yìn			
窭 ⊖	07AAD	F1C0	jù		窶	
(窪)	07AAA	B844	wā	洼		
察 ⊖	05BDF	B2EC	chá			詧
蜜 ⊖	0871C	C3DB	mì			
(寧)	05BE7	8C8E	níng/nìng	宁		
寤 ⊖	05BE4	E5BB	wù			
(寢)	05BE2	8C8B	qǐn	寝		
寥 ⊖	05BE5	C1C8	liáo			
(實)	05BE6	8C8D	shí	实		

字头	编码		读音	规范字	繁体字	异体字
	ISO 10646	GB 18030				
槼 ⊜	03BBE	8231B739	lǎng			
(鞫)	076B8	B097	jūn	鞍		
譓 ⊜	2C91D	9932EF31	huì			譓
谭 ⊖	08C2D	CCB7	tán			譚
肇 ⊖	08087	D5D8	zhào			
綮 ⊜	07DAE	F4EC	qìng			
譖 ⊜	08C2E	DADA	zèn			譖
褡 ⊜	08921	F1D7	dā			
褙 ⊜	08919	F1D8	bèi			
褐 ⊖	08910	BAD6	hè			
(複)	08907	D17D	fù	复		
褓 ⊜	08913	F1D9	bǎo			緥
褕 ⊜	08915	D188	yú			
褛 ⊜	0891B	F1DA	lǚ			褸
(褌)	0890C	D182	kūn	裈		
褊 ⊜	0890A	F1DB	biǎn			
褪 ⊖	0892A	CDCA	tuì			
(褘)	08918	D18B	huī	袆		
(禡)	079A1	B64D	mà	祃		
禛 ⊜	0799B	B647	zhēn			
禚 ⊜	0799A	ECFA	zhuó			

字头	编码		读音	规范字	繁体字	异体字
	ISO 10646	GB 18030				
譙 ㊀	08C2F	DADB	qiáo		譙	
讕 ㊀	08C30	C0BE	lán		讕	
谱 ㊀	08C31	C6D7	pǔ		譜	
譎 ㊀	08C32	DADC	jué		譎	
(鄩)	09129	E089	xún	鄩		
(劃)	05283	849D	huá/huà	划		
(盡)	076E1	B14D	jìn	尽		
暨 ㊀	066A8	F4DF	jì			
(屢)	05C62	8CD2	lǚ	屡		
(鳲)	09CF2	F84F	shī	鸤		
屣 ㊀	05C63	E5EF	xǐ			
(彄)	05F44	8F93	kōu	弲		
(鞁)	097CD	ED68	fú	鞁		
(墮)	058AE	8999	duò	堕		
(隨)	096A8	EB53	suí	随		
鶥 ㊀	09E5B	F0CC	méi		鶥	
(奬)	0596C	8A5C	jiǎng	奖		
(隤)	096A4	EB50	tuí	隤		
隩 ㊀	096A9	EB54	ào			
[隣]	096A3	EB4F	lín	邻		
(墜)	0589C	898B	zhuì	坠		

字头	编码		读音	规范字	繁体字	异体字
	ISO 10646	GB 18030				
隧 ⊖	096A7	CBED	suì			
嫣 ⊖	05AE3	E6CC	yān			
嫱 ⊖	05AF1	E6CD	qiáng		嬙	
嫩 ⊖	05AE9	C4DB	nèn			嫰
[嫰]	05AF0	8BAF	nèn	嫩		
(嫗)	05AD7	8B9E	yù	妪		
嫖 ⊖	05AD6	E6CE	piáo			
嫕 ⊜	05AD5	8B9D	yì			
嫭 ⊜	05AED	8BAC	hù			
嫦 ⊜	05AE6	E6CF	cháng			
嫚 ⊖	05ADA	8BA0	mān/màn			
嫘 ⊖	05AD8	E6D0	léi			
嫜 ⊖	05ADC	E6D1	zhāng			
嫡 ⊖	05AE1	B5D5	dí			
嫪 ⊜	05AEA	8BAA	lào			
鼐 ⊖	09F10	D8BE	nài			
(頗)	09817	EE48	pō	颇		
翟 ⊖	07FDF	B5D4	dí/zhái			
翠 ⊖	07FE0	B4E4	cuì			
熊 ⊖	0718A	D0DC	xióng			

字头	编码		读音	规范字	繁体字	异体字
	ISO 10646	GB 18030				
(態)	0614B	9142	tài	态		
櫈 ㊀	051F3	B5CA	dèng			櫈
(鄧)	09127	E087	dèng	邓		
瞀 ㊀	07780	EEA6	mào			
骛 ㊀	09E5C	F0CD	wù		鶩	
骠 ㊀	09AA0	E6F4	biāo/piào		驃	
缥 ㊀	07F25	E7CE	piāo		縹	
缦 ㊀	07F26	E7CF	màn		縵	
骡 ㊀	09AA1	C2E2	luó		騾	羸
缧 ㊀	07F27	E7D0	léi		縲	
缨 ㊀	07F28	D3A7	yīng		纓	
骢 ㊀	09AA2	E6F5	cōng		驄	
缤 ㊁	2C642	9932A630	yǎn		縯	
缩 ㊀	07F29	CBF5	suō		縮	
缪 ㊁	07F2A	E7D1	miào/miù		繆	
[斮]	065B2	94DB	zhuó	斫		
缫 ㊀	07F2B	E7D2	sāo		繅	
(綪)	07DAA	BE50	qiàn	绩		
(緒)	07DD2	BE77	xù	绪		
(綾)	07DBE	BE63	líng	绫		

字头	编码		读音	规范字	繁体字	异体字
	ISO 10646	GB 18030				
(綝)	07D9D	BE44	chēn/lín	綝		
(綺)	07DBA	BE5F	qǐ	绮		
(綫)	07DAB	BE51	xiàn	线		
(緋)	07DCB	BE70	fēi	绯		
(綽)	07DBD	BE62	chāo/chuò	绰		
(緔)	07DD4	BE79	shàng	绱		
(緄)	07DC4	BE69	gǔn	绲		
(綱)	07DB1	BE56	gāng	纲		
(網)	07DB2	BE57	wǎng	网		
(維)	07DAD	BE53	wéi	维		
(綿)	07DBF	BE64	mián	绵		
(綸)	07DB8	BE5D	guān/lún	纶		
[綵]	07DB5	BE5A	cǎi	彩		
(綬)	07DAC	BE52	shòu	绶		
(綳)	07DB3	BE58	bēng	绷		
(綢)	07DA2	BE49	chóu	绸		
(綯)	07DAF	BE54	táo	绹		
(綹)	07DB9	BE5E	liǔ	绺		
(綜)	07DA1	BE48	liáng	综		
(綧)	07DA7	BE4D	zhǔn	绰		

字头	编码		读音	规范字	繁体字	异体字
	ISO 10646	GB 18030				
(缱)	07DA3	BE4A	quǎn	缱		
(综)	07D9C	BE43	zèng/ zōng	综		
(绽)	07DBB	BE60	zhàn	绽		
(绾)	07DB0	BE55	wǎn	绾		
(绿)	07DD1	BE76	lù/lǜ	绿		
(缀)	07DB4	BE59	zhuì	缀		
(缁)	07DC7	BE6C	zī	缁		
十五画						
慧	06167	BBDB	huì			
耦	08026	F1EE	ǒu			
耧	08027	F1EF	lóu			耬
瑾	0747E	E8AA	jǐn			
璜	0749C	E8AB	huáng			
(璊)	0748A	AD4A	mén	璊		
璗	03EEC	82328B31	tū			
(靓)	0975A	EC6E	jìng/liàng	靓		
璀	07480	E8AD	cuǐ			
璎	0748E	E8AC	yīng			瓔
(瑾)	074A1	AD5C	jìn	瑾		
璁	07481	E8AE	cōng			

字头	编码		读音	规范字	繁体字	异体字
	ISO 10646	GB 18030				
麹 ⊜	09EB9	FC4C	qū		麴	
璋 ⊜	0748B	E8B0	zhāng			
璇 ⊜	07487	E8AF	xuán			璿
球 ⊜	07486	AD47	qiú			
漦 ⊜	06F26	9D6B	chí			
[犛]	0729B	A0D3	máo	牦		
[氂]	06C02	9AD3	máo	牦		
奭 ⊜	0596D	8A5D	shì			
(輦)	08F26	DD82	niǎn		辇	
[賛]	08CDB	D96D	zàn		赞	
[槼]	069FC	98B3	guī		规	
叇 ⊜	053C7	85A6	dài		靆	
撵 ⊜	064B5	C4EC	niǎn		攆	
(髮)	09AEE	F38C	fà	发		
髯 ⊜	09AEF	F7D7	rán			髥
[髴]	09AF4	F391	fú	佛		
髫 ⊜	09AEB	F7D8	tiáo			
(撓)	06493	93CF	náo	挠		
[遶]	09076	DF76	rào	绕		
(墳)	058B3	899E	fén	坟		
撷 ⊜	064B7	DFA2	xié		擷	

字头	编码		读音	规范字	繁体字	异体字
	ISO 10646	GB 18030				
(撻)	058B6	89A1	da	挞		
(撻)	064BB	93E9	tà	挞		
撕 ⊖	06495	CBBA	sī			
撒 ⊖	06492	C8F6	sā/sǎ			
(駓)	099D3	F179	pī	驱		
(駔)	099D4	F17A	zǎng	驵		
(駛)	099DB	F182	shǐ	驶		
(駉)	099C9	F16F	jiōng	駉		
(駟)	099DF	F186	sì	驷		
[馳]	099DE	F185	tuó	驼		
[駈]	099C8	F16E	qū	驱		
(駙)	099D9	F180	fù	驸		
(駒)	099D2	F178	jū	驹		
(駐)	099D0	F176	zhù	驻		
(駭)	04B84	8234CF31	xuán	弦		
(駝)	099DD	F184	tuó	驼		
(駘)	099D8	F17E	dài/tái	骀		
撅 ⊖	06485	BEEF	juē			
撩 ⊖	064A9	C1C3	liāo/liáo			
趣 ⊖	08DA3	C8A4	qù			
趟 ⊖	08D9F	CCCB	tàng			

字头	编码		读音	规范字	繁体字	异体字
	ISO 10646	GB 18030				
墣 ⊜	058A3	8990	pú			
(撲)	064B2	93E4	pū	扑		
[撐]	06490	93CE	chēng	撑		
撑 ⊖	06491	B3C5	chēng			撐
撮 ⊖	064AE	B4E9	cuō/zuǒ			
(頡)	09821	EE52	jié/xié	颉		
(墠)	058A0	898D	shàn	墡		
(撣)	064A3	93DB	dǎn	掸		
(賣)	08CE3	D975	mài	卖		
(撫)	064AB	93E1	fǔ	抚		
撬 ⊖	064AC	C7CB	qiào			
赭 ⊖	08D6D	F4F7	zhě			
[攜]	064D5	93FB	xié	携		
[覩]	089A9	D347	dǔ	睹		
(撳)	064B3	93E5	qìn	揿		
(熱)	071B1	9FE1	rè	热		
墦 ⊜	058A6	8993	fán			
播 ⊖	064AD	B2A5	bō			
擒 ⊖	064D2	C7DC	qín			
(撝)	0649D	93D6	huī	㧑		
撸 ⊖	064B8	DFA3	lū		擼	

字头	编码		读音	规范字	繁体字	异体字
	ISO 10646	GB 18030				
(鞏)	0978F	EC96	gǒng	巩		
鋆 ⊖	092C6	E45D	yún			
墩 ⊖	058A9	B6D5	dūn			墪
撞 ⊖	0649E	D7B2	zhuàng			
撤 ⊖	064A4	B3B7	chè			
墡 ⊖	058A1	898E	shàn			
(摯)	0646F	93B4	zhì	挚		
撙 ⊖	06499	DFA4	zǔn			
增 ⊖	0589E	D4F6	zēng			
(撈)	2144D	95369233	láo	捞		
(撈)	06488	93C6	lāo	捞		
撺 ⊖	064BA	DFA5	cuān			攛
(穀)	07A40	B759	gǔ	谷		
(愨)	06164	9155	què	悫		
(撏)	0648F	93CD	xián	挦		
墀 ⊖	05880	DCAF	chí			
撰 ⊖	064B0	D7AB	zhuàn			譔
(撥)	064A5	93DC	bō	拨		
聩 ⊖	08069	F1F9	kuì		聵	
聪 ⊖	0806A	B4CF	cōng		聰	
(蕘)	08558	CA81	ráo	荛		

字头	编码		读音	规范字	繁体字	异体字
	ISO 10646	GB 18030				
(蓬)	08598	CB52	dá	荙		
觐	089D0	EAEE	jìn		覲	
[欺]	06B4E	9A55	tàn	叹		
鞋	0978B	D0AC	xié			鞵
鞑	09791	F7B2	dá		韃	
蕙	08559	DEA5	huì			
鞒	09792	F7B3	qiáo		鞽	
鞍	0978D	B0B0	ān			鞌
蕈	08548	DEA6	xùn			
(蒇)	08546	CA72	chǎn	蒇		
蕨	08568	DEA7	jué			
蕤	08564	DEA8	ruí			
(蕓)	08553	CA7C	yún	芸		
[蕊]	0854B	CA74	ruǐ	蕊		
蕞	0855E	DEA9	zuì			
蕺	0857A	DEAA	jí			
(蕒)	09081	DF7E	mài	迈		
(蕢)	08562	CA89	kuì	蒉		
[蕚]	0855A	CA82	è	萼		
(蕒)	08552	CA7B	mǎi	荬		
瞢	077A2	DEAB	méng			

字头	编码		读音	规范字	繁体字	异体字
	ISO 10646	GB 18030				
(蕪)	0856A	CA8F	wú	芜		
[藜]	0853E	CA6B	lí	藜		
(蕎)	0854E	CA77	qiáo	荞		
蕉 ⊖	08549	BDB6	jiāo			
劏 ⊜	05290	D8E5	huō			
奥 ⊜	08581	CAA0	ào			
蕃 ⊖	08543	DEAC	bō			
(蔫)	0853F	CA6C	wěi	苇		
(蕕)	08555	CA7E	yóu	莸		
蕲 ⊖	08572	DEAD	qí		蘄	
(蕩)	08569	CA8E	dàng	荡		
蕰 ⊜	08570	CA95	wēn			
蕊 ⊖	0854A	C8EF	ruǐ			蕋橤蘂
(蕁)	08541	CA6E	qián/xún	荨		
赜 ⊖	08D5C	D8D3	zé		賾	
蕃 ⊖	08503	CA40	qiáng			
蔬 ⊖	0852C	CADF	shū			
蕴 ⊖	08574	D4CC	yùn		蘊	
鼐 ⊜	09F12	FC88	zī			
(樁)	06A01	98B6	zhuāng	桩		
槿 ⊖	069FF	E9C8	jǐn			

字头	编码		读音	规范字	繁体字	异体字
	ISO 10646	GB 18030				
横 ㊀	06A2A	BAE1	héng/hèng			
[蕽]	08FB3	DE73	nóng	农		
樯 ㊀	06A2F	E9C9	qiáng		檣	艢
槽 ㊀	069FD	B2DB	cáo			
(樞)	06A1E	98D0	shū	枢		
(標)	06A19	98CB	biāo	标		
樗 ㊀	069F1	98A9	yǒu			
槭 ㊀	069ED	E9CA	qì			
樗 ㊀	06A17	E9CB	chū			
[樐]	06A10	98C4	lǔ	橹		
樘 ㊀	06A18	E9CC	táng			
(樓)	06A13	98C7	lóu	楼		
樱 ㊀	06A31	D3A3	yīng			樱
(樅)	06A05	98BA	cōng/zōng	枞		
樊 ㊀	06A0A	B7AE	fán			
(賚)	08CDA	D96C	lài	赉		
(麩)	09EA9	FB9F	fū	麸		
[麵]	09EAA	FBA0	miàn	面		
(賫)	08CEB	D97D	jī	赍		
橡 ㊀	06A61	CFF0	xiàng			

字头	编码		读音	规范字	繁体字	异体字
	ISO 10646	GB 18030				
槲 ⊖	069F2	E9CE	hú			
樟 ⊖	06A1F	D5C1	zhāng			
(樣)	06A23	98D3	yàng	样		
[樑]	06A11	98C5	liáng	梁		
[榷]	2365C	96338832	què	榷		
橄 ⊖	06A44	E9CF	gǎn			
(橢)	06A62	9945	tuǒ	椭		
[壄]	21428	95368E36	yě	野		
[輙]	08F19	DD74	zhé	辄		
(輛)	08F1B	DD76	liàng	辆		
(輥)	08F25	DD81	gǔn	辊		
(輞)	08F1E	DD79	wǎng	辋		
(輗)	08F17	DD72	ní	輗		
(槧)	069E7	98A0	qiàn	椠		
(暫)	066AB	95BA	zàn	暂		
[慙]	06159	914C	cán	惭		
(輪)	08F2A	DD86	lún	轮		
(輬)	08F2C	DD88	liáng	辌		
(輟)	08F1F	DD7A	chuò	辍		
(輜)	08F1C	DD77	zī	辎		
[甎]	0750E	AE55	zhuān	砖		

字头	编码		读音	规范字	繁体字	异体字
	ISO 10646	GB 18030				
敷 ⊖	06577	B7F3	fū			
(甌)	0750C	AE54	ōu	瓯		
[歐]	0657A	94B7	qū	驱		
(歐)	06B50	9A57	ōu	欧		
(毆)	06BC6	9AAA	ōu	殴		
[緊]	260B3	9731D431	jǐn	紧		
鹢 ⊜	09E5D	FB6B	yì		鷁	
[竪]	08C4E	D851	shù	竖		
(賢)	08CE2	D974	xián	贤		
豌 ⊖	08C4C	CDE3	wān			
飘 ⊖	098D8	C6AE	piāo		飄	飆
(遷)	09077	DF77	qiān	迁		
(鳲)	09CFE	F85B	shī	鸤		
醋 ⊖	0918B	B4D7	cù			
[醃]	09183	E15A	yān	腌		
[醆]	09186	E15C	zhǎn	盏		
醌 ⊜	0918C	F5AB	kūn			
醇 ⊖	09187	B4BC	chún			醕
醉 ⊖	09189	D7ED	zuì			
醅 ⊜	09185	F5AC	pēi			
靥 ⊜	09765	D8CC	yè		靨	

字头	编码		读音	规范字	繁体字	异体字
	ISO 10646	GB 18030				
魇 ⊖	09B47	F7CA	yǎn		魘	
餍 ⊖	0990D	F7D0	yàn		饜	
[慼]	0617C	9168	qī	戚		
(碼)	078BC	B461	mǎ	码		
磕 ⊖	078D5	BFC4	kē			
磊 ⊖	078CA	C0DA	lěi			
(憂)	06182	916E	yōu	忧		
(磑)	078D1	B46F	wèi	硙		
磔 ⊖	078D4	EDDD	zhé			
磙 ⊖	078D9	EDDE	gǔn			
磅 ⊖	078C5	B0F5	bàng/páng			
磏 ⊜	078CF	B46E	qiān/lián			
(確)	078BA	B45F	què	确		
碾 ⊖	078BE	C4EB	niǎn			
磉 ⊜	078C9	EDDF	sǎng			
[厤]	20AB1	95349833	lì	历		
[鴈]	09D08	F865	yàn	雁		
[奩]	05333	8556	lián	奁		
(遼)	0907C	DF7C	liáo	辽		
[豬]	08C6C	D869	zhū	猪		

字头	编码		读音	规范字	繁体字	异体字
	ISO 10646	GB 18030				
殣 ⊜	06BA3	9A90	jìn			
(殤)	06BA4	9A91	shāng	殇		
慭 ⊜	0616D	915C	yìn			憖
震 ⊖	09707	D5F0	zhèn			
霄 ⊖	09704	CFF6	xiāo			
霉 ⊖	09709	C3B9	méi			黴
霅 ⊜	09705	EB90	zhà			
霈 ⊖	09708	F6AC	pèi			
辘 ⊖	08F98	EAA4	lù			轆
(鴉)	09D09	F866	yā	鸦		
(輩)	08F29	DD85	bèi	辈		
(鬧)	09B27	F45B	nào	闹		
(劇)	0528C	84A5	guì	刿		
(齒)	09F52	FD58	chǐ	齿		
齬 ⊜	09F89	F6B9	yǔ			龉
齪 ⊜	09F8A	F6BA	chuò			龊
(劇)	05287	84A1	jù	剧		
[戯]	0622F	91EF	xì	戏		
覷 ⊜	089D1	EAEF	qù			觑
(膚)	0819A	C477	fū	肤		
(慮)	0616E	915D	lǜ	虑		

字头	编码		读音	规范字	繁体字	异体字
	ISO 10646	GB 18030				
(鄴)	09134	E092	yè	邺		
(輝)	08F1D	DD78	huī	辉		
(賞)	08CDE	D970	shǎng	赏		
瞌 ⊖	0778C	EEA7	kē			
瞒 ⊖	07792	C2F7	mán			瞞
瞋① ⊖	0778B	B25F	chēn			
題 ⊖	09898	CCE2	tí			题
暵 ⊖	066B5	95C2	hàn			
暴 ⊖	066B4	B1A9	bào			
(賦)	08CE6	D978	fù	赋		
(賬)	08CEC	D97E	zhàng	账		
(賭)	08CED	D980	dǔ	赌		
(賤)	08CE4	D976	jiàn	贱		
(賜)	08CDC	D96E	cì	赐		
(賙)	08CD9	D96B	zhōu	赒		
(賠)	08CE0	D972	péi	赔		
(賧)	08CE7	D979	dǎn	赕		
瞎 ⊖	0778E	CFB9	xiā			
瞑 ⊖	07791	EEA8	míng			
(嘵)	05635	875E	xiāo	哓		

①瞋：义为发怒时睁大眼睛。不再作为"嗔"的异体字。

字头	编码		读音	规范字	繁体字	异体字
	ISO 10646	GB 18030				
(噴)	05674	878A	pēn	喷		
嘻 ⊖	0563B	CEFB	xī			譆
嘭 ⊖	0562D	E0D8	pēng			
(噠)	05660	877D	dā	哒		
噎 ⊖	0564E	D2AD	yē			
(噁)	05641	8766	è	噁		
(噁①)	05641	8766	ě	恶		
嘶 ⊖	05636	CBBB	sī			
噶 ⊖	05676	B8C1	gá			
嘲 ⊖	05632	B3B0	cháo			
(閫)	095AB	E980	kǔn	阃		
(誾)	08ABE	D57A	yín	訚		
(閱)	095B2	E987	yuè	阅		
(閬)	095AC	E981	làng	阆		
(鄳)	09133	E091	méng	郋		
(數)	06578	94B5	shǔ/shù	数		
颙 ⊖	09899	EF4A	yóng		顒	
暹 ⊖	066B9	E5DF	xiān			
[嘎]	05620	8751	gā	嘎		
噘② ⊖	05658	E0D9	juē			

①噁：用于科学技术术语，读è，但须类推简化作"噁"，如"二噁英"。
②噘：义为噘嘴。不再作为"撅"的异体字。

字头	编码		读音	规范字	繁体字	异体字
	ISO 10646	GB 18030				
嘹 ⊖	05639	E0DA	liáo			
影 ⊖	05F71	D3B0	yǐng			
暲 ⊜	066B2	95C0	zhāng			
暶 ⊜	066B6	95C3	xuán			
[曏]	066CF	95DA	xiàng	向		
踦 ⊖	08E26	DB70	yǐ			
(踐)	08E10	DB60	jiàn	践		
踔 ⊖	08E14	F5D6	chuō			
[踼]	04800	8233F432	tāng	蹚		
踝 ⊖	08E1D	F5D7	huái			
踢 ⊖	08E22	CCDF	tī			
踏 ⊖	08E0F	CCA4	tā/tà			
踟 ⊖	08E1F	F5D8	chí			
踒 ⊖	08E12	DB62	wō			
踬 ⊖	08E2C	F5D9	zhì		躓	
踩 ⊖	08E29	B2C8	cǎi			跴
踮 ⊖	08E2E	F5DA	diǎn			
踣 ⊜	08E23	F5DB	bó			
踯 ⊖	08E2F	F5DC	zhí		躑	
[踫]	08E2B	DB73	pèng	碰		
踪 ⊖	08E2A	D7D9	zōng			蹤

426

字头	编码		读音	规范字	繁体字	异体字
	ISO 10646	GB 18030				
蹂 ㊀	08E3A	F5DD	jiàn			
踞 ㊀	08E1E	BEE1	jù			
(遺)	0907A	DF7A	yí	遗		
蝽 ㊀	0877D	F2ED	chūn			
蝶 ㊀	08776	B5FB	dié			蜨
螖 ㊁	045D6	8233BD34	dì		螮	
蝾 ㊀	0877E	F2EE	róng		蠑	
蝴 ㊀	08774	BAFB	hú			
蝻 ㊀	0877B	F2EF	nǎn			
蝘 ㊁	08758	CE69	yǎn			
蝲 ㊁	08772	CE7C	là			
蝠 ㊀	08760	F2F0	fú			
[蝡]	08761	CE70	rú	蠕		
蝰 ㊀	08770	F2F1	kuí			
蝎 ㊀	0874E	D0AB	xiē			蠍
[蝟]	0875F	CE6F	wèi	猬		
蝌 ㊀	0874C	F2F2	kē			
蝮 ㊀	0876E	F2F3	fù			
蝼 ㊀	0878B	F2F4	sōu			
蝗 ㊀	08757	BBC8	huáng			
蝓 ㊀	08753	F2F5	yú			

字头	编码		读音	规范字	繁体字	异体字
	ISO 10646	GB 18030				
[蝝]	0876F	CE7A	yuán	猿		
蝣 ⊖	08763	F2F6	yóu			
蝼 ⊖	0877C	F2F7	lóu		螻	
蝤 ⊖	08764	F2F8	qiú/yóu			
蝙 ⊖	08759	F2F9	biān			
(蝦)	08766	CE72	xiā	虾		
噗 ⊖	05657	E0DB	pū			
嘬 ⊖	0562C	E0DC	zuō			
颚 ⊖	0989A	F2A6	è		顎	
(嘽)	0563D	8763	chǎn	啴		
嘿 ⊖	0563F	BAD9	hēi			
(嘸)	05638	8760	ḿ	呒		
噍 ⊖	0564D	E0DD	jiào			
[嘷]	05637	875F	háo	嗥		
噢 ⊖	05662	E0DE	ō			
噙 ⊖	05659	E0DF	qín			
噜 ⊖	0565C	E0E0	lū		嚕	
噇 ⊖	05647	876C	chuáng			
噂 ⊖	05642	8767	zǔn			
噌 ⊖	0564C	E0E1	cēng			
(嘮)	0562E	875A	láo/lào	唠		

字头	编码		读音	规范字	繁体字	异体字
	ISO 10646	GB 18030				
嘱 ⊖	05631	D6F6	zhǔ		囑	
噀 ⊜	05640	8765	xùn			
噔 ⊖	05654	E0E2	dēng			
(噝)	0565D	877A	sī	咝		
(嘰)	05630	875C	jī	叽		
(嶢)	05DA2	8E41	yáo	峣		
颛 ⊖	0989B	F2A7	zhuān		顓	
[罵]	07F75	C152	mà	骂		
罶 ⊜	07F76	C153	liǔ			
[罰]	07F78	C155	fá	罚		
(罷)	07F77	C154	bà	罢		
幞 ⊜	05E5E	E1A5	fú			
(嶠)	05DA0	8DFE	jiào/qiáo	峤		
嶲 ⊜	05DB2	8E51	xī			
(嶔)	05D94	8DF4	qīn	嵚		
嶓 ⊜	05D93	8DF3	bō			
幡 ⊖	05E61	E1A6	fān			
嶙 ⊜	03807	8230D735	jiù			
幢 ⊖	05E62	B4B1	chuáng/zhuàng			
(幟)	05E5F	8EC3	zhì	帜		

字头	编码		读音	规范字	繁体字	异体字
	ISO 10646	GB 18030				
嶙 ⊜	05D99	E1D7	lín			
嶟 ⊜	05D9F	8DFD	zūn			
嶒 ⊜	05D92	8DF2	céng			
(嶗)	05D97	8DF7	láo	崂		
嶝 ⊜	05D9D	E1D8	dèng			
墨 ⊜	058A8	C4AB	mò			
骺 ⊜	09ABA	F7BF	hóu			
骼 ⊜	09ABC	F7C0	gé			
骸 ⊜	09AB8	BAA1	hái			
镊 ⊜	0954A	C4F7	niè		鑷	
镆 ⊜	09546	EFD2	mò		鏌	
镇 ⊜	09547	D5F2	zhèn		鎮	
镈 ⊜	09548	E944	bó		鎛	
镉 ⊜	09549	EFD3	gé		鎘	
镋 ⊜	0954B	E945	tǎng		钂	
镌 ⊜	0954C	EFD4	juān		鐫	
镍 ⊜	0954D	C4F8	niè		鎳	
镎 ⊜	0954E	EFD5	ná		鎿	
鎓 ⊜	2CB69	9933AB39	wēng		鎓	
镏 ⊜	0954F	EFD6	liú/liù		鎦	
镐 ⊜	09550	B8E4	gǎo/hào		鎬	

字头	编码		读音	规范字	繁体字	异体字
	ISO 10646	GB 18030				
镑 ⊖	09551	B0F7	bàng			鎊
镒 ⊖	09552	EFD7	yì			鎰
镓 ⊖	09553	EFD8	jiā			鎵
镔 ⊖	09554	EFD9	bīn			鑌
镕 ⊜	09555	E946	róng			鎔
[碴]	26246	9731FC34	chá	碴		
靠 ⊖	09760	BFBF	kào			
(颋)	09832	EE63	tǐng	颋		
[憇]	06187	9173	qì	憩		
稹 ⊜	07A39	F0A1	zhěn			
稽 ⊖	07A3D	BBFC	jī			
稷 ⊖	07A37	F0A2	jì			
稻 ⊖	07A3B	B5BE	dào			
黎 ⊖	09ECE	C0E8	lí			
稿 ⊖	07A3F	B8E5	gǎo			稾
稼 ⊖	07A3C	BCDA	jià			
[稺]	07A3A	B757	zhì	稚		
(篋)	07BCB	BA44	qiè	箧		
箱 ⊖	07BB1	CFE4	xiāng			
(範)	07BC4	B9A0	fàn	范		
箴 ⊖	07BB4	F3F0	zhēn			

字头	编码		读音	规范字	繁体字	异体字
	ISO 10646	GB 18030				
簣 ⊖	07BD1	F3F1	kuì		簣	
篁 ⊖	07BC1	F3F2	huáng			
篌 ⊖	07BCC	F3F3	hóu			
篓 ⊖	07BD3	C2A8	lǒu		簍	
箭 ⊖	07BAD	BCFD	jiàn			
篇 ⊖	07BC7	C6AA	piān			
篆 ⊖	07BC6	D7AD	zhuàn			
僵 ⊖	050F5	BDA9	jiāng			殭
(價)	050F9	8372	jià	价		
[牎]	07255	A0A7	chuāng	窗		
牖 ⊖	07256	EBBB	yǒu			
(儂)	05102	837A	nóng	侬		
[誉]	08AD0	D58D	qiān	愆		
儇 ⊜	05107	D9D8	xuān			
[儌]	0510C	8382	jiǎo	侥		
(儉)	05109	8380	jiǎn	俭		
(儈)	05108	837E	kuài	侩		
儋 ⊖	0510B	D9D9	dān			
(億)	05104	837C	yì	亿		
(儀)	05100	8378	yí	仪		
躺 ⊖	08EBA	CCC9	tǎng			

字头	编码		读音	规范字	繁体字	异体字
	ISO 10646	GB 18030				
[躶]	08EB6	DC73	luǒ	裸		
(皑)	0769A	B07D	ái	皑		
[緜]	07DDC	BE82	mián	绵		
皞㊁	0769E	B082	hào			
皛㊁	0769B	B07E	xiǎo			
[皜]	0769C	B080	hào	皓		
(樂)	06A02	98B7	lè/yuè	乐		
僻㊀	050FB	C6A7	pì			
(質)	08CEA	D97C	zhì	质		
[衚]	0885A	D06B	hú	胡		
德㊀	05FB7	B5C2	dé			惪
䴘㊁	04D18	FE9D	tī	鷉		
徵㊁	05FB5	E1E7	zhǐ			
(徵①)	05FB5	E1E7	zhēng	征		
(衝)	0885D	D06E	chōng/chòng	冲		
(慫)	0616B	915A	sǒng	怂		
(徹)	05FB9	8FD8	chè	彻		
(衛)	0885B	D06C	wèi	卫		
(嬃)	05B03	8BC1	xū	婆		

①徵：用于表示"宫商角徵羽"五音之一时读zhǐ，不简化作"征"。

字头	编码		读音	规范字	繁体字	异体字
	ISO 10646	GB 18030				
艘 ⊖	08258	CBD2	sōu			
艎 ⊜	0824E	C58A	huáng			
磐 ⊖	078D0	C5CD	pán			
(盤)	076E4	B150	pán	盘		
艏 ⊜	0824F	F4BC	shǒu			
[舖]	08216	C56D	pù	铺		
(鍍)	289C0	98308130	dù	镀		
(銶)	092B6	E44D	qiú	銶		
(鋪)	092EA	E481	pū/pù	铺		
(鋙)	092D9	E46F	wú	铻		
(鋏)	092CF	E465	jiá	铗		
(鋱)	092F1	E488	tè	铽		
(銷)	092B7	E44E	xiāo	销		
[銲]	092B2	E449	hàn	焊		
(鋥)	092E5	E47B	zèng	锃		
(鋇)	092C7	E45E	bèi	钡		
(鋤)	092E4	E47A	chú	锄		
(鋰)	092F0	E487	lǐ	锂		
(鋗)	092D7	E46D	xuān	铅		
(鋯)	092EF	E486	gào	锆		
(鋨)	092E8	E47E	é	锇		

字头	编码		读音	规范字	繁体字	异体字
	ISO 10646	GB 18030				
(鋍)	092B9	E450	xiù	锈		
(鋼)	092BC	E453	cuò	锉		
(鋝)	092DD	E473	lüè	锊		
(鋒)	092D2	E468	fēng	锋		
(鋅)	092C5	E45C	xīn	锌		
(鋶)	092F6	E48D	liǔ	锍		
(鋭)	092ED	E484	ruì	锐		
(鋻)	092BB	E452	tī	锑		
(鋐)	092D0	E466	hóng	铉		
(鋃)	092C3	E45A	láng	锒		
(鋟)	092DF	E475	qǐn	锓		
(鋦)	092E6	E47C	jū/jú	锔		
(錒)	09312	E548	ā	锕		
(頜)	0981C	EE4D	hé	颌		
(劍)	0528D	84A6	jiàn	剑		
(劊)	0528A	84A3	guì	刽		
(鄶)	09136	E094	kuài	郐		
(頫)	0982B	EE5C	fǔ	频		
[頫①]	0982B	EE5C	fǔ	俯		
[慾]	0617E	916A	yù	欲		

① 頫：可用于姓氏人名，但须类推简化作"频"，如"赵孟频"。

字头	编码		读音	规范字	繁体字	异体字
	ISO 10646	GB 18030				
虢 ⊜	08662	EBBD	guó			
鹞 ⊜	09E5E	F0CE	yào		鷂	
[辤]	08FA4	DE69	cí	辞		
[貓]	08C93	D888	māo	猫		
(餑)	09911	F047	bō	饽		
(餗)	09917	F04D	sù	餗		
(餓)	09913	F049	è	饿		
(餘)	09918	F04E	yú	余		
(餒)	09912	F048	něi	馁		
[歛]	03C43	8231C532	yǐn	饮		
鹟 ⊜	09E5F	FB6C	wēng		鶲	
膝 ⊖	0819D	CFA5	xī			厀
(膞)	0819E	C478	zhuān	膞		
膘 ⊖	08198	B1EC	biāo			臕
[隸]	28F7B	98319537	lì	隶		
膛 ⊖	0819B	CCC5	táng			
(膢)	081A2	C47C	lóu/lú	膢		
(膕)	08195	C473	guó	腘		
[膓]	08193	C471	cháng	肠		
滕 ⊖	06ED5	EBF8	téng			
(膠)	081A0	C47A	jiāo	胶		

字头	编码		读音	规范字	繁体字	异体字
	ISO 10646	GB 18030				
(鎢)	09D07	F864	bǎo	鸨		
(頠)	09820	EE51	wěi	颇		
鲠 ⊖	09CA0	F6E1	gěng		鯁	骾
鲡 ⊖	09CA1	F6E2	lí		鱺	
鲢 ⊖	09CA2	F6E3	lián		鰱	
鲣 ⊖	09CA3	F6E4	jiān		鰹	
鲥 ⊖	09CA5	F6E5	shí		鰣	
鲤 ⊖	09CA4	C0F0	lǐ		鯉	
鲦 ⊖	29F83	9834B631	miǎn		鮸	
鲦 ⊖	09CA6	F6E6	tiáo		鰷	
鲧 ⊖	09CA7	F6E7	gǔn		鯀	
鲩 ⊖	09CA9	F6E9	huàn		鯇	
鲲 ⊜	09CAA	F790	jūn		鮶	
鲫 ⊖	09CAB	F6EA	jì		鯽	
鲬 ⊜	09CAC	F791	yǒng		鯒	
(鱿)	09B77	F49C	yóu	鱿		
(鲀)	09B68	F48D	tún	鲀		
(鲁)	09B6F	F494	lǔ	鲁		
(鲂)	09B74	F499	fáng	鲂		
(魮)	04C3E	8234E137	bā	鲃		
(潁)	06F41	9D7D	yǐng	颍		

字头	编码		读音	规范字	繁体字	异体字
	ISO 10646	GB 18030				
橥㊂	06A65	E9CD	zhū			
獗㊁	07357	E2B1	jué			
獠㊁	07360	E2B2	liáo			
(颳)	098B3	EF57	guā	刮		
[獋]	0734B	AA82	háo	嗥		
觭㊂	089ED	D373	jī			
觯㊁	089EF	F6A3	zhì		觶	
[額]	0981F	EE50	é	额		
(熲)	071B2	9FE2	jiǒng	颎		
鹠㊂	09E60	FB6D	liú		鶹	
(劉)	05289	84A2	liú	刘		
馓㊁	09993	E2CC	sǎn		饊	
(皺)	076BA	B099	zhòu	皱		
馔㊁	09994	E2CD	zhuàn		饌	籑
(請)	08ACB	D588	qǐng	请		
(諸)	08AF8	D654	zhū	诸		
(諏)	08ACF	D58C	zōu	诹		
(諾)	08AFE	D65A	nuò	诺		
(諑)	08AD1	D58E	zhuó	诼		
(諓)	08AD3	D590	jiàn	𬣡		
(誹)	08AB9	D575	fěi	诽		

字头	编码		读音	规范字	繁体字	异体字
	ISO 10646	GB 18030				
(課)	08AB2	D56E	kè	课		
(諉)	08AC9	D586	wěi	诿		
(諛)	08ADB	D598	yú	谀		
(誰)	08AB0	D56C	shéi/shuí	谁		
(論)	08AD6	D593	lún/lùn	论		
(諗)	08AD7	D594	shěn	谂		
(調)	08ABF	D57B	diào/tiáo	调		
(諂)	08AC2	D57E	chǎn	谄		
(諒)	08AD2	D58F	liàng	谅		
(諄)	08AC4	D581	zhūn	谆		
(誶)	08AB6	D572	suì	谇		
(談)	08AC7	D584	tán	谈		
(誼)	08ABC	D578	yì	谊		
[稾]	07A3E	B758	gǎo	稿		
[墪]	058AA	8995	dūn	墩		
熟 ⊖	0719F	CAEC	shóu/shú			
[廚]	05EDA	8F4E	chú	厨		
[廝]	05EDD	8F50	sī	厮		
(廟)	05EDF	8F52	miào	庙		
摩 ⊖	06469	C4A6	mā/mó			
麾 ⊖	09EBE	F7E2	huī			

字头	编码		读音	规范字	繁体字	异体字
	ISO 10646	GB 18030				
褒 ⊖	08912	B0FD	bāo			襃
(廠)	05EE0	8F53	chǎng	厂		
廛 ⊖	05EDB	E2DC	chán			
(廡)	05EE1	8F54	wǔ	庑		
(廞)	05EDE	8F51	xīn	庼		
瘛 ⊖	0761B	F1A1	chì			
瘼 ⊖	0763C	F1A2	mò			
(瘞)	0761E	AF8E	yì	瘗		
瘪 ⊖	0762A	B1F1	biē/biě		癟	瘜
瘢 ⊖	07622	F1A3	bān			
(瘡)	07621	AF8F	chuāng	疮		
瘤 ⊖	07624	C1F6	liú			癅
瘠 ⊖	07620	F1A4	jí			
瘫 ⊖	0762B	CCB1	tān		癱	
[廉]	03898	8230E630	lián	廉		
齑 ⊖	09F51	ECB4	jī		齏	
鹡 ⊜	09E61	FB6E	jí		鶺	
(賡)	08CE1	D973	gēng	赓		
(慶)	06176	9163	qìng	庆		
[糍]	09908	F040	cí	糍		
(廢)	05EE2	8F55	fèi	废		

字头	编码		读音	规范字	繁体字	异体字
	ISO 10646	GB 18030				
凛 ⊖	051DB	C1DD	lǐn			
颜 ⊖	0989C	D1D5	yán		顏	
毅 ⊖	06BC5	D2E3	yì			
(敵)	06575	94B3	dí	敌		
[䖢]	08771	CE7B	méng	虻		
(頦)	09826	EE57	kē/ké	颏		
羯 ⊖	07FAF	F4C9	jié			
羰 ⊖	07FB0	F4CA	tāng			
糊 ⊖	07CCA	BAFD	hú			粘𪎭
楂 ⊖	25ED7	9731A435	chá			
糇 ⊖	07CC7	F4D7	hóu			餱
[糉]	07CC9	BC46	zòng	粽		
遴 ⊖	09074	E5E0	lín			
糌 ⊖	07CCC	F4D8	zān			
糍 ⊖	07CCD	F4D9	cí			餈
糈 ⊖	07CC8	F4DA	xǔ			
糅 ⊖	07CC5	F4DB	róu			
翦 ⊖	07FE6	F4E5	jiǎn			
遵 ⊖	09075	D7F1	zūn			
(導)	05C0E	8CA7	dǎo	导		
鹢 ⊖	09E62	FB6F	yì		鷁	

字头	编码		读音	规范字	繁体字	异体字
	ISO 10646	GB 18030				
鹣 ⊜	09E63	F0CF	jiān		鶼	
[獙]	07358	AA8B	bì	毙		
憋 ⊖	0618B	B1EF	biē			
(熰)	071B0	9FE0	ǒu	怄		
熛 ⊜	0719B	9FCF	biāo			
熜 ⊜	0719C	9FD0	cōng			
熵 ⊜	071B5	ECD8	shāng			
(瑩)	07469	AC93	yíng	莹		
熠 ⊖	071A0	ECDA	yì			
(潔)	06F54	9D8D	jié	洁		
潖 ⊜	06F56	9D8F	pá			
潜 ⊖	06F5C	C7B1	qián			潛
(澆)	06F86	9DB2	jiāo	浇		
(潰)	06FC6	9DE5	fén	渍		
澍 ⊜	06F8D	E4F8	shù			
澎 ⊖	06F8E	C5EC	péng			
潲 ⊜	06F8C	E4F9	sī			
撒 ⊜	06F75	9DA5	sǎ			
(潪)	06FAB	9DCF	wàn	沥		
潮 ⊖	06F6E	B3B1	cháo			
潸 ⊖	06F78	E4FA	shān			

字头	编码		读音	规范字	繁体字	异体字
	ISO 10646	GB 18030				
潭 ⊖	06F6D	CCB6	tán			
潏 ⊜	03D50	8231DF39	jué			
漻 ⊖	06F66	C1CA	liáo			
(澐)	06F90	9DB7	yún	沄		
[潜]	06F5B	9D93	qián	潜		
[澁]	06F81	9DAE	sè	涩		
鲨 ⊖	09CA8	F6E8	shā		鯊	
(潤)	06F64	9D99	rùn	润		
(澗)	06F97	9DBE	jiàn	涧		
(潰)	06F70	9DA2	kuì	溃		
澂 ⊜	06F82	9DAF	chéng			
[澂①]	06F82	9DAF	chéng	澄		
(潿)	06F7F	9DAC	wéi	涠		
(潕)	06F55	9D8E	wǔ	沅		
潲 ⊖	06F72	E4FB	shào			
鋈 ⊖	092C8	F6C8	wù			
(潷)	06F77	9DA7	bì	滗		
潟 ⊖	06F5F	9D95	xì			
澳 ⊖	06FB3	B0C4	ào			
潘 ⊖	06F58	C5CB	pān			

①澂：可用于姓氏人名。

字头	编码		读音	规范字	繁体字	异体字
	ISO 10646	GB 18030				
(潙)	06F59	9D91	wéi	沩		
澛 ⊜	06F9B	9DC2	lǔ		澛	
潼 ⊖	06F7C	E4FC	tóng			
澈 ⊖	06F88	B3BA	chè			
塗 ⊜	0746C	AC96	liú			
澜 ⊖	06F9C	C0BD	lán		瀾	
潽 ⊜	06F7D	9DAA	pū			
潾 ⊜	06F7E	9DAB	lín			
(澇)	06F87	9DB3	lào	涝		
(潯)	06F6F	9DA1	xún	浔		
潺 ⊖	06F7A	E4FD	chán			
澄 ⊖	06F84	B3CE	chéng			澂
			dèng			
(潑)	06F51	9D8A	pō	泼		
潏 ⊜	06F4F	9D88	yù			
(憤)	061A4	918D	fèn	愤		
懂 ⊖	061C2	B6AE	dǒng			
憭 ⊜	061AD	9192	liǎo			
(憫)	061AB	9191	mǐn	悯		
憬 ⊖	061AC	E3BD	jǐng			
(憒)	06192	917C	kuì	愦		

字头	编码		读音	规范字	繁体字	异体字
	ISO 10646	GB 18030				
(憚)	0619A	9184	dàn	惮		
(憮)	061AE	9193	wǔ	怃		
憔 ○	06194	E3BE	qiáo			癄顦
懊 ○	061CA	B0C3	ào			
憧 ○	061A7	E3BF	chōng			
(憐)	06190	917A	lián	怜		
憎 ○	0618E	D4F7	zēng			
憕 ⊜	06195	917E	chéng			
鶱 ⊜	2CE23	9933F137	xiān		騫	
戭 ⊜	0622D	91EE	yǎn			
寮 ○	05BEE	E5BC	liáo			
(寫)	05BEB	8C91	xiě	写		
(審)	05BE9	8C8F	shěn	审		
(窮)	07AAE	B846	qióng	穷		
窳 ○	07AB3	F1C1	yǔ			
[窯]	07AB0	B848	yáo	窑		
[窰]	07AAF	B847	yáo	窑		
额 ○	0989D	B6EE	é		額	頟
[鞌]	0978C	EC94	ān	鞍		
[幎]	051AA	83E7	mì	幂		
谳 ○	08C33	DADD	yàn		讞	

字头	编码		读音	规范字	繁体字	异体字
	ISO 10646	GB 18030				
翩 ⊖	07FE9	F4E6	piān			
(褳)	08933	D19E	lián	裢		
褥 ⊖	08925	C8EC	rù			
襤 ⊖	08934	F1DC	lán			襴
褟 ⊖	0891F	D18F	tā			
褫 ⊖	0892B	F1DD	chǐ			
褯 ⊜	0892F	D19B	jiè			
(褲)	08932	D19D	kù	裤		
[禩]	079A9	B654	sì	祀		
禤 ⊜	079A4	B650	xuān			
遣 ⊖	08C34	C7B4	qiǎn		譴	
谡 ⊜	2B37D	9838BD35	xuān		譞	
鹤 ⊖	09E64	BAD7	hè		鶴	
谵 ⊖	08C35	DADE	zhān		譫	
(鴆)	09D06	F863	zhèn	鸩		
憨 ⊖	061A8	BAA9	hān			
[蝨]	08768	CE74	shī	虱		
熨 ⊖	071A8	ECD9	yù/yùn			
慰 ⊖	06170	CEBF	wèi			
(遲)	09072	DF74	chí	迟		
劈 ⊖	05288	C5FC	pī/pǐ			

字头	编码		读音	规范字	繁体字	异体字
	ISO 10646	GB 18030				
履 ⊖	05C65	C2C4	lǚ			
屦 ⊖	05C66	E5F0	jù		屨	
(層)	05C64	8CD3	céng	层		
(彈)	05F48	8F97	dàn/tán	弹		
(選)	09078	DF78	xuǎn	选		
(槳)	069F3	98AA	jiǎng	桨		
[獎]	0734E	AA84	jiǎng	奖		
(漿)	06F3F	9D7B	jiāng/ jiàng	浆		
(險)	096AA	EB55	xiǎn	险		
(嬈)	05B08	8BC6	ráo	娆		
嬉 ⊖	05B09	E6D2	xī			
嫽 ⊜	05AFD	8BBB	liáo			
(嫻)	05AFB	8BB9	xián	娴		
[嫺]	05AFA	8BB8	xián	娴		
(嬋)	05B0B	8BC8	chán	婵		
(嫵)	05AF5	8BB3	wǔ	妩		
(嬌)	05B0C	8BC9	jiāo	娇		
(嬀)	05B00	8BBE	guī	妫		
(嬅)	05AFF	8BBD	huà	婳		
(駑)	099D1	F177	nú	驽		

字头	编码		读音	规范字	繁体字	异体字
	ISO 10646	GB 18030				
(駕)	099D5	F17B	jià	驾		
飈 ⊖	052F0	DBC4	xié			
[瓨]	07FEB	C244	wán	玩		
戮 ⊖	0622E	C2BE	lù			剹
(翬)	07FEC	C245	huī	翚		
遹 ⊜	09079	DF79	yù			
蝥 ⊖	08765	F2FA	máo			
豫 ⊖	08C6B	D4A5	yù			
(髟)	06BFF	9AD0	sān	髟		
缬 ⊖	07F2C	E7D3	xié		纈	
缭 ⊖	07F2D	E7D4	liáo		繚	
缮 ⊖	07F2E	C9C9	shàn		繕	
骦 ⊜	2CD0A	9933D536	lín		驎	
缯 ⊖	07F2F	E7D5	zēng		繒	
骣 ⊖	09AA3	E6F6	chǎn		驏	
(緙)	07DD9	BE7E	kè	缂		
(緗)	07DD7	BE7C	xiāng	缃		
(練)	07DF4	BE9A	liàn	练		
(緘)	07DD8	BE7D	jiān	缄		
(緬)	07DEC	BE92	miǎn	缅		
(緹)	07DF9	BE9F	tí	缇		

字头	编码		读音	规范字	繁体字	异体字
	ISO 10646	GB 18030				
(緲)	07DF2	BE98	miǎo	缈		
(緝)	07DDD	BE83	jī/qī	缉		
(緼)	07DFC	BF41	yùn	缊		
(緦)	07DE6	BE8C	sī	缌		
(緞)	07DDE	BE84	duàn	缎		
[緥]	07DE5	BE8B	bǎo	褓		
(線)	07DDA	BE80	xiàn	线		
[線①]	07DDA	BE80	xiàn	线		
(緱)	07DF1	BE97	gōu	缑		
(縋)	07E0B	BF50	zhuì	缒		
(緩)	07DE9	BE8F	huǎn	缓		
(締)	07DE0	BE86	dì	缔		
(編)	07DE8	BE8E	biān	编		
(緡)	07DE1	BE87	mín	缗		
(緯)	07DEF	BE95	wěi	纬		
(緣)	07DE3	BE89	yuán	缘		
畿 ㊀	0757F	E7DC	jī			
十六画						
耩 ㊀	08029	F1F0	jiǎng			
耨 ㊀	08028	F1F1	nòu			

①線：可用于姓氏人名，但须类推简化作"线"。

字头	编码		读音	规范字	繁体字	异体字
	ISO 10646	GB 18030				
耪 ⊜	0802A	C5D5	pǎng			
[瑠]	074A2	AD5D	liú		琉	
璥 ⊜	074A5	AD60	jǐng			
璞 ⊜	0749E	E8B1	pú			
璟 ⊜	0749F	AD5A	jǐng			
靛 ⊜	0975B	B5E5	diàn			
璠 ⊜	074A0	AD5B	fán			
璘 ⊜	07498	AD55	lín			
璲 ⊜	074B2	AD6A	suì			
(璕)	07495	AD52	xún		珝	
聱 ⊜	08071	F1FA	áo			
螯 ⊜	087AF	F2FC	áo			
璒 ⊜	07492	AD4F	dēng			
(璣)	074A3	AD5E	jī		玑	
[隷]	096B7	EB5F	lì		隶	
髻 ⊜	09AFB	F7D9	jì			
髭 ⊜	09AED	F7DA	zī			
髹 ⊜	09AF9	F7DB	xiū			
擀 ⊜	064C0	DFA6	gǎn			
(墻)	058BB	89A6	qiáng		墙	
(駰)	099F0	F197	yīn		骃	

字头	编码		读音	规范字	繁体字	异体字
	ISO 10646	GB 18030				
(駪)	099EA	F191	shēn	骎		
(駱)	099F1	F198	luò	骆		
[駁]	099EE	F195	bó	驳		
(駭)	099ED	F194	hài	骇		
(駢)	099E2	F189	pián	骈		
撼 ⊖	064BC	BAB3	hàn			
(擓)	064D3	93F9	kuǎi	㧟		
擂 ⊖	064C2	C0DE	léi/lèi			
(據)	064DA	93FE	jù	据		
(擄)	064C4	93EF	lǔ	掳		
(壋)	058CB	89B3	dàng	垱		
(擋)	064CB	93F5	dǎng/dàng	挡		
操 ⊖	064CD	B2D9	cāo			撡撡
熹 ⊖	071B9	ECE4	xī			
憙 ⊜	06199	9183	xǐ			
氊 ⊜	0750F	EAB4	bèng			
(擇)	064C7	93F1	zé	择		
擐 ⊜	064D0	DFA7	huàn			
[攜]	03A57	82319432	xié	携		
(赪)	08D6C	DA58	chēng	赪		

字头	编码		读音	规范字	繁体字	异体字
	ISO 10646	GB 18030				
(撿)	064BF	93EC	jiǎn	捡		
(擔)	064D4	93FA	dān/dàn	担		
(壇)	058C7	89AF	tán	坛		
擅 ⊖	064C5	C9C3	shàn			
(擁)	064C1	93ED	yōng	拥		
擞 ⊜	064DE	CBD3	sǒu			擻
縠 ⊜	07E20	BF65	hú			
磬 ⊜	078EC	EDE0	qìng			
鄹 ⊜	09139	DBB8	zōu			
颞 ⊜	0989E	F2A8	niè			顳
蕻 ⊜	0857B	DEAE	hóng			
薳 ⊜	085B3	CB65	wěi			
(薔)	08594	CB4E	qiáng	蔷		
鞘 ⊜	09798	C7CA	qiào/shāo			
鞔 ⊜	09794	F7B4	mán			
(薑)	08591	CB4B	jiāng	姜		
燕 ⊖	071D5	D1E0	yān			
			yàn			鷰
黇 ⊜	09EC7	FC56	tiān			
顢 ⊜	0989F	F2A9	mān			顢

字头	编码		读音	规范字	繁体字	异体字
	ISO 10646	GB 18030				
薤 ⊝	085A4	DEAF	xiè			
蕾 ⊝	0857E	C0D9	lěi			
蘋 ⊜	2C79F	9932C839	pín		蘋	
[蟇]	087C7	CF57	má	蟆		
蕗 ⊝	08557	CA80	lù			
薯 ⊝	085AF	CAED	shǔ			藷
薨 ⊝	085A8	DEB0	hōng			
[薙]	08599	CB53	tì	剃		
薛 ⊝	0859B	D1A6	xuē			
薇 ⊝	08587	DEB1	wēi			
(薟)	0859F	CB57	xiān	莶		
(薈)	08588	CB43	huì	荟		
(薊)	0858A	CB45	jì	蓟		
檠 ⊝	06AA0	E9D1	qíng			
擎 ⊝	064CE	C7E6	qíng			
薢 ⊜	085A2	CB5A	xiè			
(薦)	085A6	CB5D	jiàn	荐		
薪 ⊝	085AA	D0BD	xīn			
薏 ⊝	0858F	DEB2	yì			
薙 ⊝	08579	DEB3	wèng			
薮 ⊝	085AE	DEB4	sǒu			藪

字头	编码		读音	规范字	繁体字	异体字
	ISO 10646	GB 18030				
[蔱]	0857F	CA9E	xuān	萱		
薄 ⊖	08584	B1A1	bó/báo			
颠 ⊖	098A0	B5DF	diān		顛	
翰 ⊖	07FF0	BAB2	hàn			
(蕭)	0856D	CA92	xiāo	萧		
噩 ⊖	05669	D8AC	è			
(頤)	09824	EE55	yí	颐		
[緊]	260C2	9731D536	jǐn	紧		
(鴣)	09D23	F881	gū	鸪		
薜 ⊖	0859C	DEB5	bì			
(薩)	085A9	CB5F	sà	萨		
薅 ⊖	08585	DEB6	hāo			
(蕷)	08577	CA9A	yù	蓣		
(橈)	06A48	98EF	ráo	桡		
樾 ⊖	06A3E	E9D0	yuè			
(樹)	06A39	98E4	shù	树		
橞 ⊜	06A5E	9942	huì			
橱 ⊖	06A71	B3F7	chú			櫥
橛 ⊖	06A5B	E9D3	jué			欙
橑 ⊜	06A51	98F7	liáo			
(樸)	06A38	98E3	pǔ	朴		

字头	编码		读音	规范字	繁体字	异体字
	ISO 10646	GB 18030				
[橝]	06A9D	9976	jí	楫		
橇 ㊀	06A47	C7C1	qiāo			
(橋)	06A4B	98F2	qiáo	桥		
樵 ㊀	06A35	E9D4	qiáo			
(憖)	06196	9180	yìn	憗		
檎 ㊀	06A8E	E9D5	qín			
橹 ㊀	06A79	E9D6	lǔ		櫓	樐艣 艪艣
橦 ㊀	06A66	9948	tóng			
樽 ㊀	06A3D	E9D7	zūn			罇
樨 ㊀	06A28	E9D8	xī			
橙 ㊀	06A59	B3C8	chéng			
橘 ㊀	06A58	E9D9	jú			
橼 ㊀	06A7C	E9DA	yuán		櫞	
(機)	06A5F	9943	jī	机		
[頖]	294D0	9832A032	bó	脖		
(輳)	08F33	DD8F	còu	辏		
(輻)	08F3B	DD97	fú	辐		
[輭]	08F2D	DD89	ruǎn	软		
(輯)	08F2F	DD8B	jí	辑		
(輼)	08F3C	DD98	wēn	辒		

字头	编码		读音	规范字	繁体字	异体字
	ISO 10646	GB 18030				
(輸)	08F38	DD94	shū	输		
(輶)	08F36	DD92	yóu	𬨎		
墼 ⊖	058BC	DBD4	jī			
(輮)	08F2E	DD8A	róu	𬨨		
[頼]	0983C	EE6D	lài	赖		
整 ⊖	06574	D5FB	zhěng			
(賴)	08CF4	D987	lài	赖		
橐 ⊖	06A50	E9D2	tuó			
融 ⊖	0878D	C8DA	róng			螎
翮 ⊖	07FEE	F4E7	hé			
(頭)	0982D	EE5E	tóu	头		
瓢 ⊖	074E2	C6B0	piáo			
醛 ⊖	0919B	C8A9	quán			
醐 ⊖	09190	F5AD	hú			
醍 ⊖	0918D	F5AE	tí			
(醖)	09196	E164	yùn	酝		
醒 ⊖	09192	D0D1	xǐng			
(醜)	0919C	E168	chǒu	丑		
[醕]	09195	E163	chún	醇		
醚 ⊖	0919A	C3D1	mí			
醑 ⊖	09191	F5AF	xǔ			

字头	编码		读音	规范字	繁体字	异体字
	ISO 10646	GB 18030				
[臀]	07796	B265	yì	嫛		
(勵)	052F5	84EE	lì	励		
觱 ⊜	089F1	D376	bì			
(磧)	078E7	B483	qì	碛		
磡 ⊜	078E1	B47C	kàn			
(磚)	078DA	B475	zhuān	砖		
磳 ⊜	25562	9639AE34	cáo			
磜 ⊜	078DC	B477	qì			
磲 ⊜	078F2	EDE1	qú			
[磟]	078DF	B47A	liù	碌		
(磣)	078E3	B47E	chěn	碜		
(歷)	06B77	9A76	lì	历		
(曆)	066C6	95D1	lì	历		
赝 ⊜	08D5D	D8CD	yàn		贋	贗
[橜]	06A5C	9940	jué	橛		
(奮)	0596E	8A5E	fèn	奋		
(頰)	09830	EE61	jiá	颊		
飙 ⊜	098D9	ECAD	biāo		飆	
獖 ⊜	08C6E	D86B	fén		豶	
殪 ⊜	06BAA	E9EC	yì			
(殫)	06BAB	9A97	dān	殚		

457

字头	编码		读音	规范字	繁体字	异体字
	ISO 10646	GB 18030				
霖 ⊖	09716	C1D8	lín			
霏 ⊖	0970F	F6AD	fēi			
霓 ⊖	09713	C4DE	ní			蜺
霍 ⊖	0970D	BBF4	huò			
霎 ⊖	0970E	F6AE	shà			
[霑]	09711	EB95	zhān	沾		
錾 ⊖	0933E	F6C9	zàn		鏨	
辙 ⊖	08F99	D5DE	zhé		轍	
辚 ⊖	08F9A	EAA5	lín		轔	
辏 ⊖	2B7E6	9839B034	suì		轐	
臻 ⊖	081FB	D5E9	zhēn			
(頸)	09838	EE69	jǐng	颈		
[鬨]	09B28	F45C	hòng	哄		
冀 ⊖	05180	BCBD	jì			
(頻)	0983B	EE6C	pín	频		
齮 ⊜	2CE88	9933FB38	yǐ		齮	
齯 ⊜	2B81C	9839B538	ní		齯	
嵯 ⊜	09E7E	F5BA	cuó		齹	
餐 ⊖	09910	B2CD	cān			
[叡]	053E1	85B1	ruì	睿		
遽 ⊖	0907D	E5E1	jù			

字头	编码		读音	规范字	繁体字	异体字
	ISO 10646	GB 18030				
(盧)	076E7	B152	lú	卢		
舻 ㊁	08664	CC9A	yán			
氅 ㊁	06C05	EBA9	chǎng			
(瞞)	0779E	B26D	mán		瞒	
(縣)	07E23	BF68	xiàn		县	
(瞘)	07798	B267	kōu		眍	
瞟 ㊁	0779F	EEA9	piǎo			
(曉)	066C9	95D4	xiǎo		晓	
曋 ㊁	066BF	95CA	xī			
瞠 ㊁	077A0	EEAA	chēng			
(瞜)	0779C	B26B	lōu		䁖	
(賵)	08CF5	D988	fèng		赗	
(曇)	066C7	95D2	tán		昙	
瞰 ㊁	077B0	EEAB	kàn			矙
嚄 ㊁	05684	8797	huō			
嚆 ㊁	05686	E0E3	hāo			
(鴨)	09D28	F886	yā		鸭	
噤 ㊁	05664	E0E4	jìn			
(闍)	095CD	EA41	dū/shé		阇	
(閾)	095BE	E993	yù		阈	
(閹)	095B9	E98E	yān		阉	

字头	编码		读音	规范字	繁体字	异体字
	ISO 10646	GB 18030				
(闾)	095B6	E98B	chāng	阊		
(閺)	095BF	E994	wén	阌		
(闇)	095BD	E992	hūn	阍		
(閻)	095BB	E990	yán	阎		
(閼)	095BC	E991	yān/è	阏		
曌 ㊂	066CC	95D7	zhào			
暾 ㊀	066BE	EAD5	tūn			
瞳 ㊂	066C8	95D3	tóng			
暾 ㊁	03B1A	8231A736	chè			
(噸)	05678	878D	dūn	吨		
(鴞)	09D1E	F87B	xiāo	鸮		
蹀 ㊀	08E40	F5DE	dié			
蹅 ㊀	08E45	DB82	chǎ			
(噦)	05666	8782	huì/yuě	哕		
蹄 ㊀	08E36	DB79	dì			
踹 ㊀	08E39	F5DF	chuài			
踵 ㊀	08E35	F5E0	zhǒng			
踽 ㊀	08E3D	F5E1	jǔ			
[踰]	08E30	DB75	yú	逾		
嘴 ㊀	05634	D7EC	zuǐ			
踱 ㊀	08E31	F5E2	duó			

字头	编码		读音	规范字	繁体字	异体字
	ISO 10646	GB 18030				
蹄 ⊖	08E44	CCE3	tí			蹏
蹉 ⊖	08E49	F5E3	cuō			
蹁 ⊖	08E41	F5E4	pián			
(踴)	08E34	DB78	yǒng	踊		
蹂 ⊖	08E42	F5E5	róu			
(螞)	0879E	CE9B	mǎ	蚂		
蟮 ⊖	087A8	F2FD	mǎn			蟎
蟒 ⊖	087D2	F2FE	mǎng			
蟆 ⊖	087C6	F3A1	má			蟇
[螎]	0878E	CE8D	róng	融		
螈 ⊖	08788	F3A2	yuán			
螛 ⊜	045DB	8233BD39	xiū			
螅 ⊖	08785	F3A3	xī			
(螄)	08784	CE87	sī	蛳		
螭 ⊖	087AD	F3A4	chī			
螗 ⊜	08797	F3A5	táng			
螃 ⊖	08783	F3A6	páng			
螠 ⊜	087A0	CE9C	yì			
螟 ⊜	0879F	C3F8	míng			
噱 ⊜	05671	E0E5	xué			
嫪 ⊜	07581	AE9C	liú			

字头	编码		读音	规范字	繁体字	异体字
	ISO 10646	GB 18030				
(噹)	05679	878E	dāng	当		
(罵)	099E1	F188	mà	骂		
器 ⊖	05668	C6F7	qì			
(噥)	05665	8781	nóng	哝		
(戰)	06230	91F0	zhàn	战		
噪 ⊖	0566A	D4EB	zào			譟
噬 ⊖	0566C	CAC9	shì			
(噲)	05672	8788	kuài	哙		
(鴦)	09D26	F884	yāng	鸯		
(噯)	0566F	8786	ài	嗳		
噫 ⊖	0566B	E0E6	yī			
噻 ⊖	0567B	E0E7	sāi			
(嘯)	0562F	875B	xiào	啸		
噼 ⊖	0567C	E0E8	pī			
嶵 ⊜	03813	8230D837	méng			
嶶 ⊖	05E6A	8ECC	méng			
嵝 ⊜	2AA58	9836CF34	yǎn		嶬	
(還)	09084	DF80	hái/huán	还		
罹 ⊖	07F79	EEBE	lí			
(嶧)	05DA7	8E46	yì	峄		
(嶼)	05DBC	8E5A	yǔ	屿		

字头	编码		读音	规范字	繁体字	异体字
	ISO 10646	GB 18030				
(崄)	05DAE	8E4D	xiǎn	崄		
嶦 ⊜	05DA6	8E45	shàn			
圜 ⊖	0571C	E0F7	huán/yuán			
鹦 ⊖	09E66	F0D0	yīng			鸚
赠 ⊖	08D60	D4F9	zèng			贈
默 ⊖	09ED8	C4AC	mò			
黔 ⊖	09ED4	C7AD	qián			
[骾]	09ABE	F369	gěng	鲠		
[骽]	09ABD	F368	tuǐ	腿		
错 ⊜	2CB6C	9933AC32	huì/wèi		鐏	
镃 ⊖	04983	FE89	zhuō		鐯	
锧 ⊜	28C51	9830C237	huáng		鐄	
镖 ⊜	09556	EFDA	biāo		鏢	
镗 ⊜	09557	EFDB	tāng/táng		鏜	
镘 ⊖	09558	EFDC	màn		鏝	
镚 ⊖	0955A	E947	bèng		鏰	
镛 ⊖	0955B	EFDE	yōng		鏞	
镜 ⊖	0955C	BEB5	jìng		鏡	
镝 ⊖	0955D	EFE1	dī/dí		鏑	
镞 ⊖	0955E	EFDF	zú		鏃	

字头	编码		读音	规范字	繁体字	异体字
	ISO 10646	GB 18030				
镪 ⊜	2CB6F	9933AC35	piě		镪	
镠 ⊖	09560	E948	liú		鏐	
氇 ⊖	06C07	EBAA	lu		氌	
氆 ⊖	06C06	EBAB	pǔ			
赞 ⊖	08D5E	D4DE	zàn		贊	赞讚
憩 ⊖	061A9	EDAC	qì			憇
(積)	07A4D	B765	jī	积		
穡 ⊜	07A51	F0A3	sè		穑	
馞	0999E	F146	bó			
穆 ⊖	07A46	C4C2	mù			
(頹)	0983D	EE6E	tuí	颓		
穄 ⊜	07A44	B75D	jì			
[穅]	07A45	B75E	kāng	糠		
(穇)	07A47	B75F	cǎn	穇		
[勳]	052F3	84EC	xūn	勋		
篝 ⊖	07BDD	F3F4	gōu			
篚 ⊜	07BDA	F3F5	fěi			
(篤)	07BE4	BA56	dǔ	笃		
[箾]	04230	8232DE35	shāo	筲		
(篢)	07BE2	BA54	lǒng	笼		
(築)	07BC9	BA42	zhù	筑		

字头	编码		读音	规范字	繁体字	异体字
	ISO 10646	GB 18030				
篥 ⊖	07BE5	F3F6	lì			
篮 ⊖	07BEE	C0BA	lán		籃	
篡 ⊖	07BE1	B4DB	cuàn			簒
(篳)	07BF3	BA60	bì	筚		
(篔)	07BD4	BA4A	yún	筼		
筬 ⊖	07BEF	BA5D	jiān		籛	
篖 ⊖	07C09	BA72	zào			
(篩)	07BE9	BA59	shāi	筛		
篦 ⊖	07BE6	F3F7	bì			
篪 ⊖	07BEA	F3F8	chí			
篷 ⊖	07BF7	C5F1	péng			
[簑]	07C11	BA77	suō	蓑		
篙 ⊖	07BD9	B8DD	gāo			
篱 ⊖	07BF1	C0E9	lí		籬	
[篛]	07BDB	BA4F	ruò	箬		
(舉)	08209	C565	jǔ	举		
(興)	08208	C564	xīng/xìng	兴		
盥 ⊖	076E5	EEC2	guàn			
(嶨)	05DA8	8E47	xué	峃		
(學)	05B78	8C57	xué	学		
(儔)	05114	8389	chóu	俦		

字头	编码		读音	规范字	繁体字	异体字
	ISO 10646	GB 18030				
(憊)	0618A	9176	bèi	惫		
儒 ⊖	05112	C8E5	rú			
[儗]	05117	838C	nǐ	拟		
(儕)	05115	838A	chái	侪		
(儐)	05110	8386	bīn	傧		
劓 ⊖	05293	D8E6	yì			
魝 ⊜	09F3D	F7FC	qiú			
翱 ⊖	07FF1	B0BF	áo			翺
(鴕)	09D15	F872	tuó	鸵		
(儘)	05118	838D	jǐn	尽		
魉 ⊖	09B49	F7CB	liǎng		魎	
魈 ⊖	09B48	F7CC	xiāo			
邀 ⊖	09080	D1FB	yāo			
衠 ⊜	08860	D071	zhūn			
徼 ⊖	05FBC	E1E8	jiào			
衡 ⊜	08861	BAE2	héng			
(艙)	08259	C593	cāng	舱		
[舘]	08218	C56F	guǎn	馆		
(錆)	09306	E49D	qiāng	锖		
(錶)	09336	E56C	biǎo	表		
(鋹)	092F9	E490	chǎng	铽		

字头	编码		读音	规范字	繁体字	异体字
	ISO 10646	GB 18030				
(鍺)	0937A	E64E	zhě	锗		
(錤)	09324	E55A	jī	锛		
(錯)	0932F	E565	cuò	错		
(鍩)	09369	E59F	nuò	锘		
(錨)	09328	E55E	máo	锚		
(鍈)	09348	E57D	yīng	锳		
(錸)	09338	E56E	lái	铼		
(錛)	0931B	E551	bēn	锛		
(錡)	09321	E557	qí	锜		
(錢)	09322	E558	qián	钱		
(鍀)	09340	E575	dé	锝		
(錁)	09301	E498	kè	锞		
(錕)	09315	E54B	kūn	锟		
(鍆)	09346	E57B	mén	钔		
(錫)	0932B	E561	xī	锡		
(錮)	0932E	E564	gù	锢		
(鋼)	092FC	E493	gāng/gàng	钢		
(鍋)	0934B	E581	guō	锅		
(錘)	09318	E54E	chuí	锤		
(錐)	09310	E546	zhuī	锥		

字头	编码		读音	规范字	繁体字	异体字
	ISO 10646	GB 18030				
(錦)	09326	E55C	jǐn	锦		
(鍁)	09341	E576	xiān	锨		
(錀)	09300	E497	lún	铊		
(鍃)	09343	E578	huō	锪		
(錞)	0931E	E554	chún	镎		
(錇)	09307	E49E	péi	锫		
(錈)	09308	E49F	juǎn	锩		
(錟)	0931F	E555	tán	锬		
(銏)	28A0F	98308839	bō	钹		
(錠)	09320	E556	dìng	锭		
(鍵)	09375	E649	jiàn	键		
(録)	09332	E568	lù	录		
(鋸)	092F8	E48F	jù	锯		
(錳)	09333	E569	měng	锰		
(錙)	09319	E54F	zī	锱		
(覦)	089A6	D344	yú	觎		
[劎]	05292	84AA	jiàn	剑		
歙 ㊀	06B59	ECA8	shè			
(墾)	058BE	89A8	kěn	垦		
(餞)	0991E	F054	jiàn	饯		
(餜)	0991C	F052	guǒ	馃		

字头	编码		读音	规范字	繁体字	异体字
	ISO 10646	GB 18030				
(餛)	0991B	F051	hún	馄		
[餧]	09927	F05D	wèi	喂		
[餚]	0991A	F050	yáo	肴		
(餡)	09921	F057	xiàn	馅		
(館)	09928	F05E	guǎn	馆		
盦 ⊜	076E6	B151	ān			
(頷)	09837	EE68	hàn	颔		
(鴒)	09D12	F86F	líng	鸰		
(膩)	081A9	C481	nì	腻		
膨 ⊖	081A8	C5F2	péng			
[臘]	081C8	C497	là	腊		
[頴]	09834	EE65	yǐng	颖		
膳 ⊖	081B3	C9C5	shàn			饍
臕 ⊜	087A3	CE9F	téng			
縢 ⊜	07E22	BF67	téng			
膦 ⊖	081A6	ECA2	lìn			
膙 ⊖	08199	C476	jiǎng			
雕 ⊖	096D5	B5F1	diāo			彫琱鵰
(鴟)	09D1F	F87C	chī	鸱		
鲭 ⊜	09CAD	F6EB	qīng/zhēng		鯖	
鲮 ⊜	09CAE	F6EC	líng		鯪	

字头	编码		读音	规范字	繁体字	异体字
	ISO 10646	GB 18030				
鯕 ⊜	09CAF	F792	qí		鯕	
鯰 ⊜	09CB0	F6ED	zōu		鯰	
鯱 ⊜	09CB1	F6EE	fēi		鯱	
鯲 ⊜	09CB2	F6EF	kūn		鯲	
鯳 ⊜	09CB3	F6F0	chāng		鯳	
鯴 ⊜	09CB4	F6F1	gù		鯴	
鯵 ⊜	09CB5	F6F2	ní		鯵	
鯷 ⊜	09CB7	F6F4	diāo		鯷	
鯨 ⊜	09CB8	BEA8	jīng		鯨	
鯺 ⊜	09CBA	F6F5	shī		鯺	
鯹 ⊜	09CB9	F793	shēn		鯹	
鯻 ⊜	09CBB	F6F6	zī		鯻	
(鮁)	09B81	F545	bà	鲅		
(鮃)	09B83	F547	píng	鲆		
(鮎)	09B8E	F552	nián	鲇		
(鮋)	09B8B	F54F	yóu	鲉		
(鮓)	09B93	F557	zhǎ	鲊		
(穌)	07A4C	B764	sū	稣		
(鮒)	09B92	F556	fù	鲋		
(鮊)	09B8A	F54E	bó	鲌		
(鮣)	09BA3	F567	yìn	鲫		

字头	编码		读音	规范字	繁体字	异体字
	ISO 10646	GB 18030				
(鮈)	09B88	F54C	jū	鉤		
(鮑)	09B91	F555	bào	鲍		
(鮀)	09B80	F544	tuó	鸵		
(鮍)	09B8D	F551	pí	鲏		
(鮐)	09B90	F554	tái	鲐		
(鴝)	09D1D	F87A	qú	鸲		
(獲)	07372	AB40	huò	获		
獴 ⊖	07374	AB42	měng			
(穎)	07A4E	B766	yǐng	颖		
獭 ⊖	0736D	CCA1	tǎ			獭
[燄]	071C4	9FF0	yàn	焰		
[颶]	295D7	9832BA35	jù	飓		
[獧]	07367	AA99	juàn	狷		
(獨)	07368	AA9A	dú	独		
(獮)	0736B	AA9D	xiǎn	猃		
(獪)	0736A	AA9C	kuài	狯		
獬 ⊖	0736C	E2B3	xiè			
邂 ⊖	09082	E5E2	xiè			
[螽]	045EC	8233BF36	fēng	蜂		
(鴛)	09D1B	F878	yuān	鸳		
饘 ⊜	2B5F4	9838FC36	zhān		饘	

字头	编码		读音	规范字	繁体字	异体字
	ISO 10646	GB 18030				
(謀)	08B00	D65C	móu	谋		
(諶)	08AF6	D652	chén/shèn	谌		
(諜)	08ADC	D599	dié	谍		
(謊)	08B0A	D665	huǎng	谎		
(諲)	08AF2	D64E	yīn	谭		
(諫)	08AEB	D647	jiàn	谏		
(諴)	08AF4	D650	xián	诚		
(諧)	08AE7	D643	xié	谐		
(謔)	08B14	D66F	xuè	谑		
(諟)	08ADF	D59C	shì	谛		
(謁)	08B01	D65D	yè	谒		
(謂)	08B02	D65E	wèi	谓		
(諤)	08AE4	D640	è	谔		
(謏)	08B0F	D66A	xiǎo	謏		
(諭)	08AED	D649	yù	谕		
[諡]	08AE1	D59E	shì	谥		
(諼)	08AFC	D658	xuān	谖		
(諷)	08AF7	D653	fěng	讽		
(諳)	08AF3	D64F	ān	谙		
(諺)	08AFA	D656	yàn	谚		
(諦)	08AE6	D642	dì	谛		

字头	编码		读音	规范字	繁体字	异体字
	ISO 10646	GB 18030				
(謎)	08B0E	D669	mí	谜		
[諠]	08AE0	D59D	xuān	喧		
(諢)	08AE2	D59F	hùn	诨		
(諞)	08ADE	D59B	piǎn	谝		
(諱)	08AF1	D64D	huì	讳		
(諝)	08ADD	D59A	xū	谞		
[裏]	0892D	D199	niǎo	袅		
(憑)	06191	917B	píng	凭		
觯 ㊀	04EB8	818F	duǒ			觰
(廭)	0913A	E097	kuàng	邝		
鹧 ㊀	09E67	F0D1	zhè			鷓
磨 ㊀	078E8	C4A5	mó/mò			
廯 ㊀	05EE8	E2DD	xiè			
赟 ㊀	08D5F	DA53	yūn			贇
磺 ㊀	07640	F1A5	huáng			
磦 ㊀	0762D	F1A6	biāo			
(瘻)	0763B	AF9C	lòu	瘘		
磠 ㊀	07630	F1A7	luǒ			
廪 ㊀	05EEA	E2DE	lǐn			
瘿 ㊀	0763F	F1A8	yǐng			癭
(瘲)	07632	AF97	zòng	疭		

字头	编码		读音	规范字	繁体字	异体字
	ISO 10646	GB 18030				
瘵 ⊖	07635	F1A9	zhài			
瘴 ⊖	07634	D5CE	zhàng			
癃 ⊖	07643	F1AA	lóng			
瘾 ⊖	0763E	F1AB	yǐn			癮
瘸 ⊖	07638	C8B3	qué			
瘳 ⊖	07633	F1AC	chōu			
(瘆)	0762E	AF94	shèn	瘮		
[蟁]	087A1	CE9D	wén	蚊		
斓 ⊖	06593	ECB5	lán		斕	
[褏]	08943	D24A	bāo	襃		
麇 ⊖	09E87	F7E5	jūn/qún			
麈 ⊖	09E88	F7E6	zhǔ			
凝 ⊖	051DD	C4FD	níng			
(親)	089AA	D348	qīn	亲		
辨 ⊖	08FA8	B1E6	biàn			
辩 ⊖	08FA9	B1E7	biàn		辯	
(辦)	08FA6	DE6B	bàn	办		
(龍)	09F8D	FD88	lóng	龙		
(劑)	05291	84A9	jì	剂		
赢 ⊖	05B34	D9F8	yíng			
鷟 ⊖	2CE26	9933F230	zhuó		鷟	

字头	编码		读音	规范字	繁体字	异体字
	ISO 10646	GB 18030				
甕 ⊜	058C5	DBD5	yōng			
羱 ⊜	07FB1	C17E	yuán			
羲 ⊜	07FB2	F4CB	xī			
糒 ⊜	07CD2	BC4C	bèi			
糙 ⊜	07CD9	B2DA	cāo			
糗 ⊜	07CD7	F4DC	qiǔ			
糖 ⊜	07CD6	CCC7	táng			餹
糕 ⊜	07CD5	B8E2	gāo			餻
瞥 ⊜	077A5	C6B3	piē			
甑 ⊜	07511	EAB5	zèng			
(燒)	071D2	9FFD	shāo	烧		
燎 ⊜	071CE	C1C7	liáo/liǎo			
(燜)	071DC	A046	mèn	焖		
(燀)	071C0	9FED	chǎn	焯		
燋 ⊜	071CB	9FF7	jiāo			
燠 ⊜	071E0	ECDB	yù			
熺 ⊜	071BB	9FE8	xī			
燔 ⊜	071D4	ECDC	fán			
燃 ⊜	071C3	C8BC	rán			
(熾)	071BE	9FEB	chì	炽		
[燐]	071D0	9FFB	lín	磷		

字头	编码		读音	规范字	繁体字	异体字
	ISO 10646	GB 18030				
燧 ⊜	071E7	ECDD	suì			
燊 ⊜	071CA	9FF6	shēn			
燚 ⊜	071DA	A044	yì			
(螢)	087A2	CE9E	yíng	萤		
(營)	071DF	A049	yíng	营		
(罃)	07F43	C094	yīng	罃		
(縈)	07E08	BF4D	yíng	萦		
(燖)	071D6	A040	xún	燖		
(燈)	071C8	9FF4	dēng	灯		
燏 ⊜	071CF	9FFA	yù			
濩 ⊜	06FE9	9E43	huò			
(濛)	06FDB	9DF7	méng	蒙		
[澣]	06FA3	9DC8	huàn	浣		
濋 ⊜	06FCB	9DE9	chǔ			
[濇]	06FC7	9DE6	sè	涩		
濑 ⊜	06FD1	E4FE	lài		瀨	
澪 ⊜	06FAA	9DCE	líng			
濒 ⊖	06FD2	B1F4	bīn		瀕	
濙 ⊜	06FBD	9DDE	jù			
濉 ⊖	06FC9	E5A1	suī			
(燙)	071D9	A043	tàng	烫		

字头	编码		读音	规范字	繁体字	异体字
	ISO 10646	GB 18030				
(湎)	06FA0	9DC6	miǎn	渑		
潞 ⊖	06F5E	C2BA	lù			
澧 ⊖	06FA7	E5A2	lǐ			
(濃)	06FC3	9DE2	nóng	浓		
澡 ⊖	06FA1	D4E8	zǎo			
(澤)	06FA4	9DC9	zé	泽		
澴 ⊜	06FB4	9DD7	huán			
(濁)	06FC1	9DE1	zhuó	浊		
激 ⊖	06FC0	BCA4	jī			
(澮)	06FAE	9DD2	huì	浍		
澹 ⊜	06FB9	E5A3	dàn/tán			
澥 ⊖	06FA5	9DCA	xiè			
澶 ⊜	06FB6	E5A4	chán			
濂 ⊖	06FC2	E5A5	lián			
澭 ⊜	06FAD	9DD1	yōng			
(澱)	06FB1	9DD5	diàn	淀		
澼 ⊜	06FBC	9DDD	pì			
(澦)	06FA6	9DCB	yù	滪		
(懞)	061DE	91BA	méng	蒙		
憷 ⊜	061B7	E3C0	chù			
懒 ⊖	061D2	C0C1	lǎn		懶	嬾

字头	编码		读音	规范字	繁体字	异体字
	ISO 10646	GB 18030				
憾 ⊖	061BE	BAB6	hàn			
(懌)	061CC	91AB	yì	怿		
憺 ⊜	061BA	919E	dàn			
懈 ⊖	061C8	D0B8	xiè			
懍 ⊜	061D4	E3C1	lǐn			
(憶)	061B6	919B	yì	忆		
黉 ⊜	09EC9	D9E4	hóng		黌	
(憲)	061B2	9197	xiàn	宪		
褰 ⊖	08930	E5BD	qiān			
寰 ⊖	05BF0	E5BE	huán			
(窺)	07ABA	B851	kuī	窥		
(窶)	07AB6	B84D	jù	窭		
(窵)	07AB5	B84C	diào	窎		
[窗]	07ABB	B852	chuāng	窗		
窸 ⊖	07AB8	B84F	xī			
窿 ⊖	07ABF	C1FE	lóng			
(襀)	08940	D248	jī	襀		
(褸)	08938	D240	lǚ	褛		
褶 ⊖	08936	F1DE	zhě			
禧 ⊖	079A7	ECFB	xǐ			
(禪)	079AA	B655	chán/ shàn	禅		

字头	编码		读音	规范字	繁体字	异体字
	ISO 10646	GB 18030				
[橤]	06A64	9947	ruǐ	蕊		
(頵)	09835	EE66	yūn	頵		
壁 ⊜	058C1	B1DA	bì			
避 ⊜	0907F	B1DC	bì			
嬖 ⊜	05B16	E6D4	bì			
[彊]	05F4A	8F99	qiáng	强		
犟 ⊜	0729F	EAF1	jiàng			
隰 ⊜	096B0	DAF4	xí			
(隱)	096B1	EB5B	yǐn	隐		
(隮)	096AE	EB59	jī	隮		
(嬙)	05B19	8BD4	qiáng	嫱		
嬛 ⊜	05B1B	8BD6	xuān/huán			
[嬝]	05B1D	8BD8	niǎo	袅		
(嬡)	05B21	8BDC	ài	媛		
嬗 ⊜	05B17	E6D3	shàn			
鹨 ⊜	09E68	F0D2	liù		鷚	
嚣 ⊜	07FEF	C247	hè			
颡 ⊜	098A1	F2AA	sǎng		顙	
缰 ⊜	07F30	E7D6	jiāng		繮	韁
缱 ⊜	07F31	E7D7	qiǎn		繾	

字头	编码		读音	规范字	繁体字	异体字
	ISO 10646	GB 18030				
缲 ⊜	07F32	E7D8	qiāo/sāo		繰	
缳 ⊜	07F33	E7D9	huán		繯	
缴 ⊜	07F34	BDC9	jiǎo		繳	
繶 ⊜	2B137	98388333	yì		繶	
(縉)	07E09	BF4E	jìn	缙		
(縝)	07E1D	BF62	zhěn	缜		
(縛)	07E1B	BF60	fù	缚		
(縟)	07E1F	BF64	rù	缛		
(緻)	07DFB	BF40	zhì	致		
(縧)	07E27	BF6C	tāo	绦		
[縚]	07E1A	BF5F	tāo	绦		
(縫)	07E2B	BF70	féng/fèng	缝		
(縐)	07E10	BF55	zhòu	绉		
(縗)	07E17	BF5C	cuī	缞		
(縞)	07E1E	BF63	gǎo	缟		
(縭)	07E2D	BF72	lí	缡		
(縊)	07E0A	BF4F	yì	缢		
(縑)	07E11	BF56	jiān	缣		
十七画						
(耬)	0802C	C265	lóu	耧		
璱 ⊜	074B1	AD69	sè			

字头	编码		读音	规范字	繁体字	异体字
	ISO 10646	GB 18030				
瓛 ⊜	24A7D	96379335	huán		瓛	
璨 ⊜	074A8	E8B2	càn			
璩 ⊜	074A9	E8B3	qú			
(璫)	074AB	AD63	dāng		珰	
璐 ⊜	07490	E8B4	lù			
璪 ⊜	074AA	AD62	zǎo			
(環)	074B0	AD68	huán		环	
(璵)	074B5	AD6D	yú		玙	
璬 ⊜	074AC	AD64	jiǎo			
(璦)	074A6	AD61	ài		瑷	
璮 ⊜	074AE	AD66	tǎn			
(贅)	08D05	D998	zhuì		赘	
(覯)	089AF	D34D	gòu		觏	
(黿)	09EFF	FC78	yuán		鼋	
[搗]	22DEC	9631AC32	dǎo	捣		
鬏 ⊜	09AFD	F398	zhuā			
[鬀]	09B00	F39B	tì	剃		
(幫)	05E6B	8ECD	bāng	帮		
[擣]	064E3	9446	dǎo	捣		
(騁)	09A01	F247	chěng	骋		
(駼)	099FC	F242	tú	骓		

字头	编码		读音	规范字	繁体字	异体字
	ISO 10646	GB 18030				
(骍)	09A02	F248	xīng	骍		
(骎)	099F8	F19F	qīn	骎		
(駿)	099FF	F245	jùn	骏		
(趨)	08DA8	DA85	qū	趋		
(擱)	064F1	9452	gē	搁		
戴 ⊖	06234	B4F7	dài			
[壎]	058CE	89B6	xūn	埙		
螫 ⊖	087AB	F3A7	shì			
擤 ⊖	064E4	DFA9	xǐng			
(擬)	064EC	944D	nǐ	拟		
壕 ⊖	058D5	BABE	háo			
(壙)	058D9	89BF	kuàng	圹		
(擴)	064F4	9455	kuò	扩		
擿 ⊖	064FF	9460	tī			
(擠)	064E0	9444	jǐ	挤		
(蟄)	087C4	CF55	zhé	蛰		
(縶)	07E36	BF7B	zhí	絷		
(擲)	064F2	9453	zhì	掷		
(擯)	064EF	9450	bìn	摈		
擦 ⊖	064E6	B2C1	cā			
(擰)	064F0	9451	nǐng	拧		

字头	编码		读音	规范字	繁体字	异体字
	ISO 10646	GB 18030				
(轂)	08F42	DD9E	gǔ	毂		
觳 ⊖	089F3	ECB2	hú			
(聲)	08072	C295	shēng	声		
磬 ⊖	07F44	F3C0	qìng			
擢 ⊖	064E2	DFAA	zhuó			
藉 ⊖	085C9	BDE5	jí/jiè			
(藉①)	085C9	BDE5	jiè	借		
(聰)	08070	C294	cōng	聪		
(聯)	0806F	C293	lián	联		
薹 ⊖	085B9	DEB7	tái			
[懃]	061C3	91A5	qín	勤		
(艱)	08271	C644	jiān	艰		
鞡 ⊖	097A1	ED42	la			
鞠 ⊖	097A0	BECF	jū			
鞬 ⊖	097AC	ED4B	jiān			
(藍)	085CD	CB7B	lán	蓝		
藏 ⊖	085CF	B2D8	cáng/zàng			
薷 ⊖	085B7	DEB8	rú			
[謩]	08B29	D684	mó	谟		

①藉：读jí或用于慰藉、衬垫义时不简化作"借"，如"狼藉（jí）""枕藉（jiè）"。

字头	编码		读音	规范字	繁体字	异体字
	ISO 10646	GB 18030				
薰 ⊖	085B0	DEB9	xūn			
(舊)	0820A	C566	jiù	旧		
藐 ⊖	085D0	C3EA	miǎo			
藓 ⊖	085D3	DEBA	xiǎn			蘚
薿 ⊖	085BF	CB6F	nǐ			
藁 ⊖	085C1	DEBB	gǎo			
(薺)	085BA	CB6A	jì/qí	荠		
藨 ⊜	085B8	CB69	piáo			
(薴)	085B4	CB66	níng	苧		
(韓)	097D3	ED6E	hán	韩		
(藎)	085CE	CB7C	jìn	荩		
[賷]	08CF7	D98A	jī	赍		
(隸)	096B8	EB60	lì	隶		
(檉)	06A89	9966	chēng	柽		
檬 ⊖	06AAC	C3CA	méng			
(檣)	06AA3	997B	qiáng	樯		
(檟)	06A9F	9978	jiǎ	槚		
檑 ⊜	06A91	E9DB	léi			
[櫓]	03BED	8231BC36	lǔ	橹		
(檔)	06A94	996E	dàng	档		
(櫛)	06ADB	99B1	zhì	栉		

字头	编码		读音	规范字	繁体字	异体字
	ISO 10646	GB 18030				
櫆 ⊜	06AC6	999C	kuí			
檄 ⊖	06A84	CFAD	xí			
(檢)	06AA2	997A	jiǎn	检		
(檜)	06A9C	9975	guì/huì	桧		
(麯)	09EAF	FC44	qū	曲		
檐 ⊖	06A90	E9DC	yán			簷
檞 ⊜	06A9E	9977	jiě			
檩 ⊖	06AA9	E9DD	lǐn			
檀 ⊖	06A80	CCB4	tán			
懋 ⊜	061CB	EDAE	mào			
(轅)	08F45	DE40	yuán	辕		
(轄)	08F44	DDA0	xiá	辖		
(輾)	08F3E	DD9A	zhǎn	辗		
(擊)	064CA	93F4	jī	击		
(臨)	081E8	C552	lín	临		
[鑒]	09373	E647	jiàn	鉴		
醢 ⊖	091A2	F5B0	hǎi			
醨 ⊜	091A8	E172	lí			
翳 ⊖	07FF3	F4E8	yì			瞖
縶 ⊜	07E44	BF88	yī			
(磽)	078FD	B493	qiāo	硗		

字头	编码		读音	规范字	繁体字	异体字
	ISO 10646	GB 18030				
(磋)	040EE	8232BE34	dá/tǎ	磴		
(壓)	058D3	89BA	yā/yà	压		
磹 ㊁	078F9	B490	tán			
(磾)	078FE	B494	dī	碑		
(磽)	07904	B499	qiáo	硗		
礁 ㊀	07901	BDB8	jiāo			
磻 ㊁	078FB	B491	pán			
礅 ㊀	07905	EDE2	dūn			
磷 ㊀	078F7	C1D7	lín			粦燐
磴 ㊀	078F4	EDE3	dèng			
(磯)	078EF	B489	jī	矶		
(鴯)	09D2F	F88D	ér	鸸		
(邇)	09087	DF83	ěr	迩		
鹩 ㊀	09E69	F0D3	liáo		鷯	
(尷)	05C37	8CC0	gān	尴		
[殭]	06BAD	9A99	jiāng	僵		
(鴷)	09D37	F895	liè	䴕		
(殮)	06BAE	9A9A	liàn	殓		
霜 ㊀	0971C	CBAA	shuāng			
霞 ㊀	0971E	CFBC	xiá			
(齔)	09F54	FD5A	chèn	龀		

字头	编码		读音	规范字	繁体字	异体字
	ISO 10646	GB 18030				
齲 ⊜	09F8B	C8A3	qǔ		齲	
齷 ⊜	09F8C	F6BB	wò		齷	
(鮆)	09B86	F54A	cǐ	鲝		
豳 ⊜	08C73	E1D9	bīn			
壑 ⊜	058D1	DBD6	hè			
(戲)	06232	91F2	xì	戏		
(虧)	08667	CC9D	kuī	亏		
黻 ⊜	09EFB	EDEA	fú			
瞫 ⊜	077AB	B273	shěn			
瞭 ⊜	077AD	B274	liào			
(瞭①)	077AD	B274	liǎo	了		
(顆)	09846	EE77	kē	颗		
瞧 ⊜	077A7	C7C6	qiáo			
(購)	08CFC	D98F	gòu	购		
(賻)	08CFB	D98E	fù	赙		
(嬰)	05B30	8BEB	yīng	婴		
(賺)	08CFA	D98D	zhuàn	赚		
瞬 ⊜	077AC	CBB2	shùn			
瞳 ⊜	077B3	CDAB	tóng			
瞵 ⊜	077B5	EEAC	lín			

①瞭：读liào时不简化作"了"，如"瞭望""瞭哨"。

字头	编码		读音	规范字	繁体字	异体字
	ISO 10646	GB 18030				
瞩 ⊖	077A9	D6F5	zhǔ		矚	
瞪 ⊖	077AA	B5C9	dèng			
(嚇)	05687	8798	hè/xià	吓		
嚏 ⊖	0568F	CCE7	tì			
(闉)	095C9	E99E	yīn	堙		
(闌)	095CC	EA40	lán	阑		
(闃)	095C3	E998	qù	阒		
(闆)	095C6	E99B	bǎn	板		
[闇]	095C7	E99C	àn	暗		
(闊)	095CA	E99F	kuò	阔		
(闈)	095C8	E99D	wéi	闱		
(闋)	095CB	E9A0	què	阕		
曙 ⊖	066D9	CAEF	shǔ			
(曖)	066D6	95E1	ài	暧		
嬬 ⊖	05685	E0E9	rú			
蹑 ⊖	08E51	F5E6	niè		躡	
蹒 ⊖	08E52	F5E7	pán		蹣	
(蹕)	08E55	DB8B	bì	跸		
蹋 ⊖	08E4B	CCA3	tà			
[蹏]	08E4F	DB87	tí	蹄		
蹈 ⊖	08E48	B5B8	dǎo			

字头	编码		读音	规范字	繁体字	异体字
	ISO 10646	GB 18030				
蹊 ㊀	08E4A	F5E8	qī/xī			
(蹌)	08E4C	DB84	qiàng	跄		
踖 ㊁	08E50	DB88	jí			
蟥 ㊀	087E5	F3A8	huáng			
(蟎)	087CE	CF5C	mǎn	螨		
蟏 ㊁	087CF	CF5D	xiāo			蠨
螬 ㊀	087AC	F3A9	cáo			
螵 ㊁	087B5	F3AA	piāo			
(螮)	087AE	CF45	dì	螮		
疃 ㊀	07583	EEB6	tuǎn			
螳 ㊁	087B3	F3AB	táng			
(蟟)	087BB	CF4E	lóu	蝼		
螺 ㊀	087BA	C2DD	luó			
(蝈)	087C8	CF58	guō	蝈		
蟋 ㊀	087CB	F3AC	xī			
蟑 ㊁	087D1	F3AF	zhāng			
蟀 ㊂	087C0	F3B0	shuài			
[嚐]	05690	879F	cháng	尝		
(雖)	096D6	EB6D	suī	虽		
嚎 ㊀	0568E	BABF	háo			
嘫 ㊁	0360E	FE5C	hǎn			嚂

字头	编码		读音	规范字	繁体字	异体字
	ISO 10646	GB 18030				
嚓 ⊖	05693	E0EA	cā/chā			
(嚀)	05680	8793	níng	咛		
(幬)	05E6C	8ECE	chóu/ dào	帱		
(覬)	089AC	D34A	jì	觊		
羁 ⊖	07F81	EEBF	jī		羈	羇
罽 ⊖	07F7D	C159	jì			
罾 ⊖	07F7E	EEC0	zēng			
(嶺)	05DBA	8E58	lǐng	岭		
嶷 ⊖	05DB7	E1DA	yí			
[嶽]	05DBD	8E5B	yuè	岳		
(嶸)	05DB8	8E56	róng	嵘		
赡 ⊖	08D61	C9C4	shàn		贍	
(點)	09EDE	FC63	diǎn	点		
黜 ⊖	09EDC	F7ED	chù			
黝 ⊖	09EDD	F7EE	yǒu			
髁 ⊖	09AC1	F7C1	kē			
髀 ⊖	09AC0	F7C2	bì			
镨 ⊖	2CB73	9933AC39	xǐ		鐼	
镡 ⊖	09561	EFE2	chán/tán		鐔	
镢 ⊖	09562	EFE3	jué		鐝	

字头	编码		读音	规范字	繁体字	异体字
	ISO 10646	GB 18030				
镠 ⊜	09563	C1CD	liào		鐐	
镤 ⊜	09564	EFE4	pú		鏷	
镨 ⊜	2CB76	9933AD32	hēi		鐌	
镍 ⊜	2B50D	9838E535	fán		鐇	
镥 ⊜	09565	EFE5	lǔ		鑥	
镦 ⊜	09566	EFE6	dūn		鐓	
镧 ⊜	09567	EFE7	lán		鑭	
镨 ⊜	09568	EFE8	pǔ		鐠	
镪 ⊜	2CB78	9933AD34	lín		鏻	
镈 ⊜	28C54	9830C330	zūn		鐏	
镟 ⊜	2CB7C	9933AD38	suì		鐩	
镩 ⊜	09569	EFE9	cuān		鑹	
镪 ⊜	0956A	EFEA	qiāng		鏹	
镫 ⊜	0956B	EFEB	dèng		鐙	
镢 ⊜	2B50E	9838E536	jué		鐍	
罅 ⊜	07F45	F3C1	xià			
(矫)	077EF	B343	jiáo/jiǎo	矫		
罾 ⊜	077F0	B344	zēng			
[氈]	06C0A	9AD8	zhān	毡		
(鸹)	09D30	F88E	guā	鸹		
穗 ⊖	07A57	CBEB	suì			

字头	编码		读音	规范字	繁体字	异体字
	ISO 10646	GB 18030				
樸 ⊜	07A59	B76F	pú			
黏 ⊖	09ECF	F0A4	nián			
橦 ⊜	07A5C	B772	tóng			
穟 ⊜	07A5F	B775	suì			
[鍫]	0936B	E5A0	qiāo	锹		
[稺]	07A49	B761	zhì	稚		
魏 ⊖	09B4F	CEBA	wèi			
(簀)	07C00	BA6A	zé	箦		
簕 ⊜	07C15	BA7B	lè			
簧 ⊖	07C27	BBC9	huáng			
簌 ⊖	07C0C	F3F9	sù			
[篡]	07C12	BA78	cuàn	篡		
[篹]	25CBB	9730EC35	zuǎn	纂		
(簍)	07C0D	BA74	lǒu	篓		
篾 ⊖	07BFE	F3FA	miè			
簃 ⊜	07C03	BA6D	yí			
篼 ⊜	07BFC	F3FB	dōu			
簏 ⊜	07C0F	F3FC	lù			
簇 ⊖	07C07	B4D8	cù			
簖 ⊜	07C16	F3FD	duàn		籪	
簋 ⊖	07C0B	F3FE	guǐ			

字头	编码		读音	规范字	繁体字	异体字
	ISO 10646	GB 18030				
繁㊀	07E41	B7B1	fán			緐
			pó			
(輿)	08F3F	DD9B	yú	舆		
[擧]	064E7	9448	jǔ	举		
(歟)	06B5F	9A65	yú	欤		
(鵂)	09D42	F8A0	xiū	鸺		
(優)	0512A	839E	yōu	优		
鼢㊁	09F22	F7F7	fén			
黛㊁	09EDB	F7EC	dài			
(償)	0511F	8394	cháng	偿		
儡㊁	05121	C0DC	lěi			
鷦㊁	09E6A	F0D4	jiāo		鷦	
(儲)	05132	83A6	chǔ	储		
儦㊂	05126	839A	biāo			
鼾㊁	09F3E	F7FD	hān			
(龜)	09F9C	FD94	guī	龟		
皤㊁	076A4	F0AB	pó			
(魎)	09B4E	F475	liǎng	魉		
魍㊁	09B4D	F7CD	wǎng			
魋㊂	09B4B	F473	tuí			
斶㊂	065B6	94DF	chù			

字头	编码		读音	规范字	繁体字	异体字
	ISO 10646	GB 18030				
(鵆)	09D34	F892	héng	鵆		
徽 ⊖	05FBD	BBD5	huī			黴
(禦)	079A6	B652	yù	御		
(聳)	08073	C296	sǒng	耸		
膗 ⊜	0825A	F4BD	cáo			
(鵃)	09D43	F940	zhōu	鸼		
(鍥)	09365	E59B	qiè	锲		
(鎉)	0939D	E670	dā	锗		
[鍊]	0934A	E580	liàn	炼		
[鍼]	0937C	E650	zhēn	针		
(鍇)	09347	E57C	kǎi	锴		
(鍘)	09358	E58E	zhá	铡		
(鍚)	0935A	E590	yáng	钖		
(鍶)	09376	E64A	sī	锶		
(鍔)	09354	E58A	è	锷		
(鍤)	09364	E59A	chā	锸		
(鍬)	0936C	E640	qiāo	锹		
(鍾)	0937E	E652	zhōng	锺		
(鍾①)	0937E	E652	zhōng	钟		
(鍛)	0935B	E591	duàn	锻		

①鍾：用于姓氏人名时可简化作"锺"。

字头	编码		读音	规范字	繁体字	异体字
	ISO 10646	GB 18030				
(鎪)	093AA	E67D	sōu	锼		
(鍠)	09360	E596	huáng	锽		
(鍭)	0936D	E641	hóu	鍭		
[鎚]	0939A	E66D	chuí	锤		
(鍰)	09370	E644	huán	锾		
(鎄)	09384	E658	āi	锿		
(鍍)	0934D	E583	dù	镀		
(鎂)	09382	E656	měi	镁		
(鎡)	093A1	E674	zī	镃		
(鍞)	09387	E65B	méi	镅		
龠 ⊖	09FA0	D9DF	yuè			
(斂)	06582	94BF	liǎn	敛		
[歛]	06B5B	9A61	liǎn	敛		
(鴿)	09D3F	F89D	gē	鸽		
鷭 ⊖	2CE2A	9933F234	fán		鷭	
爵 ⊖	07235	BEF4	jué			
繇 ⊖	07E47	F4ED	yóu			
貘 ⊖	08C98	F5F8	mò			
邈 ⊖	09088	E5E3	miǎo			
貔 ⊖	08C94	F5F9	pí			
(懇)	061C7	91A9	kěn	恳		

字头	编码		读音	规范字	繁体字	异体字
	ISO 10646	GB 18030				
豀 ⊜	08C3F	D847	xī			
[豀①]	08C3F	D847	xī		溪	
[餬]	0992C	F062	hú		糊	
(餷)	09937	F06C	chā/zha		馇	
(餳)	09933	F068	xíng		饧	
[餵]	09935	F06A	wèi		喂	
(餶)	09936	F06B	gǔ		馉	
(餿)	0993F	F074	sōu		馊	
[餽]	0993D	F072	kuì		馈	
[餱]	09931	F066	hóu		糇	
臌 ⊖	081CC	EBFB	gǔ			
朦 ⊖	06726	EBFC	méng			
(膿)	081BF	C493	nóng		脓	
臊 ⊖	081CA	EBFD	sāo/sào			
(臉)	081C9	C498	liǎn		脸	
(膾)	081BE	C492	kuài		脍	
(膽)	081BD	C491	dǎn		胆	
膻 ⊖	081BB	EBFE	dàn			
			shān			羴羶
臆 ⊖	081C6	D2DC	yì			

① 豀：可用于姓氏人名。

字头	编码		读音	规范字	繁体字	异体字
	ISO 10646	GB 18030				
臃 ⊜	081C3	D3B7	yōng			
[賸]	08CF8	D98B	shèng	剩		
(膡)	08B04	D660	téng	誊		
鳟 ⊜	04CA0	FE94	chūn		鰆	
鲼 ⊜	09CBC	F6F7	fèn		鱝	
鲽 ⊜	09CBD	F6F8	dié		鰈	
鯻 ⊜	2CD9F	9933E435	là		鯻	
鲾 ⊜	09CBE	F794	bī		鰏	
鰊 ⊜	2CDA0	9933E436	liàn		鰊	
鲿 ⊜	09CBF	F795	cháng		鱨	
鳀 ⊜	09CC0	F796	tí		鯷	
鳁 ⊜	09CC1	F797	wēn		鰮	
鳂 ⊜	09CC2	F798	wēi		鰃	
鳃 ⊜	09CC3	C8FA	sāi		鰓	
鳄 ⊖	09CC4	F6F9	è		鰐	鱷
鳅 ⊜	09CC5	F6FA	qiū		鰍	鰌
鳇 ⊜	09CC7	F6FC	huáng		鰉	
鰁 ⊜	09CC8	F799	quán		鰁	
鳉 ⊜	09CC9	F79A	jiāng		鱂	
鳊 ⊜	09CCA	F6FD	biān		鯿	
(鲑)	09BAD	F571	guī	鲑		

字头	编码		读音	规范字	繁体字	异体字
	ISO 10646	GB 18030				
(鮨)	09B9A	F55E	jié	鮨		
(鮪)	09BAA	F56E	wěi	鮪		
(鮞)	09B9E	F562	ér	鮞		
(鮦)	09BA6	F56A	tóng	鮦		
(鮜)	09B9C	F560	hòu	鮜		
(鮡)	09BA1	F565	zhào	鮡		
(鮀)	09BA0	F564	wéi	鮀		
(鮫)	09BAB	F56F	jiāo	鮫		
(鮮)	09BAE	F572	xiān/xiǎn	鲜		
(鮟)	09B9F	F563	ān	鮟		
(獮)	0736E	AA9E	xiǎn	狝		
(颶)	098B6	EF5A	jù	飓		
獯 ⊜	0736F	E2B4	xūn			
(獷)	07377	AB45	guǎng	犷		
(獰)	07370	AA9F	níng	狞		
螽 ⊜	087BD	F3AE	zhōng			
[斵]	065B5	94DE	zhuó	斫		
(講)	08B1B	D676	jiǎng	讲		
[譁]	08B41	D69C	huá	哗		
(謨)	08B28	D683	mó	谟		
[謌]	08B0C	D667	gē	歌		

字头	编码		读音	规范字	繁体字	异体字
	ISO 10646	GB 18030				
(謖)	08B16	D671	sù	谡		
(謝)	08B1D	D678	xiè	谢		
(謠)	08B21	D67C	yáo	谣		
[謟]	08B1F	D67A	chǎn	谄		
(謅)	08B05	D661	zhōu	诌		
(謗)	08B17	D672	bàng	谤		
(謚)	08B1A	D675	shì	谥		
(謙)	08B19	D674	qiān	谦		
燮 ⊜	071EE	DBC6	xiè			爕
(謐)	08B10	D66B	mì	谧		
(褻)	0893B	D243	xiè	亵		
鹫 ⊜	09E6B	F0D5	jiù		鷲	
襄 ⊜	08944	CFE5	xiāng			
(氈)	06C08	9AD6	zhān	毡		
簬 ⊜	045EA	8233BF34	zhè			
縻 ⊜	07CDC	C3D3	méi/mí			
縻 ⊜	07E3B	F7E3	mí			
膺 ⊜	081BA	E2DF	yīng			
(應)	061C9	91AA	yīng/yìng	应		
癍 ⊜	0764D	F1AD	bān			
[瘤]	07645	B040	liú	瘤		

字头	编码		读音	规范字	繁体字	异体字
	ISO 10646	GB 18030				
(癘)	07658	B04F	lì	疠		
(療)	07642	AF9F	liáo	疗		
(癇)	07647	B042	xián	痫		
(癉)	07649	B044	dān/dàn	瘅		
癌 ⊖	0764C	B0A9	ái			
[瘩]	24EA5	9637FD39	dá/da	瘩		
[癄]	07644	AFA0	qiáo	憔		
(癆)	07646	B041	láo	痨		
[癈]	07648	B043	fèi	废		
[顇]	09847	EE78	cuì	悴		
(鵁)	09D41	F89F	jiāo	鸡		
麋 ⊖	09E8B	F7E7	mí			
辨 ⊖	08FAB	B1E8	biàn		辮	
(齋)	09F4B	FD53	zhāi	斋		
赢 ⊖	08D62	D3AE	yíng		贏	
[甕]	07515	AE59	wèng	瓮		
(鮺)	09BBA	F57E	zhǎ	鲝		
(鮝)	09B9D	F561	xiǎng	鲞		
糟 ⊖	07CDF	D4E3	zāo			蹧
(糞)	07CDE	BC53	fèn	粪		
糠 ⊖	07CE0	BFB7	kāng			粇穅

字头	编码		读音	规范字	繁体字	异体字
	ISO 10646	GB 18030				
(糁)	07CDD	BC52	sǎn/shēn	糁		
馘 ⑤	09998	D9E5	guó			
(鐾)	06583	94C0	bì	毙		
(燦)	071E6	A04E	càn	灿		
燥 ⑤	071E5	D4EF	zào			
(燭)	071ED	A054	zhú	烛		
[燬]	071EC	A053	huǐ	毁		
(燴)	071F4	A05A	huì	烩		
(鴻)	09D3B	F899	hóng	鸿		
(濤)	06FE4	9DFD	tāo	涛		
懑 ⑤	061D1	EDAF	mèn			懑
(濫)	06FEB	9E45	làn	滥		
濡 ⑤	06FE1	E5A6	rú			
[濬]	06FEC	9E46	jùn/xùn	浚		
(璗)	07497	AD54	dàng/tāng	璗		
[盪]	076EA	B155	dàng	荡		
[濶]	06FF6	9E4E	kuò	阔		
(濕)	06FD5	9DF1	shī	湿		
濮 ⑤	06FEE	E5A7	pú			
濞 ⑤	06FDE	E5A8	bì			

字头	编码		读音	规范字	繁体字	异体字
	ISO 10646	GB 18030				
濠 ㊀	06FE0	E5A9	háo			
(濟)	06FDF	9DFA	jǐ/jì	济		
(濚)	06FDA	9DF6	yíng	溁		
(濱)	06FF1	9E49	bīn	滨		
(濘)	06FD8	9DF4	nìng	泞		
(濜)	06FDC	9DF8	jìn	浕		
(澀)	06F80	9DAD	sè	涩		
濯 ㊀	06FEF	E5AA	zhuó			
(濰)	06FF0	9E48	wéi	潍		
(懨)	061E8	91C3	yān	恹		
懦 ㊀	061E6	C5B3	nuò			
豁 ㊀	08C41	BBED	huō/huò			
(賽)	08CFD	D990	sài	赛		
謇 ㊀	08E47	E5BF	jiǎn			
謇 ㊀	08B07	E5C0	jiǎn			
邃 ㊀	09083	E5E4	suì			
(襇)	08947	D24D	jiǎn	裥		
[襍]	0894D	D253	zá	杂		
(襖)	08956	D25C	ǎo	袄		
襕 ㊁	08955	D25B	lán		襴	
襚 ㊁	0895A	D260	suì			

字头	编码		读音	规范字	繁体字	异体字
	ISO 10646	GB 18030				
襁 ⊖	08941	F1DF	qiǎng			繈
(襏)	0894F	D255	bó	袯		
(禮)	079AE	B659	lǐ	礼		
鬾 ⊜	2CDA8	9933E534	jì			鬾
蝟 ⊖	087B1	CF47	wèi			
臀 ⊖	081C0	CDCE	tún			臋
檗 ⊖	06A97	E9DE	bò			
甓 ⊖	07513	EAB6	pì			
臂 ⊖	081C2	B1DB	bei/bì			
擘 ⊖	064D8	EBA2	bò			
(屨)	05C68	8CD5	jù	屦		
(彌)	05F4C	8F9B	mí	弥		
[蟁]	087C1	CF52	wén	蚊		
孺 ⊖	05B7A	C8E6	rú			
隳 ⊖	096B3	E3C4	huī			
[牆]	07246	A09D	qiáng	墙		
[嬭]	05B2D	8BE8	nǎi	奶		
嬬 ⊖	05B2C	8BE7	rú			
嬷 ⊖	05B37	E6D6	mó			
(嬪)	05B2A	8BE5	pín	嫔		
嬥 ⊖	05B25	8BE0	tiǎo			

字头	编码		读音	规范字	繁体字	异体字
	ISO 10646	GB 18030				
翼 ⊖	07FFC	D2ED	yì			
蟊 ⊖	087CA	F3B1	máo			
鷸 ⊖	09E6C	F0D6	yù		鷸	
鍪 ⊖	0936A	F6CA	móu			
骤 ⊖	09AA4	D6E8	zhòu		驟	
繻 ⊜	26221	9731F837	xū		繻	
纁 ⊜	2B138	98388334	xūn		纁	
(嚮)	056AE	87BB	xiàng	向		
(績)	07E3E	BF83	jì	绩		
(縹)	07E39	BF7E	piāo	缥		
(縷)	07E37	BF7C	lǚ	缕		
(縵)	07E35	BF7A	màn	缦		
(縲)	07E32	BF77	léi	缧		
[繃]	07E43	BF87	bēng	绷		
(總)	07E3D	BF82	zǒng	总		
(縱)	07E31	BF76	zòng	纵		
(縴)	07E34	BF79	qiàn	纤		
(縯)	07E2F	BF74	yǎn	缜		
(縮)	07E2E	BF73	suō	缩		
(繆)	07E46	BF8A	miào/miù	缪		
(繅)	07E45	BF89	sāo	缫		

字头	编码		读音	规范字	繁体字	异体字
	ISO 10646	GB 18030				
十八画						
(耮)	0802E	C267	lào	耢		
瓀㊂	074C0	AD77	ruǎn			
[璿]	074BF	AD76	xuán	璇		
(瓊)	074CA	AD82	qióng	琼		
鏊㊁	093CA	F6CB	ào			
鳌㊁	09CCC	F7A1	áo		鰲	鼇
釐㊂	091D0	E18D	xī			
[釐①]	091D0	E18D	lí	厘		
鬶㊂	09B36	F468	guī		鬹	
(攆)	06506	9466	niǎn	撵		
(鬆)	09B06	F3A0	sōng	松		
鬈㊁	09B08	F7DC	quán			
鬃㊁	09B03	D7D7	zōng			騌鬉騣
(翹)	07FF9	C24E	qiáo/qiào	翘		
(擷)	064F7	9458	xié	撷		
(騏)	09A0F	F255	qí	骐		
(騎)	09A0E	F254	qí	骑		
(騑)	09A11	F257	fēi	𬳶		
(騍)	09A0D	F253	kè	骒		

①釐：可用于姓氏人名，读xī。读lí时用“厘”。

字头	编码		读音	规范字	繁体字	异体字
	ISO 10646	GB 18030				
(骓)	09A05	F24B	zhuī	骓		
[验]	09A10	F256	yàn	验		
(騊)	09A0A	F250	táo	騊		
[騌]	09A0C	F252	zōng	鬃		
(騄)	09A04	F24A	lù	骒		
(擾)	064FE	945F	rǎo	扰		
(攄)	06504	9464	shū	摅		
(擻)	064FB	945C	sǒu	擞		
瞽 ㊀	077BD	EEAD	gǔ			
(鼕)	09F15	FC8A	dōng	冬		
(擺)	064FA	945B	bǎi	摆		
[擷]	03A66	82319537	xié	携		
(擼)	064FC	945D	lū	撸		
(贄)	08D04	D997	zhì	贽		
(熹)	071FE	A063	tāo	焘		
(聶)	08076	C299	niè	聂		
藕 ㊀	085D5	C5BA	ǒu			
(聵)	08075	C298	kuì	聩		
(職)	08077	C29A	zhí	职		
(藝)	085DD	CB87	yì	艺		
爇 ㊁	07207	A06B	ruò			

字头	编码		读音	规范字	繁体字	异体字
	ISO 10646	GB 18030				
(覲)	089B2	D350	jìn	觐		
鞯 ㊀	097AF	F7B5	jiān		韉	
鞳 ㊀	097B3	ED4F	tà			
鞮 ㊀	097AE	ED4C	dī			
鞨 ㊀	097A8	ED48	hé			
(鞦)	097A6	ED46	qiū	秋		
鞭 ㊀	097AD	B1DE	biān			
鞫 ㊀	097AB	F7B6	jū			
鞧 ㊀	097A7	ED47	qiū			
鞣 ㊀	097A3	F7B7	róu			
蠰 ㊀	2C7C1	9932CC33	yì		鸃	
(藪)	085EA	CB92	sǒu	薮		
(蠆)	08806	CF8A	chài	虿		
蘲 ㊀	085DF	CB89	lěi			
(繭)	07E6D	C04F	jiǎn	茧		
藜 ㊀	085DC	DEBC	lí			蔾
藠 ㊀	085E0	CB8A	jiào			
(藥)	085E5	CB8E	yào	药		
藤 ㊀	085E4	CCD9	téng			籐
[藷]	085F7	CB9F	shǔ	薯		
藦 ㊂	085E6	CB8F	mó			

字头	编码		读音	规范字	繁体字	异体字
	ISO 10646	GB 18030				
蔍 ⊜	085E8	CB91	biāo			
藩 ⊜	085E9	B7AA	fān			
(藑)	085ED	CB95	qióng	劳		
鸏 ⊜	09E72	FB73	méng		鸏	
(赜)	08CFE	D991	zé	赜		
(蕴)	085F4	CB9C	yùn	蕴		
(檯)	06AAF	9985	tái	台		
(檮)	06AAE	9984	táo	梼		
(櫃)	06AC3	9999	guì	柜		
(檻)	06ABB	9991	jiàn/kǎn	槛		
(櫚)	06ADA	99B0	lǘ	榈		
(鵏)	09D50	F94D	wú	鹀		
[麬]	04D38	8234F934	fū	麸		
(檳)	06AB3	9989	bīn/bīng	槟		
檫 ⊜	06AAB	E9DF	chá			
(檸)	06AB8	998E	níng	柠		
[櫂]	06AC2	9998	zhào	棹		
[櫈]	06AC8	999E	dèng	凳		
(鵓)	09D53	F950	bó	鹁		
(轉)	08F49	DE44	zhuǎn/zhuàn	转		

字头	编码		读音	规范字	繁体字	异体字
	ISO 10646	GB 18030				
[氊]	08E54	DB8A	zàn	暂		
(辘)	08F46	DE41	lù	辘		
(鵏)	09D4F	F94C	bǔ	鹐		
覆	08986	B8B2	fù			
醪	091AA	F5B2	láo			
(醫)	091AB	E174	yī	医		
黡	09EE1	FC64	yǎn			黶
蹙	08E59	F5BE	cù			
礞	0791E	EDE6	méng			
(礎)	0790E	B541	chǔ	础		
礓	07913	EDE4	jiāng			
礌	0790C	B4A0	léi			
磰	255A8	9639B534	zào			
燹	071F9	ECDE	xiǎn			
餮	0992E	F7D1	tiè			
(殯)	06BAF	9A9B	bìn	殡		
(霧)	09727	EC46	wù	雾		
(豐)	08C50	D853	fēng	丰		
(闃)	09B29	F45D	xì	阒		
(齕)	09F55	FD5B	hé	龁		
(覷)	089B7	D355	qù	觑		

字头	编码		读音	规范字	繁体字	异体字
	ISO 10646	GB 18030				
(憝)	061DF	91BB	duì	怼		
(叢)	053E2	85B2	cóng	丛		
(矇)	077C7	B289	mēng/méng	蒙		
(題)	0984C	EE7D	tí	题		
(韙)	097D9	ED74	wěi	韪		
瞿	077BF	F6C4	qú			
[瞅]	077C1	B283	chǒu	瞅		
(瞼)	077BC	B280	jiǎn	睑		
[罌]	07516	AE5A	yīng	罂		
瞻	077BB	D5B0	zhān			
(闖)	095D6	EA4A	chuǎng	闯		
(闔)	095D4	EA48	hé	阖		
(闐)	095D0	EA44	tián	阗		
[疊]	03B2A	8231A932	dié	叠		
(闒)	095D2	EA46	tà	阘		
(闓)	095D3	EA47	kǎi	闿		
(闑)	095D1	EA45	niè	阆		
(闕)	095D5	EA49	quē/què	阙		
(顒)	09852	EE84	yóng	颙		
曛	066DB	EAD6	xūn			

字头	编码		读音	规范字	繁体字	异体字
	ISO 10646	GB 18030				
颢 ⊜	098A2	F2AB	hào		顥	
(旷)	066E0	95E7	kuàng	旷		
曜 ⊜	066DC	EAD7	yào			
[蹟]	08E5F	DB94	jì	迹		
蹰 ⊜	08E87	B3F9	chú			
(蹣)	08E63	DB98	pán	蹒		
[蹧]	08E67	DB9B	zāo	糟		
蹚① ⊜	08E5A	DB8F	tāng			蹚
蹦 ⊜	08E66	B1C4	bèng			
[蹤]	08E64	DB99	zōng	踪		
(嚙)	05699	87A7	niè	啮		
鹭 ⊜	09E6D	F0D8	lù		鷺	
[蹠]	08E60	DB95	zhí	跖		
蹢 ⊜	08E62	DB97	dí			
蹜 ⊜	08E5C	DB91	sù			
(壘)	058D8	89BE	lěi	垒		
(蟯)	087EF	CF75	náo	蛲		
蟛 ⊜	087DB	F3B2	péng			
蟪 ⊜	087EA	F3B3	huì			

①蹚：用于"蹚水""蹚地"等，读 tāng。不再作为"趟（tàng）"的异体字。

字头	编码		读音	规范字	繁体字	异体字
	ISO 10646	GB 18030				
蟫	087EB	CF72	yín			
(蟲)	087F2	CF78	chóng	虫		
(蟬)	087EC	CF73	chán	蝉		
蟶	045F4	8233C034	tíng			
蟠	087E0	F3B4	pán			
蟮	087EE	F3B5	shàn			
[顋]	0984B	EE7C	sāi	腮		
(蟣)	087E3	CF6C	jǐ	虮		
(顎)	0984E	EE80	è	颚		
嚚	0569A	87A8	yín			
(鵑)	09D51	F94E	juān	鹃		
嚣	056A3	CFF9	xiāo		嚻	
(嚕)	05695	87A3	lū	噜		
(顓)	09853	EE85	zhuān	颛		
鹮	09E6E	FB71	huán		䴉	
黠	09EE0	F7EF	xiá			
黟	09EDF	F7F0	yī			
髃	09AC3	F36B	yú			
髅	09AC5	F7C3	lóu		髏	
髂	09AC2	F7C4	qià			
镬	0956C	EFEC	huò		鑊	

字头	编码		读音	规范字	繁体字	异体字
	ISO 10646	GB 18030				
镭 ⊜	0956D	C0D8	léi		鐳	
镮 ⊜	0956E	E949	huán		鐶	
镯 ⊜	0956F	EFED	zhuó		鐲	
镰 ⊖	09570	C1AD	lián		鐮	鎌鐮
镱 ⊜	09571	EFEE	yì		鐿	
[罈]	07F48	C097	tán	坛		
[罇]	07F47	C096	zūn	樽		
(鹄)	09D60	F95D	gǔ/hú	鹄		
酂 ⊜	09142	E09F	zàn		酇	
(鹅)	09D5D	F95A	é	鹅		
[鵞]	09D5E	F95B	é	鹅		
(穫)	07A6B	B782	huò	获		
(穡)	07A61	B777	sè	穑		
(檅)	07A62	B778	huì	秽		
韫 ⊜	099A7	F14E	yūn			
馥 ⊖	099A5	F0A5	fù			
(穠)	07A60	B776	nóng	秾		
[簪]	07C2E	BA90	zān	簪		
簠 ⊜	07C20	BA85	fǔ			
簟 ⊜	07C1F	F4A1	diàn			
簝 ⊜	07C1D	BA83	liáo			

字头	编码		读音	规范字	繁体字	异体字
	ISO 10646	GB 18030				
簮 ⊜	07C2A	F4A2	zān			簪
(簡)	07C21	BA86	jiǎn	简		
(簣)	07C23	BA88	kuì	篑		
(簞)	07C1E	BA84	dān	箪		
簰 ⊜	07C30	BA92	pái			
(礐)	07910	B543	què	峃		
鮖 ⊜	09F2B	FC9C	shí			
鮘 ⊜	09F2C	F7F8	yòu			
鮩 ⊜	09F29	FC9A	qú			
[儵]	05135	83A9	shū	倏		
(雙)	096D9	EB70	shuāng	双		
雠 ⊜	096E0	F6C5	chóu		讎	讐
[魭]	04D8A	82358336	nǜ	衄		
(軀)	08EC0	DC7C	qū	躯		
[翺]	07FFA	C24F	áo	翱		
(邊)	0908A	DF85	biān	边		
[䳘]	04CD8	8234F035	é	鹅		
皦 ⊜	076A6	B089	jiǎo			
(歸)	06B78	9A77	guī	归		
艟 ⊜	0825F	F4BE	chōng			
(鏵)	093F5	E766	huá	铧		

字头	编码		读音	规范字	繁体字	异体字
	ISO 10646	GB 18030				
(鏌)	093CC	E69F	mò	镆		
(鎮)	093AE	E682	zhèn	镇		
(鏈)	093C8	E69C	liàn	链		
(鎛)	0939B	E66E	bó	镈		
(鎘)	09398	E66B	gé	镉		
(鎖)	09396	E669	suǒ	锁		
(鎧)	093A7	E67A	kǎi	铠		
(鎸)	093B8	E68C	juān	镌		
(鎳)	093B3	E687	niè	镍		
(鎢)	093A2	E675	wū	钨		
(鎩)	093A9	E67C	shā	铩		
(鎿)	093BF	E693	ná	镎		
[鎗]	09397	E66A	qiāng	枪		
(鎓)	09393	E666	wēng	鎓		
(鎦)	093A6	E679	liú/liù	镏		
(鎬)	093AC	E680	gǎo/hào	镐		
(鎊)	0938A	E65E	bàng	镑		
(鎰)	093B0	E684	yì	镒		
[鎌]	0938C	E660	lián	镰		
(鎵)	093B5	E689	jiā	镓		
(鎔)	09394	E667	róng	镕		

字头	编码		读音	规范字	繁体字	异体字
	ISO 10646	GB 18030				
[鎻]	093BB	E68F	suǒ	锁		
翻 ⊖	07FFB	B7AD	fān			繙飜
(鵒)	09D52	F94F	yù	鸲		
(貙)	08C99	D88C	chū	䝙		
[雞]	096DE	EB75	jī	鸡		
(饁)	09941	F076	yè	馌		
(饃)	09943	F078	mó	馍		
(饐)	0993C	F071	xì	饩		
(饎)	0993E	F073	liú/liù	馏		
[饏]	09939	F06E	táng	糖		
(饈)	09948	F07D	xiū	馐		
[餻]	0993B	F070	gāo	糕		
臑 ⊜	081D1	C49E	nào			
(臍)	081CD	C49A	qí	脐		
臜 ⊜	04CA2	FE97	téng		䲟	
(臏)	081CF	C49C	bìn	膑		
鳍 ⊖	09CCD	F7A2	qí		鰭	
鳎 ⊖	09CCE	F7A3	tǎ		鰨	
鳏 ⊖	09CCF	F7A4	guān		鰥	
鳐 ⊖	09CD0	F7A5	yáo		鰩	
鳑 ⊜	09CD1	F79B	páng		鰟	

字头	编码 ISO 10646	编码 GB 18030	读音	规范字	繁体字	异体字
鰜 ⊜	09CD2	F79C	jiān		鰜	
(鯁)	09BC1	F586	gěng	鲠		
(鯉)	09BC9	F58E	lǐ	鲤		
(鮸)	09BB8	F57C	miǎn	鮸		
(鯀)	09BC0	F585	gǔn	鲧		
(鯇)	09BC7	F58C	huàn	鲩		
(鯃)	09BB6	F57A	jūn	鲪		
(鯽)	09BFD	F661	jì	鲫		
(鯒)	09BD2	F597	yǒng	鲬		
(鵟)	09D5F	F95C	kuáng	鵟		
(颺)	098BA	EF5E	yáng	飏		
[颺①]	098BA	EF5E	yáng	扬		
(颸)	098B8	EF5C	sī	飔		
(颼)	098BC	EF60	sōu	飕		
(觴)	089F4	D378	shāng	觞		
(獵)	07375	AB43	liè	猎		
夔 ⊜	09E71	F0D7	hù		夔	
(雛)	096DB	EB72	chú	雏		
(謹)	08B39	D694	jǐn	谨		
(謳)	08B33	D68E	ōu	讴		

①颺：可用于姓氏人名，但须类推简化作"飏"。

字头	编码		读音	规范字	繁体字	异体字
	ISO 10646	GB 18030				
[謼]	08B3C	D697	hū	呼		
(謾)	08B3E	D699	mán/ màn	谩		
(謫)	08B2B	D686	zhé	谪		
(謭)	08B2D	D688	jiǎn	谫		
(謬)	08B2C	D687	miù	谬		
鹯 ⊜	09E6F	FB72	zhān		鹯	
鹰 ⊖	09E70	D3A5	yīng		鷹	
癞 ⊖	0765E	F1AE	lài		癩	
瘤 ⊜	07657	B04E	lěi			
(癤)	07664	B058	jiē	疖		
[癒]	07652	B04B	yù	愈		
癔 ⊜	07654	F1AF	yì			
癜 ⊖	0765C	F1B0	diàn			
癖 ⊖	07656	F1B1	pǐ			
(雜)	096DC	EB73	zá	杂		
(離)	096E2	EB78	lí	离		
[麐]	09E90	FB8B	lín	麟		
翸 ⊜	2648D	9732B837	tóng			
(顏)	09854	EE86	yán	颜		
旞 ⊜	065DE	94F8	suì			

字头	编码		读音	规范字	繁体字	异体字
	ISO 10646	GB 18030				
[羴]	07FB4	C181	shān	膻		
(糧)	07CE7	BC5A	liáng	粮		
麟 ⑤	07FF7	C24C	lín			
糨 ⑤	07CE8	F4DD	jiàng			
幝 ⑤	05181	D9E6	chǎn		幝	
蟞 ⑤	08E69	F5BF	bié			
翿 ⑤	04396	82338432	zēng			
[爗]	07217	A07B	yè	烨		
[燻]	071FB	A060	xūn	熏		
(鎣)	093A3	E676	yíng	蓥		
(燼)	071FC	A061	jìn	烬		
[燿]	071FF	A064	yào	耀		
(鵜)	09D5C	F959	tí	鹈		
(瀆)	07006	9E5E	dú	渎		
瀔 ⑤	07014	9E6B	gǔ			
(懣)	061E3	91BF	mèn	懑		
(濾)	06FFE	9E56	lǜ	滤		
(鯊)	09BCA	F58F	shā	鲨		
瀑 ⊖	07011	C6D9	bào/pù			
(濺)	06FFA	9E52	jiàn	溅		
(濼)	06FFC	9E54	luò	泺		

字头	编码		读音	规范字	繁体字	异体字
	ISO 10646	GB 18030				
(瀂)	07002	9E5A	lǔ	滷		
(瀏)	0700F	9E67	liú	浏		
瀍 ⊜	0700D	9E65	chán			
瀌 ⊜	0700C	9E64	biāo			
鎏 ⊖	0938F	F6CC	liú			
(瀅)	07005	9E5D	yíng	滢		
(瀉)	07009	9E61	xiè	泻		
(瀋)	0700B	9E63	shěn	沈		
懵 ⊖	061F5	E3C2	měng			
(竄)	07AC4	B85A	cuàn	窜		
(竅)	07AC5	B85B	qiào	窍		
(額)	0984D	EE7E	é	额		
襟 ⊖	0895F	BDF3	jīn			
(襠)	08960	D264	dāng	裆		
(襝)	0895D	D263	liǎn	裣		
襜 ⊜	0895C	D262	chān			
[襢]	08962	D266	tǎn	袒		
(燾)	079B1	B65C	dǎo	祷		
(禰)	079B0	B65B	mí	祢		
壁 ⊖	074A7	E8B5	bì			
鶑 ⊜	04D19	FE9E	pì		鷿	

字头	编码		读音	规范字	繁体字	异体字
	ISO 10646	GB 18030				
(韞)	097DE	ED79	yùn	韫		
(醬)	091AC	E175	jiàng	酱		
(隴)	096B4	EB5D	lǒng	陇		
(嬸)	05B38	8BF0	shěn	婶		
戳 ⊖	06233	B4C1	chuō			
纆 ⊜	2C64A	9932A638	mò		纒	
彝 ⊖	05F5D	D2CD	yí			
(繞)	07E5E	C040	rào	绕		
[繖]	07E56	BF99	sǎn	伞		
(繚)	07E5A	BF9D	liáo	缭		
[繙]	07E59	BF9C	fān	翻		
(織)	07E54	BF97	zhī	织		
(繕)	07E55	BF98	shàn	缮		
(繒)	07E52	BF95	zēng	缯		
[繦]	07E66	C048	qiǎng	襁		
(斷)	065B7	94E0	duàn	断		
[雝]	096DD	EB74	yōng	雍		
邋 ⊜	0908B	E5E5	lā			
十九画						
(鵡)	09D61	F95E	wǔ	鹉		
(鶄)	09D84	F982	jīng	鹃		

字头	编码		读音	规范字	繁体字	异体字
	ISO 10646	GB 18030				
[璃]	074C8	AD80	lí	璃		
(瓅)	074C5	AD7C	lì	珠		
(鬍)	09B0D	F445	hú	胡		
鬏 ⊜	09B0F	F7DD	jiū			
[鬉]	09B09	F441	zōng	鬃		
[黿]	09F03	FC7C	wā	蛙		
(騞)	09A1E	F264	huō	骒		
(騠)	09A20	F266	tí	骒		
[騣]	09A23	F269	zōng	鬃		
[颿]	098BF	EF63	fān	帆		
(騙)	09A19	F25F	piàn	骗		
(騤)	09A24	F26A	kuí	骙		
(騷)	09A37	F27D	sāo	骚		
(壢)	058E2	89C8	lì	坜		
攉 ⊜	06509	DFAB	huō			
(壚)	058DA	89C0	lú	垆		
[壜]	058DC	89C2	tán	坛		
嚭 ⊜	056AD	87BA	pǐ			
攒 ⊜	06512	D4DC	cuán/zǎn		攢	
(壞)	058DE	89C4	huài	坏		
(攏)	0650F	946E	lǒng	拢		

字头	编码		读音	规范字	繁体字	异体字
	ISO 10646	GB 18030				
[鴉]	09D76	F973	yā	鸦		
(撢)	08600	CC45	tuò	萚		
(難)	096E3	EB79	nán/nàn	难		
鞲 ⊖	097B2	F7B8	gōu			
[鞾]	097BE	ED59	xuē	靴		
鞴 ⊖	097B4	F7B9	bèi			
[鞵]	097B5	ED50	xié	鞋		
(鵲)	09D72	F96F	què	鹊		
(蘦)	085F6	CB9E	lì	苈		
藿 ⊖	085FF	DEBD	huò			
(蘋)	0860B	CC4F	pín	蘋		
(蘋①)	0860B	CC4F	píng	苹		
蘧 ⊖	08627	DEBE	qú			
(蘆)	08606	CC4A	lú	芦		
(藺)	085FA	CC41	lìn	蔺		
(蘉)	08E89	DC4F	dǔn	踅		
(鶓)	09D93	F991	miáo	鹋		
(蘄)	08604	CC49	qí	蕲		
(勸)	052F8	84F1	quàn	劝		
[蘇]	08613	CC56	sū	苏		

①蘋：用于表示植物名时简化作"蘋"，不简化作"苹"。

字头	编码		读音	规范字	繁体字	异体字
	ISO 10646	GB 18030				
孽 ⊖	05B7D	C4F5	niè			孼
蘅 ⊖	08605	DEBF	héng			
(蘇)	08607	CC4B	sū	苏		
警 ⊖	08B66	BEAF	jǐng			
(藹)	085F9	CC40	ǎi	蔼		
[藼]	08610	CC54	xuān	萱		
蘑 ⊖	08611	C4A2	mó			
(蘢)	08622	CC64	lóng	茏		
藻 ⊖	085FB	D4E5	zǎo			
[蘁]	085FC	CC42	xuān	萱		
[蘂]	08602	CC47	ruǐ	蕊		
(顚)	0985B	EE8D	diān	颠		
(櫝)	06ADD	99B3	dú	椟		
麓 ⊖	09E93	C2B4	lù			
櫟 ⊜	03C00	8231BE35	lí			
(櫪)	06ADF	99B5	lì/yuè	栎		
(櫍)	06ACD	99A3	zhì	栉		
攀 ⊖	06500	C5CA	pān			
(麴)	09EB4	F4F0	qū	麹		
[麴①]	09EB4	F4F0	qū	曲		

①麴：可用于姓氏人名，但须类推简化作“麹”。

字头	编码		读音	规范字	繁体字	异体字
	ISO 10646	GB 18030				
(櫓)	06AD3	99A9	lǔ	橹		
(櫧)	06AE7	99BD	zhū	槠		
[櫥]	06AE5	99BB	chú	橱		
(櫞)	06ADE	99B4	yuán	橼		
(轎)	08F4E	DE49	jiào	轿		
(鏨)	093E8	E759	zàn	錾		
(轍)	08F4D	DE48	zhé	辙		
(轔)	08F54	DE4F	lín	辚		
(䡵)	04875	82348139	suì	𫐄		
(繫)	07E6B	C04D	jì/xì	系		
(鶇)	09D87	F985	dōng	鸫		
鬷 ⊜	09B37	F469	zōng			
[霸]	08987	D286	bà	霸		
[覈]	08988	D287	hé	核		
醭 ⊜	091AD	F5B3	bú			
醮 ⊜	091AE	F5B4	jiào			
醯 ⊜	091AF	F5B5	xī			
(醱)	091B1	E177	pō	酦		
(麗)	09E97	FB90	lí/lì	丽		
(厴)	053B4	8598	yǎn	厣		
(礪)	0792A	B55A	lì	砺		

字头	编码		读音	规范字	繁体字	异体字
	ISO 10646	GB 18030				
(礙)	07919	B54B	ài	碍		
(礦)	07926	B556	kuàng	矿		
(贋)	08D0B	D99E	yàn	赝		
(願)	09858	EE8A	yuàn	愿		
(鵪)	09D6A	F967	ān	鹌		
(璽)	074BD	AD74	xǐ	玺		
(獱)	08C76	D872	fén	豮		
酃 ⊖	09143	DBB9	líng			
霪 ⊖	0972A	F6AF	yín			
霭 ⊖	0972D	F6B0	ǎi			靄
霨 ⊖	09728	EC47	wèi			
(翽)	07FFD	C250	huì	翙		
(齗)	09F57	FD5D	yín	龂		
(齘)	09F58	FD5E	xiè	龤		
黼 ⊖	09EFC	EDEB	fǔ			
(贈)	08D08	D99B	zèng	赠		
(鵾)	09D7E	F97B	kūn	鹍		
[嚥]	056A5	87B2	yàn	咽		
[闚]	095DA	EA4E	kuī	窥		
曝 ⊖	066DD	C6D8	bào/pù			
[疊]	066E1	95E8	dié	叠		

字头	编码		读音	规范字	繁体字	异体字
	ISO 10646	GB 18030				
(闞)	095DE	EA52	kàn	阚		
(關)	095DC	EA50	guān	关		
(嚦)	056A6	87B3	lì	呖		
嚯 ⊖	056AF	E0EB	huò			
(疇)	07587	AEA0	chóu	畴		
(蹺)	08E7A	DC45	qiāo	跷		
(躂)	08E82	DC4A	da	跶		
蹰 ⊖	08E70	F5E9	chú			躕
蹶 ⊖	08E76	F5EA	jué/juě			
蹽 ⊖	08E7D	DC47	liāo			
蹼 ⊖	08E7C	F5EB	pǔ			
[蹻]	08E7B	DC46	qiāo	跷		
蹯 ⊜	08E6F	F5EC	fán			
蹴 ⊖	08E74	F5ED	cù			蹵
蹾 ⊖	08E7E	DC48	dūn			
蹲 ⊖	08E72	B6D7	dūn			
蹭 ⊖	08E6D	B2E4	cèng			
蹿 ⊖	08E7F	B4DA	cuān		躥	
蹬 ⊖	08E6C	B5C5	dēng			
(蟶)	087F6	CF7C	chēng	蛏		
蠖 ⊖	08816	F3B6	huò			

字头	编码		读音	规范字	繁体字	异体字
	ISO 10646	GB 18030				
蠓 ㊀	08813	F3B7	měng			
(蠅)	08805	CF89	yíng		蝇	
[蠍]	0880D	CF90	xiē		蝎	
蠋 ㊁	0880B	CF8E	zhú			
蟾 ㊀	087FE	F3B8	chán			
[蠏]	0880F	CF92	xiè		蟹	
蠊 ㊀	0880A	F3B9	lián			
(蟻)	087FB	CF81	yǐ		蚁	
(嚴)	056B4	87C0	yán		严	
(獸)	07378	AB46	shòu		兽	
(嚨)	056A8	87B5	lóng		咙	
巅 ㊀	05DC5	E1DB	diān			巓
(顗)	09857	EE89	yǐ		颛	
(巁)	03823	8230DA33	lì		岿	
翾 ㊁	07FFE	C251	xuān			
(羆)	07F86	C160	pí		罴	
(羅)	07F85	C15F	luó		罗	
駿 ㊁	09EE2	F7F1	qū			
[髈]	09AC8	F36F	bǎng		膀	
髋 ㊁	09ACB	F7C5	kuān			髖
髌 ㊁	09ACC	F7C6	bìn			髕

字头	编码		读音	规范字	繁体字	异体字
	ISO 10646	GB 18030				
镲 ⊜	09572	EFEF	chǎ		鑔	
(氀)	06C0C	9ADA	lu	氊		
(犢)	072A2	A0D9	dú	犊		
(贊)	08D0A	D99D	zàn	赞		
[穤]	07A64	B77A	nuò	糯		
(穩)	07A69	B780	wěn	稳		
[穨]	07A68	B77E	tuí	颓		
籀 ⊜	07C40	F4A6	zhòu			
簸 ⊜	07C38	F4A4	bǒ/bò			
籁 ⊜	07C41	F4A5	lài		籟	
(簹)	07C39	BA9A	dāng	筜		
(簽)	07C3D	BA9E	qiān	签		
[簷]	07C37	BA99	yán	檐		
(簾)	07C3E	BA9F	lián	帘		
簿 ⊜	07C3F	B2BE	bù			
(簫)	07C2B	BA8D	xiāo	箫		
蟹 ⊜	09CD8	F7AA	mǐn		鰵	
(牘)	07258	A0A9	dú	牍		
儳 ⊜	05133	83A7	chán			
儴 ⊜	05134	83A8	ráng			
鼩 ⊜	09F41	FD4A	hōu			

字头	编码		读音	规范字	繁体字	异体字
	ISO 10646	GB 18030				
(鵯)	09D6F	F96C	bēi	鹎		
魑	09B51	F7CE	chī			
(懲)	061F2	91CD	chéng	惩		
艨	08268	F4BF	méng			
[艢]	08262	C59A	qiáng	樯		
[艣]	08263	C59B	lǔ	橹		
(艤)	08264	C59C	yǐ	舣		
(鐬)	093CF	E741	huì/wèi	镄		
(鐯)	0942F	E840	zhuō	镨		
(鐄)	09404	E775	huáng	镄		
(鏺)	04951	82349738	mài	铧		
(鏗)	093D7	E748	kēng	铿		
(鏢)	093E2	E753	biāo	镖		
(鏜)	093DC	E74D	tāng/ táng	镗		
(鏤)	093E4	E755	lòu	镂		
(鏝)	093DD	E74E	màn	镘		
(鏰)	093F0	E761	bèng	镚		
(鏞)	093DE	E74F	yōng	镛		
(鏡)	093E1	E752	jìng	镜		
(鏟)	093DF	E750	chǎn	铲		

字头	编码		读音	规范字	繁体字	异体字
	ISO 10646	GB 18030				
(鏑)	093D1	E743	dī/dí	镝		
(鏃)	093C3	E697	zú	镞		
(鏇)	093C7	E69B	xuàn	旋		
(鏺)	04955	82349832	piě	镤		
(鏘)	093D8	E749	qiāng	锵		
(鏐)	093D0	E742	liú	镠		
鼗 ⑤	09F17	D8BB	táo			
(辭)	08FAD	DE6F	cí	辞		
(饉)	09949	F07E	jǐn	馑		
(饅)	09945	F07A	mán	馒		
(鵬)	09D6C	F969	péng	鹏		
[臕]	081D5	C541	biāo	膘		
(臘)	081D8	C544	là	腊		
[鵰]	09D70	F96D	diāo	雕		
鳓 ⑤	09CD3	F7A6	lè		鰳	
鳔 ⑤	09CD4	F7A7	biào		鰾	
鳕 ⑤	09CD5	F7A8	xuě		鱈	
鳗 ⑤	09CD7	F7A9	mán		鰻	
鳃 ⑤	2CDAD	9933E539	jì		鱀	
鳡 ⑤	29F8C	9834B730	kāng		鱇	
鳙 ⑤	09CD9	F7AB	yōng		鱅	

字头	编码		读音	规范字	繁体字	异体字
	ISO 10646	GB 18030				
鳚 ⊜	09CDA	F79D	wèi		鳚	
鳛 ⊜	09CDB	F79E	xí		鰼	
(鲭)	09BD6	F59B	qīng	鯖		
(鲮)	09BEA	F64E	líng	鯪		
(鲯)	09BD5	F59A	qí	鯕		
(鲰)	09BEB	F64F	zōu	鯫		
(鲱)	09BE1	F645	fēi	鯡		
(鲲)	09BE4	F648	kūn	鯤		
(鲳)	09BE7	F64B	chāng	鯧		
(鲴)	09BDD	F641	gù	鯝		
(鲵)	09BE2	F646	ní	鯢		
(鲷)	09BDB	F5A0	diāo	鯛		
(鲸)	09BE8	F64C	jīng	鯨		
(鲺)	09BF4	F658	shī	鯴		
(鲻)	09BD4	F599	zī	鯔		
(獭)	0737A	AB48	tǎ	獭		
(鸽)	09D6E	F96B	qiān	鵮		
(飗)	098C0	EF64	liú	飀		
(觯)	089F6	D37A	zhì	觶		
蟹 ⊖	087F9	D0B7	xiè			蠏
[囍]	08B46	D740	xī	嘻		

字头	编码		读音	规范字	繁体字	异体字
	ISO 10646	GB 18030				
(譓)	08B53	D74D	huì	谯		
(譚)	08B5A	D754	tán	谭		
(譖)	08B56	D750	zèn	谮		
(譙)	08B59	D753	qiáo	谯		
[譌]	08B4C	D746	é	讹		
(識)	08B58	D752	shí/zhì	识		
(譜)	08B5C	D756	pǔ	谱		
[爕]	07215	A079	xiè	燮		
[譔]	08B54	D74E	zhuàn	撰		
(證)	08B49	D743	zhèng	证		
(譎)	08B4E	D748	jué	谲		
(譏)	08B4F	D749	jī	讥		
[蹵]	08E75	DC41	cù	蹴		
(鶉)	09D89	F987	chún	鹑		
颤 ⊖	098A4	B2FC	chàn		顫	
麛 ⊖	09761	C3D2	mí/mǐ			
(廬)	05EEC	8F5D	lú	庐		
(贇)	08D07	D99A	yūn	赟		
(癟)	0765F	B054	biē/biě	瘪		
癣 ⊖	07663	D1A2	xuǎn		癬	
[癡]	07661	B056	chī	痴		

字头	编码		读音	规范字	繁体字	异体字
	ISO 10646	GB 18030				
(癢)	07662	B057	yǎng	痒		
(龐)	09F90	FD8B	páng	庞		
(鶊)	09D8A	F988	gēng	鹒		
麒 ㊁	09E92	F7E8	qí			
麑 ㊂	09E91	FB8C	ní			
鏖 ㊁	093D6	F7E9	áo			
麖 ㊂	09E96	FB8F	jīng			
瓣 ㊀	074E3	B0EA	bàn			
(壟)	058DF	89C5	lǒng	垄		
[韻]	097FB	ED8D	yùn	韵		
蠃 ㊂	08803	D9F9	luǒ			
羸 ㊁	07FB8	D9FA	léi			
[甕]	07F4B	C09A	wèng	瓮		
[羶]	07FB6	C183	shān	膻		
羹 ㊀	07FB9	B8FE	gēng			
(類)	0985E	EE90	lèi	类		
鳖 ㊀	09CD6	B1EE	biē		鱉	鼈
爆 ㊀	07206	B1AC	bào			
㸆 ㊁	03E06	8231F231	kào			
(爍)	0720D	A071	shuò	烁		
瀚 ㊁	0701A	E5AB	hàn			

字头	编码		读音	规范字	繁体字	异体字
	ISO 10646	GB 18030				
(瀟)	0701F	9E74	xiāo	潇		
(瀨)	07028	9E7C	lài	濑		
(瀝)	0701D	9E72	lì	沥		
(瀕)	07015	9E6C	bīn	濒		
瀣⊖	07023	E5AC	xiè			
(瀘)	07018	9E6F	lú	泸		
(瀧)	07027	9E7B	lóng/ shuāng	泷		
瀛⊖	0701B	E5AD	yíng			
(瀠)	07020	9E75	yíng	潆		
(懶)	061F6	91D0	lǎn	懒		
(懷)	061F7	91D1	huái	怀		
[寶]	05BF3	8C97	bǎo	宝		
(寵)	05BF5	8C99	chǒng	宠		
(襪)	0896A	D26D	wà	袜		
(襤)	08964	D268	lán	褴		
襦⊖	08966	F1E0	rú			
譏⊖	08C36	DADF	chèn		讖	
蠖⊖	05F5F	8FA6	yuē		彟	
[臋]	081CB	C499	tún	臀		
襞⊖	0895E	F4C5	bì			

字头	编码		读音	规范字	繁体字	异体字
	ISO 10646	GB 18030				
疆 ⊖	07586	BDAE	jiāng			
(韜)	097DC	ED77	tāo	韬		
(驇)	09A2D	F273	zhì	骘		
[孼]	05B7C	8C5A	niè	孽		
嬿 ⊜	05B3F	8BF7	yàn			
[嬾]	05B3E	8BF6	lǎn	懒		
(鶩)	09A16	F25C	wù	骛		
(顙)	09859	EE8B	sǎng	颡		
骥 ⊖	09AA5	E6F7	jì		驥	
缵 ⊖	07F35	E7DA	zuǎn		纘	
(繮)	07E6E	C050	jiāng	缰		
(繩)	07E69	C04B	shéng	绳		
(繾)	07E7E	C060	qiǎn	缱		
(繰)	07E70	C052	qiāo/sāo	缲		
(繹)	07E79	C05B	yì	绎		
(繯)	07E6F	C051	huán	缳		
(繳)	07E73	C055	jiǎo	缴		
(繪)	07E6A	C04C	huì	绘		
(繶)	07E76	C058	yì	缢		
[繡]	07E61	C043	xiù	绣		

字头	编码		读音	规范字	繁体字	异体字
	ISO 10646	GB 18030				
二十画						
瓒 ⊜	074D2	E8B6	zàn		瓚	
[瓌]	074CC	AD84	guī	瑰		
(瓏)	074CF	AD87	lóng	珑		
(驁)	09A41	F288	ào	骜		
鬒 ⊜	09B12	F449	zhěn			
鬓 ⊖	09B13	F7DE	bìn		鬢	
(驊)	09A4A	F291	huá	骅		
(騵)	09A35	F27B	yuán	骈		
(騱)	09A31	F277	xí	骎		
(騮)	09A2E	F274	liú	骝		
(騶)	09A36	F27C	zōu	驺		
(騸)	09A38	F27E	shàn	骟		
(攖)	06516	9474	yīng	撄		
(攔)	06514	9472	lán	拦		
(攙)	06519	9476	chān	搀		
壤 ⊖	058E4	C8C0	rǎng			
攘 ⊖	06518	C8C1	rǎng			
馨 ⊖	099A8	DCB0	xīn			
(聹)	08079	C29C	níng	聍		
(顢)	09862	EE94	mān	颟		

| 字头 | 编码 | | 读音 | 规范字 | 繁体字 | 异体字 |
	ISO 10646	GB 18030				
(蓦)	09A40	F287	mò	蓦		
(蘭)	0862D	CC6D	lán	兰		
蘩 ⊜	08629	DEC0	fán			
[蘤]	08624	CC66	huā	花		
蘖 ⊜	08616	DEC1	niè			
(蘞)	0861E	CC60	liǎn	蔹		
(蘚)	0861A	CC5C	xiǎn	藓		
蘘 ⊜	08618	CC5A	ráng			
(鶘)	09D98	F996	hú	鹕		
欂 ⊜	06B02	99D8	bó			
(櫪)	06AEA	99C0	lì	枥		
(櫨)	06AE8	99BE	lú	栌		
(櫸)	06AF8	99CE	jǔ	榉		
(礬)	0792C	B55C	fán	矾		
(麵)	09EB5	FC49	miàn	面		
(櫬)	06AEC	99C2	chèn	榇		
(櫳)	06AF3	99C9	lóng	栊		
(鷗)	09DA0	F99E	yǎn	鼹		
(飄)	098C4	EF68	piāo	飘		
醵 ⊜	091B5	F5B6	jù			
醴 ⊜	091B4	F5B7	lǐ			

538

字头	编码		读音	规范字	繁体字	异体字
	ISO 10646	GB 18030				
(醲)	091B2	E178	nóng	酿		
(礰)	0792B	B55B	lì	砾		
[蠒]	08812	CF95	jiǎn	茧		
霰 ○	09730	F6B1	xiàn			
顬 ○	098A5	F2AC	rú		顬	
酆 ○	09146	DBBA	fēng			
[鬪]	09B2A	F45E	dòu	斗		
(龃)	09F5F	FD65	jǔ	龃		
(龄)	09F61	FD67	líng	龄		
(龃)	09F63	FD69	chū	出		
(龅)	09F59	FD5F	bāo	龅		
(龆)	09F60	FD66	tiáo	龆		
(鹹)	09E79	FB79	xián	咸		
(鹾)	09E7A	FB7A	cuó	鹾		
(獻)	0737B	AB49	xiàn	献		
甗 ○	07517	AE5B	yǎn			
耀 ○	08000	D2AB	yào			燿
(黨)	09EE8	FC68	dǎng	党		
(懸)	061F8	91D2	xuán	悬		
(鶪)	09DAA	FA47	jú	鶪		
酄 ○	287E0	9739CF30	quān			

字头	编码		读音	规范字	繁体字	异体字
	ISO 10646	GB 18030				
矍 ⊖	077CD	DBC7	jué			
(罌)	07F4C	C09B	yīng	罂		
(贍)	08D0D	D9A0	shàn	赡		
(闥)	095E5	EA59	tà	闼		
(闡)	095E1	EA55	chǎn	阐		
(鶡)	09DA1	F99F	hé	鹖		
(矓)	066E8	95EE	lóng	昽		
曦 ⊖	066E6	EAD8	xī			
躁 ⊖	08E81	D4EA	zào			
躅 ⊖	08E85	F5EE	zhú			
(蠣)	08823	CFA0	lì	蛎		
蠕 ⊖	08815	C8E4	rú			蝡
[蠔]	08814	CF96	háo	蚝		
(蠐)	08810	CF93	qí	蛴		
(蠑)	08811	CF94	róng	蝾		
(嚶)	056B6	87C2	yīng	嘤		
(鶚)	09D9A	F998	è	鹗		
鼍 ⊖	09F0D	F6BE	tuó		鼉	
嚼 ⊖	056BC	BDC0	jué/jiáo			
嚷 ⊖	056B7	C8C2	rāng/rǎng			

字头	编码		读音	规范字	繁体字	异体字
	ISO 10646	GB 18030				
㠇 ⊜	05DC7	8E64	xī			
巍 ⊖	05DCD	CEA1	wēi			
鄺 ⊜	09145	E140	xī			
巉 ⊖	05DC9	8E66	chán			
黩 ⊖	09EE9	F7F2	dú		黷	
黥 ⊖	09EE5	F7F4	qíng			
黪 ⊖	09EEA	F7F5	cǎn		黲	
(髅)	09ACF	F374	lóu	髅		
(鹘)	09DBB	FA58	gǔ/hú	鹘		
髎 ⊖	09ACE	F373	liáo			
镳 ⊖	09573	EFF0	biāo		鑣	
镴 ⊖	09574	E94A	là		鑞	
(犠)	072A7	A0DE	xī	牺		
黧 ⊖	09EE7	F7F3	lí			
(鹙)	09D96	F994	qiū	鹙		
籍 ⊖	07C4D	BCAE	jí			
(籌)	07C4C	BB49	chóu	筹		
(籃)	07C43	BB40	lán	篮		
纂 ⊖	07E82	D7EB	zuǎn			篹
(譽)	08B7D	D775	yù	誉		
璺 ⊖	074BA	E8B7	wèn			

字头	编码		读音	规范字	繁体字	异体字
	ISO 10646	GB 18030				
(覺)	089BA	D358	jiào/jué	觉		
(罊)	056B3	87BF	kù	罄		
(斅)	06586	94C3	xiào	敩		
鼯 ㊀	09F2F	F7F9	wú			
犨 ㊁	072A8	A0DF	chōu			
(巕)	0884A	D060	miè	蔑		
(艦)	08266	C59E	jiàn	舰		
(鐃)	09403	E774	náo	铙		
(鐄)	28B4E	9830A838	xǐ	镶		
(鏈)	0943D	E84E	dá	铋		
(鐔)	09414	E786	chán/tán	镡		
(鐝)	0941D	E78F	jué	镢		
(鐐)	09410	E782	liào	镣		
(鏷)	093F7	E768	pú	镤		
(鐦)	09426	E798	kāi	锎		
(鐧)	09427	E799	jiǎn	锏		
(鐌)	28B46	9830A830	hēi	镳		
(鐇)	09407	E778	fán	镨		
(鐓)	09413	E785	dūn	镦		
(鐘)	09418	E78A	zhōng	钟		
(鐠)	09420	E792	pǔ	镨		

字头	编码		读音	规范字	繁体字	异体字
	ISO 10646	GB 18030				
(鏻)	093FB	E76C	lín	鏻		
(鐏)	0940F	E781	zūn	镎		
(鐩)	09429	E79B	suì	鐩		
(鐒)	09412	E784	láo	铹		
(鐋)	0940B	E77C	tāng	锡		
(鏹)	093F9	E76A	qiāng	镪		
(鐨)	09428	E79A	fèi	镄		
(鐙)	09419	E78B	dèng	镫		
(鏺)	093FA	E76B	pō	钹		
(鐍)	0940D	E77E	jué	镉		
(釋)	091CB	E18C	shì	释		
(饒)	09952	F088	ráo	饶		
(饊)	0994A	F080	sǎn	馓		
(饋)	0994B	F081	kuì	馈		
[饍]	0994D	F083	shàn	膳		
(饌)	0994C	F082	zhuàn	馔		
(饑)	09951	F087	jī	饥		
[臙]	081D9	C545	yān	胭		
(臚)	081DA	C546	lú	胪		
臜 ㊀	081DC	C548	zā		臢	
(朧)	06727	9656	lóng	胧		

字头	编码		读音	规范字	繁体字	异体字
	ISO 10646	GB 18030				
(騰)	09A30	F276	téng	腾		
鱚	2CDAE	9933E630	xǐ		鱚	
鱖	09CDC	F7AC	guì		鱖	
鱝	09CDD	F7AD	shàn		鱝	鱓
鱟	09CDE	C1DB	lín		鱟	
鱣	09CDF	F7AE	zūn		鱣	
(鰆)	09C06	F66A	chūn	鰆		
(鰈)	09C08	F66C	dié	鰈		
(鰊)	09BFB	F65F	là	鰊		
(鰏)	09C0F	F673	bī	鰏		
(鰊)	09C0A	F66E	liàn	鰊		
(鰷)	09BF7	F65B	tí	鰷		
(鰂)	09C02	F666	zé/zéi	鰂		
(鰛)	09C1B	F680	wēn	鰛		
(鰃)	09C03	F667	wēi	鰃		
(鰓)	09C13	F677	sāi	鰓		
(鰐)	09C10	F674	è	鰐		
(鰍)	09C0D	F671	qiū	鰍		
(鰉)	09C09	F66D	huáng	鰉		
(鰁)	09C01	F665	quán	鰁		
[鰌]	09C0C	F670	qiū	鰍		

字头	编码		读音	规范字	繁体字	异体字
	ISO 10646	GB 18030				
(鯿)	09BFF	F663	biān	鳊		
獾 ㊀	0737E	E2B5	huān			貛貛
[飃]	098C3	EF67	piāo	飘		
(觸)	089F8	D37C	chù	触		
(獼)	0737C	AB4A	mí	猕		
(護)	08B77	D76F	hù	护		
(譴)	08B74	D76C	qiǎn	谴		
[譟]	08B5F	D759	zào	噪		
(譯)	08B6F	D767	yì	译		
(譞)	08B5E	D758	xuān	𬤇		
[譭]	08B6D	D765	huǐ	毁		
(譫)	08B6B	D764	zhān	谵		
(議)	08B70	D768	yì	议		
(嚲)	056B2	87BE	duǒ	亸		
魔 ㊀	09B54	C4A7	mó			
鐢 ㊁	28B49	9830A833	bān			
(癥)	07665	B059	zhēng	症		
(辮)	08FAE	DE70	biàn	辫		
(龑)	09F91	FD8C	yǎn	龑		
(競)	07AF6	B882	jìng	竞		
(贏)	08D0F	DA41	yíng	赢		

字头	编码		读音	规范字	繁体字	异体字
	ISO 10646	GB 18030				
(糲)	07CF2	BC63	lì	粝		
糯 ○	07CEF	C5B4	nuò			稬穤
(糰)	07CF0	BC61	tuán	团		
(鶿)	09DC0	FA5D	cí	鹚		
[鷀]	09DBF	FA5C	cí	鹚		
爠 ⊜	03E0C	8231F237	huò			
(爐)	07210	A074	lú	炉		
爔 ⊜	07214	A078	xī			
灌 ○	0704C	B9E0	guàn			
(灡)	0703E	9E91	lán	澜		
灱 ⊜	07031	9E86	jì			
瀹 ⊜	07039	E5AE	yuè			
(瀲)	07032	9E87	liàn	潋		
瀼 ⊜	0703C	9E8F	ráng/ ràng			
瀵 ⊜	07035	E5AF	fèn			
(瀰)	07030	9E85	mí	弥		
[懽]	061FD	91D7	huān	欢		
(懺)	061FA	91D4	chàn	忏		
(寶)	05BF6	8C9A	bǎo	宝		
(騫)	09A2B	F271	qiān	骞		

字头	编码		读音	规范字	繁体字	异体字
	ISO 10646	GB 18030				
(竇)	07AC7	B85D	dòu	窦		
襫 ⑤	0896B	D26E	shì			
(襬)	0896C	D26F	bǎi	摆		
(鱉)	09C40	F744	jì		鱀	
譬 ⊝	08B6C	C6A9	pì			
(鶥)	09DA5	FA42	méi		鹛	
孀 ⊝	05B40	E6D7	shuāng			
孅 ⊝	05B45	8BFC	xiān			
[孃]	05B43	8BFA	niáng	娘		
(鶩)	09DA9	FA46	wù		鹜	
骦 ⊝	09AA6	F35A	shuāng			驦
骧 ⊝	09AA7	E6F8	xiāng			驤
纕 ⊝	2C64B	9932A639	xiāng			纕
(饗)	09957	F08B	xiǎng	飨		
(響)	097FF	ED91	xiǎng	响		
(繻)	07E7B	C05D	xū	繻		
(纁)	07E81	C063	xūn	纁		
(纊)	07E8A	C06B	kuàng	纩		
(繽)	07E7D	C05F	bīn	缤		
(繼)	07E7C	C05E	jì	继		

字头	编码		读音	规范字	繁体字	异体字
	ISO 10646	GB 18030				
二十一画						
礐 ⊜	08030	C269	yōu			
[齧]	09F67	FD6D	niè	啮		
蠢 ⊖	08822	B4C0	chǔn			惷
瓘 ⊜	074D8	AD8F	guàn			
(瓔)	074D4	AD8B	yīng	璎		
瓙 ⊜	24AC9	96379B31	xiè			
瓖 ⊜	074D6	AD8D	xiāng			
(鰲)	09C32	F697	áo	鳌		
(鬹)	09B39	F46B	guī	鬶		
鬘 ⊜	09B18	F44E	mán			
(攝)	0651D	947A	shè	摄		
(驅)	09A45	F28C	qū	驱		
(驃)	09A43	F28A	biāo/piào	骠		
(騾)	09A3E	F285	luó	骡		
(驄)	09A44	F28B	cōng	骢		
(驂)	09A42	F289	cān	骖		
趯 ⊜	08DAF	DA8C	tì			
鼙 ⊖	09F19	DCB1	pí			
[攜]	0651C	9479	xié	携		
(攩)	03A73	FE64	sǒng	扨		

字头	编码		读音	规范字	繁体字	异体字
	ISO 10646	GB 18030				
(攛)	0651B	9478	cuān	撺		
(韃)	097C3	ED5E	dá	鞑		
(轎)	097BD	ED58	qiáo	轿		
(歡)	06B61	9A67	huān	欢		
(蘺)	0863A	CC79	lí	蓠		
(權)	06B0A	99E0	quán	权		
(櫻)	06AFB	99D1	yīng	樱		
(欄)	06B04	99DA	lán	栏		
(轟)	08F5F	DE5A	hōng	轰		
(覽)	089BD	D35B	lǎn	览		
(鷁)	09DCA	FA67	yì	鹢		
[醻]	091BB	E17E	chóu	酬		
醺 ⊖	091BA	F5B8	xūn			
(酈)	09148	E142	lì	郦		
[礮]	0792E	B55E	pào	炮		
礴 ⊖	07934	EDE7	bó			
(飆)	098C6	EF6A	biāo	飙		
(殲)	06BB2	9A9E	jiān	歼		
霸 ⊖	09738	B0D4	bà			覇
露 ⊖	09732	C2B6	lòu/lù			
霹 ⊖	09739	C5F9	pī			

字头	编码		读音	规范字	繁体字	异体字
	ISO 10646	GB 18030				
颦 ⊖	098A6	F2AD	pín		颦	
(齜)	09F5C	FD62	zī	龇		
[齩]	09F69	FD6F	yǎo	咬		
(龈)	09F66	FD6C	yín	龈		
齼 ⊜	2CE93	9933FC39	chǔ		齼	
[鹸]	09E7B	FB7B	jiǎn	碱		
(贔)	08D14	DA46	bì	赑		
(贐)	08D10	DA42	jìn	赆		
(矓)	077D3	B294	lóng	眬		
(囁)	056C1	87CB	niè	嗫		
(囈)	056C8	87D2	yì	呓		
(囀)	056C0	87CA	zhuàn	啭		
(闢)	095E2	EA56	pì	辟		
(顥)	09865	EE97	hào	颢		
曩 ⊖	066E9	EAD9	nǎng			
(躊)	08E8A	DC50	chóu	踌		
躏 ⊖	08E8F	F5EF	lìn		躏	
(躋)	08E8B	DC51	jī	跻		
(躑)	08E91	DC55	zhí	踯		
(躍)	08E8D	DC53	yuè	跃		
罍 ⊜	07F4D	C09C	léi			

字头	编码		读音	规范字	繁体字	异体字
	ISO 10646	GB 18030				
(纍)	07E8D	C06E	léi/lěi	累		
(蠟)	0881F	CF9E	là	蜡		
(囂)	056C2	87CC	xiāo	嚣		
(嶇)	05DCB	8E68	kuī	岿		
黯 ㊀	09EEF	F7F6	àn			
(髒)	09AD2	F376	zāng	脏		
髓 ㊀	09AD3	CBE8	suǐ			
(酇)	09147	E141	zàn	酂		
[籑]	07C51	BB4D	zhuàn	馔		
[籐]	07C50	BB4C	téng	藤		
(儺)	0513A	83AE	nuó	傩		
(儷)	05137	83AB	lì	俪		
鼱 ㊁	09F31	FCA0	jīng			
(儼)	0513C	83B0	yǎn	俨		
[顦]	09866	EE98	qiáo	憔		
(鷉)	09DC9	FA66	tī	䴘		
[艪]	0826A	C640	lǔ	橹		
(鐵)	09435	E846	tiě	铁		
(鑊)	0944A	E85A	huò	镬		
(鐳)	09433	E844	léi	镭		
(鐺)	0943A	E84B	chēng/dāng	铛		

字头	编码		读音	规范字	繁体字	异体字
	ISO 10646	GB 18030				
(鐸)	09438	E849	duó	铎		
(鐶)	09436	E847	huán	镮		
(鐲)	09432	E843	zhuó	镯		
(鐮)	0942E	E7A0	lián	镰		
(鐿)	0943F	E84F	yì	镱		
[鐮]	04965	82349938	lián	镰		
[鏽]	093FD	E76E	xiù	锈		
[飜]	098DC	EF78	fān	翻		
(鷂)	09DC2	FA5F	yào	鹞		
(鷄)	09DC4	FA61	jī	鸡		
(鶬)	09DAC	FA49	cāng	鸧		
(饘)	09958	F08C	zhān	饘		
(鶲)	09DB2	FA4F	wēng	鹟		
(臟)	081DF	C54B	zàng	脏		
(謄)	09C27	F68C	téng	䲢		
鱠	09CE0	F79F	hù			鱯
鱤	09CE1	F7A0	gǎn			鱤
鱧	09CE2	F7AF	lǐ			鳢
鱣	09CE3	F840	zhān			鳣
(鰭)	09C2D	F692	qí	鳍		
(鰱)	09C31	F696	lián	鲢		

字头	编码		读音	规范字	繁体字	异体字
	ISO 10646	GB 18030				
(鰖)	09C23	F688	shí	鲥		
(鰨)	09C28	F68D	tǎ	鳎		
(鰥)	09C25	F68A	guān	鳏		
(鰷)	09C37	F69C	tiáo	鲦		
(鰤)	09C24	F689	shī	鲺		
(鰩)	09C29	F68E	yáo	鳐		
(鰟)	09C1F	F684	páng	鳑		
(鰜)	09C1C	F681	jiān	鳒		
(鶹)	09DB9	FA56	liú	鹠		
[讁]	08B81	D779	zhé	谪		
癫 ㊀	0766B	F1B2	diān		癫	
(癩)	07669	B05D	lài	癞		
(癧)	07667	B05B	lì	疬		
(癮)	0766E	B061	yǐn	瘾		
(斓)	06595	94CC	lán	斓		
(鶺)	09DBA	FA57	jí	鹡		
麝 ㊀	09E9D	F7EA	shè			
(辯)	08FAF	DE71	biàn	辩		
[贛]	08D11	DA43	gàn	赣		
赣 ㊀	08D63	B8D3	gàn		贛	灨灨
(礱)	07931	B561	lóng	砻		

字头	编码		读音	规范字	繁体字	异体字
	ISO 10646	GB 18030				
[齎]	09F4E	FD56	jī	赍		
[臝]	081DD	C549	luǒ	裸		
夔 ⊝	05914	D9E7	kuí			
(鷁)	09DC1	FA5E	yì	鹢		
(鶼)	09DBC	FA59	jiān	鹣		
爠 ⊝	0721F	A083	guàn			
(爛)	0721B	A080	làn	烂		
爚 ⊝	0721A	A07E	yuè			
爝 ⊝	0721D	ECDF	jué			
(鶯)	09DAF	FA4C	yīng	莺		
(灄)	07044	9E97	shè	溏		
(灃)	07043	9E96	fēng	沣		
灈 ⊝	07048	9E9B	qú			
灏 ⊝	0704F	E5B0	hào		灝	
(灕)	07055	9EA6	lí	漓		
[灋]	0704B	9E9E	fǎ	法		
(懾)	061FE	91D8	shè	慑		
(懼)	061FC	91D6	jù	惧		
(鶱)	09DB1	FA4E	xiān	搴		
(竈)	07AC8	B85E	zào	灶		
(顧)	09867	EE99	gù	顾		

字头	编码		读音	规范字	繁体字	异体字
	ISO 10646	GB 18030				
(襯)	0896F	D272	chèn	衬		
禳 ㊀	079B3	ECFC	ráng			
(鶴)	09DB4	FA51	hè		鹤	
(屬)	05C6C	8CD9	shǔ		属	
鞞 ㊀	0943E	F6CD	bèi			
屫 ㊀	07FBC	E5F1	chàn			
蠡 ㊀	08821	F3BB	lí/lǐ			
(纈)	07E88	C069	xié		缬	
(續)	07E8C	C06D	xù		续	
(纆)	07E86	C067	mò		缪	
(纏)	07E8F	C070	chán		缠	
二十二画						
糢 ㊀	08031	F1F2	mò			
(鬚)	09B1A	F450	xū		须	
(攤)	06524	9482	tān		摊	
(驍)	09A4D	F294	xiāo		骁	
(驕)	09A55	F29C	jiāo		骄	
(驎)	09A4E	F295	lín		骒	
(驏)	09A4F	F296	chǎn		骣	
(覿)	089BF	D35D	dí		觌	
(攢)	06522	9480	cuán/zǎn		攒	

字头	编码		读音	规范字	繁体字	异体字
	ISO 10646	GB 18030				
(鷙)	09DD9	FA76	zhì	鸷		
懿 ⊜	061FF	DCB2	yì			
(聽)	0807D	C2A0	tīng	听		
[韁]	097C1	ED5C	jiāng	缰		
韂 ⊜	097C2	ED5D	chàn			
蘸 ⊜	08638	D5BA	zhàn			
鹳 ⊜	09E73	F0D9	guàn		鸛	
(蘿)	0863F	CC7D	luó	萝		
蘖 ⊜	07CF5	BC66	niè			
(驚)	09A5A	F340	jīng	惊		
蘼 ⊜	0863C	DEC2	mí			
(轢)	08F62	DE5D	lì	轹		
囔 ⊝	056CA	C4D2	nāng/náng			
(鷗)	09DD7	FA74	ōu	鸥		
(鑒)	09452	E862	jiàn	鉴		
(邐)	09090	DF8A	lǐ	逦		
礵 ⊜	07935	B564	shuāng			
[贗]	08D17	DA49	yàn	赝		
鹴 ⊜	09E74	FB74	shuāng			鸘
霾 ⊝	0973E	F6B2	mái			

字头	编码		读音	规范字	繁体字	异体字
	ISO 10646	GB 18030				
(霁)	0973D	EC56	jì	霁		
(龉)	09F6C	FD72	yǔ	龉		
(龊)	09F6A	FD70	chuò	龊		
氍	06C0D	EBAC	qú			
(赎)	08D16	DA48	shú	赎		
(囌)	056CC	87D5	sū	苏		
饕	09955	F7D2	tāo			
(躚)	08E9A	DC5D	xiān	跹		
(躒)	08E92	DC56	lì	跞		
(躓)	08E93	DC57	zhì	踬		
[躕]	08E95	DC58	chú	蹰		
躔	08E94	F5F0	chán			
躐	08E90	F5F1	liè			
[疊]	0758A	AF42	dié	叠		
(蟰)	08828	D044	xiāo	蟏		
(㘚)	0361A	FE5B	hǎn	㘚		
(囅)	056C5	87CF	chǎn	辗		
(囉)	056C9	87D3	luō	啰		
(巓)	05DD4	8E70	diān	巅		
(邏)	0908F	DF89	luó	逻		
[巖]	05DD7	8E73	yán	岩		

字头	编码		读音	规范字	繁体字	异体字
	ISO 10646	GB 18030				
[巗]	05DD6	8E72	yán	岩		
(軆)	09AD4	F377	tǐ	体		
髑㊀	09AD1	F7C7	dú			
镵㊀	09575	E94B	chán			鑱
镶㊀	09576	CFE2	xiāng			鑲
(罎)	07F4E	C09D	tán	坛		
穰㊀	07A70	F0A6	ráng			
(籜)	07C5C	BB58	tuò	箨		
(籟)	07C5F	BB5B	lài	籁		
(籛)	07C5B	BB57	jiān	𥯤		
(籙)	07C59	BB55	lù	箓		
(籠)	07C60	BB5C	lóng/lǒng	笼		
(鼇)	09C35	F69A	mǐn	鳖		
[顩]	09F34	FD42	yǎn	龈		
(儻)	0513B	83AF	tǎng	傥		
嚼㊁	076AD	B090	jiào			
(艫)	0826B	C641	lú	舻		
(鑄)	09444	E854	zhù	铸		
[鑑]	09451	E861	jiàn	鉴		
[鑛]	0945B	E86B	kuàng	矿		
(鑌)	0944C	E85C	bīn	镔		

字头	编码		读音	规范字	繁体字	异体字
	ISO 10646	GB 18030				
(镲)	09454	E864	chǎ	镲		
龢 ㊂	09FA2	FD98	hé			
[龢①]	09FA2	FD98	hé	和		
(龕)	09F95	FD90	kān	龛		
(糴)	07CF4	BC65	dí	籴		
鰭 ㊂	09CE4	F841	guǎn		鳤	
(鰳)	09C33	F698	lè	鳓		
(鰹)	09C39	F69E	jiān	鲣		
(鰾)	09C3E	F742	biào	鳔		
(鱈)	09C48	F74C	xuě	鳕		
(鰻)	09C3B	F6A0	mán	鳗		
(鱀)	09C36	F69B	jì	鳘		
(鱇)	09C47	F74B	kāng	鳙		
(鱅)	09C45	F749	yōng	鳙		
(鰃)	04C81	8234E833	wèi	鳚		
(鱂)	09C42	F746	jiāng	鳉		
(鰼)	09C3C	F740	xí	鳛		
(鰺)	09C3A	F69F	shēn	鲹		
(玀)	07380	AB4D	luó	猡		
[蠭]	0882D	D049	fēng	蜂		

①龢：可用于姓氏人名。

字头	编码		读音	规范字	繁体字	异体字
	ISO 10646	GB 18030				
(讀)	08B80	D778	dòu/dú	读		
(孿)	05DD2	8E6E	luán	峦		
(彎)	05F4E	8F9D	wān	弯		
(孿)	05B7F	8C5C	luán	孪		
(孌)	05B4C	8C44	luán	娈		
瓤 ⊖	074E4	C8BF	ráng			
(顫)	0986B	EE9D	chàn	颤		
(鷓)	09DD3	FA70	zhè	鹧		
亹 ⊜	04EB9	8190	wěi			
(癭)	0766D	B060	yǐng	瘿		
(癬)	0766C	B05F	xuǎn	癣		
[獐]	09E9E	FB96	zhāng	獐		
(聾)	0807E	C340	lóng	聋		
(龔)	09F94	FD8F	gōng	龚		
(襲)	08972	D275	xí	袭		
(鷟)	09DDF	FA7C	zhuó	鹫		
饔 ⊖	09954	F7D3	yōng			
(鱉)	09C49	F74D	biē	鳖		
(灘)	07058	9EA9	tān	滩		
(灑)	07051	9EA2	sǎ	洒		
(竊)	07ACA	B860	qiè	窃		

字头	编码		读音	规范字	繁体字	异体字
	ISO 10646	GB 18030				
(襴)	08974	D277	lán	襕		
鬻 ⊜	09B3B	E5F7	yù			
(鷚)	09DDA	FA77	liù	鹨		
(轡)	08F61	DE5C	pèi	辔		
二十三画						
(瓚)	074DA	AD91	zàn	瓒		
[鼇]	09F07	FC81	áo	鳌		
鬟 ⊜	09B1F	F7DF	huán			
(驛)	09A5B	F341	yì	驿		
(驗)	09A57	F29E	yàn	验		
(驌)	09A4C	F293	sù	骕		
趱 ⊜	08DB1	F4F5	zǎn		趲	
[攩]	06529	9486	dǎng	挡		
攫 ⊜	0652B	BEF0	jué			
攥 ⊜	06525	DFAC	zuàn			
(攪)	0652A	9487	jiǎo	搅		
[韤]	097C8	ED63	wà	袜		
[鷃]	09DF0	FA8E	yàn	燕		
颧 ⊜	098A7	C8A7	quán		顴	
(欏)	06B0F	99E5	luó	椤		
(轤)	08F64	DE5F	lú	轳		

字头	编码		读音	规范字	繁体字	异体字
	ISO 10646	GB 18030				
[醼]	091BC	E180	yàn	宴		
(靨)	09768	EC76	yè	厴		
(魘)	09B58	F47C	yǎn	魇		
(饜)	0995C	F090	yàn	餍		
(鷯)	09DEF	FA8D	liáo	鹩		
(靆)	09746	EC5E	dài	靆		
(顬)	0986C	EE9E	rú	颥		
(齮)	09F6E	FD74	yǐ	齮		
(齯)	09F6F	FD75	ní	齯		
(曬)	066EC	95F1	shài	晒		
(鷳)	09DF3	FA91	xián	鹇		
(顯)	0986F	EF40	xiǎn	显		
趲 ⊖	08E9C	F5F2	zuān		趱	
(蠱)	08831	D04D	gǔ	蛊		
(巚)	05DD8	8E74	yǎn	巚		
(黪)	09EF2	FC6F	cǎn	黪		
(髖)	09AD6	F379	kuān	髋		
(髕)	09AD5	F378	bìn	髌		
罐 ⊖	07F50	B9DE	guàn			鑵
籥 ⊜	07C65	BB61	yuè			
[籢]	07C68	BB64	lián	奁		

字头	编码		读音	规范字	繁体字	异体字
	ISO 10646	GB 18030				
(籤)	07C64	BB60	qiān	签		
黶㊀	09F39	F7FA	yǎn			黶
黷㊁	09F37	F7FB	xī			
[讐]	08B90	D789	chóu	讎		
[讐]	08B90	D789	chóu	仇		
(讎)	08B8E	D787	chóu	讎		
[讎①]	08B8E	D787	chóu	仇		
(鷦)	09DE6	FA84	jiāo	鹪		
(黴)	09EF4	FC71	méi	霉		
[鑽]	0945A	E86A	zuān/zuàn	钻		
[鑤]	09464	E874	bào	刨		
(鑠)	09460	E870	shuò	铄		
(鑕)	09455	E865	zhì	锧		
(鑥)	09465	E875	lǔ	镥		
(鑣)	09463	E873	biāo	镳		
(鑞)	0945E	E86E	là	镴		
(鷭)	09DED	FA8B	fán	鷭		
(臢)	081E2	C54E	zā	臜		

①讎：用于"校讎""讎定""仇讎"等，但须类推简化作"雠"。其他意义用"仇"。

字头	编码		读音	规范字	繁体字	异体字
	ISO 10646	GB 18030				
鱲 ⊜	2B6AD	98399131	liè		鱲	
(鱝)	09C5D	F761	fèn	鲼		
(鱚)	09C5A	F75E	xǐ	鱚		
(鱖)	09C56	F75A	guì	鳜		
[鱓]	09C53	F757	shàn	鳝		
(鱔)	09C54	F758	shàn	鳝		
(鱗)	09C57	F75B	lín	鳞		
(鱒)	09C52	F756	zūn	鳟		
(鱘)	09C58	F75C	xún	鲟		
玃 ⊜	07383	AB50	jué			
[讌]	08B8C	D785	yàn	宴		
(欒)	06B12	99E8	luán	栾		
(攣)	06523	9481	luán	挛		
(變)	08B8A	D783	biàn	变		
(戀)	06200	91D9	liàn	恋		
(鷲)	09DF2	FA90	jiù	鹫		
癯 ⊜	0766F	F1B3	qú			
(癰)	07670	B062	yōng	痈		
麟 ⊜	09E9F	F7EB	lín			麐
(讋)	08B8B	D784	zhé	詟		
(齏)	09F4F	FD57	jī	齑		

字头	编码		读音	规范字	繁体字	异体字
	ISO 10646	GB 18030				
[贏]	09A58	F29F	luó	骡		
鬡 ⊖	08832	EEC3	juān			
[韈]	097E4	ED80	wà	袜		
(鷸)	09DF8	FA96	yù	鹬		
(纓)	07E93	C074	yīng	缨		
(纖)	07E96	C077	xiān	纤		
(纔)	07E94	C075	cái	才		
(纕)	07E95	C076	xiāng	纕		
(鷥)	09DE5	FA83	sī	鸶		
二十四画						
(瓛)	074DB	AD92	huán	瓛		
(鬢)	09B22	F457	bìn	鬓		
(攬)	0652C	9488	lǎn	揽		
(驟)	09A5F	F345	zhòu	骤		
(壩)	058E9	89CE	bà	坝		
(韆)	097C6	ED61	qiān	千		
(藺)	08649	CC88	yì	蔺		
(觀)	089C0	D35E	guān/ guàn	观		
(鸏)	09E0F	FB4C	méng	鹲		
矗 ⊖	077D7	B4A3	chù			

字头	编码		读音	规范字	繁体字	异体字
	ISO 10646	GB 18030				
(欓)	06B13	99E9	dǎng	桋		
蠹 ⊜	08839	F3BC	dù			
(鹽)	09E7D	FB7D	yán	盐		
(釀)	091C0	E184	niàng	酿		
醾 ⊜	091BE	E182	mí			
[貛]	04754	8233E332	huān	獾		
(靂)	09742	EC5A	lì	雳		
(靈)	09748	EC60	líng	灵		
(靄)	09744	EC5C	ǎi	霭		
(蠶)	08836	D051	cán	蚕		
(艷)	08277	C647	yàn	艳		
[鬭]	09B2D	F461	dòu	斗		
(顰)	09870	EF41	pín	颦		
[齶]	09F76	FD7C	è	腭		
(齲)	09F72	FD78	qǔ	龋		
(齷)	09F77	FD7D	wò	龌		
[鹼]	09E7C	FB7C	jiǎn	碱		
[囁]	056D3	87DC	niè	嗫		
[瞰]	077D9	B299	kàn	瞰		
(贜)	08D1C	DA4E	zāng	赃		
(鷺)	09DFA	FA98	lù	鹭		

字头	编码		读音	规范字	繁体字	异体字
	ISO 10646	GB 18030				
蹀 ⊖	08E9E	F5F3	xiè			
(嘱)	056D1	87DA	zhǔ		嘱	
(羁)	07F88	C162	jī		羁	
(鹮)	04D09	8234F534	huán		鹮	
(笾)	07C69	BB65	biān		笾	
(篱)	07C6C	BB68	lí		篱	
(簖)	07C6A	BB66	duàn		簖	
(黉)	09ECC	FC5A	hóng		黉	
(鲎)	09C5F	F763	hòu		鲎	
(骥)	09E0C	FB49	hù		骥	
衢 ⊖	08862	E1E9	qú			
(镥)	0946A	E87A	lú		钌	
[镥 ①]	0946A	E87A	lú		炉	
鑫 ⊖	0946B	F6CE	xīn			
[貛]	08C9B	D88E	huān		獾	
[饝]	0995D	F091	mó		馍	
(鳠)	09C6F	F773	hù		鳠	
(鳡)	09C64	F768	gǎn		鳡	
(鳢)	09C67	F76B	lǐ		鳢	

① 镥：用于科学技术术语，指一种人造的放射性元素（符号为 Rf），但须类推简化作"钌"。

字头	编码		读音	规范字	繁体字	异体字
	ISO 10646	GB 18030				
(鱠)	09C60	F764	kuài	鲙		
(鱣)	09C63	F767	zhān	鳣		
[讙]	08B99	D792	huān	欢		
(讕)	08B95	D78E	lán	谰		
(讖)	08B96	D78F	chèn	谶		
(讒)	08B92	D78B	chán	谗		
(讓)	08B93	D78C	ràng	让		
(鸇)	09E07	FB44	zhān	鹯		
(鷹)	09DF9	FA97	yīng	鹰		
(癱)	07671	B063	tān	瘫		
(癲)	07672	B064	diān	癫		
(贛)	08D1B	DA4D	gàn	赣		
[鼈]	09F08	FC82	biē	鳖		
灞 ⊖	0705E	E5B1	bà			
(灝)	0705D	9EAE	hào	灏		
襻 ⊖	0897B	F1E1	pàn			
(鷫)	09DEB	FA89	sù	鹔		
(鸊)	09E0A	FB47	pì	䴙		
二十五画						
纛 ⊖	07E9B	F4EE	dào			
鬣 ⊖	09B23	F7E0	liè			

字头	编码		读音	规范字	繁体字	异体字
	ISO 10646	GB 18030				
攮 ⊖	0652E	DFAD	nǎng			
(巒)	058EA	89CF	wān	峦		
(韉)	097C9	ED64	jiān	鞯		
(欖)	06B16	99EC	lǎn	榄		
[欝]	06B1D	99F3	yù	郁		
(羈)	0898A	D289	jī	羁		
(靉)	09749	EC61	ài	叆		
(顱)	09871	EF42	lú	颅		
[鸚]	09E0E	FB4B	yīng	莺		
囔 ⊖	056D4	E0EC	nāng			
(躡)	08EA1	DC62	niè	蹑		
(躥)	08EA5	DC66	cuān	蹿		
(鼉)	09F09	FC83	tuó	鼍		
(籮)	07C6E	BB6A	luó	箩		
鼽 ⊖	09F47	FD4F	zhā			
[鑵]	09475	E885	guàn	罐		
(鑭)	0946D	E87C	lán	镧		
(鑰)	09470	E880	yào/yuè	钥		
(鑱)	09471	E881	chán	镵		
(鑲)	09472	E882	xiāng	镶		
(饞)	0995E	F092	chán	馋		

字头	编码		读音	规范字	繁体字	异体字
	ISO 10646	GB 18030				
[饟]	0995F	F093	xiǎng	饷		
(鱨)	09C68	F76C	cháng	鲿		
(鱨)	04C98	8234EA36	guǎn	鳤		
(鱭)	09C6D	F771	jì	鲚		
(鸑)	09E11	FB4E	yuè	鸑		
觽 ㊀	089FF	D384	xī			
馕 ㊀	09995	E2CE	náng/ nǎng		饢	
(蠻)	0883B	D055	mán	蛮		
(臠)	081E0	C54C	luán	脔		
(廳)	05EF3	8F64	tīng	厅		
戆 ㊀	06206	EDB0	gàng/ zhuàng		戇	
(灣)	07063	9EB3	wān	湾		
(彠)	05F60	8FA7	yuē	彟		
(糶)	07CF6	BC67	tiào	粜		
(纘)	07E98	C079	zuǎn	缵		
二十六画						
(驥)	09A65	F34B	jì	骥		
(驢)	09A62	F348	lǘ	驴		
(趲)	08DB2	DA8E	zǎn	趱		

字头	编码		读音	规范字	繁体字	异体字
	ISO 10646	GB 18030				
(顴)	09874	EF45	quán	颧		
(釃)	091C3	E187	shī	酾		
(釅)	091C5	E189	yàn	酽		
(黶)	09EF6	FC73	yǎn	黡		
(礷)	255FD	9639BD39	lán	礛		
(矚)	077DA	B29A	zhǔ	瞩		
(躏)	08EAA	DC6B	lìn	躏		
(躦)	08EA6	DC67	zuān	躜		
蠷 ₌	0883C	F3BD	qú			
[穐]	2591A	97308F36	qiū	秋		
(釁)	091C1	E185	xìn	衅		
(鑷)	09477	E887	niè	镊		
(鑹)	09479	E889	cuān	镩		
(鱲)	09C72	F776	liè	鱲		
[讃]	08B9A	D793	zàn	赞		
(灤)	07064	9EB4	luán	滦		
二十七画						
[驩]	09A69	F34F	huān	欢		
(驦)	09A66	F34C	shuāng	骦		
(驤)	09A64	F34A	xiāng	骧		

字头	编码		读音	规范字	繁体字	异体字
	ISO 10646	GB 18030				
(顳)	09873	EF44	niè	颞		
[鬱]	09B30	F463	yù	郁		
[豓]	08C53	D856	yàn	艳		
(鬮)	09B2E	F462	jiū	阄		
(鸕)	09E15	FB52	lú	鸬		
(黷)	09EF7	FC74	dú	黩		
(鑼)	0947C	E88C	luó	锣		
(鑽)	0947D	E88D	zuān/zuàn	钻		
[鱷]	09C77	F77B	è	鳄		
(鱸)	09C78	F77C	lú	鲈		
(讞)	08B9E	D797	yàn	谳		
(讜)	08B9C	D795	dǎng	谠		
(鑾)	0947E	E88E	luán	銮		
(艶)	07067	9EB7	yàn	滟		
[灨]	07068	9EB8	gàn	赣		
(纜)	07E9C	C07C	lǎn	缆		
二十八画						
(鸛)	09E1B	FB58	guàn	鹳		
(欞)	06B1E	99F4	líng	棂		
(鸘)	09E18	FB55	shuāng	鹴		

字头	编码		读音	规范字	繁体字	异体字
	ISO 10646	GB 18030				
[豓]	08C54	D857	yàn	艳		
(齼)	09F7C	FD83	chǔ	齼		
(鑿)	0947F	E88F	záo	凿		
(鸎)	09E1A	FB57	yīng	鸎		
(鑱)	09482	E892	tǎng	锐		
[瘭]	03FDC	8232A331	biē/biě	瘪		
(戅)	06207	91DF	gàng/zhuàng	戆		
二十九画						
(驪)	09A6A	F350	lí	骊		
(鬱)	09B31	F464	yù	郁		
三十画						
(驫)	09A6B	F351	biāo	骉		
(鸝)	09E1D	FB5A	lí	鹂		
爨	07228	ECE0	cuàn			
(饢)	09962	F096	náng/nǎng	馕		
(鱺)	09C7A	F77E	lí	鲡		
(鸞)	09E1E	FB5B	luán	鸾		
三十二画						
(籲)	07C72	BB6E	yù	吁		

字头	编码		读音	规范字	繁体字	异体字
	ISO 10646	GB 18030				
三十三画						
[鱻]	09C7B	F780	xiān	鲜		
[麤]	09EA4	FB9B	cū	粗		
三十六画						
齉 ⊖	09F49	FD51	nàng			

附录1

国务院关于公布
《通用规范汉字表》的通知

国发〔2013〕23号

各省、自治区、直辖市人民政府，国务院各部委、各直属机构：

国务院同意教育部、国家语言文字工作委员会组织制定的《通用规范汉字表》，现予公布。

《通用规范汉字表》是贯彻《中华人民共和国国家通用语言文字法》，适应新形势下社会各领域汉字应用需要的重要汉字规范。制定和实施《通用规范汉字表》，对提升国家通用语言文字的规范化、标准化、信息化水平，促进国家经济社会和文化教育事业发展具有重要意义。《通用规范汉字表》公布后，社会一般应用领域的汉字使用应以《通用规范汉字表》为准，原有相关字表停止使用。

国务院
2013年6月5日

附录2

教育部等十二部门关于贯彻实施
《通用规范汉字表》的通知

教语信〔2013〕2号

各省、自治区、直辖市教育厅（教委）、工业和信息化主管部门、民（语）委、公安厅（局）、民政厅（局）、文化厅（局）、工商行政管理局、质量技术监督局、广播影视局、新闻出版局、语委：

《通用规范汉字表》已于2013年8月19日由国务院公布。《通用规范汉字表》是贯彻《中华人民共和国国家通用语言文字法》，适应信息时代社会各领域汉字应用需要的重要汉字规范。为做好《通用规范汉字表》的贯彻实施，现将有关事项通知如下：

一、深刻认识和领会发布实施《通用规范汉字表》的重要意义。我国是一个多民族、多语言、多文种、多方言的人口大国。推广和规范使用国家通用语言文字，是增进民族间、地区间交流，促进政治、经济、教育、文化、信息化等各项事业发展的必要条件。规范汉字是国家通用文字，汉字规范化是推广和规范使用国家通用语言文字的重要前提，更是教育文化事业和信息化建设的基础性工作。

《通用规范汉字表》是继1986年国务院批准重新发

布《简化字总表》后的又一重大汉字规范，是对50多年来汉字规范整合优化后的最新成果，是新中国成立以来汉字规范的总结、继承和提升，也是信息化时代汉字规范的新起点和新发展。《国家通用语言文字法》规定："国家推广普通话，推行规范汉字"，《通用规范汉字表》是与该法实施相配套的汉字规范。《通用规范汉字表》的公布和实施，为社会各领域提供了科学适用的汉字规范，对提升国家通用语言文字的规范化、标准化水平，促进国家经济社会和文化教育事业发展具有重要意义。

二、认真组织开展宣传培训工作。文化教育、信息产业、新闻出版、广播影视、公共服务行业等是语言文字规范化、标准化的重点领域。全国语言文字工作系统和各相关行业系统应充分认识《通用规范汉字表》的重要意义，提高语言文字规范意识，积极利用媒体特别是新媒体加强宣传，并组织多渠道、多层次、多形式的培训工作，保证字表积极、稳妥、有序地贯彻实施。教育部、国家语委将于2013年年底前组织全国性的《通用规范汉字表》专题培训班，并视需要协调字表研制课题组的有关专家协助、指导各地开展培训。

三、大力推动《通用规范汉字表》在相关领域的贯彻实施。《通用规范汉字表》公布后，社会一般应用领域的汉字使用应以《通用规范汉字表》为准，原有相关字表停止使用。各相关主管部门可根据本领域的实际情况，制定配套规则，积极稳妥、逐步有序地推行使用。

（一）基础教育领域。《通用规范汉字表》一级字表列出3500个常用汉字，《义务教育语文课程标准（2011）》附录4"识字、写字教学基本字表"，是根据《通用规范汉字表》的一级字表制定的。各地应组织教师、教研员学习掌握《通用规范汉字表》内容，并在基础教育领域各门课程中贯彻执行。

（二）信息产业领域。汉字信息处理标准应尽快根据《通用规范汉字表》进行修订，汉字信息处理产品应执行修订后的标准，可以有一定的过渡期。

（三）新闻出版等领域。《通用规范汉字表》公布后，汉语文出版物，广播、电影、电视，公共场所设施，招牌、广告以及互联网等用字，均应执行《通用规范汉字表》。

（四）语文辞书编纂领域。《通用规范汉字表》是现代汉语规范性语文辞书编纂的重要依据。《通用规范汉字表》公布后，出版或修订、再版的相关语文辞书应依照《通用规范汉字表》，根据其服务领域和使用对象不同，部分或全部收录《通用规范汉字表》中的字，也可以适当多收一些备查的字。收入《通用规范汉字表》以外的字一般应采用历史通行的字形，不应自造未曾使用过的新的简化字。

（五）科学技术领域。相关部门在科学普及领域要引导使用通用规范汉字，编写出版专业辞书、专业教材、科技专著，可以使用《通用规范汉字表》以外的字，但一般应采用历史通行字形，避免自造新字。

（六）户籍和民政管理领域。根据《中华人民共和国户口登记条例》《中华人民共和国居民身份证法》等规定，公民在申报户口登记、申领居民身份证时，姓名登记项目应当使用规范汉字填写。《通用规范汉字表》公布后，新命名、更名的人名用字应使用《通用规范汉字表》中的字。地名用字方面应引导使用通用规范汉字。姓氏和地名用字中如需补充进字表的，由各地语委、民语委负责收集这些字的字形、读音、来源、用途等详细属性信息，定期报至国家语委，以便《通用规范汉字表》修订时适当补入。

其他领域应采取有效措施，积极贯彻施行《通用规范汉字表》。各级语委要积极协助相关部门，做好施行《通用规范汉字表》的宣传、咨询、服务工作。

教育部　工业和信息化部　国家民族事务委员会

公安部　民政部　文化部

国家工商行政管理总局　国家质量监督检验检疫总局

国家新闻出版广电总局　国家语言文字工作委员会

中国科学院　中国社会科学院

2013年10月9日